V-G2

SCIENCE FICTION

Herausgegeben
von Wolfgang Jeschke

Vom BATTLETECH®-Zyklus erschienen in der Reihe
HEYNE SCIENCE FICTION & FANTASY:

Die Gray Death-Trilogie:

William H. Keith jr.: Entscheidung am Thunder Rift · 06/4628
William H. Keith jr.: Der Söldnerstern · 06/4629
William H. Keith jr.: Der Preis des Ruhms · 06/4630

Ardath Mayhar: Das Schwert und der Dolch · 06/4686

Die Warrior-Trilogie:

Michael A. Stackpole: En Garde · 06/4687
Michael A. Stackpole: Riposte · 06/4688
Michael A. Stackpole: Coupé · 06/4689

Robert N. Charrette: Wölfe an der Grenze · 06/4794
Robert N. Charrette: Ein Erbe für den Drachen · 06/4829

Das Blut der Kerensky-Trilogie:

Michael A. Stackpole: Tödliches Erbe · 06/4870
Michael A. Stackpole: Blutiges Vermächtnis · 06/4871
Michael A. Stackpole: Dunkles Schicksal · 06/4872

Die Legende vom Jadephönix-Trilogie:

Robert Thurston: Clankrieger · 06/4931
Robert Thurston: Blutrecht · 06/4932
Robert Thurston: Falkenwacht · 06/4933

Robert N. Charrette: Wolfsrudel · 06/5058
Michael A. Stackpole: Natürliche Auslese · 06/5078
Chris Kubasik: Das Antlitz des Krieges · 06/5097 (in Vorb.)
James D. Long: Stahlgladiatoren · 06/5116 (in Vorb.)
J. Andrew Keith: Die Stunde der Helden · 06/5128 (in Vorb.)
Michael A. Stackpole: Kalkuliertes Risiko · 06/5148 (in Vorb.)
Peter Rice: Fernes Land · 06/5168 (in Vorb.)

MICHAEL A. STACKPOLE

NATÜRLICHE AUSLESE

Ein BATTLETECH®-Roman

Siebzehnter Roman
im BATTLETECH®-Zyklus

Deutsche Erstausgabe

WILHELM HEYNE VERLAG
MÜNCHEN

HEYNE SCIENCE FICTION & FANTASY
Band 06/5078

Titel der amerikanischen Originalausgabe
NATURAL SELECTION
Deutsche Übersetzung von Reinhold H. Mai
Das Umschlagbild malte Bruce Jensen
Die Innenillustrationen zeichnete Elizabeth Danforth
Die Karte auf den Seiten 6/7 zeichnete
Mirjam Wehner

2. Auflage

Redaktion: Rainer Michael Rahn

Printed in Germany 1994
Umschlaggestaltung: Atelier Ingrid Schütz, München
Technische Betreuung: Manfred Spinola
Satz: Schaber Satz- und Datentechnik, Wels
Druck und Bindung: Elsnerdruck, Berlin

ISBN 3-453-07242-1

Für Dave Arneson,
Gentleman, Gelehrter und Freund.
Er ist der lebende Beweis dafür,
daß Intelligenz, Kreativität, Witz und Großzügigkeit
in einem Menschen kombiniert werden können.

Der Autor möchte den folgenden Personen für ihre Mitwirkung an diesem Buch danken: J. Ward Stackpole für medizinische Recherchen; Kerin Stackpole für kostenlose Rechtsberatung (insbesondere, daß sie ohne diese Erwähnung nicht kostenlos sein würde); Liz Danforth für das Erdulden meines manischen Gelächters bei der Arbeit an diesem Buch; John-Allen Price für die Leihgabe eines Cox; Dennis L. McKiernan für die Herausforderung; Sam Lewis für redaktionellen Rat; Donna Ippolito für die Übersetzung in verständliches Englisch; und dem GEnie Network, über das Manuskript und Korrekturen vom Computer des Autors zu FASA gelangten.

Eine Kurzgeschichte über die Anfänge von Nelson Geists Karriere ist als Teil des MechKrieger-Handbuchs für das interaktive Kesmai-BattleMechspiel auf GEnie abrufbar.

BATTLETECH – M. STACKPOLE

Natürliche Auslese

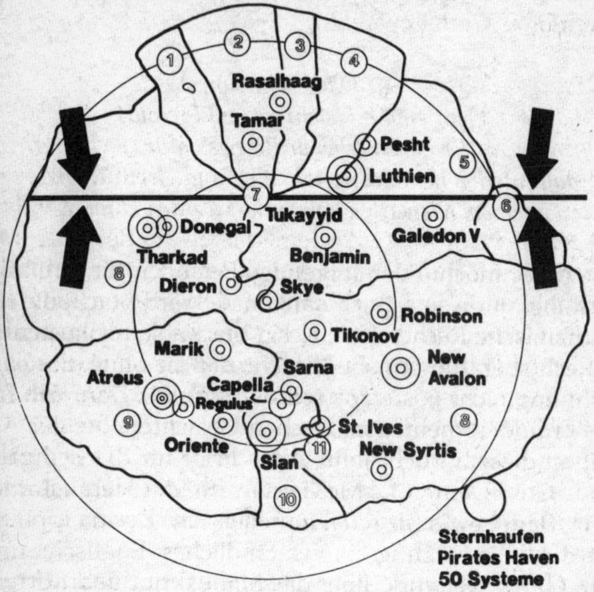

Karte der Nachfolgerstaaten

Clan-Waffenstillstandslinie

1. Jadefalken/Stahlvipern, 2. Wölfe, 3. Geisterbären,

4. Nebelparder/Novakatzen, 5. Draconis-Kombinat,

6. Außenweltallianz, 7. Freie Republik Rasalhaag,

8. Vereinigtes Commonwealth, 9. Liga Freier Welten,

10. Konföderation Capella, 11. St. Ives-Pakt

Karte erstellt durch COMSTAR,
nach Informationen des COMSTAR-EXPLORERDIENSTES
und des STERNENBUNDARCHIVS, Terra.

3054 COMSTAR-KARTENDIENST

PROLOG

Kookens Freudental
Vereinigtes Commonwealth

15. Februar 3054

Kommandant Nelson Geist konnte sich noch beherrschen. Beinahe hätte er seine Enkel angebrüllt, wie er es früher mit seinen Truppen gemacht hatte. Die Zwillinge, gerade erst fünf geworden, knieten auf der Erde und ließen kleine BattleMechs aus Plastik in die Schlacht marschieren. Die blauen Augen der Knaben blitzten, und an den Mundwinkeln lugten die Zungenspitzen hervor, so konzentriert waren sie auf ihr Spiel. Sie hatten eine so große Ähnlichkeit mit seinem Sohn, daß ihr bloßer Anblick ihm das Herz schwer werden ließ.

Joachim schüttelte energisch den Kopf. Das dünne blonde Haar fiel ihm ins Gesicht. »Nein, Jacob, diesmal spiel ich die Kell Hounds. Du kriegst die Zehnte Lyranische Garde.«

Jacob ließ sich mit störrischem Gesichtsausdruck auf den Hintern plumpsen. »Immer muß ich die Bösen spielen. Ich bin an der Reihe, die Kell Hounds zu spielen!«

Nelson Geist vergewisserte sich, daß er die Kaffeetasse sicher im Griff hatte, bevor er sie mit der Linken auf einer Verandastufe absetzte. »Jungs«, sagte er, »die Kell Hounds und die Zehnte Lyranische Garde sind auf derselben Seite. Sie sind Verbündete.«

»Aber Mami hat gesagt, Victor Davion hat Papi umgebracht. Und die Garde gehört ihm.« Joachim und Jacob wirkten verwirrt. Es war offensichtlich das erste Mal, daß ihnen dieser Widerspruch klar wurde.

Nelson trat näher und ging neben ihrem Schlachtfeld in die Hocke. Er hob eine der kleinen Plastikfiguren der zehn Meter hohen Kriegsmaschinen auf, die in den Kämpfen des einunddreißigsten Jahrhunderts jene Rolle spielten, die für Napoleon die Kavallerie gehabt hatte. »Euer Vater hat einen *Feuerfalke* gesteuert, so wie den hier. Er war Teil von Prinz Viktors Einheit, den Untoten, die nach Teniente geflogen ist, um Hohiro Kurita zu retten. Es waren die Clans, die Novakatzen, die euren Vater umgebracht haben, nicht Prinz Victor.«

Die Knaben blieben einen Moment stumm, als Nelson die Figur wieder absetzte, dann packte Joachim den *Feuerfalke* und stellte ihn zu seiner Armee. »Jetzt ist Papi bei den Kell Hounds.«

Jacob protestierte, und Nelson wollte den Streit gerade schlichten, da hörte er hinter sich die Verandatür zuschlagen. Als er sich umdrehte, sah er Dorete, die mit um den Leib geschlungenen Armen dastand. Ihre Augen blickten ins Weite, aber ihr Mund bildete die dünne, verkniffene Linie, die ihm seit seiner Rückkehr aus dem Clankrieg allzu vertraut geworden war. Sie besaß noch immer etwas von der jugendlichen Schönheit, die Jon an ihr geliebt hatte, aber zwei Jahre der Trauer hatten sie verändert.

»Ich hätte dir nie erlauben dürfen, ihnen diese Dinger zu schenken, Kommandant.« Ihre Stimme war schneidend. »Das ist Teufelszeug. Es verführt unsere Kinder mit der Illusion von Ruhm und Ehre, um sie dann zu verraten.«

Nelson sah schnell weg und nahm die Tasse wieder auf. Sein linker Handrücken war mit Narben bedeckt. Die Nervenimpulse gaukelten ihm vor, die beiden fehlenden Finger existierten noch, aber er ignorierte das Gefühl und zwang sich, die Tasse mit den verbliebenen Fingern zu greifen. Indem er seine ganze Wut auf diese Aktion konzentrierte, brachte er sich wieder unter Kontrolle. »Du kannst sie nicht vor dem Leben schützen, Dorete. Sie müssen lernen. Sie müssen auf ihren Vater stolz sein.«

Ihre blauen Augen zuckten wie ein PPK-Strahl. »Stolz, Kommandant? Stolz, auf einen Mann, der so dumm war, einem Prinzling auf eine Mission zu folgen, damit der den Sprößling unseres schlimmsten Feindes retten konnte? Komm mir nicht mit dem Geprahle darüber, wie er den Heldentod starb, um Victor vor einem Clanangriff zu retten. Ich habe die Holodisk gesehen, die der Prinz geschickt hat, und ich kenne jede Silbe seiner Botschaft auswendig. Victor ist genau wie sein Vater — in der Hölle soll er schmoren —, er vergewaltigt das Lyranische Commonwealth und tötet unsere Männer. Jon starb als Opfer auf dem Altar von Victors Ego, das weißt du genausogut wie ich. Hast du etwa nicht die Hälfte deiner Männer auf demselben Altar verloren? Wie kannst du den Mann verteidigen, der deinen Sohn ermordet hat?«

»Der Prinz hat Jon nicht getötet!« Nelsons Ausbruch schockierte Dorete, und die Knaben fuhren von ihrem Spiel hoch. »Jon starb, als er die Innere Sphäre gegen die Clans verteidigte. Ich habe meine Finger und noch mehr gute junge Männer und Frauen bei derselben Aufgabe verloren.« Er sah auf seine Enkel hinab. »Diese Krieger sind gestorben, um zu verhindern, daß ihre Familien von den Clans versklavt werden. Die Jungs müssen das lernen und verstehen, denn der Tag wird kommen, an dem sie ihre Heimat mit der Waffe verteidigen müssen.«

»Niemals!« Doretes Blick wurde eisig. »Die Clans haben uns den Frieden gegeben.«

»Aber nur Dank ComStar, und nur noch für dreizehn Jahre. Außerdem leben wir oberhalb der Waffenstillstandslinie. Die Clans haben bereits begrenzte Angriffe und Überfälle ins Gebiet des Vereinigten Commonwealth durchgeführt, und wenn der Waffenstillstand erst abgelaufen ist, werden sie wieder mit ganzer Kraft losschlagen. Wenn der Tag kommt, werden deine Söhne alt genug sein zu kämpfen.«

»Alt genug, um zu sterben, meinst du.«
»Nein, nicht, wenn sie vorbereitet sind.«
»Jon hat die Vorbereitung auch nicht gerettet.«
»Dorete ...«
»Nein, Kommandant. Nein. Du verstehst es einfach nicht!« Sie wandte sich ab. In ihren Augen glitzerten Tränen und drohten, über die bleichen Wangen zu laufen. »Dein Universum ist verschwunden. Die Dinge ändern sich. Takashi Kurita ist tot. Hanse Davion ist tot. Jaime Wolf spielt keine Rolle mehr. Morgan Kell geht in Pension. Die alten Regeln gelten nicht mehr. Ich werde nicht zulassen, daß meine Söhne dazu erzogen werden, alte Regeln zu erhalten, die schon Milliarden Tote gekostet haben.«
Nelsons Nasenflügel bebten. »Sie sind auch Jons Söhne, Dorete. Vergiß das nicht.«
Ihre Unterlippe zitterte. »Ich denke an nichts anderes.« Sie wirbelte herum und floh zurück ins Haus. Ihre Schultern bebten vor unterdrücktem Schluchzen.
»Großvater, warum weint Mami?«
Nelson schluckte schwer. »Weil sie euren Vater so sehr vermißt.« Dorete haßte es, auf ihn angewiesen zu sein, aber nach Jons Tod war sie völlig zusammengebrochen. Nelson hatte sie und die Knaben gern aufgenommen, aber Doretes Gefühle der Hilflosigkeit und des Verlassenseins wetteiferten miteinander. Er war das einzige Ziel, das sich für ihre Frustrationen anbot, und er nahm diese Rolle auf sich. So sehr ihn ihre Ausbrüche auch schmerzten, sie erklärten sich aus ihrer Liebe zu seinem Sohn, und er konnte weder diese Liebe noch Jons Angedenken entehren. »Sie liebt euren Vater sehr, und es tut ihr weh, daß er nicht hier ist.«
Als er sich müde auf die Stufen setzte, kamen die Zwillinge heran. Joachim stellte den winzigen *Feuerfalke* auf Nelsons linkes Knie und setzte einen zweiten Mech daneben. »Du hattest einen *Kampftitan*.«
Nelson nickte. »Genau so einen wie den da. Einen

KMT-3S *Kampftitan.«* Im Hintergrund hörte er das Summen des Visiphons, aber er ignorierte es. »Ich habe ihn erbeutet, während ich noch am Nagelring studierte, und ihn während meiner ganzen Dienstzeit in den Vereinigten Commonwealth-Streitkräften behalten. Jetzt bin ich hier bei euch, und mein Mech ist in Dobson, bei der Ersten Kooken-Milizreserve.«

»Können wir ihn mal sehen?« Die Zwillinge sahen einander an, und ihre Augen weiteten sich vor Vorfreude. »Bitte?«

Das Quietschen der Verandatür schnitt Nelsons Antwort ab. »Kommt rein, Jungs«, rief Dorete.

»Ooch, Mami«, bettelten sie im Chor.

»Sofort.«

Sie gehorchten nur zögernd und ließen die Spielzeugmechs auf Nelsons Knie zurück. Er drehte sich nicht um, bereitete sich innerlich auf eine neue Attacke Doretes vor. »Ich hätte es abgelehnt, Dorete.«

»Das war der Wachoffizier in Dobson«, erklärte sie eisig. »Du wirst reaktiviert, Kommandant.«

»Was?« Als Nelson aufstand und sich umdrehte, fielen die beiden Plastikmechs in den Staub. »Was ist los?«

»Vertraulich, Kommandant.« Ihr Blick ging durch Nelson hindurch. »Du sollst dich sofort melden, und es ist keine Übung.« Sie warf ihm die Schweberschlüssel hin. »Geh.«

Er blickte zum Haus. »Die Jungs ...«

»Ich werde es ihnen sagen.« Ihr Mund war nur noch ein Strich. »Geh.«

Nelson Geist nickte und ging los. Er bemerkte kaum, daß er den Spielzeug-*Kampftitan* mit dem Absatz zertreten hatte.

Das sind keine gewöhnlichen Banditen. Hoch oben im vorderen Sitz seines *Kampftitan* blickte Nelson Geist auf das Schlachtfeld hinaus. Einst blühende Wiesen hatten sich in einen schwarzbraunen Flickenteppich aus verkohltem Gras und umgepflügtem Boden verwandelt. Unter ihm im Tal lieferten die Kooken-Reservisten ein Rückzugsgefecht. Irgendwo hinter ihnen mußten sich jetzt die Robinson Rangers nach einer brutalen Schlacht sammeln, die über vierundzwanzig Stunden gedauert hatte.

Bei der Vorbesprechung hatte Nelson erfahren, daß die Banditen beim schnellen Anflug auf Kookens Freudental geortet worden waren. Die Garnison des Freudentals bestand aus den Grabwanderern und den Robinson Rangers, aber die Grabwanderer konnten die Rangers nicht rechtzeitig verstärken, weil sie auf dem Südkontinent stationiert waren. Deswegen hatten die Rangers die Reserve aktiviert. Die Banditen waren mit genug Schiffen für ein ganzes Regiment BattleMechs oder mehr angeflogen — auch wenn die Vorstellung, daß *alle* Schiffe BattleMechs enthielten, kaum realistisch erschienen war. Keine Banditenbande hatte so viele Kampfkolosse.

Beim Landeanflug hatten die Banditen ihr Kommen angekündigt. Eine nur auf Tonkanal übermittelte Botschaft von einer Frau, die sich als die Rote Korsarin identifizierte, forderte die Rangers heraus, ihr Können unter Beweis zu stellen. Eigentlich wäre eine solche Frechheit nichts Besonderes gewesen — bei den meisten Banditenführern waren ein, zwei Balken morsch —, aber die Geste erinnerte auf erschreckende Weise an die Herausforderung der Jadefalken vor den Kämpfen auf Wotan.

Nelson nahm Verbindung mit dem *Katapult* zu seiner Linken auf. »Spider, Sperrfeuer auf den *Verteidiger* an der rechten Flanke. Zwei Salven.«

»Roger.«

Langsam und unwillig zog sich die Reserve zurück. Die Banditen überraschten Nelson, weil sie trotz des Langstreckenbombardements durch seine Befehlslanze nachsetzten. Nachdem die Befehlslanze ihren Raketenschild aufgebaut hatte, machte ein solches Vorgehen keinen Sinn. Es sei denn ... In Nelsons Magengrube machte sich ein ungutes Gefühl breit.

Auf der Hügelkuppe an der gegenüberliegenden Seite des Tales tauchte ein BattleMech auf, der augenblicklich seine Aufmerksamkeit auf sich zog. Bis auf seine grellrote Lackierung ähnelte er auf bemerkenswerte Weise seinem *Kampftitan.* Der Hauptunterschied war, daß der rote Mech in beiden Händen eine Partikelprojektorkanone hielt. In einer Darbietung unglaublichen Kampfgeschicks richtete die Pilotin ihre PPKs auf zwei verschiedene Ziele und feuerte.

Ein azurblauer Blitzstrahl zuckte von der Mündung der Waffe zu einem zerschundenen *Heuschreck* und traf eines seiner Vogelbeine. Der Partikelstrahl verdampfte die Panzerung des Beines, dann schmolz er die Titanstahlknochen. Der *Heuschreck* wurde um die eigene Achse gewirbelt und krachte zu Boden.

Der zweite PPK-Strahl peitschte einen humanoiden *Derwisch.* Der blaue Energiestrahl riß die wenige verbliebene Panzerung vom rechten Arm der Maschine, vernichtete einen mittelschweren Laser und eine Kurzstrecken-Raketenlafette. Der aus dem Gleichgewicht gerissene *Derwisch* stürzte und blieb am Boden liegen, wo ihn ein anderer Banditenmech mit Laserfeuer eindeckte.

Nelson schaltete die Hologrammanzeige von Optik auf Infrarot. Der Computer verdichtete den 360°-Winkel um den *Kampftitan* in eine 160°-Anzeige vor seinen Augen. Er hatte erwartet, den roten *Kampftitan* wie ein Leuchtfeuer durch die schwarze Nacht lodern zu sehen, aber auch nach dem Abfeuern der beiden PPK-Strahlen zeigte der Kampfkoloß kaum Abwärme. *Der Mech müßte weiß glühen!*

Das kühlblaue Wärmeprofil des feindlichen Kampftitan schockierte Nelson. In den dreihundert Jahren ihrer Existenz außerhalb der Inneren Sphäre hatte die Waffentechnologie der Clans die der Nachfolgerstaaten weit überflügelt. Die Clans verfügten über Waffen und fortgeschrittene Wärmetauscher, durch die ihre Mechs kühler bleiben und härter zuschlagen konnten als ihre Gegenstücke aus der Inneren Sphäre. Es war dieser technologische Vorsprung gewesen, der es den Clans ermöglicht hatte, die Streitkräfte der Inneren Sphäre auf nahezu allen Welten zu besiegen, die anzugreifen sie für notwendig gehalten hatten.

Nelson senkte das goldene Fadenkreuz auf die dunkle Silhouette des blutroten *Kampftitan*. Das schnelle Pulsieren des Punktes in der Mitte bestätigte die Zielerfassung. Nelson preßte den Auslöser des rechten Steuerknüppels und sandte zwanzig Langstreckenraketen, eine nach der anderen, aus der Lafette im rechten Arm des Mechs auf den Weg.

Die LSR hämmerten auf den Banditenmech ein. Panzerplatten barsten unter den Feuerbällen der Explosionen, die sich über den Torso und das linke Bein zogen. Panzerstücke fielen qualmend zu Boden, aber der Pilotin schien der Angriff nicht mehr als ein Hagelschauer auszumachen

Nelson nickte. Diese Gegnerin war nicht zu unterschätzen. Ein Blinklicht auf seiner Kommandokonsole meldete ihm, daß er soeben die letzte LSR-Munition verschossen hatte. *Jetzt bleibt nur noch das Kurzstreckenzeug.*

»Spider, du übernimmst das Kommando. Zieh ab, was geht. Fluchtartiger Rückzug.« Er blickte auf die linke Hand und faßte den Steuerknüppel fester. »Ich verschaffe euch etwas Zeit.«

»Mach keine Dummheiten, Skipper.«

»Das ist ein Befehl, Spider.« Nelson setzte seinen *Kampftitan* in Bewegung — den Hügel hinab auf den roten Mech zu. »Außerdem, wenn diese Banditen eine echte Bedrohung wären, glaubst du wirklich, irgend jemand würde ihnen einen einhändigen Kommandanten entgegenstellen?« Ohne auf Spiders Antwort zu warten, öffnete Nelson einen Breitbandkanal und ging auf Sendung. »Hier spricht Kommandant Nelson Geist von der Ersten Kooken-Milizreserve.«

Der rote *Kampftitan* hielt an und hob beide PPKs zum Salut. »Ich bin die Rote Korsarin. Deine Truppen waren erbarmungswürdig.«

»Dann zeig Erbarmen mit ihnen.« Nelson hielt das Fadenkreuz auf den *Kampftitan* der Korsarin, während er die verkohlten Trümmer des *Derwisch* umging. »Ihr Kommandeur hat nur eine Hand und ihre Ausrüstung ist längst ausgemustert. Sie sind keine Beute, die deiner würdig wäre.«

»Was weißt du schon von mir?«

»Es ist offensichtlich, daß du eine Kriegerin bist.« In Nelsons Gedanken fügten sich die Puzzleteile zusammen. Nach der Schlacht um Tukayyid, in der die Clans besiegt worden waren und einen fünfzehnjährigen Waffenstillstand mit ComStar hatten akzeptieren müssen, hatte es Gerüchte über Krieger gegeben, die sich erbost von ihrem Clan losgesagt hatten. Er hatte auch von anderen gehört, die revoltiert und den Waffenstillstand verworfen hatten, was interne Kämpfe unter den Clans ausgelöst hatte. Wieder andere waren zu Renegaten geworden und hatten ihre Ausrüstung mitgenommen, um als Banditen zu leben. Dadurch daß Kookens Freudental so nahe an der Grenze zur Jadefalkenclan-Besatzungszone lag, war es ein bevorzugtes Ziel für Überfälle einiger dieser Banditen, aber die Rangers waren bislang noch immer mit ihnen fertig geworden. Selbst als zwei Gruppen gleichzeitig gelandet waren, war die Reserve nicht benötigt worden.

Nelson steuerte den Mech weiter auf die Banditen zu. Mit jedem Schritt verringerte sich die Entfernung zur Maschine der Roten Korsarin. Ihre Truppen hatten die Verfolgung aufgegeben, warteten auf ein Zeichen von ihr. Aber jeder Schritt, den er weiter in die Höhle des Löwen trat, vergrößerte die Fluchtchance von Nelsons

Truppen. »Deiner Stimme nach hast du bestimmt einmal zu den Clans gehört.«

»Ich kenne deinen Namen nicht, Kommandant. Sollte ich ihn kennen?« Ihre Frage klang beinahe wie ein Befehl, aber es schwang eine Andeutung von Neugierde darin mit.

»Kaum. Die Jadefalken haben mir auf Wotan die halbe Hand abgeschossen.« Wenn ihre Ausrüstung Clanstandard war, würde er eine Serie von Volltreffern brauchen, um die Panzerung zu durchschlagen. Das war nur auf kürzeste Distanz möglich. »Mein Sohn, Jon Geist, starb auf Teniente. Er diente bei den Untoten.«

»Den Untoten.« Ein hartes Lachen hallte durch Nelsons Neurohelm. »Die Untoten haben den Novakatzen durch die Befreiung Hohiro Kuritas eine große Schande bereitet. Dein Sohn starb in einem ruhmreichen Gefecht.«

In diesem Augenblick meldete Nelsons Entfernungsmesser an der Oberkante des Sichtschirms, daß er nahe genug war. *Auf gehts.* »Ja, das war ein ruhmreicher Kampf. Beinahe so ruhmreich wie eure Niederlage auf Tukayyid.«

Nelson bewegte seinen *Kampftitan* zur Seite, dann drehte er den Torso, so daß die Waffensysteme den Kampfkoloß der Roten Korsarin weiter im Visier behielten. Er drückte den Auslöser und schleuderte eine KSR-Salve auf ihren *Kampftitan.* Die Raketen donnerten aus der linken Brustpartie seines BattleMechs und senkten sich in Spiralen auf die Maschine der Korsarin. Feuerbälle blühten über ihrem Kampfkoloß auf, zerfetzten Panzerung an Brustpartie und Armen, am linken Bein.

Eine Hitzewelle schlug über Nelson zusammen. Seine mittelschweren Impulslaser bohrten ihre Energiepfeile in den roten Mech. Ein Strahl schnitt dicke Panzerbrokken aus dem Bein des *Kampftitan* und vergrößerte das Loch eines Raketeneinschlags. Geschmolzene Panze-

rung floß aus einem Loch in der Brustpartie der Maschine und aus Breschen an beiden Armen.

Nelson warf einen Blick auf den Sekundärschirm. Es war ihm nicht gelungen, den massiven Schutz des *Kampftitan* zu durchbrechen. Die Temperaturanzeige war in den gelben Bereich gestiegen, aber die Wärmetauscher seines Kampfkolosses hatten sie schnell wieder nach unten geholt. Er riß die Waffen herum und stürzte geradewegs auf seine Gegnerin zu, die ihn ihrerseits anvisierte.

Zwei PPK-Blitze zuckten aus den pistolenartigen Waffen in den Händen ihres roten *Kampftitan*. Einer der beiden ging vorbei, aber der andere war um so effektiver. Unter lautem Krachen in Nelsons Helmlautsprechern schälte der Energiestrahl die Panzerung von der linken Brustpartie seines Mechs. Als der Hilfsmonitor einen Verlust von 55% der Panzerung in dieser Zone meldete, wußte Geist, daß ihr Treffer seine Maschine schwerer beschädigt hatte als seine gesamten Anstrengungen die ihre.

Jetzt erst bemerkte er den gedrungenen Geschützlauf, dort, wo der *Kampftitan* seinen imaginären Nabel hatte. Ein Strom grüner Lichtblitze zuckte aus der Mündung und tastete sich das linke Bein seines Kolosses hoch. Der schwere Impulslaser hinterließ dampfende Krater in der Panzerung, aber sie hielt und verhinderte weit schwerere Schäden an den internen Mechanismen der Kampfmaschine.

Das linke Bein des *Kampftitan* zitterte. Nelson mußte gegen die Schwerkraft und das Gewicht des Mechs ankämpfen, um ihn aufrecht zu halten. Er nahm etwas Gewicht von dem beschädigten Bein, drehte die Maschine nach rechts und löste ihre Geschütze aus. Sechs weitere KSR schossen aus den Rohren, aber nur vier trafen ihr Ziel. Panzerung barst am linken Arm, der linken Brustpartie und dem rechten Bein des gegnerischen Mechs, aber noch immer war keine Bresche zu erkennen.

Die vier Laser kochten weitere Panzerung von der Banditenmaschine. Zwei rubinrote Lichtspeere fetzten Metallkeramik von der Brustpartie, während die beiden anderen halb zerschmolzene Panzersplitter von den Beinen des *Kampftitan* schnitten. Hitzewogen brandeten durch Nelson Geists Pilotenkanzel. Seine Kehle war trocken. Stechender Schweiß lief ihm in die Augen, aber er hielt den Blick fest auf dem Hologrammschirm.

»Nicht schlecht, Kommandant, aber ich werde des Spielchens müde.« Die PPK der Roten Korsarin glitt zur Seite, aber alle Geschütze in Schultern und Torso richteten sich auf ihn aus wie Haie, die Blut gewittert hatten. Als die Korsarin sämtliche Laser abfeuerte, wußte Nelson, daß diese Banditen äußerst ungewöhnlich waren. Ihr *Kampftitan* war ausschließlich mit Energiewaffen bestückt, was ihn ideal für längere Feldzüge machte, bei denen Nachschub zum Problem werden konnte.

Der Impulslaser im Torso ihres Mechs kochte noch mehr Panzerung von der linken Torsopartie seiner Maschine. Noch war eine dünne Panzerschicht vorhanden, aber in der Torsomitte klaffte ein riesiges Loch. Die nächste PPK-Salve riß die Panzerung vom linken Arm seines Mechs, während die andere eine tiefe Schneise in die Panzerung des rechten Beines schlug.

Wieder versuchte Nelson die Balance zu halten, aber es war vergebens. Der *Kampftitan* kippte, und er konnte ihn gerade noch so drehen, daß er auf den Rücken fiel. Er zuckte zusammen, als der Neurohelm gegen die Rükkenlehne der Pilotenliege schlug und ihm ein heißer Funkenregen über die nackten Beine sprühte.

Er schaute hoch und sah freien Himmel über dem Kanzeldach. Wie eine göttliche Eingebung erkannte er plötzlich die Wahrheit. Im nächsten Augenblick wurde ihm klar, daß er entkommen mußte, um seine Vorgesetzten zu warnen. *Sie müssen es erfahren!* »Schleudersitz auslösen!«

Nichts geschah.

Ein Blick auf den Hilfsmonitor lieferte die Erklärung. Alle Systeme waren ausgefallen. »Ich muß es von Hand machen.« *Der Schleudersitz wird mich außer Reichweite bringen, und dann kann ich über ComStar eine Meldung abschicken.*

Mit der linken Hand griff er zum Handauslöser der Rettungsautomatik. Der Deckel sprang auf, aber bevor er den roten Knopf drücken konnte, fiel er wieder zu. Er versuchte es noch einmal, aber wieder vereitelte die Schwerkraft seine Anstrengungen. *Wenn ich nur schneller wäre.*

Plötzlich schob sich etwas vor die Sonne, die durch das Kanzeldach schien. Als er aufblickte, schaute er in einen PPK-Lauf.

»Der Kampf ist beendet«, erklärte die Korsarin. »Ergib dich. Du kannst mir nicht mehr schaden.«

Nelson öffnete den Deckel mit dem linken Mittelfinger und schob den Zeigefinger darunter auf den roten Knopf. »Ich könnte den Schleudersitz auslösen. Das würde dich die PPK kosten.«

Die Stimme der Roten Korsarin klang überrascht. »Das stimmt. Ergib dich oder stirb — auf deine Art oder auf meine.«

Nelson blickte nach unten auf den Knopf, dann nach oben auf den Geschützlauf. *Ist Jon genauso sinnlos gestorben?* Er schluckte schwer und erinnerte sich an seine Enkel. *Hatte Dorete recht?*

»Deine Entscheidung, Kommandant?«

Nelsons halbe Hand glitt zurück. »Ich ergebe mich.«

Die Stimme der Roten Korsarin wurde kalt. »Du enttäuschst mich. Ein echter Krieger hätte den Tod gewählt.«

»Ein Teil von mir hat es getan.« Seine linke Hand zerrte hilflos am Verschluß der Sicherheitsgurte, die ihn auf der Liege festhielten. »Vielleicht holt mein Körper ihn irgendwann ein.«

Buch I

DIE BESTE ALLER ZEITEN

1

Arc-Royal
Vereinigtes Commonwealth

12. April 3055

Prinz Victor Ian Steiner-Davion wandte sich der aufgleitenden Tür des Aufzugs zu. Er zupfte das Jackett seiner Ausgehuniform zurecht und nickte den beiden Wachtposten neben dem Lift zu. Sie rührten sich nicht, aber aus langer Erfahrung wußte Victor, daß ihre Augen hinter den verspiegelten Brillengläsern hellwach und ihre Waffen griffbereit waren.

Ein breites Lächeln trat auf seine Züge, als ein großer, robuster Krieger in der rotschwarzen Ausgehuniform der Kell Hounds aus dem Aufzug trat. Das lange Haar reichte dem Mann bis auf die Schultern, aber im Laufe der Jahre hatte es seine Farbe von Tiefschwarz in ein beinahe makelloses Weiß verändert, ebenso wie sein voller Bart. Die Falten um seine dunklen Augen vertieften sich, als ein warmes Lächeln auf seine Züge trat.

»Ich hatte nicht erwartet, Euch schon so früh auf zu sehen, Hoheit«, bemerkte Morgan Kell und neigte den Kopf zum Fenster, durch das man den dunklen Raumhafen sehen konnte. »Der frühe Landetermin sollte die Gaffer fernhalten.«

Victor lachte. »Ich bin wohl kaum ein Gaffer, Morgan.« Er wußte, daß der Kommandeur der Kell Hounds sehr genau wußte, warum er nach Arc-Royal gekommen war, und spielte die Scharade mit. Sie war wohl für den zweiten Passagier des Aufzugs bestimmt. »Ich schätze, ich habe mich noch nicht an die hiesige Zeit gewöhnt. Und nach der Meldung über den Banditenüberfall auf Pasig war ich die ganze Nacht damit beschäftigt, die vorläufigen Berichte zu sichten.«

»Ich habe davon gehört — es sieht nicht gut aus.« Morgan drehte sich um und legte den linken Arm um die Schultern des jungen Burschen, der ihm auf den Gang gefolgt war. Dieser war groß und schlaksig, mit den schwarzen Haaren eines Kell, aber seine Augen waren von ungewöhnlich blaugrüner Farbe. Er blinzelte verschlafen.

»Hoheit, das ist mein Enkel, Mark Allard. Vielleicht erinnert Ihr Euch noch an ihn.«

Der Prinz des Vereinigten Commonwealth bot dem jungen Mann die Hand. »Victor Davion.«

Mark lächelte auf Victor hinab und schüttelte ihm die Hand. »Es ist mir eine Ehre, Euch kennenzulernen, Hoheit.«

»Für dich Victor, Vetter.« Victor verzog das Gesicht und musterte Morgan. »Deinem Großvater habe ich wiederholt das Du angeboten, aber er besteht auf Formalitäten. Ich könnte es ihm befehlen, aber es ist allgemein bekannt, daß Kell Hounds unfähig sind, Befehle zu befolgen.«

Morgan lachte, aber Marks Blick verschleierte sich für eine Sekunde. »So wie Phelan.« Die Worte trieften vor Verachtung und hingen in der Luft wie ein fauliger Gestank.

Morgans Augen verengten sich etwas. »Ich hielt es für gut, wenn Mark seinem Onkel noch einmal unter normalen Bedingungen begegnet — der Rest der Woche ist ja mit formellen Empfängen verplant.«

Der jüngere Mann versuchte, den Arm seines Großvaters abzuschütteln. »Ich weiß nicht, warum du diesem Verräter eine Peinlichkeit ersparen willst.« Mark blickte Victor an. »Ihr müßt auch mißtrauisch sein. Ihr habt Eure Leibwachen dabei.«

Victor zögerte einen Moment mit der Antwort. »Ehrlich gesagt, diese Männer begleiten mich überallhin. Würde ich mir echte Sorgen machen, wäre Kommandant Cox hier. Aber ja, es stimmt, ich bin in meiner offiziellen Rolle als Prinz des Vereinigten Commonwealth hier, um einen Khan des Wolfsclans zu begrüßen. Ich bin aber auch als Privatmann hier, um meinen Vetter willkommen zu heißen.«

Mark ballte die Fäuste. Seine Frustration war fühlbar. »Wie könnt ihr beide so blind sein? Phelan hat es geschafft, vom Nagelring geworfen zu werden, und dann ist er zu den Clans übergelaufen. Für sie ist er ein Held, ein Held für das Volk, das versucht hat, die Innere Sphäre zu vernichten. Der Wolfsclan, dem er geholfen hat, hatte den größten Erfolg bei seinen Angriffen gegen uns, und sie haben ihn belohnt, indem sie ihn zum Khan machten. Anstatt ihn hier willkommen zu heißen, sollten wir ihn auf der Stelle erschießen!«

Victor verschränkte die Arme vor der Brust. »Ich denke, du siehst das falsch, Mark. Phelan *wurde* zwar vom Nagelring geworfen, aber es war nicht so, wie du es dargestellt hast. Phelan sah, daß etwas getan werden mußte, und er hat es getan. Hinterher kam das Ehrengericht zu dem Schluß, er habe den Schulkodex verletzt. Ich war in dem betreffenden Jahr auf der Militärakademie New Avalon, daher weiß ich nur, was in den Akten steht, aber Phelans Aktion hat Leben gerettet.«

Victor wand sich innerlich, während er mit Mark redete. Es war ihm unangenehm, Phelan verteidigen zu müssen. Obwohl sie Vettern waren, hatten sie einander nie sonderlich nahegestanden. Während seines Studiums am Nagelring hatte Victor seine Freundschaft gesucht, aber Phelan hatte ihn zurückgewiesen. *Für mich war eigentlich von vornherein klar, daß er am Nagelring nichts verloren hatte, und als er dann rausgeflogen ist, hat es mich nicht im mindesten überrascht. Ich war froh, als er weg war.*

Mark verschränkte die Hände auf dem Rücken. »Verzeihung, Prinz Victor, aber ich erinnere mich an Phelan. Er war mein Idol. Ich war verletzt, als er vom Nagelring gehen mußte, aber froh über seine Rückkehr zu den Kell

Hounds. Als die Berichte über seinen Tod im Gefecht mit den Clans eintrafen, war ich am Boden zerstört. Aber ich bin darüber hinweggekommen, weil ich wie viele andere glaubte, er sei den Heldentod gestorben. Dann stellte sich heraus, daß er den Namen Kell aufgegeben hatte und ein vollwertiges Mitglied des Wolfsclans, ja sogar einer ihrer Kommandeure geworden war.«

Victor schüttelte den Kopf, als er mehrere seiner Leibwachen verhalten nicken sah. »Deine Logik ist fehlerlos, Mark, aber ich frage mich, ob du alle Fakten kennst.«

»Als da wären?«

Victor mußte über den wilden Enthusiasmus seines jüngeren Gegenüber grinsen. »Nun, zum Beispiel hat ComStar gerade die Verlustdaten für die von den Clans eroberten Welten veröffentlicht. Von allen Clans sind die Wölfe der einheimischen Bevölkerung der von ihnen besetzten Welten am freundlichsten begegnet. Und es heißt, Phelan hat den Planeten Günzburg eingenommen, ohne daß ein Schuß fiel.«

Mark nickte knapp. »Sicher, er wollte die Verluste seiner Truppen niedrig halten.«

»Viel wichtiger ist, daß Phelan zahllose Menschen gerettet hat, die ihn erbärmlich behandelten, als die Kell Hounds auf Günzburg festsaßen. Er hätte auf der Verwüstung des Planeten bestehen können. Und ich bin sicher, mehr als ein Bewohner der Inneren Sphäre hätte sich darüber gefreut, wenn ihm der Wolfsclan Tor Miraborgs arroganten Schädel auf dem Tablett serviert hätte.«

»Ich gehöre auf jeden Fall dazu«, warf Morgan leise ein. Victor wußte, in welchem Dilemma sein Onkel steckte. Natürlich liebte der Kommandeur der Kell Hounds seinen Sohn, und er respektierte, was er auf Günzburg und anderen Welten geleistet hatte, aber Phelans Rolle bei den Clans stand in deutlichem Gegensatz zu diesen Gefühlen. *Ich möchte nie in Morgans Haut stecken. Es muß furchtbar sein, sich zwischen seiner Familie und der Nation entscheiden zu müssen.*

Mark runzelte die Stirn. »Aber Phelan ist einer ihrer Anführer, ein sogenannter Khan. Genau wie Natascha Kerensky, die Verräterin.«

Victor schüttelte den Kopf. »Nein. Natascha war schon immer Clannerin. Und vermutlich trifft für Phelan irgendwie dasselbe zu. In deiner Vorstellung hast du ihn zu einem Monster aufgebaut, auch wenn ich zugeben muß, daß du damit nicht alleine stehst. Eine Menge Leute halten Phelans Aktionen für ein Verbrechen, einen Verrat. Aber wer weiß, Phelans Aufstieg könnte eine Bekräftigung der Siege der Kell Hounds über die Clans auf Luthien und Teniente sein. Und des Siegs meiner Untoten. Die Clans produzieren vielleicht große Krieger, aber nicht notwendigerweise die *besten.*«

Morgan drückte seinen Enkel an sich. »Ich war bei den Clans, Mark. Ich habe Phelan und ilKhan Ulric getroffen. Gib deinem Onkel eine Chance.«

Draußen erhellte ein silberner Lichtschein wie eine Magnesiumfackel den Himmel. Das Licht spielte über den Stahlbetonlandeplatz wie weißes Mondlicht über einen stillen See. Kleine Staubwolken wurden aufgewirbelt, als das Landungsschiff sich langsam zu Boden senkte. Die Ionendüsen stießen Millionen Pond an Schub aus, und Victor konnte die Hitzeentwicklung noch durch die Fenster fühlen.

Sekunden, bevor die kugelförmige Landefähre der K-1-Klasse aufsetzte, fuhren die Landestützen aus und rasteten ein. Victor, der wußte, wieviel Mut und Können ein solches Manöver erforderte, mußte dem Piloten unwillige Bewunderung zollen. *Ich bin noch keinem Clanner begegnet, der keine außergewöhnlichen Fähigkeiten gezeigt hätte. Ich frage mich, wie wir es geschafft haben, sie auch nur zu bremsen.*

Als das Schiff endlich aufgesetzt hatte, wurde der

Landekran angefahren. Victor beobachtete, wie sich der riesige Dockarm über die Ausstiegsluke des Schiffes senkte, und fühlte die Erschütterung, mit der er festmachte. Einer seiner Leibwächter öffnete die Tür zur Empfangslobby, dann marschierte er den Gang zum Clanschiff hinab.

Mit einem Stirnrunzeln bemerkte Victor, daß seine Hände feucht waren. Er wischte sie heimlich an der marineblauen Hose ab, dann zupfte er die graugeränderten Manschetten der Jacke zurecht. Einen Augenblick wünschte er, einen Spiegel zu haben, dann ärgerte er sich selbst über seine Eitelkeit.

Der Ärger stand ihm noch auf dem Gesicht geschrieben, als er seinen Vetter sah, den Mann, den er einmal als Phelan Kell gekannt hatte, und der jetzt ein Khan des Wolfsclans war.

Beinahe sofort erinnerte sich Victor, daß er Phelan seine Größe immer übelgenommen hatte, dann wischte er den Gedanken beiseite. Seine Zeit bei den Clans hatte den schon immer hochgewachsenen Phelan noch imposanter werden lassen. Die graue Lederuniform lag eng an seinem muskulösen Körper, und er trug das schwarze Haar lang, wie sein Vater. Er trug jedoch keinen Bart, und Victor vermißte das spöttische Funkeln in den grünen Augen. Jetzt schienen sie mit heißem Feuer zu glühen.

Phelan blickte sich um, dann salutierte er vor seinem Vater. »Danke für die Einladung, Oberst.«

»Danke, daß Sie kommen konnten, Khan.« Morgan erwiderte den Salut, dann schloß er seinen Sohn in die Arme.

Nachdem er die Umarmung seines Vaters erwidert hatte, wandte Phelan sich an Victor. »Danke für die Erlaubnis zu diesem Besuch, Prinz Steiner-Davion.«

Victor nickte. Durch die kalte Förmlichkeit von Phelans Begrüßung keimte erneut die Besorgnis in ihm auf. »Wir sind gerne bereit, Oberst Kells Wünschen nachzukommen. Das Vereinigte Commonwealth hat ihm viel zu verdanken. Trotz der jüngsten Überfälle aus dem Jadefalkenterritorium konnte ich seine Bitte um ein Treffen mit Ihnen nicht abschlagen.«

»Es dürfte niemand überraschen, daß aus dem Jadefalkengebiet Banditen kommen, frapos?« Phelan zögerte, als wollte er noch etwas hinzufügen. Victor nickte. Sie würden später noch Gelegenheit haben, die Überfälle zu diskutieren. Ein Lächeln spielte um Phelans Mundwinkel, als er Mark die Hand entgegenstreckte. »Du bist groß geworden, Mark. Es ist schön, dich zu sehen.«

Mark unternahm keine Anstalten, Phelans Hand zu ergreifen. »Du siehst gut aus, *Onkel*«, erwiderte er, und schaffte es, das Wort wie einen Fluch klingen zu lassen. Der Khan zeigte keinerlei Reaktion.

Langsam zog Phelan die Hand zurück, dann deutete er auf die Personen, die noch im Korridor hinter der Tür warteten. »Oberst, Hoheit, Neffe, bitte gestatten Sie mir, Ihnen meine Begleiter vorzustellen.«

Phelan ergriff die Hand einer großen, schlanken Frau mit sehr kurzem weißen Haar und führte sie ins Foyer. Sie trug eine graue Lederuniform ähnlich der Khan Phelans, und sie bot darin einen durchaus angenehmen Anblick. Ihre blauen Augen schienen Victor zunächst kalt, aber die Art, wie sie Phelan ansah, korrigierte diesen Eindruck. *Sie schaut ihn an, so wie ich mir vorstelle, daß Omi mich ansieht.* Gleichzeitig schien sie ihm auf gespenstische Weise vertraut, auch wenn er sich nicht erklären konnte, warum.

»Dies ist Sterncaptain Ranna. Sie gehört zur Kerensky-Blutlinie. Um genau zu sein, sie ist Natascha Kerenskys Enkelin.«

Morgan Kell küßte ihre Hand. »Schön, Sie wiederzusehen, Ranna.«

»Gleichfalls, Oberst Kell.«

Victor nickte ihr zu, und sie erwiderte die Geste mit

einem Lächeln. Mark hielt sich kerzengerade und versuchte, sie zu ignorieren.

Ihr folgten zwei weitere Personen in Clanuniform. Eine davon, allem Anschein nach eine Frau, füllte den gesamten Türrahmen aus. Victor stufte sie sofort als Elementare ein. Die Riesin warf ihren langen roten Zopf über die Schulter nach hinten und studierte Victors Leibwachen einen Moment. Nachdem sie sich vergewissert hatte, daß sie von ihnen nichts zu befürchten hatte, trat sie ein.

Der Mann hinter ihr schien das genaue Gegenteil. Ein dichter blonder Haarschopf saß auf einem Kopf, der zwei Nummern zu groß für den kleinen, schlanken Körper war. Victor war schon ziemlich klein, aber noch immer erheblich größer als dieser Clanner. Seine geringe Größe und die großen grünen Augen machten ihn zum idealen Raumpiloten. Seinem Grinsen nach zu urteilen, hatte er die Landefähre so gekonnt nach unten gebracht.

»Das sind Sterncaptain Evantha Fetladral und Sterncaptain Carew. Er gehört zur Nygren-Blutlinie. Evantha ist eine Elementare, Carew ist Pilot.«

Mark blieb beim allgemeinen Austausch von Begrüßungen unbewegt und stumm. Victor warf ihm einen ärgerlichen Blick zu. Dann bemerkte er den letzten Neuankömmling in der Tür. Er wirkte größer als bei ihrer letzten Begegnung, und wie Phelan war er muskulöser geworden. Er trug keine Lederuniform, sondern einen dunkelgrauen Overall. Die blonden Haare waren kurz geschoren, wie es für einen MechKrieger üblich war.

»Prinz Ragnar?« Victor starrte den Mann an, mit dem er auf Outreach trainiert hatte. »Ich hatte gehört, daß du von den Wölfen gefangengenommen wurdest, aber ...«

Phelan nickte Ragnar zu; der reagierte, indem er Victor die Hand reichte. »Hallo, Prinz Victor. Es freut mich, Sie wiederzusehen.«

Victor schüttelte ihm die Hand. Ragnars Griff war fester geworden. Er bemerkte auch ein weißes, geflochtenes Armband an seinem Handgelenk und einen seltsam mechanischen Ton in seiner Stimme. »Alles in Ordnung, Prinz Ragnar?«

Ragnars ernste Miene erhellte sich und mit ihr seine Stimme. »Ich bin jetzt nur noch Ragnar, Prinz Victor. Ich bin ein Leibeigener des Wolfsclans, aber ich hoffe, eines Tages als Krieger akzeptiert zu werden.«

»Das wirst du, Ragnar.« Phelan lächelte zuversichtlich. »Ragnar hat bei der Schlacht um Tukayyid tapfer gedient. Er war einem Evakuierungsbataillon zugeteilt, aber er hat auch an den Kämpfen teilgenommen, als ein ComGuard-Zug das Gebiet überfiel, in dem sein Hospital stand.«

Victor grinste. »Überrascht mich nicht. Auf Outreach hat Ragnar auch schon eine gute Figur gemacht.« Er schüttelte den Kopf. »Wenn ich mir ihn und auch dich, Phelan, so ansehe, bin ich beeindruckt von der Loyalität, die die Clans in Außenseitern inspirieren können.«

Ranna lächelte und drückte Phelans Hand. »Verzeihen Sie, Prinz Steiner-Davion, aber weder Phelan noch Ragnar waren Außenseiter, nachdem sie zu Leibeigenen wurden. Ihr Volk setzt unsere Leibeigenschaft mit Sklaverei gleich, aber wir schätzen alle Kasten.«

»Ich hatte nicht die Absicht, Sie zu beleidigen, Sterncaptain.« Victor gab sich so charmant wie möglich. »Aber die Veränderungen in beiden Männern überraschen mich. Ich beginne mich zu fragen, wie wir die Clans je besiegen konnten.«

»Sie haben uns nicht besiegt, Victor.« In Phelans Stimme trat eine Schärfe, die dem Prinz ganz und gar nicht behagte. »Wir haben uns selbst besiegt, weil es der ilKhan so beschlossen hatte. Ja, Sie triumphierten über die Jadefalken, während das Kombinat und eine Reihe von Elitesöldnern die Nebelparder und Novakatzen besiegen konnten. In beiden Fällen ein großer Erfolg für die Innere Sphäre, und Sie haben alles Recht, stolz darauf zu sein. Aber es wäre ein Fehler, die Clans als besiegt anzusehen.«

»Aber ComStar hat einen Waffenstillstand ausgehandelt.« Victor hob den Kopf. »Die Clans haben zugesagt, nicht über die Waffenstillstandslinie auf Terra vorzurükken. Ohne die Chance, dieses Ziel zu erobern, scheinen Ihre Kameraden auch die Fähigkeit zu einer Koordinierung ihrer Operationen verloren zu haben. Was ist aus der großen Invasion geworden, mit gleichzeitigen Schlägen gegen verschiedene Ziele? Im letzten Jahr konnten meine Truppen die Falkeninvasion auf Morges und den Stahlviperüberfall auf Crimond mit Leichtigkeit zurückschlagen. Und in diesem Jahr hat es nur Überfälle gegeben.«

»Ja, der ComStar-Waffenstillstand hat die zielgerichtete Einigkeit der verschiedenen Clans zerplatzen lassen. Aber gleichgültig, wie leicht Sie oder das Draconis-Kombinat die begrenzten Attacken und Überfälle oberhalb der Waffenstillstandslinie abwehren können, der Waffenstillstand wird schließlich auslaufen.«

Victor hob eine Braue. »Und?«

»Und«, hauchte der Wolfskhan, »wenn sich gewisse Elemente in den Clans durchsetzen, wird dies das Ende der Inneren Sphäre sein.«

2

Arc-Royal
Vereinigtes Commonwealth

13. April 3055

Christian Kell streckte den Arm hinter der Kopfstütze der Pilotenliege durch und klopfte seiner Pilotin auf den Helm. »Saubere Landung, Caitlin. Danke.«

»War mir ein Vergnügen«, kam krachend die Antwort durch die Helmlautsprecher. Caitlin preßte den Verschlußknopf, und das Kanzeldach glitt nach hinten in den Rumpf des Luft/Raumjägers. »Ich brauchte die Flugstunden mit dem *Stingray.* Bei der ganzen Herumreiserei war ich nahe daran, meine Zulassung zu verlieren.«

Die Jagdmaschine rollte langsam im Kell-Hounds-Hangar aus, und Sekunden später legten die Techs Aluminiumleitern an das Cockpit. Chris murmelte »Arigato«, während er hinabkletterte, erinnerte sich aber noch daran, »Danke« hinzuzusetzen. Der Tech, der die Leiter am Boden festhielt, grinste.

»Gern geschehen, Kommandanthauptmann. Der Alte möchte Sie und Oberleutnant Kell sofort sehen. Ihr Vetter ist bei ihm.«

Chris nickte und nahm den Helm ab. Die kühle Hangarluft strich durch sein schwarzes Haar und ließ ihn frösteln. Er reichte dem Tech den Helm und nickte ihm zu. »Danke, Mr. Hanson. Cait, hast du's mitbekommen?«

Caitlin nahm den Helm ab, und ihr langes schwarzes Haar ergoß sich über die Schulterteile ihrer Kühlweste. Chris hatte immer wieder hören müssen, daß sie sich ähnlich genug sahen, um Geschwister sein zu können, auch wenn seine braunen Augen einen deutlichen Kontrast zu den grünen Caitlins bildeten. Wenn er sie betrachtete, bemerkte er die Ähnlichkeiten, aber dank seiner Jugend außerhalb der Kell Hounds sah er die Unterschiede noch deutlicher.

»Botschaft erhalten«, antwortete sie. »Ob Oberstleutnant Allard wütend darüber ist, daß ich mit einer Schleife um den kleinen Mond abgebremst habe?«

»Keine Ahnung.« *Mich interessiert viel mehr, ob dieser Vetter unser Vetter oder* dein *Bruder ist.* Chris ließ Caitlin den Vortritt, dann folgte er ihr gedankenverloren in die Basis. Er überlegte angestrengt, wen er lieber treffen würde, Victor Steiner-Davion oder Phelan Ward.

Er kannte Victor aus ihrer Zeit im Ausbildungslager auf Outreach, wo Wolfs Dragoner versucht hatten, Kriegern der Inneren Sphäre die Methoden der ClanKrieger beizubringen. Wolf hatte Victor und die übrigen Söhne und Töchter der Nachfolgerhäuser ausgebildet. Victor hatte großes Talent bewiesen und auch weit mehr daraus gemacht, als Chris oder Mac — hätte er es noch erlebt — für möglich gehalten hätten. Trotzdem, Victor hatte eine Art an sich, die potentielle Verbündete um nichts weniger vergrätzte, als sie seine Feinde zur Weißglut trieb.

Phelan war für Chris ein noch schwierigerer Fall. Im Jahre 3042 war Chris zu seinem Onkel Morgan Kell gekommen und als Patrick Kells Sohn angenommen worden. Morgan hatte die Hounds damals verlassen und Chris zur Ausbildung auf den Dragonerplanet Outreach gebracht. Dort war Chris drei Jahre lang gedrillt worden, bis er als Oberleutnant mit Befehl über eine eigene Lanze zu den Hounds gestoßen war.

Vor seinem Aufbruch nach Outreach und in der kurzen Zeit vor seiner Einteilung zum Zweiten Regiment der Kell Hounds hatte Chris eine gewisse Ablehnung von Phelan gespürt. Zunächst hatte er es auf Phelans logischen Widerstand gegen einen Neuankömmling geschoben, der durch seine Abstammung einen ebensogroßen Anspruch auf die Führung der Kell Hounds hatte wie Phelan. Später kam ihm der Gedanke, Phelans Ablehnung läge in dessen Furcht begründet, Chris könne dem Ansehen Patrick Kells und der Kell Hounds schaden, indem er sich ihrer nicht würdig erwies.

Als Chris sich im Kampf bewiesen und nach dem Tod ihres Kommandeurs den Befehl über seine Kompanie übernommen hatte, war Phelan bereits am Nagelring. Dann kam der Kampf um The Rock und die Nachricht von Phelans Tod. Chris hatte sich für Morgan gefreut, als sich das Ganze als Falschmeldung herausgestellt hatte, aber die Nachricht, daß Phelan zu den Clans übergelaufen war, hatte ihn mehr als wütend gemacht. Die Clans waren nicht nur die größte Bedrohung der Inneren Sphäre, ihre Invasion hatte katastrophale Auswirkungen für seine Heimat, das Draconis-Kombinat gehabt.

Als sie den Besprechungsraum erreichten, hatte Chris noch immer keine Entscheidung getroffen. Ein riesiger Eichentisch beherrschte den Saal, dessen hinteres Ende im Dunkel lag. Er kam sich verloren vor. Am vorderen Tischende hatten bereits zwei Männer Platz genommen.

Als Chris und Caitlin eintraten, stand Oberstleutnant Daniel Allard auf, salutierte vor Pilotin und Passagier und schüttelte beiden die Hand. »Schön, euch wiederzusehen. Nett von dir, Caitlin, wie du über die Mondbasis gebraust bist, um euch anzukündigen.«

Caitlin errötete leicht und senkte in gespieltem Schuldbewußtsein den Blick, dann grinste sie. »Das Bremsmanöver hat Treibstoff gespart, Oberstleutnant.«

Dan nickte, und eine weiße Haarsträhne fiel ihm in die Stirn. »Das denke ich mir, aber ich würde es vorziehen, wenn du vor einem möglichen Auftraggeber solche taktischen Einzelheiten für dich behältst.« Er strich sich das Haar zurück. »Ihr erinnert euch sicher an Prinz Victor Steiner-Davion.«

»Vetter!« Caitlin trat vor und umarmte Victor, als er sich von seinem Platz erhob. Victor erwiderte die Umarmung lachend, dann ließ er Caitlin los und begrüßte Chris. »Schön, dich zu sehen, Christian.«

Chris verneigte sich. »Willkommen, Hoheit.«

Victor erwiderte die Verbeugung mit zackiger Präzision. »Gomen nashai, shitsurei shimashita.«

Chris richtete sich wieder auf, und ein Lächeln umspielte seine Mundwinkel. »Es gibt keinen Grund, Euch etwas zu verzeihen, Hoheit. Ihr wart nicht unhöflich. Ich muß allerdings sagen, daß sich Euer Japanisch sehr verbessert hat.«

»Nach Teniente habe ich einige Zeit mit Shin Yodama und Hohiro Kurita verbracht. Sie waren zögernde, aber fähige Lehrmeister.«

»Ich war froh zu hören, daß beide den Clankrieg überlebt haben. Als Mac und ich Euch ausgebildet haben, hätten wir uns nicht träumen lassen, daß Eure Gruppe es intakt übersteht. Ragnar und Kai haben uns einen ziemlichen Schrecken eingejagt, aber sie haben es auch geschafft.«

Dan unterbrach das Gespräch. »Nach dem Flug haben Caitlin und du sicher Ruhe nötig. Trotz der Sparmaßnahmen muß er sehr anstrengend gewesen sein. Ich wollte nur euren Bericht hören, bevor ich die Gerüchte hier auf der Basis auswerte. Wie sieht es auf Deia aus?«

Chris verschränkte die Hände auf dem Rücken. »Gut. Zimmers Zuaven konnten ihr Mechbataillon mit unserem Nachschub wieder auf volle Gefechtsstärke bringen. Sie haben ein ausgezeichnetes Arbeitsverhältnis mit den Deia-Freiwilligen und alle Kompanien mit Scoutlanzen der Miliz verstärkt. In den unzugänglichsten Gegenden des Planeten haben sie Vorratslager angelegt, und wenn nicht gerade eine Clangalaxis ohne Vorwarnung über Deia abgeworfen wird, können sie sich über einen Monat halten.«

»Sehr schön.« Dan zögerte. »Was haben sie mit Hauptmann Sagetsky gemacht?«

Chris lächelte. »Kommandant Zimmer hat ihn noch im Hospital gefeuert.«

»Hospital?« Dans blaue Augen funkelten. »Was ist passiert?«

Caitlin verzog das Gesicht. »Er hatte kurz vor dem Aufbruch zur Inspektionstour mit Chris von meinem Geburtstag gehört und erklärt, er habe ein Geschenk für mich in der Hose.«

»Du hast ihm doch nicht ...«

»Nein, Oberstleutnant. Ich nicht.« Caitlins Miene wurde fröhlicher. »Er machte die Bemerkung auf einem Empfang, in Hörweite seiner Frau. Er war besoffen, wie üblich. Sie hat ihm eine Flasche Sekt über den Schädel gezogen. Mit durchschlagendem Erfolg.«

Chris nickte. »Kommandant Zimmer war unserer Ansicht, daß es Zeit wurde, Sagetsky auszumustern. Ein Milizoffizier übernahm seinen Posten, und die Zuaven schienen den Wechsel zu begrüßen. Bei unserem Abflug war die Stimmung gut.« Der junge Söldneroffizier blickte zum Prinzen. »Eure Miene verrät Besorgnis, Hoheit.«

Victor blinzelte, dann zwang er sich zu einem Lächeln. »Ich habe keine Zweifel an der Richtigkeit Ihres Berichts, Kommandanthauptmann, aber ich habe meine Zweifel über das Programm, mit dem ihr diese kleinen Söldnereinheiten fördert. Eure Zuschüsse waren sehr großzügig, und ich habe den Eindruck, daß alle möglichen Leute Einheiten gründen, nur um an euer Geld zu kommen.«

Chris neigte den Kopf. »Ich bin nicht sicher, ob ich diese Besorgnis verstehe.«

»Nehmen wir zum Beispiel Zimmers Zuaven«, erklärte Victor. »Ich erinnere mich an einen Bericht, den ich über sie gesehen habe — zugegeben vor Ihrem Inspektionsflug —, aber darin stand, daß die Zuaven zur Hälfte aus AgroMechfahrern bestehen, zu einem Viertel aus Pensionären und zu einem Viertel aus unehrenhaft ausgemusterten Offizieren. Ein Teil ihrer Ausrüstung ist wohl von erster Güte, aber ich habe auch von zwei vollen Lanzen gehört, die nur aus *Heuschrecks* bestehen, deren Bauteile von fünfunddreißig verschiedenen Maschinen stammen. Man kann keine Amateure nehmen, sie in BattleMechs stecken und erwarten, daß sie eine Kampfeinheit bilden. Offiziere wie Sagetsky ruinieren potentielle Krieger schon in der Ausbildung und führen sie im Ernstfall in den Tod. Ich weiß, daß Sie Materialüberschuß haben und finanziell abgesichert sind — sowohl durch das Familienvermögen der Kells wie durch die Gelder, die Dan von Justins Firma auf Solaris erhält —, aber ich frage mich, ob Sie dieses Geld nicht für ein hoffnungsloses Unterfangen aus dem Fenster werfen. Das ist die, Moment, die fünfte Einheit, die Sie auf diese Weise unterstützen?«

»Die vierte. Die Legion der Aufgehenden Sonne hat ein ähnliches Vorgehen beschlossen und fördert ebenfalls eine Einheit.« Dan Allard verschränkte die Arme und lehnte sich gegen den Tisch. »Wir sind sehr zufrieden mit den Ergebnissen, militärisch wie auch sonst.«

Chris nickte. »Das Programm basiert auf der Arbeit, die Euer Vater mit der Gründung der Ausbildungsbataillone begonnen hat.«

Wütend wischte Victor Christians Kommentar beiseite. »Sie können wohl kaum behaupten, daß Kurzzeitverträge für so einen Pöbel auf einer Stufe mit einem ausgewachsenen Trainingsprogramm stehen! Eure kleinen Bataillone haben weder die Einrichtungen noch die Vorräte oder das Personal, die ihnen die VCS bieten können.«

»Das stimmt, Hoheit«, gab Dan zurück, »aber die Ausbildungsbataillone beginnen ihre Arbeit mit Neulingen, während unsere Rekruten bereits eine gewisse Erfahrung in der Mechführung haben. Vielleicht haltet Ihr unsere Ausbilder für unfähig, weil sie Pensionäre sind, aber denkt daran, wie gut die Clans ihre alten Krieger noch nutzen, indem sie sie zu Instrukteuren für die nächste Generation machen. Außerdem möchte ich zu bedenken geben, daß ihr einen Offizier wie Sagetsky nicht als Beispiel heranziehen könnt. Sagetsky wurde gefeuert.«

Caitlin hatte dazu auch etwas zu sagen. »Wir stellen nicht einfach nur ein Ausbildungsbataillon auf, Victor. Wir bieten den Menschen auf Deia einen gewissen Schutz.«

»Schutz? Zimmers Zuaven sind wohl kaum ein Gegner für die Jadefalken. Ich traue ihnen nicht einmal zu, die Banditen aufzuhalten, die Kookens Freudental überfallen haben und jetzt offensichtlich auch Pasig angreifen.«

Chris runzelte die Stirn, sagte aber nichts. Er hörte aus Victors Stimme dessen Widerstand gegen alles heraus, was nicht in seine Vorstellung vom Universum paßte. Das überraschte Chris nicht sonderlich, aber es machte ihm Sorgen. Er hatte seine jungen Jahre auf Murchison zugebracht, im Schatten der mächtigen Vereinigten Sonnen, und er verstand die Angst der Bevölkerung einer Grenzwelt wie Deia. Örtliche Organisationen wie die Miliz oder die Yakuza der Kyu-no-inu-gumi lieferten diesen Menschen ein Gefühl der Sicherheit, das es ihnen erst möglich machte, Tag für Tag mit der furchtbaren Bedrohung zu leben, der sie allein durch die Lage ihrer Heimatwelt ausgesetzt waren.

»Aber Prinz Victor, sie *brauchen* einen solchen Gegner ja auch gar nicht zu besiegen. Ihre Aufgabe besteht darin, ihn lange genug zu binden, um uns Gelegenheit zur Reaktion zu geben.« Dan Allard drehte sich um und nahm wieder Platz. »Ihr und Kai habt, als Ihr gegen die Clans standet, erfolgreich darauf hingewiesen, daß es im Weltall keine Fronten gibt. Der Schlüssel zum Sieg über den Feind besteht darin, in dort zum Angriff zu bewegen, wo wir stark sind.«

»Richtig, Oberstleutnant Allard. Deshalb haben wir

Twycross mit einer gewaltigen Streitmacht angegriffen. Die Zuaven sind keine solche Streitmacht.«

»Aber das brauchen sie auch gar nicht zu sein. Auf Tukayyid hat ComStar bewiesen, daß die Clans keine langen Feldzüge führen können. Die ComGuards haben sie versprengt und dann aufgerieben. Ihr habt diese Situation auf Trellwan sofort richtig erkannt, und das Kombinat hat es auch getan, als Hohiro auf Teniente untertauchte.«

Victor nickte, dann lehnte er sich über den Tisch. »Stimmt, aber die Clans können ihre Taktiken ändern, um einer neuen Bedrohung zu begegnen. Die Wölfe haben es getan.«

»Zugegeben, aber die Jadefalken sind nicht die Wölfe. Die Falken haben sich als einer der traditionellsten Clans da draußen erwiesen. Aber davon mal ganz abgesehen. Der Hauptpunkt ist folgender: Zimmers Truppen können einen Angreifer mindestens einen Monat aufhalten. Wir brauchen weniger Zeit, um die Kell-Hounds-Regimenter zu mobilisieren und nach Deia zu bringen. Da Zimmers Zuaven die Claneinheit beschäftigen, können wir sie binden und mit der überwältigenden Übermacht angreifen, die auf Twycross zum Einsatz kam.«

Der kleinwüchsige Prinz nickte, aber seine Miene blieb besorgt. »Ihre Strategie ist vernünftig. Wir haben das gleiche auf Morges getan, wo Skye Rangers und Arkturusgarde lange genug durchgehalten haben, um die Dragoner einzuschiffen und die Jadefalkenkräfte zu zerschlagen. Aber die Kell Hounds operieren ohne Kontrakt. Deia liegt nicht einmal in der Mark Donegal. Morgan würde höchstens einen Garnisonskontrakt für Tomans akzeptieren, nicht mehr. Vielleicht werden Sie den Wert einer festen Anstellung einsehen, wenn er zurücktritt.«

Dan lachte herzlich. »Hoheit, Ihr wißt, daß der Oberst weitere Kontrakte abgelehnt hat, weil wir noch im Wiederaufbau stecken. Wir sind auf Luthien schwer geschlagen worden, und obwohl uns das Kombinat sehr großzügige Bergungsrechte einräumte, war es schwere Arbeit, die Einheit wieder aufzubauen. Das ist ein weiterer Grund für uns, kleinere Einheiten zu fördern. Sie haben uns einige ausgezeichnete Piloten und MechKrieger geliefert. Wenn Krieg ein Sport wäre, wären diese Einheiten unsere Jugendmannschaften. Wir sind vielleicht bereit, Ihr Kontraktangebot zu akzeptieren, aber erst, wenn der Zeitpunkt dafür gekommen ist.«

Chris bemerkte das Zögern in Dans Stimme, auch wenn Victor es überhört zu haben schien. *Wie soll er Victor verständlich machen, daß wir uns eine bessere Zusammenarbeit mit der Bevölkerung des ehemaligen Lyranischen Commonwealth sichern, wenn wir uns weigern, in seine Dienste zu treten? Die Ernennung Morgan Hasek-Davions zum Marshal of the Armies und Victors Einsatz der Zehnten Lyranischen Garde, um Hohiro Kurita aus einer Todesfalle zu retten, sind in diesem Teil des Vereinigten Commonwealth ausgesprochen negativ aufgenommen worden. Wäre seine Mutter, der Archon, nicht so geschickt, wenn es darum geht, Ryan Steiner in die Schranken zu weisen, und gleichzeitig so beliebt bei ihrem Volk — obwohl es ihre Hochzeit mit Hanse Davion war, durch die diese Vereinigung erst besiegelt wurde —, dann hätte Victor hier gehörige politische Schwierigkeiten.*

Victor schien Dans Erklärung zu akzeptieren. »Sie wissen natürlich, daß ich keine Zweifel an Ihrem entschlossenen Widerstand gegen jeden Vorstoß der Clans habe. Ich weiß auch, daß Sie niemals einen Kontrakt annehmen würden, der sich gegen das Vereinigte Commonwealth richtet.«

Chris sah ihn fragend an. »Aber?«

»Aber ich möchte eine derartige Loyalität mit einem Kontrakt belohnen, den eine Einheit wie die Kell Hounds verdient. Sie und die Dragoner haben geholfen, die Schlacht zu gewinnen, die im anderen Fall das Ende für die Innere Sphäre besiegelt hätte. Seitdem haben beide Einheiten mit internen Problemen gekämpft, und der Gedanke gefällt mir nicht, daß das Vereinigte Commonwealth ohne die Hilfe seiner stärksten Verbündeten zum Kampf antreten müßte.«

Dan blinzelte dem Prinzen zu. »Wir sind hier, Hoheit. Das hier ist unsere Heimat, und alles Geld des Universums könnte uns nicht veranlassen, sie besser zu verteidigen, als wir es ohnehin tun.«

3

Piratenpunkt über Pasig
Vereinigtes Commonwealth

15. April 3055

Nelson Geist war froh, aus dem stinkenden Frachtraum zu kommen, in dem er eingesperrt gewesen war, aber im Gegensatz zu den anderen Mitgliedern seiner Arbeitseinheit achtete er darauf, keine Aufmerksamkeit auf sich zu ziehen. Natürlich verstand er, was die anderen vorhatten. Indem sie zeigten, daß sie bereitwillige Arbeiter und keine Unruhestifter waren, hofften die anderen offensichtlich, nach dem Entladen des Landungsschiffs *Tigress* nicht mehr zurück in den engen, überfüllten Kerker geschickt zu werden.

Nelson legte die verkrüppelte Hand um den Compblock und drückte ihn in die linke Armbeuge. Mit dem Stift in der Rechten wählte er die entsprechenden Icons, während die Männer Kisten aus dem Laderaum holten. Trotz der sehr geringen Schwerkraft an Bord des fast bewegungslosen Sprungschiffes hatten die Banditen entschieden, daß Nelson aufgrund seiner Verletzung für das Be- und Entladen unbrauchbar war. Und als sie bemerkten, daß ein paar der gefangenen Reservisten ihn mit Hochachtung behandelten, hatte ihn einer der Banditen zum Aufseher ›befördert‹.

Nelson hielt sich zurück, reagierte auf Fragen und Kommentare nur mit einem Grunzen oder einer Kopfbewegung, damit der Rest der Arbeiter nicht auf den Gedanken kam, er genösse seine bequeme Position. Aber bald nahm ihn seine Arbeit gefangen. Die Beute erregte seine Aufmerksamkeit in besonderem Maße.

Die Stahlschelle um sein rechtes Handgelenk schlug beim Anwählen der Icons gegen die Plastikhülle des Compblocks. Seine verstümmelte Hand hätte beinahe dazu geführt, daß er von einem Infanteriezug der Banditen erschossen worden wäre, weil die Soldaten ihn als nutzlos betrachtet hatten. Aber dann war ein Befehl eingetroffen, ihn ungeachtet seines Zustands lebend abzuliefern. Die Banditen hatten ihn mit einigen anderen Überlebenden in ein Landungsschiff gestoßen, das sie zu einem Sprungschiff brachte. Dort waren sie ausgezogen, entlaust, in ärmellose olivgrüne Overalls gesteckt und mit Handschellen versehen worden.

Nelson hatte sofort erkannt, daß die Schellen keinerlei praktischen Zweck erfüllten, denn sie besaßen keinen Ansatzpunkt für eine Kette. Als einer der Gefangenen die Vermutung äußerte, der nahtlose Stahlreif könnte Abhör- und Signalgeräte verbergen, hatten die Gefangenen begonnen, sich bei den Unterhaltungen in ihrem Kerker auf eine primitive Zeichensprache zu beschränken. Nelson mußte lächeln, als er sich an Spiders Bemerkung ›Der Kommandant hat einen gewissen Akzent‹ erinnerte, die auf seine verstümmelte Hand angespielt hatte.

Er sah hoch und stellte fest, daß die Arbeiten ausgezeichnet verliefen. Da das Sprungschiff sich sehr langsam bewegte, lieferte die Beschleunigung nur minimale Scheinschwerkraft. Selbst der hagerste Gefangene konnte riesige Kisten mit Beute bewegen, auf deren Holzbrettern mit Schablonen eine schwarze Kennung aufgemalt worden war. Sobald eine Kiste den Laderaum des Landungsschiffes verlassen hatte, gab Nelson dies über das entsprechende Icon in den Compblock ein. Der Schirm zeigte zwar keine Gesamtmengen an, aber er wußte sie auch so.

Munition, auch wenn sie nicht als solche gekennzeichnet war, wurde in einem bestimmten Abschnitt des Landungsschiffhangars gelagert. Er hatte in seiner Laufbahn als MechKrieger schon genug ähnliche Arrangements gesehen. Es war eine Menge Sprengstoff und Munition an Bord gekommen, aber Nelson bemerkte, daß sie hauptsächlich für Handwaffen oder Sprengladungen geeignet schien. Die leicht erkennbaren riesigen Container mit BattleMechraketen und Autokanonenmunition glänzten spürbar durch Abwesenheit.

Den weitaus größten Teil der Beute stellten Nahrungsmittel dar. Die aufgemalten Kennungen waren zwar ebenfalls völlig nichtssagend, aber die Kartons waren durchgängig mit Hersteller und Produktbezeichnung bedruckt. Das Essen für die Gefangenen hier hatte er schnell als Beute von Kookens Freudental erkannt.

Es war einfach genug gewesen, die Kennung für Verschiedenes zu identifizieren. So selten er das betreffende Icon auch aufrief, er bemerkte doch, daß alle Kisten sich in Größe, Form oder Gewicht unterschieden. Die Banditen schienen schnell zugeschlagen und das Bataillon der Zwölften Leichten Deneb-Reiterei, das den Industriekomplex verteidigte, vertrieben zu haben. Sie hatten Zeit genug gehabt, den Komplex zu plündern, bevor Verstärkungen eintrafen, aber die hochmodernen Werkzeugmaschinen, Computer, Industrieedelsteine und sonstigen traditionellen Beutestücke waren nirgendwo zu sehen. Statt dessen hatten sie nur ein paar Juwelen und Kunstobjekte mitgehen lassen, die jetzt über den Laderaum verteilt waren. Nichts, dessen Wert die Kosten für eine derartige Operation rechtfertigte.

So wie meine Gedankengänge momentan verlaufen, bete ich darum, daß irgend etwas von echtem Wert auftaucht.

Aus dem Augenwinkel bemerkte Nelson, wie die Banditenwachen Haltung annahmen, aber erst, als die Arbeitseinheit plötzlich verstummte, drehte er sich um. Vom Anblick der Frau, die rechts von ihm auf einem Laufsteg über dem Hangar stand, war Nelson ebenso gebannt wie der Rest der Gefangenen.

Sie war wunderschön. Rotes Haar fiel auf ihre Schulten und den Rücken. Bei ihren langen Gliedern und der geschmeidigen Figur schaffte es nicht einmal eine Kühlweste, sie füllig wirken zu lassen. Ihre scharfen Züge erinnerten ihn an eine Füchsin, und ihre blauvioletten Augen glitzerten mit animalischer Schläue.

Aber es waren nicht nur ihre körperlichen Reize, die ihn in den Bann schlugen. Ihre hautengen Shorts zeichneten Oberschenkel und Po zwar sehr vorteilhaft nach, aber ihre Haltung erstickte alle sexuellen Tagträumereien im Keim. Sie hatte einen Ellbogen auf die Hand des anderen Arms gestützt und zupfte mit Daumen und Zeigefinger der freien Hand sanft an ihrer Unterlippe. Ihr Blick zuckte von einem Mann der Arbeitseinheit zum nächsten, schätzte ab, verwarf. Als er die Gefangenen unter ihr der Reihe nach abhakte, schienen diese zu schrumpfen. Ihre Träume und Hoffnungen verflüchtigten sich unter ihrem Urteil.

Dann schaute sie Nelson an. Er fühlte die Begegnung ihrer Augen wie einen elektrischen Schlag, einen Schock, der sich als Angst in seinen Eingeweiden festsetzte. Gleichzeitig entfachte er eine Lust in ihm, wie er sie nie gekannt hatte. Er hatte Jons Mutter geliebt, tief, leidenschaftlich, aber er hatte niemals eine derartige Lust auf sie verspürt. Es schien, als schreie seine DNS in allen Zellen seines Körpers nach einer Vereinigung mit dem genetischen Material dieser Frau.

Er wartete darauf, daß sie wegsah, aber das tat sie nicht. Mit jeder Sekunde, die ihr Blick auf ihm ruhte, fürchtete Nelson, sie könnte ihn übergehen, und gleichzeitig wünschte er sich verzweifelt, von ihr ebenso ignoriert zu werden wie die anderen. Mechanisch drückte er die Icons, während die Kisten aus dem Landungsschiff kamen. Sie kam auf ihn zu. Ihr militärischer Gang fraß die Distanz zwischen ihnen. Ihre Stiefel knallten auf den Metallrost des Laufstegs. Sie war ebenso groß wie der siebenundvierzigjährige Nelson und vielleicht halb so alt. Sie lächelte nicht, aber er spürte, wie er unter ihrem Blick rot wurde. »Du warst der Pilot des *Kampftitan,* frapos?«

Nelson nickte.

Sie nahm ihm dem Compblock aus der Hand und legte ihn ab. Dann bog sie seine linke Hand auf und drückte sie gegen ihre rechte Handfläche. Die beiden äußeren Finger ihrer Hand legten sich über die Narben. Ihre Haut wirkte neben seiner unnatürlich blaß, und die Narben auf seiner Hand waren fast wie Fühler, die aus ihren Fingern wuchsen.

Sie hielt seine Hand etwas länger fest als ihm angenehm war. »Seit wann?«

»Fast vier Jahre.«

Sie schürzte die Lippen, dann starrte sie ihn an wie eine Schlange ihrer Beute. »Ich könnte dich reparieren lassen. Du könntest die Finger regenerieren.«

Nelson wollte eine Reaktion unterdrücken, aber es gelang ihm nicht. All das, was er seit seiner Verwundung bei der Claninvasion verloren hatte, alles, das er auf den Verlust seiner Finger geschoben hatte, zog vor seinem inneren Auge vorbei. Er könnte sein Kommando zurückbekommen. Er wäre wieder respektiert. *Selbst Jon …*

Als sich ihre Lippen zu einem grausamen Lächeln verzogen, erkannte er seinen Irrtum. »Ich hätte es getan, wärst du ein Krieger.«

Nelson schluckte; dann gab er sich einen Ruck. »Wäre ich ein Krieger, dann wäre ich tot, frapos?«

Es schien sie zu überraschen, daß er einen Clanausdruck benutzte, aber er konnte nicht erkennen, ob diese Überraschung positiv oder negativ für ihn war. Sie musterte ihn noch einmal von oben bis unten, dann drehte sie sich um und deutete auf den nächstbesten Gefangenen unter ihnen auf dem Hangardeck. »Du, übernimm seine Arbeit.«

Mit einem Satz war Spider die Treppe hoch. Er hob den Compblock auf, und Nelson reichte ihm schweigend den Stift. Spider blinzelte ihm zu, das Gefangenenzeichen für ›Sieht gut aus‹. Nelson nickte, dann sah er die Rote Korsarin an und wartete.

Sie ließ ihn warten. Sie musterte seinen Körper, fixierte seinen Unterleib, dann die verstümmelte Hand. Offensichtlich wollte sie eine Reaktion provozieren. Im Geist ging er eine komplizierte Rechenaufgabe durch und versuchte, eine unbeteiligte Miene aufzusetzen. Er hatte Erfolg, aber das schien ihr Interesse nur zu steigern.

»Folge mir.« Sie drehte sich um und ging zurück zur Luke.

Er ging ihr nach. Einen Augenblick ließ seine Konzentration nach, als er den sinnlichen Schwung ihrer Hüften bemerkte. *Zwei mal 32 768 ist 65 536. Zwei mal 65 536 ist 131 072 ...* Er konzentrierte sich auf die rote Haarmähne, die ihren Rücken bedeckte, und multiplizierte weiter.

Die Rote Korsarin trat durch die Luke und schloß sie hinter ihm. Sie trat an einen Interkom und nahm Verbindung mit der Brücke auf. Der KommTech richtete sich kerzengerade auf, als er sie auf dem Monitor sah. »Captain?«

Die Rote Korsarin schob eine Haarsträhne hinters Ohr. »GAZ für das letzte Landungsschiff?«

»In einer Minute, Madam.«

»Gut. Wenn es angekoppelt hat, erhöhst du die Geschwindigkeit auf 1,2 g. Wir verlassen das System, sobald wir den Sprungpunkt erreicht haben.«

»Verstanden. Brücke aus.«

Nelson runzelte die Stirn. Die Beschleunigung würde das Ausladen des Landungsschiffes weit schwieriger machen als bisher. Das machte keinen Sinn, außer für eine Flucht oder Verteidigungsaktion.

»Du machst dir Sorgen um deine Freunde, frapos?«

»Genau wie Sie um Ihre Leute.«

»Gut, du zeigst etwas von deinem alten Kampfgeist.« Sie packte seine verstümmelte Hand und führte ihn den Gang hinab zur zentralen Aufzugsachse. Sie drückte einen Wandknopf, und ein Türenpaar öffnete sich. Nachdem sie die Kabine betreten hatten, wählte sie ein Deck. Die Aufzugskabine setzte sich in Bewegung, und Nelsons Beine drohten wegzuknicken. Seine Schwäche überraschte ihn. Dann erkannte er, daß das Schiff beschleunigte. Er packte die Haltestange der Kabine und zog sich hoch. Die Rote Korsarin ließ mit keiner Miene erkennen, daß sie seine Probleme bemerkt hatte.

Der Aufzug hielt auf einem der oberen Decks an. Sie stiegen aus. Nelson folgte ihr den Gang entlang, bis in eine Kabine. Die Tür glitt hinter ihnen zu, und sie schaltete das Licht ein.

Er war überrascht, als er sich offensichtlich in ihrer Privatkabine wiederfand, aber er hatte sich schnell gefangen. Unmittelbar nachdem das Licht anging, hatte Nelson das Gefühl, in die Kulisse eines reißerischen Holovids geraten zu sein. Der Raum wurde von grellen Rot-, Gold- und Purpurtönen beherrscht, wobei das Gold vor allem von Ketten, Lampen und kleinen Schmuckstücken kamen, die zwar wunderschön waren, aber ohne Überlegung zusammengeplündert schienen. Bestickte Brokatschals hingen von den Lampen und verliehen dem Licht einen roten Farbton. Auf einem Buffet standen halbvolle Kristallkaraffen mit bunten Likören.

Der Raum paßte zur Roten Korsarin und doch auch wieder nicht. Aus allem, was Nelson während seiner zwei Monate bei dieser Banditenbande gesehen hatte, wußte er, daß die meisten ihrer Mitglieder Clanner waren — wahrscheinlich Renegaten. Eine solche protzigbunte Umgebung aber paßte überhaupt nicht zu jemand, der bei den Clans geboren worden war. Schlachtensouvenirs, Erinnerungen an vergangene Triumphe hätte er akzeptieren können, aber nicht diese extravagante, selbstgefällige Zurschaustellung. Er konnte praktisch den Holovidregisseur vor sich sehen, der dieses Quartier entworfen hatte, um für eine billige Miniserie die romantische Seite der Roten Korsarin zu betonen.

Plötzlich traf ihn die Wahrheit wie eine Lenkrakete. Sämtliche Gefangenen waren längst zu dem Schluß gekommen, daß diese Rote Korsarin ihren Namen nach der legendären Piratin gewählt hatte, die vor nahezu fünfzig Jahren eine blutige Spur durch die Peripherie- und Grenzsysteme der Liga Freier Welten gezogen hatte. Ein paar von ihnen hatten argumentiert, durch den Dilatationseffekt bei einer konstanten Fluggeschwindigkeit nahe der des Lichts hätte sie sich jung halten können, so daß dies tatsächlich die Rote Korsarin sein konnte.

Aber beim Anblick dieses Raums zerplatzte diese Theorie schneller als ein *Kampfschütze* mit durchbrochener Rückenpanzerung. Er konnte es natürlich nicht beweisen, aber die Kabine hatte zuviel Ähnlichkeit mit denen, die er während seiner Dienstzeit in den verschiedensten Ecken des Vereinigten Commonwealth in Dutzenden von Holovids gesehen hatte. Wenn man davon ausging, daß diese Rote Korsarin aus den Clans stammte und diese Rolle aus einem bestimmten Grund für sie ausgewählt worden war, machte es durchaus Sinn, daß die Produzenten dieser Täuschung Holovids als Quellenmaterial benutzt hatten. Woher sonst sollte ein Clanner sich Informationen über das Leben in der Inneren Sphäre beschaffen?

Deswegen paßte das Bild nicht zum Rahmen.

Die Rote Korsarin sah ihn an. »Du denkst zuviel.«

»Kommt es darauf an, was ich denke?«

Sie packte sein rechtes Handgelenk und drehte die Metallschelle, bis sie ihm ins Fleisch schnitt. »Weißt du, was das ist?«

»Ich habe gehört, daß die Clans, wenn sie jemand zum Leibeigenen machen, eine Leibeigenenschnur um sein rechtes Handgelenk legen.«

»Und wenn ein Leibeigener in einer anderen Kaste akzeptiert wird, zerschneidet man in einer feierlichen Zeremonie die Leibeigenenkordel.« Sie gab sein Handgelenk frei, und er fühlte, wie das Blut wieder zu zirkulieren begann. »Stahl läßt sich nicht zerschneiden.«

»Also bin ich ein Sklave?«

Sie schüttelte den Kopf. »Du bist Beute. Wenn ich dächte, du hättest einen Wert, würde ich Lösegeld für dich fordern.«

»Dann werde ich wohl Beute bleiben. Niemand zahlt für einen verkrüppelten Krieger.«

In den Augen der Roten Korsarin funkelte etwas, das möglicherweise Amüsement war. »Oh, ich weiß, daß sie nicht für deine Hand bezahlen würden. Andererseits würden sie sich deine Gedanken etwas kosten lassen. Erzähl mir, was du von uns denkst. Und lüge mich nicht an. Ich werde es bemerken.«

»Sie haben mehr Plündergut in dieser Kabine, als von Pasig abgeladen wurde.« Nelson sah zur Seite, als sie die Kühlweste aufschnürte. »Die Ausrüstung, das Personal und die Sprachgewohnheiten beweisen, daß Sie alle zu den Clans gehören. Alle Sklaven in meiner Gruppe stammen von Kookens Freudental, also nehme ich an, daß Sie vorher keine Sklaven gemacht haben. Die Vorräte, die sie vom Planeten hochschaffen, reichen aus, um die Sklaven zu versorgen. Daher nehme ich außerdem an, daß wir je nach Bedarf ins All gestoßen werden können.«

Sie befreite sich aus der Kühlweste. Auf ihrem Bauch spielten die Muskeln, und zwischen ihren Brüsten rann ein Schweißtropfen hinab. »Deine Beobachtungsgabe ist bemerkenswert.« Sie drehte sich um — nicht aus Schamhaftigkeit, dessen war er sich sicher — und holte einen kurzen Kimono aus amethystfarbener Seide aus einem Schrank. »Du bist auch zu Schlußfolgerungen über uns gekommen, frapos?« fragte sie, während sie sich den Kimono mit einem goldenen Seidengürtel zuband.

»Allerdings.«

Ihr Haar fiel wie ein Schleier nach vorne, als sie sich

vorbeugte, um die Schnallen der Stiefel zu lösen. »Laß hören.«

»Ihre Mechs sind mit Energiewaffen konfiguriert und haben das Aussehen von Banditenmaschinen. Ihr Munitionsbedarf ist gering. Sie sind für ausgedehnte Operationen in Gebieten ausgestattet, in denen Nachschub problematisch werden könnte.«

Sie zog die Stiefel aus und stellte sie in den Schrank. Dann langte sie unter den Saum des Kimonos und zog die halblangen Spandexshorts aus. Sie warf sie in den Schrank und schloß die Tür. »Was dich zu dem Schluß bringt …?«

Nelson schüttelte den Kopf. »Ich weiß nur, daß Sie Überfälle durchführen.«

Die Rote Korsarin starrte ihn an. Dann wurden ihre Augen schmal, und sie gestattete sich ein selbstzufriedenes Grinsen. »Sehr schön. Du weißt zuviel, als daß wir dich freilassen könnten, aber nicht genug, um deinen Tod notwendig zu machen. Ich werde dich behalten, bis ich dich gebrochen habe.«

Nelson fühlte sich plötzlich wie eine Maus zwischen den Tatzen einer Katze. »Mich zu brechen dürfte so schwer nicht sein.«

»Du unterschätzt dich.« Ihr Blick schweifte für ein paar Sekunden in die Ferne, dann nickte sie. »Vielleicht werde ich damit beginnen, indem ich sie deine Finger regenerieren lasse.«

Nelson runzelte die Stirn, sagte aber nichts.

»Weißt du warum? Nicht, damit ich sie wieder abschießen kann. Wenn du sie auf Wotan verloren hast, könnte es durchaus sein, daß ich es gewesen bin.« Sie grinste breit, aber Nelson unterdrückte eine wütende Reaktion. »Nein, wenn, dann werde ich es veranlassen, weil es etwas ist, das du dir wünschst und für das du dankbar sein wirst, aber du wirst es mir zu verdanken haben. In Verbindung mit allem, was ich dir sonst zufügen werde, wird dieses Gefühl der Dankbarkeit mit deinem Haß auf mich zusammenprallen und Funken schlagen, bis du eines Tages daran verbrennst.«

Als er später in den Kerker zurückkehrte, ließ sich Nelson wortlos auf die Pritsche fallen. Spider, der auf der anderen Seite des schmalen Ganges lag, tippte ihn an und zeichnete ein Fragezeichen ins Halbdunkel.

Nelson stieß den Daumen auf seine Brust, zeichnete mit einer schnellen Drehung des Handgelenks einen Kreis in die Luft und deutete mit zwei Fingern zur Außenhülle. Er nickte einmal zuversichtlich, dann ließ er den Kopf auf das weiche Kissen sinken.

Spider blinzelte ihm zu und nickte zweimal. Er hatte die Nachricht verstanden, trotz des Akzents.

Nelson starrte zur schwarzen Schottwand hoch. *Die Entscheidung ist gefallen. Bei der ersten Gelegenheit hau ich ab.*

4

Arc-Royal
Vereinigtes Commonwealth

15. April 3055

Victor Davion betrachtete es nicht als gutes Zeichen, als er bei der Ankunft im kleinen Besprechungszimmer Phelan bereits am hinteren Ende des Tisches vor dem Computerterminal sitzen sah. Schräg hinter ihm stand wie ein Geist ein ComStar-Präzentor in seiner weißen Robe und nickte dem Prinzen zu. Sie waren sich vorher noch nicht begegnet, aber Victor wußte, daß dies Sonderbeauftragter Klaus Hettig war, der offizielle Repräsentant des Präzentors Martialum Anastasius Focht. Focht war es gewesen, der Victor zu diesem Treffen eingeladen hatte.

Der Prinz reckte sich, dann ging er geradewegs zur Thermoskanne mit Kaffee auf dem Tischchen neben der Tür. Er warf einen Blick auf das süße Gebäck, während er sich eine Tasse eingoß, aber sein Magen revoltierte bei dem bloßen Gedanken an so viel Zucker am frühen Morgen. Er war müde. Die lange Reisezeit machte sich bemerkbar, aber selbst das Versprechen neuer Energie konnte ihm den Gedanken an feste Nahrung nicht angenehmer machen.

Phelan sah mit strahlend grünen Augen von der Tastatur auf. »Guten Morgen, Hoheit. Ich habe mir einige der Berichte von Pasig angesehen. Eure Quellen sind sehr gründlich. Mein Kompliment.«

Meine Quellen? Victor verzog das Gesicht. »Diese Informationen stehen in Dateien, die nach Auskunft Ihres Vaters absolut sicher sein sollen.«

Der Khan lächelte viel zu freundlich. »Vor den meisten sind sie das wohl auch. Aber Ihr dürft nicht vergessen, daß ich den größten Teil meiner Jugend hier verbracht habe.« Er klopfte auf den Monitor. »Ich kenne Wege in dieses Computersystem, von deren bloßer Existenz sich andere nichts träumen lassen.«

Der ComStar-Präzentor löste sich von Phelans Seite und überprüfte die Tür des Raumes. »Khan Phelan hat recht. Eure Informationen sind ausgezeichnet — sie erreichen einen Standard, wie ihn auch ComStar anstrebt.«

Aber sicher! ComStar kontrolliert die Kommunikationswege zwischen den Sternen und hat die Berichte übermittelt, auf denen die Daten in den Dateien, die Phelan geknackt hat, beruhen. Ich wäre ein Narr, wenn ich Zweifel daran hätte, daß ComStar sie bereits durchgesehen und mit eigenem Material komplettiert hat. Der Prinz nickte und setzte sich ans andere Ende des Tisches. Er erinnerte sich dunkel, daß die Anklage gegen Phelan während des Ehrengerichtsverfahrens am Nagelring auch einen Einbruch mit Hilfe des Akademiecomputers in die Computeranlagen des Verteidigungsministeriums beinhaltet hatte. Victor nahm einen Schluck Kaffee und fühlte die Müdigkeit schwinden. »Ein Einbruch in das Computersystem der Kell Hounds durch ein Mitglied des Wolfsclans ist nicht gerade beruhigend, aber Ihre Einschätzung unserer Daten lindert den Schlag, Präzentor.«

Hettig zeigte keine Reaktion auf den Sarkasmus in Victors Stimme. »Es besteht kein Grund, beleidigt zu sein, Prinz Victor. Sie hätten dem Khan die Daten ohnehin gezeigt. Schließlich haben sie sich zur Kooperation bereit erklärt, als sie kamen.«

Victor zuckte die Achseln, dann runzelte er die Stirn. »Warum bin ich überhaupt hier? Warum ist er hier?«

Der Präzentor lächelte gütig. »Wir sind hier, um unsere allseitige Besorgnis über Banditenüberfälle zu diskutieren — insbesondere über die Rote Korsarin.«

Victor setzte die Tasse ab. »Die ist doch nur ein unwichtiges Ärgernis. Ich muß mir über *Militäreinheiten* Sorgen machen, die aus dem Clanraum kommen, um

danForth 92

unsere Welten zu überfallen. Morges ist von den Clans weit härter getroffen worden als Kookens oder Pasig.«

»Von den Jadefalken und Stahlvipern, Victor, nicht von allen Clans«, korrigierte Phelan.

»Gibt es da einen Unterschied?« Je wacher er wurde, desto mehr irritierten Victor Phelans ruhige Überlegenheit und ComStars passive Manipulation.

Phelan nickte langsam. »Vielleicht würdet Ihr es vorziehen, daß der ilKhan sich nach dem nächsten Vorstoß des Kombinats von Wolcott bei Euch beschwert. Die Jadefalken sind eigenständig und mit dem Wolfsclan nicht zu verwechseln.«

»Zugegeben.« Victor blickte Hettig anklagend an. »Warum macht sich ComStar Sorgen um Banditen, während der Orden die Jadefalken und Stahlvipern Überfälle in aller Ruhe oberhalb der Waffenstillstandlinie des Vereinigten Commonwealths durchführen läßt? Wozu ist dieses Treffen überhaupt nötig? Für die Garantie des sicheren Geleits für einen Wolfskhan muß ich mir von Ryan Steiner und seinen Helfershelfern allerhand anhören, und daß er Ragnar mitgeschleppt hat, hilft auch nicht gerade.«

»ComStar weiß um Ihre Schwierigkeiten und Anstrengungen zu unserer Unterstützung«, beruhigte ihn der Präzentor. »Wir hätten keine derart außergewöhnlichen Maßnahmen verlangt, wäre die Situation nicht so ernst. Es handelt sich hier nicht um gewöhnliche Banditen, Prinz Victor.«

»Sie hatten Glück.«

»Sie hatten *zweimal* Glück, Victor.« Phelan lehnte sich zurück, aber Victor konnte Besorgnis in seinen grünen Augen erkennen. »Hört den Präzentor zu Ende. Der Präzentor Martialum konnte den ilKhan überzeugen, daß genug auf dem Spiel steht, um ein Treffen unter dem Deckmantel der Verabschiedung meines Vaters zu arrangieren.«

Victor nickte. Die Argumente des Präzentors Martialum hatten auch ausgereicht, seine Mutter zu überzeugen. »Was bedrohen diese Banditen denn?«

»Den Waffenstillstand, Prinz Victor. Den Waffenstillstand zwischen ComStar und den Clans.« Hettig faltete die Hände, aber die Geste war so steif, daß Victor sie als bewußten Versuch erkannte, die gelassene Fassade zu bewahren.

»Wie können Banditen den Frieden bedrohen?« Victor sah in die fast leere Kaffeetasse und wartete darauf, daß das Koffein seinen Kopf klar machte. »Es sind nur Banditen. Sie überfallen eine Welt und verschwinden wieder. Wenn die Grabwanderer auf Kookens nur zwei Stunden eher von der anderen Hemisphäre eingetroffen wären, würden wir uns jetzt in der Vergangenheitsform über die Rote Korsarin unterhalten.«

Phelan schüttelte den Kopf. »Ihr habt Euch die Berichte über Banditenüberfälle angesehen und sie als unwichtig abgetan, weil das, was Ihr gesehen habt, mit dem übereinstimmt, was Ihr über Banditen wißt. Ihr habt keine persönliche Erfahrung mit ihnen. Vielleicht sehe ich die Sache anders, weil ich schon im Dienste des Vereinigten Commonwealth Jagd auf Banditen gemacht habe. Unsere Informationen zeigen, daß eine Banditenbande mit ungewöhnlich viel Glück Beute gemacht hat, die zum größten Teil nicht sonderlich wertvoll war. Wie man es auch dreht, Kookens Freudental ist glimpflich davongekommen. Der Planet hat keine Industrieanlagen verloren und ist nicht erobert worden.«

Der Prinz stimmte ihm zu. »Ich erinnere mich an die Zahlen. Die Angreifer nahmen Nahrungsmittel und ein paar Sklaven mit. Mit Büchsensuppe kann man keinen Gegner erschießen.«

Hettig nickte. »Andererseits gibt es da noch einen alten Spruch, Prinz Victor: ›Eine Armee marschiert auf dem Magen.‹«

»Diese Banditen sind wohl kaum Napoleons Armeen, Präzentor Hettig«, schnappte Victor, dann trank er den letzten Schluck Kaffee, um sich eine Chance zu geben, ruhiger zu werden. Angesichts des ständigen Getuschels, er habe aufgrund seiner kleinen Statur einen »Napoleonkomplex«, fragte er sich, ob das ein subtiler Rüffel gewesen war. *ComStar ist in jedem Fall subtil.*

»Stimmt, Prinz Victor, aber bisher haben sie noch kein Waterloo erlebt.«

Der Prinz schnaufte. »Dann werde ich Wellington für sie spielen.« Er warf Phelan einen Blick zu. »Wenn Sie den ilKhan überreden können, die Jadefalken an die Leine zu legen, hol ich meine Untoten, und wir machen die Korsarin fertig.«

Phelan schüttelte den Kopf. »Die Jadefalken würden so eine Bitte ignorieren, selbst wenn der ilKhan dumm genug wäre, sie vorzubringen.«

»Will der ilKhan überhaupt, daß wir die Banditen aufhalten?«

Der ComStar-Präzentor und Phelan sahen ihn beide fragend an. »Was soll diese Frage, Prinz Victor? Der ilKhan hat Khan Phelan nach Arc-Royal gesandt, um einen Weg zu finden, genau das zu erreichen.«

»Wirklich?« Victor stellte die leere Tasse ab. »Sie haben beide erklärt, wie gut meine Informationen sind. Bestreitet einer von Ihnen die Tatsache, daß sich die Rote Korsarin nach dem Angriff auf Kookens ins Jadefalkengebiet zurückgezogen hat? Das wäre eine erstklassige Gelegenheit gewesen, eine geheime Streitmacht mit Nachschub zu versorgen.«

»Das ist unwürdig, Victor. Beide Seiten haben Überfallaktionen gestartet, und keine Einheit hat es bisher für nötig gehalten, sich hinter einer falschen Identität zu verstecken.«

Hettig stimmte Phelan zu. »Außerdem ist die Identität der Einheit im Augenblick unwichtig. Der Anschein ihrer Herkunft bedroht den Frieden mehr als alles andere.«

»Das verstehe ich nicht, Präzentor.« Victor stand auf

und füllte seine Tasse erneut. »Wie kann ein Anschein eine größere Bedrohung sein als reale Kämpfe?«

Hettig atmete tief ein. »Es gibt Elemente in den Regionen Tamar und Skye, nach deren Ansicht die Banditen der Roten Korsarin eine Geheimtruppe der Regierung des Vereinigten Commonwealth sind. Sie bezeichnen die Banditen als Todesschwadron mit der Aufgabe, alle zu vernichten, die gegen die Verbindung der Häuser Steiner und Davion sind.«

»Ryan Steiner macht mal wieder Überstunden in der Gerüchteküche.« Victor schüttelte den Kopf. »Der Gedanke ist absolut lächerlich.«

»Natürlich, aber allein die Vorstellung von einer Verschwörung macht ihn verführerisch. Nach diesem Szenarium werden die Überfälle weitergehen, bis Sie oder Ihr Bruder Peter ihnen in der Rolle des Volkshelden ein Ende machen. Es wäre eine Wiederholung von Ryans Schachzug beim Aufstand von 3034. Und die Tatsache, daß der Überfall auf Kookens Anlagen eines Ryan-Steiner-Anhängers beschädigt hat, stärkt den Reiz dieser Erklärung.«

Der Prinz nickte. »Und andere halten die Rote Korsarin wahrscheinlich für eine von Ryan Steiner unterstützte Einheit mit dem Ziel, die Spannungen an der Grenze zu verschärfen. Indem er sich für die unterdrückten Volksmassen da draußen einsetzt und mit einer Söldnereinheit die Banditen ausschaltet, kann er nur populärer werden.«

Der Wolfskhan grinste. »Ryan bezeichnet die Banditen als geheime Claneinheit. Mit der Angst vor den Jadefalken erreicht er, daß das Volk einig bleibt und auf seinen Schutz baut. Er stellt Euch als Fürsten hin, dem sein Volk gleichgültig ist. Sollte Eure Mutter je als Archon zurücktreten, werdet Ihr einen mächtigen Rivalen in ihm haben.«

Victor kaute auf der Unterlippe. »Und diese ganzen Intrigen werden uns schwächen und für die Jadefalken höchst verwundbar erscheinen lassen. So verwundbar, daß sie sich entscheiden könnten, über die Waffenstillstandslinie hinweg anzugreifen und den Frieden zu brechen.«

Der ComStar-Präzentor nickte zustimmend. »Sie beide haben in zwei Minuten herauskristallisiert, wofür die ComStar-Analytiker Wochen benötigten.«

»Und die Lösung besteht darin, die Banditen zu töten.« Victor setzte sich wieder. »Trotz Ihrer Sorgen um Ryan können meine Untoten das erledigen.«

»Ohne Zweifel, Prinz Victor, aber ComStar hatte an etwas anderes gedacht.« Hettig sah hoch, und sein Blick schien in die Ferne zu schweifen. »Wie ich bereits sagte, dies ist eine außergewöhnliche Banditeneinheit. Sie werden feststellen, daß die Banditen fast ausschließlich Energiewaffen einsetzen.«

Victor zuckte die Achseln. »Banditen nehmen, was sie kriegen können.«

»Ihr versteht nicht, worauf er hinauswill, Vetter. Ich führe einen *Wolfshund.* Als mein Vater ihn konstruierte, bewaffnete er ihn mit Lasern, weil er eine Scoutlanze aus Mechs aufbauen wollte, die jenseits der Nachschublinien im Rücken des Feindes operieren konnten. Da der Mech weder Raketen noch Autokanonenmunition benötigt, wird die Notwendigkeit von Nahrung und Wasser für den Piloten seine einzige Operationsbeschränkung.«

»Der Khan hat recht. Die Rote Korsarin hat ihre Banditen für einen Feldzug ausgerüstet, auf dem die Verfügbarkeit von Nahrungsmitteln der Schlüssel zum Erfolg ist.«

Deshalb das Napoleonzitat. Victor fühlte einen eiskalten Schauer. »Ich verstehe. Aber ich kann genügend Truppen aufbieten, um sie zu verfolgen und zu erledigen.«

»Das wissen wir, aber ComStar hat einen anderen Vorschlag.« Hettig blickte zu Phelan. »Khan Phelan?«

Phelan nickte, und Victor hatte den deutlichen Eindruck, das Opfer eines abgekarteten Spiel geworden zu sein. »Der ilKhan hat mich autorisiert, Euch für die Jagd auf diese Banditen eine Claneinheit anzubieten.«

Victor blinzelte. »Was?«

»Wir haben Einheiten, die auf die Banditenjagd spezialisiert sind.« Phelan lächelte zufrieden. »Der ilKhan wird den Jadefalken einschärfen, wie wichtig die Vernichtung dieser Korsaren ist.«

»Sehr großzügig.« Victor schüttete den Kaffee in sich hinein, um seine Überraschung zu verbergen. »Macht er dieses Angebot, weil er keine Einheiten der Inneren Sphäre im Clanraum Jagd auf Banditen machen lassen will?« *Oder weil ComStar ihn irgendwie in der Hand hat?*

»Teilweise. Da die Rote Korsarin vom Jadefalkenraum aus operiert, könnte er nicht für die Sicherheit von Einheiten der Inneren Sphäre garantieren, die die Grenze überschreiten.« Victors großgewachsener Vetter stand auf, um sich ebenfalls frischen Kaffee zu holen. »Aber wichtiger ist die Tatsache, daß der Jadefalkenclan dem Waffenstillstand sehr ablehnend gegenübersteht. Er glaubt, dadurch um die Gelegenheit gebracht worden zu sein, die Ehre zurückzugewinnen, die er in früheren Gefechten verloren hat.«

»Auf Twycross und Alyina, richtig?« Victor grinste. Seine Zehnte Lyranische Garde hatte die Jadefalken zusammen mit den Kell Hounds auf Twycross in den Staub getreten, und sein Entkommen aus einem Hinterhalt auf Alyina hatte sie zusätzlich frustriert.

»Unter anderem. Der ilKhan hofft, daß er die Jadefalken dazu bringen kann, den Frieden etwas positiver zu sehen, wenn sie Gelegenheit haben, bei der *Verteidigung* der Inneren Sphäre Siege und Ehren zu erringen.«

»Hört sich nach einem Strohhalm an.«

»In diesem Punkt sind wir uns alle einig, aber da die einzige logische Alternative in einem erneuten Kriegsausbruch besteht, sollten wir die Chance ergreifen. Was jedoch viel wichtiger ist: Ein Erfolg unseres Planes wird helfen, Ryan Steiners Macht zu begrenzen. Indem wir das Vereinigte Commonwealth stark halten, geben wir den Jadefalken einen Grund, ernsthaft nachzudenken, bevor sie den Waffenstillstand brechen.«

Hettigs Einwurf ließ Victor schaudern. Er drehte sich zu seinem Vetter um. »Ist der Frieden auf Ihrer Seite der Grenze derart brüchig?«

Der große MechKrieger zuckte steif die Achseln. »Die Clanner sind ein Kriegervolk. Frieden liegt ihnen nicht. Der ilKhan hofft, sie für die Dauer des Waffenstillstands unter Kontrolle zu halten, indem er ein akzeptables Ventil für ihre Aggressionen findet. Wenn Ihr einer Einheit auf Banditenjagd gestattet, im Vereinigten Commonwealth zu operieren, gebe ich sofort eine entsprechende Nachricht durch, und der ilKhan teilt jemand ein, der dieses Problem beseitigt. Wir werden sehen, ob das Experiment Erfolg hat.«

»Wenn nicht, sieht es so aus, als ob wir Ende des Jahres wieder Krieg haben werden«, murrte Victor. *Und ComStar würde das Vereinigte Commonwealth wahrscheinlich mit einer Anhebung der Übermittlungsgebühren bestrafen. Es war eine große Erleichterung, nicht mehr ständig einen geheimen Krieg gegen ComStar führen zu müssen, wie es mein Vater getan hat. Aber ich lasse mich nicht gerne zu einer Übereinkunft zwingen, schon gar nicht zu einer wie dieser, der ich wahrscheinlich sowieso zugestimmt hätte.*

Victor sah Hettig an. »So hat es sich ComStar vorgestellt?«

Der Präzentor nickte. »ComStar hat den Waffenstillstand geschlossen, und ComStar hält dies für die beste Art, ihn zu bewahren.«

Der Prinz warf seinem Vetter einen Blick zu. »Der ilKhan hält diese Anstrengung für wichtig genug, Clan-Personal und -Ausrüstung zu riskieren?«

»So wie ich es verstehe.«

Victor nickte. »Wenn es funktioniert, verliert Ryan Steiner, und das kann mir nur recht sein. Ich würde es vorziehen, wenn eine meiner Einheiten die Banditen erledigt, aber ich sehe, wie wichtig es ist, daß die Jadefalken sie jagen. Es scheint wenig zu geben, wogegen ich Einspruch einlegen könnte.«

Hettig nickte. »Das ist korrekt. Sie stimmen mir also zu?«

Das alles muß meiner Mutter vernünftig erschienen sein, sonst wäre ich gar nicht hier. Es scheint durchdacht, und es schont das Leben meiner Leute. Wenn ich nicht zustimme, kann ich trotzdem überstimmt werden. Und selbst wenn meine Mutter ihre Zustimmung verweigern sollte, könnte ComStar wahrscheinlich durch die Kontrolle des Kommunikationsnetzes eine Claneinheit im VerCom-Raum vor Entdekkung schützen. »Also gut. Ich stimme zu. Wenn Sie mir Ziel und Aufbau der zu erwartenden Einheit mitteilen, kann ich sie an unsere Einheiten im wahrscheinlichen Angriffsbereich der Roten Korsarin weitergeben.« Victor lächelte den ComStar-Präzentor an. »Bitte. Sie haben Ihre Übereinkunft. Die Gefahr für den Frieden ist gebannt.«

»Zumindest ist die Gefahr *verringert.*« Hettig drehte sich zu Phelan um. »Die Anwesenheit Ragnars hat Aufsehen erregt ...«

Victor schüttelte den Kopf. »Ich habe bereits Schritte unternommen, um diese Situation zu entschärfen, Präzentor Hettig. Ich habe alle Versuche, ihn insgeheim oder auch offen zu retten, untersagt. Falls Ragnar jedoch die Freiheit will, braucht er es nur zu sagen.«

»Das weiß ich, Prinz Victor, und ich weiß es zu schätzen.« Während er sprach, drehte ihm der Präzentor den Rücken zu. »Es gibt Hyperpulsbotschaften, andere Hyperpulsbotschaften, in denen Ragnar erwähnt wird. Unglücklicherweise für die Absender wurden diese Botschaften fehlgeleitet und werden ihren Adressaten erst erreichen, nachdem Sie und Ragnar Arc-Royal verlassen haben. Trotzdem ...«

Der Wolfskahn nickte. »Ich verstehe. Ragnar wird die

Basis nur mit einer Eskorte verlassen, die seine Sicherheit garantiert.«

»ComStar steht in Ihrer Schuld.«

»ComStar hat eine Botschaft *fehl*geleitet?« Victors Stimme troff vor Ironie. »Ich kann es nicht glauben.«

Hettigs Miene zeigte Irritation. »Die Absender hatten es eilig und haben die Botschaften nicht deutlich genug adressiert. In der Eile macht man leicht Fehler.«

»Und Verzweiflung treibt zur Eile.«

»Wie wahr, Prinz Victor.« Der ComStar-Präzentor steckte die Arme in die Ärmel seiner weißen Robe. »Aber wir wissen auch, daß sorgfältige Planung Verzweiflungstaten verhindern kann, und um sorgfältige Planung ging es bei diesem Gespräch. ComStar dankt Ihnen für Ihre Mitarbeit. In dieser Angelegenheit hätten Fehler katastrophal für die Menschheit sein können.«

5

Arc-Royal
Vereinigtes Commonwealth

15. April 3055

Victor Steiner-Davion setzte ein freundliches Lächeln auf, als ihm die verwitwete Baronin de Gambier ihre Nichte Charity vorstellte. »Das Vergnügen ist ganz auf meiner Seite, Lady de Gambier.« Er hauchte einen Handkuß auf die behandschuhten Knöchel der jungen Dame und drückte leicht ihre Finger. »Ihre Tante hat völlig recht. Die Leistungen Ihres Vaters in der Zweiten Hofgarde waren für das Vereinigte Commonwealth von großer Bedeutung.«

»Danke, Eu-eu-er Hoheit«, stammelte sein Gegenüber.

»Ich meine das ernst«, fügte Victor hastig hinzu und gab ihre Hand frei. Die große, ungelenke junge Frau wäre bestimmt weniger nervös gewesen, wenn ihre eher plumpe alte Tante nicht jedes Wort der Unterhaltung mit gespitzten Ohren verfolgt hätte. Victor hatte längst gelernt, den jungen Damen gegenüber, die ihm von ehrgeizigen Verwandten als mögliche Bräute aufgedrängt wurden, ausgesucht höflich zu sein, aber Charity tat ihm besonders leid.

»Sie bereiten sich auf die Universität vor, Lady de Gambier? Ich glaube, Ihre Tante hat etwas Derartiges erwähnt.«

Charity nickte und konzentrierte sich. »Ich hoffe, nach zwei Jahren an der Polytechnischen Hochschule Gambier ans New Avalon-Institut der Wissenschaften wechseln zu können. Ich interessiere mich sehr für Dr. Riva Allards neurokybernetische Regenerationsprojekte. Damit könnte ich meinem Vater und anderen Kriegsverletzten helfen.«

»Sie sind eine Visionärin, so wie Dr. Allard«, stellte Victor fest und packte gleichzeitig den Arm des zufällig vorbeikommenden Mark Allard. Er zog seinen Vetter herum und neigte den Kopf in Charitys Richtung. »Und ein glücklicher Zufall bringt uns gerade Dr. Allards Neffen Mark ins Haus. Mark, das ist Charity de Gambier. Ihr Vater ist Marschall Richard de Gambier.«

Marks Miene erhellte sich, als er die hübsche junge Frau betrachtete. Damit nahm er eine große Last von Victor, und auch Charity wirkte befreit. »Mark plant, in zwei Jahren den Nagelring zu besuchen, aber ich hoffe ihn davon zu überzeugen, daß die Militärakademie New Avalon einen weiteren Allard gebrauchen könnte. Damit wären Sie beide gleichzeitig auf New Avalon. Wenn man in seiner neuen Umgebung schon Bekannte hat, ist die Umstellung immer sehr viel einfacher.«

Mit einem Gefühl der Befriedigung über die düstere Miene der Baronin ließ Victor das Pärchen ins Gespräch vertieft ziehen. Durch die Menge kam ein schlanker, blonder Offizier auf ihn zu, der etwas größer war als er selbst. Wie Victor trug er die graue Ausgehuniform der Zehnten Lyranischen Garde mit ihren blauen Zierstreifen. Da sie beide zu den Untoten, dem größten Bataillon der Einheit, gehörten, trugen sie schwarze Schulterklappen mit einem weißen Geisteremblem.

»Du scheinst dich zu amüsieren, Galen.«

Victors Adjutant Galen Cox nickte. »Ein paar Hounds tauschen Geschichten über Luthien aus, und gerade ist der Khan dazugestoßen. Ich dachte, das würde Sie interessieren.« Galen war sichtlich besorgt, auch wenn er es durch einen fröhlichen Tonfall zu kaschieren suchte. Phelan war noch nie für seine Beherrschung bekannt gewesen. Es konnte nicht schaden, den Frieden zu wahren. Immerhin hatte Victor gerade erst eine außergewöhnliche Vereinbarung mit Phelan und ComStar getroffen. Andererseits hatte er nichts dagegen, wenn sein Vetter ein bißchen gebeutelt wurde. Seine Überlegenheit bei der morgendlichen Unterredung machte Victor noch immer zu schaffen, aber während der Prinz Galen zu dem wachsenden Kreis von Kriegern folgte, entschloß er sich, das zu vergessen.

Eine Kompanieführerin der Kell Hounds zeigte gerade mit ihren Händen die relative Position der Mechs in dem Gefecht, von dem sie erzählte. »... da stand der Oberst also, allein auf der Hügelkuppe. Die Novakatzen griffen unablässig an, aber sie kamen ihm nicht einmal nahe. Ich saß in meinem *Totschläger*, genau dort, wo uns der Oberst postiert hatte. Ich deckte sie mit den Autokanonen ein, wenn sie kamen, und brannte sie dann mit den mittelschweren Lasern weg. Ein Clannertrottel war von einem Jäger so zerschossen worden, daß die ganze rechte Torsoseite seines Mechs aufklaffte. Er marschierte geradewegs an mir vorbei, und ich feuerte sämtliche Geschütze in sein Innenleben.«

Während sie erzählte, lachten die um sie versammelten Krieger der Inneren Sphäre und nickten heftig. Die meisten waren Mitglieder der Kell Hounds, aber Victor sah auch Repräsentanten verschiedener anderer Einheiten, einschließlich der Vierten Donegal Guards und eines halben Dutzends Milizeinheiten von Welten, auf denen die Hounds Garnisonsdienst abgeleistet hatten. Victors Zehnte Lyranische Garde hatte die aktivste Rolle beim Kampf gegen die Clans gespielt, aber die Mehrzahl der Anwesenden hatte auch mindestens einmal mit den Hounds zu tun gehabt.

All diesen Kriegern gegenüber standen am Rande des Rund Phelan und Ragnar. Phelan trug wieder seine graue Lederuniform, diesmal mit einem langen grauen Umhang, dessen Schultern fellbesetzt waren — offensichtlich Wolfspelz. Neben ihm stand Ragnar, in einem grauen Overall, und mit der Leibeigenenkordel ums rechte Handgelenk. Er hielt eine prächtige Wolfskopfmaske in den Händen, die emailliert schien.

Die dunkelhaarige Offizierin nickte. »Yeah, wir haben

den Clans auf Luthien eine Abreibung verpaßt.« Sie blickte sich grinsend unter ihren Kameraden um, dann warf sie Phelan einen herausfordernden Blick zu.

»Kein Zweifel, Hauptmann Moran«, stellte dieser gleichmütig fest. »Ich erinnere mich an den Tag, an dem Ihr Vater Ihnen den *Totschläger* übergab, in der Hoffnung, er werde Ihnen ebensogute Dienste leisten wie ihm. Ihre Aktionen haben eine Belobigung verdient.« Phelan neigte den Kopf in stummem Salut, aber sein Lächeln ließ ihn überlegen erscheinen.

Victor runzelte die Stirn. *Der alte Phelan hätte zurückgeschlagen. Er ist erwachsener geworden, aber die Clans haben ihn nicht so stark verändern können, daß er darauf verzichten könnte, einen überheblichen Eindruck zu machen.*

Michelle Moran wirkte verwirrt. »Ich hätte nicht gedacht, daß ein Clanner — schon gar nicht einer ihrer Anführer — eine Niederlage so einfach zugibt.«

»Niederlage?« Phelan schüttelte den Kopf. Hätte Victor nicht die Verspannung um seine Augenwinkel bemerkt, hätte er ihn für gelassen gehalten. »Soll ich bestreiten, was Sie gesagt haben? Die Nebelparder und Novakatzen waren nicht sonderlich freigiebig mit den Gefechts-ROMs über das Debakel auf Luthien, daher habe ich sie nicht gesehen. Aber was Sie beschreiben, hört sich korrekt an. Diese beiden Clans wurden besiegt, ohne Luthien einnehmen zu können. Es ist die Wahrheit. Es ist eine Tatsache.«

»Die Abreibung, die ComStar Ihnen auf Tukayyid verpaßt hat, ist auch eine *Tatsache*«, erwiderte Moran mit lauter Stimme. Victor sah, wie Sterncaptain Ranna ihre Unterhaltung mit Phelans Eltern unterbrach, aber ein Kopfschütteln Phelans schien sie zu beruhigen. Ansonsten schienen sich keine Clanmitglieder im Saal aufzuhalten, aber einige zusätzliche MechKrieger stießen zu der Gruppe.

Victor drehte sich um und fragte Galen im Flüsterton: »Warum klingt der Name Moran so vertraut?«

»Zwölfte Donegal Guards, Sir. Wir haben Damien Moran verloren. Möglicherweise ein Verwandter.«

Damiens lächelndes Gesicht trat vor Victors inneres Auge. Er hatte den jungen Mann nicht kennengelernt, bevor die Jadefalken Trell I angegriffen hatten, aber nach seiner Flucht von dem Planeten hatte er alles über ihn in Erfahrung gebracht. Er hatte sich sein Gesicht eingeprägt und seine Personalakte studiert, ebenso die Daten aller anderen Krieger, die ihr Leben gegeben hatten, damit er der Clanfalle entkommen konnte. »Ja, er stammte von Arc-Royal. Ich hätte die Ähnlichkeit schon eher bemerken müssen. Danke.«

Phelan nickte langsam. »Es ist eine *Tatsache,* daß ComStar die Schlacht um Tukayyid gewonnen hat. Sie haben gut gehandelt, und als der Kampf vorüber war, mußte wir sie als Sieger akzeptieren. Ich möchte jedoch darauf hinweisen, daß die Wölfe ihre Ziele erreicht haben. Und ich füge hinzu, daß ComStar nur einen Waffenstillstand erreicht hat. Den Krieg haben sie nicht gewonnen.«

»Aber Ihr Clanner seid geschlagen worden.«

»Hauptmann Moran, Sie scheinen nicht zu verstehen, daß es falsch ist, die Clans in einen Topf zu werfen.«

Michelle starrte Phelan wütend an, aber er blieb stumm. »Was soll das heißen, Khan Phelan?«

Phelan warf Ragnar einen Blick zu, und der Leibeigene gestattete sich ein Lächeln. Mit einem Nicken in Phelans Richtung wandte er sich an Michelle Moran. »Hauptmann, Khan Phelan will sagen, daß es ebenso dumm wäre, die Clans in einen Topf zu werfen, wie sämtliche Staaten der Inneren Sphäre als geschlossene Einheit zu behandeln. Sie und die Kell Hounds sind Steiner-Loyalisten mit einer langen Geschichte des Widerstands gegen das Draconis-Kombinat. Prinz Davion ist Erbe des Steiner- und des Davion-Throns, aber er und seine Untoten sind ins Kombinat geflogen, um Theodore Kuritas Erbe aus den Fängen der Novakatzen zu befreien.« Ragnar deutete auf einen Mann in der Uniform der Morges-Miliz. »Sie kommen von einer der letzten Welten des Tamarpaktes, die dem Vereinigten Commonwealth geblieben sind. Dementsprechend gehört Ihre Loyalität Ryan Steiner. Er und seine Skye-Separatisten stehen in lautstarker Opposition zu Prinz Victor und der Davion-Dominanz im Vereinigten Commonwealth. Außerdem schließt die Innere Sphäre noch das Draconis-Kombinat, die Liga Freier Welten, die Konföderation Capella, den St. Ives-Pakt und die Überreste der Freien Republik Rasalhaag ein. Sie alle haben unterschiedliche Ziele und setzen unterschiedliche Mittel ein, sie zu erreichen.«

»Worauf willst du hinaus, Ragnar?« Victor ließ ein Raubtierlächeln um seine Mundwinkel spielen. »Sollen wir weniger stolz auf unsere Leistungen im Widerstand gegen die Clans sein, weil es die Jadefalken oder die Nebelparder waren, die wir besiegt haben, und nicht der Wolfsclan?«

Phelan legte eine Hand auf Ragnars Schulter. »Ragnar will auf folgendes hinaus, Prinz Victor: Der Versuch, ein Mitglied des Wolfsclans mit Euren Siegen über andere Clans zu demütigen, ist sinnlos.«

»Dann betrachten Sie vom Wolfsclan unsere Siege als nebensächlich?«

»Keineswegs, Vetter. Wir begrüßen sie.« Phelan sah sich zu den Kell Hounds um. »Sie können sich den Stolz nicht vorstellen, mit dem ich von der Beteiligung der Kell Hounds am Sieg über die Nebelparder hörte. Als ich vom ilKhan aufgefordert wurde, beim Großen Konklave für die Einhaltung des Waffenstillstands mit ComStar zu argumentieren, habe ich auf Ihren Sieg verwiesen. Ich habe auch Prinz Victors schockierenden Überfall auf Teniente und Kai Allard-Liaos Leistungen als Beispiele dafür angeführt, wozu die Innere Sphäre fähig ist. Diese Leistungen haben die Khane dazu gebracht, die Weisheit einer Fortsetzung der Invasion in Zweifel zu ziehen. Aber machen Sie sich keine Illusionen. Einige Clans wollen den Krieg auf der Stelle fortsetzen. Genau wie Ryan und Victor sich über den zukünftigen Weg dieses Reiches uneins sind, haben auch die Clans ihre Fraktionen. Die Kreuzritter wollen die ganze Innere Sphäre erobern. Die Bewahrer halten das nicht für die Vision, die General Kerensky den Clans hinterlassen wollte. Sie haben das große Glück, daß der ilKhan und die Khane der Wölfe alle Bewahrer sind und die Innere Sphäre beschützen wollen. Wäre dem nicht so, würden wir hier und heute eine Totenwache abhalten.«

Michelle Moran schüttelte den Kopf. »Soll das, was Sie getan haben, ein Beispiel für den Schutz der Inneren Sphäre sein? Ich glaube kaum, daß die Kreuzritter viel schlimmer hausen könnten. Und ich bin nicht sicher, ob ich Bedarf daran habe, daß ein Clan meine Siege begrüßt, dessen Leistungen darin bestehen, einer jungen Nation die wackligen Beine wegzutreten und anschließend eine Bande von Pazifisten zu pulverisieren. Der Wolfsclan hat sich ja überhaupt erst nach einer Woche in die Schlacht um Tukayyid eingeschaltet, nachdem die andern Clans den Gegner für sie weichgeklopft hatten.«

Victor sah Phelans Augen funkeln. »Hauptmann Moran, wagen Sie es nicht, auch nur anzudeuten, der Wolfsclan sei feige. Unser verzögertes Eingreifen in die Schlacht um Tukayyid wurde uns von den anderen Clans aufgezwungen. Der Präzentor Martialum hat seine besten Truppen für uns zurückgehalten, und wir haben sie besiegt.«

»Das sagen Sie, Khan Phelan, aber dafür gibt es keinen Beweis.« Michelle Moran verschränkte die Arme vor der Brust. »ComStars Geschichte der Schlacht könnte leicht eine riesige politische Verlade sein, nur um den Waffenstillstand zu schützen.« Ihre Miene verdunkelte sich. »Es ist doch wohl nicht verwunderlich, Khan Phelan, wenn man sich Gedanken über die Fähigkeiten der Krieger eines Clans macht, in dem jemand, der vom Nagelring geflogen ist, innerhalb von drei Jahren in die höchste Position aufsteigen kann.«

Phelan bebte vor Zorn, und Victor konnte kaum fassen, wie er sich in der Gewalt hatte. »Wären Sie eine Clannerin, Hauptmann Moran, würden wir diese Meinungsverschiedenheit im Kreis der Gleichen austragen. Sie haben einen Fehler begangen, aber ich halte Ihnen Ihre Unwissenheit zugute.«

Moran zuckte die Achseln. »Worte sind billig.«

»Ich weigere mich, das Blut eines der Offiziere meines Vaters zu vergießen.«

Victor mischte sich ein. »Warum gleich Blut vergießen? Ich denke, Hauptmann Moran möchte ausprobieren, wie gut die Wölfe wirklich sind. Die Kell Hounds besitzen Simulatoranlagen.«

Phelan grinste erfreut. »Sehr schön. Ich stelle einen Stern BattleMechs gegen was immer Sie anbieten.«

»Hauptmann Moran, Sie haben eine Kompanie?« Sie nickte. »Mit Ihrer Erlaubnis werde ich eine Befehlslanze beisteuern. Damit sind wir sechzehn gegen Ihre Fünf, sofern das akzeptabel ist, Khan Ward.«

Phelan nickte. »Ich brauche zwei Piloten, die sich Ranna, Ragnar und mir in unserem Stern anschließen. Wenn Ihr gestattet, Prinz Victor, wähle ich Euren Galen Cox und meinen Vetter Mark.«

»Einverstanden.«

»Gut gehandelt und akzeptiert.«

»Jetzt brauche ich nur noch drei Piloten für meine Lanze.«

»Nur noch einen, Victor, wenn du uns akzeptierst.«

Victor drehte sich beim Klang der vertrauten Stimme um und lächelte. »*Sehr gut* gehandelt und akzeptiert.« Er sah sich wieder zu Phelan um und nickte. »Diese beiden, Khan Ward, werden sich hervorragend schlagen. Khan, erlauben Sie mir, Ihnen Chu-sa Shin Yodama aus dem Draconis-Kombinat und den amtierenden Champion von Solaris, Kai Allard-Liao, vorzustellen.«

6

Arc-Royal
Vereinigtes Commonwealth

15. April 3055

»Was soll das heißen, ich benehme mich wie Vlad?« Phelan riß den Umhang von den Schultern und warf ihn über eine Stuhllehne. »Ranna, wenn Vlad hier wäre, würde er mit Beleidigungen um sich werfen und Streit anfangen.«

Ranna verschränkte die Arme vor der Brust und hob eine einzelne Braue.

Phelan verzog schmerzlich das Gesicht. »Den kleinen Simulatorkampf, den ich für morgen arrangiert habe, kannst du nicht zählen. Den Kampf konnte ich nicht vermeiden. Moran hat mich nach allen Regeln der Kunst herausgefordert.« Er schüttelte den Kopf. »Wie kannst du nur auf den Gedanken kommen, ich wäre wie Vlad? Er ist arrogant, gefühllos und dickköpfig, und er küßt den Boden, über den Kreuzritter wie Conal Ward latschen. So bin ich nicht.«

»Im Moment nicht.« Ein Lächeln trat auf Rannas Züge, als sie ihren Umhang ablegte. »Im Moment bist du du selbst. Du achtest nicht auf deine Sprache und läßt deinen Gefühlen freien Lauf. Da draußen, unter den Gästen, die zur Verabschiedung deines Vaters eintreffen, warst du steif und unnatürlich. Mit den Worten deiner Schwester ›total verklemmt‹.«

Phelan öffnete den Mund, dann schloß er ihn wieder, ohne etwas zu sagen. *War ich wirklich so?* Eine kurze Rekapitulation der Höhepunkte des Empfangs ließ ihn rot werden. »Wenn wir — rein theoretisch — davon ausgehen, daß in deinen Anschuldigungen ein Kern von Wahrheit steckt: Wie schlimm war ich?«

»Rein theoretisch nicht so schlimm, wie Vlad gewesen wäre, Geliebter. Aber du hast deine Schwester verärgert, als du sie nicht für deinen Stern ausgewählt hast. Sie war beleidigt, weil du ihr deinen Vetter vorgezogen hast.«

»Aber Caitlin ist Jagdpilotin. Wir boten Mechsterne.«

»Ich weiß, und ich habe es ihr erklärt. Es wäre auch besser gewesen, wenn du als letztes Mitglied des Sterns deinen Vetter Chris oder deinen Vater ausgewählt hättest statt Galen Cox.« Ranna setzte sich auf die weiße Ledercouch, die das Wohnzimmer der Suite dominierte. »Ich weiß, daß dein Vater nicht beleidigt war, und Christian wäre unwohl dabei gewesen, hättest du ihn gewählt, aber ich glaube, die Kell Hounds sind gekränkt, daß du einen Untoten und einen grünen Jungen für den Kampf gegen eine ihrer Kompanien ausgewählt hast.«

Phelan schüttelte den Kopf und setzte sich neben sie. »Aber die Untoten haben sich gegen die Novakatzen gut geschlagen. Ich wollte sie ehren, indem ich Galen auswählte.«

»Das hast du vielleicht getan, Phelan, aber hast du nicht das allgemeine Unbehagen bemerkt, wenn das Thema Untote angesprochen wurde?«

»Häh?«

Ranna lächelte und zog die Beine an. »Anscheinend nicht. Die Tatsache, daß Prinz Victor und seine Leute Theodore Kuritas Erben gerettet haben, macht sie nicht gerade beliebt. Man gesteht ihnen zu, daß diese Leistung Mut erforderte, aber viele glauben, Victor stehe unter dem Bann einer draconischen Hexe namens Omi.«

Phelan nickte und zog die Stiefel aus. »Omi ist Theodores Tochter. Ich habe die Geschichten darüber gehört, wie sie und Victor sich während der Trainingszeit auf Outreach ineinander verliebt haben sollen.« Seine Stiefel flogen quer durchs Zimmer neben die Rannas. »Das kann natürlich nicht stimmen. Victor und Omi stammen aus tödlich verfeindeten Häusern. Eine derartige Liebe ist unmöglich.«

Ranna stieß ihn spielerisch mit dem Fuß an. »Ach ja? Noch unmöglicher als die zwischen einer Kriegerin und einem Leibeigenen?«

Als ihr Fuß ein zweitesmal zustieß, fing Phelan ihn ab und küßte ihren Knöchel. »Wie immer weißt du weit besser als ich, was möglich und was unmöglich ist, Ranna.«

»Wäre ich hierhergekommen, bevor du deinen Blutnamen erlangt hast und Khan geworden bist, hätte ich es für unmöglich gehalten, daß diese Umgebung einen Krieger wie dich hervorbringen könnte.«

»Warum?« Phelan gestattete sich ein trockenes Grinsen. »Die Hounds sind vielleicht nicht die Wolf-Dragoner, und Arc-Royal ist nicht Outreach, aber die Kell Hounds waren schon immer eine der besten Söldnereinheiten der Inneren Sphäre.«

»Wie du mir schon mehr als einmal erklärt hast, Liebling.« Ranna streckte das rechte Bein aus und kitzelte ihn mit den Zehen am Bauch. »Aber dieser Ort ist so anders als die Geschko, in der ich aufgewachsen bin. Die uns zugeteilten Erzieher waren sehr gewissenhaft, aber sie haben uns nie die Liebe und Zuneigung geschenkt, die deine Eltern dir entgegenbringen. Ich kann es in den Augen deiner Mutter sehen und in der Stimme deines Vaters hören. Deswegen versuchen sie, mich und meine Rolle in deinem Leben zu akzeptieren.«

Rannas Stimme erstarb. Phelan drückte sanft ihr Knie. »Ja, das hier unterscheidet sich sehr von der Art, wie die Clans ihre Krieger schon vor der Geburt auswählen. Euer ganzer genetischer Bauplan ist nach den Leistungen eurer Geneltern aufgebaut, so wie Vollblutlinien zur Zucht der feinsten Rennpferde erhalten werden. Ihr werdet in einer Geschko aufgezogen und ständig getestet, um die Verlierer der genetischen Lotterie auszusieben. Ihr seid ganz auf das Ziel ausgerichtet,

Krieger zu werden — ein bewundernswertes Ziel —, aber eure Ausbildung und die Tests verhindern die Entwicklung starker persönlicher Bindungen.«

»Es ist mehr als nur das allein, Phelan.« Ranna verzog das Gesicht. »In der Geschko hält jeder Ausschau nach Fehlern und Versagen. Sie denken sich ständig neue Methoden aus, deine Schwachpunkte bloßzulegen. Alles ist darauf gerichtet, das Fehlschlagpotential zu maximieren. Wenn einer unserer Blutsverwandten stirbt, hat das Folgen für die gesamte Blutlinie und alle ihre Mitglieder. Hier scheint das Gegenteil zu gelten. Ich war auf dem Friedhof, wo ihr eure Toten bestattet. Die Kell Hounds sorgen für Unterkunft und Ausbildung der Hinterbliebenen ihrer Gefallenen. Sie tun Dinge für die Nachkommen von Toten, die bei den Clans wegen des Stigmas des Versagens, das diesen Kindern anhängt, undenkbar wären.« Ranna fuhr sich mit den Zähnen über die Unterlippe. »Die Haltung der Hounds ist mir so fremd. Obwohl die meisten Personen, denen ich begegnet bin, dich für einen Verräter halten, bewundern sie deine Bereitschaft, dich in einem Simulatorgefecht zu stellen. Sie versuchen dich zu hassen, sind aber bereit, dir Respekt zu zollen. Sie versuchen, die Person, die du geworden bist, mit dem in Einklang zu bringen, woran sie sich aus der Zeit vor deiner Gefangennahme erinnern.«

»Du hast recht, und ich wünsche mir, daß es ihnen gelingt.« Phelan seufzte schwer und schüttelte den Kopf. »Deshalb habe ich Mark für meinen Stern ausgewählt. Als Knabe war er ein ziemlicher Nervtöter, weil er ständig hinter mir herlief. Als ich zum Nagelring ging, habe ich versprochen, ihm einen Platz in meiner Lanze offenzuhalten. Ich wußte, daß ich mit Verachtung rechnen mußte, als ich hierherkam, aber es tut weh, sie von der eigenen Familie zu spüren.« Er sah sie an. »Dich behandelt er nicht so wie mich, franeg?«

Ranna schüttelte den Kopf und unterdrückte ein Gähnen. »Nein, keineswegs. Im Gegenteil, deine Familie behandelt mich mehr als freundlich.« Ranna zupfte an ihrem ledernen Uniformrock. »Caitlin hat angedeutet, diese Uniform sei kaum angemessen für das Bankett, und hat angeboten, morgen nach der Schlacht, die du arrangiert hast, mit mir einkaufen zu gehen. Ich habe gesagt, ich überlege es mir, auch wenn ich nicht verstehe, was an meiner Montur auszusetzen ist.«

»Ich finde, du solltest mitgehen, Ranna. Am Steiner-Hof hat man schon immer außergewöhnliches Gewicht auf eine modische Erscheinung gelegt, besonders bei Offizieren. Wir sollten versuchen, ihre Sitten zu respektieren.«

»Schön. Ich werde Evantha Fetladral bitten, diese Sitten ebenfalls zu respektieren.«

Der Gedanke an die zweieinhalb Meter große Elementare, die mit Paketen beladen von einem Einkaufsbummel durch Old Connaught zurückkehrte, brachte ein Grinsen in Phelans Gesicht. Er klopfte Ranna aufs Bein.

»Morgen werden wir ihre Mechs zerschießen, und dann bist du frei.«

Ranna warf ihm einen zweifelnden Blick zu. »Du gehst davon aus, daß wir sie besiegen?«

»Deine Frage grenzt an Verrat, Sterncaptain.«

»Wirklich? Du scheinst unsere Gegner zu unterschätzen. Hauptmann Morans Kompanie mag nur mittelschwer sein, aber sie ist hauptsächlich mit Raketen bestückt. Außerdem hat sie schon gegen die Novakatzen und Nebelparder gekämpft. Das heißt, sie kennen unsere Taktiken und Ausrüstung.«

»Michelle Moran macht mir keine Sorgen. Sie war schon immer eine verbissene Kämpferin, aber sie kann sich nicht zurückziehen, bevor es zu spät ist. Sie neigt zu dem Glauben, mit einer letzten Salve den Sieg erzwingen zu können, und das kommt sie häufig teuer zu stehen.«

Ranna ließ sich diese Information eine Weile durch den Kopf gehen, dann nickte sie. »Was ist mit Prinz Victor? Er und Shin Yodama waren auf Teniente.«

»Ich schätze, Galen Cox wird mir sagen können, was von Yodama zu erwarten ist. Und was Victor angeht: Als wir noch Kinder waren, hatte ich nie Probleme, ihn aufzustacheln. Wenn er erst einmal wütend ist, hört er auf zu denken. Eine leichte Beute für dich.«

Ranna neigte den Kopf. »Mein Khan ist so großzügig.« Sie zog ihr Bein zurück und wich seinem Versuch aus, es zu packen und ihre Fußsohle zu kitzeln. »Und Kai Allard-Liao? Selbst wenn das, was wir von den Jadefalken gehört haben, maßlos übertrieben war, weist ihn seine Position als amtierender Champion von Solaris als Gegner aus, der Respekt verdient.«

Phelan nickte zögernd. »Es ist seltsam, aber als ich ein Kind war, habe ich viele Spekulationen darüber gehört, wer bei einem Kampf zwischen meinem Vater und Kais Vater gewonnen hätte. Justin Allard war ebenfalls Solaris-Champion, und mein Vater, nun, der ist wirklich ein ganz besonderer Mechpilot. Jemand hat einmal eine Computersimulation dieses Kampfes unter Solaris-Bedingungen programmiert.«

»Wer hat gewonnen?«

»Das änderte sich mit jedem Durchlauf. Sämtliche Kämpfe gingen über eine lange Zeit, und bis einer der beiden aus dem Rennen fiel, waren beide Mechs schwer angeschlagen. Wenn ich mich richtig erinnere, hat Justin Allard in einer Serie von einhundert Kämpfen 53 zu 47 gewonnen. Einige haben den Standpunkt vertreten, daß in umgekehrter Situation, mit Gefechten unter Feldbedingungen — die meinem Vater mehr lagen —, auch das Ergebnis umgekehrt ausgefallen wäre. Beiden Männern wurde Geld dafür geboten, in einem Simulatorkampf gegeneinander anzutreten, aber sie haben es abgelehnt. Andererseits habe ich ein Gerücht aufgeschnappt, daß Justin und mein Vater bei Dan Allards

Hochzeit mit meiner Halbschwester Megan tatsächlich gegeneinander in die Simulatoren gestiegen sind.«

»Und?«

»Die ausgebrannten Logikplatinen auszuwechseln, soll ziemlich teuer gewesen sein.«

»Ah, ja. In deinem Jargon wäre jetzt wohl ein Spruch über die Sünden der Väter angebracht?«

»Stimmt. Kai gehört mir.« Phelan ließ die Fingerknöchel krachen. »Wenn ich ihn erledigt habe, kann ich beginnen, die Beleidigungen von heute abend wettzumachen.«

»Ein weiser Plan, mein Khan«, neckte sie ihn.

»Hast du auf diesem Gebiet irgendwelche Vorschläge, Sterncaptain?«

Ranna schürzte die Lippen, dann nickte sie. »Du könntest mit einem Kuß anfangen.«

Phelan schob den Arm unter ihre Knie und zog sie näher. Er beugte sich vor, stützte die Hände links und rechts ihres Kopfes auf und drückte sie mit seinem Körper auf die Couch. »Und dann?« Er küßte sie.

Sie erwiderte den Kuß. »Noch einen Kuß, und dann noch einen. Meine anderen Ideen haben Zeit bis morgen früh.«

7

Arc-Royal
Vereinigtes Commonwealth

16. April 3055

Victor rutschte auf dem Vinylbezug der Simulatorliege hin und her. Die Haltegurte hielten ihn fest, aber seine nackte Haut klebte an der Couch. In einem echten Gefecht hätte sein Schweiß die Liege rutschig gemacht, aber hier im Simulator war er einfach nicht nervös genug, um zu schwitzen.

Der Ausrüstung konnte er das nicht anlasten. Die Kell Hounds hatten in höchste Qualität investiert. Die Simulatorkanzeln waren auf dreidimensionalen Bewegungsgerüsten montiert, die ihrerseits auf hydraulischen Zylindern ruhten. Jeder schwere Schritt seines simulierten *Daishi* durch die auf den Schirmen sichtbare Konstruktrealität der Simulation wurde von einem realistischen Schwanken des Cockpits begleitet. Aus anderen Übungen wußte Victor, daß auch feindliche Treffer und deren Auswirkungen simuliert werden würden.

Die Anlage schloß auch Heizkörper im Cockpit ein, die für Hitzewellen sorgten, wenn das Abfeuern von Waffen oder andere Aktionen in einem echten Mech einen Hitzestau verursachen würden. Er trug sogar eine spezielle Kühlweste, die exakt so funktionierte, als säße er in der Kanzel seines Mechs *Prometheus.* Die Kühlflüssigkeit, die durch die Schläuche der Weste strömte, zog überschüssige Wärme ab und verhinderte, daß er im Cockpit gebraten wurde.

Bis jetzt besteht da keine Gefahr. Victor beobachtete die holographische Landschaftssimulation. Zu seiner Linken marschierte Kai in *Yen-lo-wang,* seinem modifizierten *Centurion,* über eine Wiese auf eine niedrige Hügelkette zu. Rechts hinter ihm sorgte Shin Yodamas *Greif* für Flanken- und Rückendeckung. *Wie schon den ganzen Tag — nichts!*

Daniel Allard und Morgan Kell, die das Gefechtsszenario entwickelt hatten, waren zu dem Schluß gekommen, daß die Chancen ungleich verteilt waren. Mark Allard und Galen Cox benutzten simulierte Mechs der Inneren Sphäre, obwohl sie Teil eines Clansterns darstellten, und Victor führte einen auf Clantechnologie basierenden OmniMech, der allem überlegen war, was die Opposition ins Feld führen konnte. In reiner Tonnage gemessen, kämpften die Clanner gegen eine vierfache Übermacht.

Victor wußte zwar, daß bloße Tonnage kein verläßlicher Anzeiger für Überlegenheit war, aber er mußte zugeben, daß die Claneinheit unterlegen war. Um die Chancen anzugleichen, hatten die Kell-Hounds-Kommandeure vorgeschlagen, Victors Lanze von drei Mechs zum Preis des Gefechts zu machen. In diesem Szenario machten die Clanner in einem riesigen kreisrunden Schlachtfeld, das die alte Clantradition des Kreises der Gleichen ehren sollte, auf ihn Jagd. Die Kompanie der Kell Hounds sollte Victor helfen, den Clannern zu entkommen. Dadurch wurde die Übung zu einer Flaggenjagd, allerdings einer, bei der die Flagge zurückschoß.

Um die Sache zu komplizieren, konnte Victors Gruppe die Kell Hounds nicht anfunken, weil sie nicht über die notwendigen Codes verfügte, um die Sendungen ihrer Retter zu entschlüsseln. Kai hatte jedoch schnell herausgefunden, daß sie die Kell Hounds durch ein einfaches Signalsystem, ähnlich dem Stakkato von Morsesignalen, das mit stärker werdenden Signalen der Söldner schneller wurde, an ihre Position führen konnten. Er wußte natürlich, daß sie damit auch die Clanner anlockten, aber wenn alle Beteiligten zusammenkamen, mußte das Phelans schlimmste Alpträume bestätigen.

Das einzige Problem dabei ist, daß Phelan und seine Leute keineswegs unruhig zu schlafen scheinen. Wie am vorigen

Morgen war Phelan hellwach und einsatzbereit erschienen. Er stieg sogar mit umgeschnallter Pistole in den Simulator, was Hauptmann Moran und ihre Leute sehr amüsierte. Victor konnte ihre Belustigung jedoch ganz und gar nicht teilen. Die Geste zeigte ihm, daß Phelan die Simulation todernst nahm und exakt wie einen realen Kampf behandelte.

Victors ›Flaggenteam‹ hatte eine *Menge* Funkverkehr aufgefangen, der allem Anschein nach von der Kell-Hounds-Kompanie stammte. Sie konnten nicht ausmachen, worum es dabei ging, aber die Botschaften schienen mit großer Geschwindigkeit aufeinander zu folgen, während die Anzahl der dabei beteiligten Personen langsam abnahm.

Das Flaggenteam hatte sich Richtung Funkverkehr in Bewegung gesetzt, aber die Situation war zu sehr im Fluß, als daß sie sicher sein konnten, auf dem richtigen Kurs zu sein. Das konnte nur bedeuten, daß die Kell Hounds in ein Bewegungsgefecht verwickelt waren. Das sollte zu ihrem Besten sein. *Überraschungsangriffe sind die bevorzugte Taktik gegen die Clans. Aber wenn Phelan sie jetzt gegen uns anwendet, stecken wir in Schwierigkeiten.*

Als hätte die andere Seite seine Gedanken gelesen — *Verdammt, diese Falle kann sich nur Galen ausgedacht haben* —, erschienen drei Mechs auf den Hügelkuppen. Der erste, ein breiter, gedrungener *Masakari* spreizte die vogelähnlichen Beine, um auf dem bröckelnden Felshang eine sichere Position zu finden. Die Arme des Mechs endeten in Zwillingsläufen, und die beiden PPKs im linken Arm blitzten auf, noch bevor Victor seine Begleiter warnen konnte.

Die beiden blau leuchtenden Blitze krachten durch die Atmosphäre. Beide trafen *Prometheus'* rechtes Bein und verwandelten dessen Panzerung in simulierte Dampfschwaden. Ein Impulslaser im rechten Arm des *Masakari* bohrte eine Serie grüner Lichtbolzen in das Bein.

Mit diesem Treffer sprengte er, soweit es den Computer betraf, bis auf einen minimalen Rest die gesamte Beinpanzerung ab.

Victor hatte nur eine Nanosekunde, um abzuschätzen, wieviel Schaden die unglaubliche Treffsicherheit des *Masakari*-Piloten angerichtet hatten. Kaum hatte der Steuercomputer des Simulators die Auswirkungen des Treffers errechnet, da fühlte Victor seine Kanzel hart nach rechts abkippen. Der Angriff hatte fast zwei Tonnen Fiberstahlpanzerung abgesprengt und seinen Mech total aus der Balance geworfen.

Victor drehte seinen Körper nach links und kämpfte darum, den Mech senkrecht zu halten. Der Computer las den Input seines Neurohelms, aber selbst mit äußerster Anstrengung gelang es ihm nicht, die kombinierte Wirkung von Schwerkraft und physikalischen Gesetzen auszugleichen. Die computergenerierte Landschaft außerhalb der Sichtschirme des *Daishi* verschwamm, dann wirbelte die Kanzel herum und kippte weg. Victor stöhnte auf, als sein Rücken schwer auf die Pilotenliege schlug. Der Mech prallte zu Boden und zertrümmerte dabei einige Panzerplatten an der rechten Seite.

Momentan geschockt, konnte Victor nur zusehen, wie die beiden leichtesten BattleMechs im Feld auf der Hologrammanzeige Jagd aufeinander machten. Kais *Yen-lo-wang* drehte sich zu dem schlanken Clanmech um, der wie ein mechanischer Avatar des altägyptischen Gottes Anubis wirkte. Nur Phelan konnte am Steuer des *Wolfshund* sitzen.

Der *Centurion* griff zuerst an. Sein rechter Arm kam hoch, und das Gaussgeschütz spie in einem grellen Energieblitz ein silbriges Projektil aus. Die Kugel schoß den Hügel hinauf und traf den *Wolfshund* an der linken Brustpartie. Der Mech schüttelte Panzerung ab wie eine Schlange tote Haut, und sein Titanstahlskelett wurde sichtbar. Victor sah eine Rauchwolke aus der Bresche aufsteigen, und der *Wolfshund* schwankte etwas. *Ein mittelschwerer Laser ausgeschaltet und möglicherweise noch ein Reaktorschaden! Gut so, Kai!*

Auch die Zwillingslaser unter dem linken Arm feuerten auf den *Wolfshund.* Ihr Hagel aus rubinroten Lichtbolzen zerfetzte die Panzerung über der anderen Seite der Brustpartie. Das Skelett unter der abgekochten Panzerung glühte rot, und wieder schien der *Wolfshund* sich zu schütteln, aber Phelan konnte ihn trotz der brutalen Schläge aufrecht halten.

Dann schlug der *Wolfshund* zurück. Der schwere Laser, der den größten Teil seines rechten Armes ausmachte, schleuderte einen smaragdgrünen Lichtspeer auf den rechten Arm des *Centurion.* Panzerfragmente prasselten auf den simulierten Hang hinab und entfachten kleine Feuer. Die beiden verbliebenen Impulslaser im Torso des *Wolfshund* konzentrierten ihr Feuer ebenfalls auf diesen Arm. Einer brannte sich durch den Rest der Panzerung, der andere legte eine Kraterspur entlang des Armes. Myomermuskeln zerrissen und Titanstahlknochen glühten grellweiß auf, bevor sie zerflossen.

Dann sprengten die Laser den Mechanismus des Gaussgeschützes. Die Kondensatoren zerplatzten und rissen die Panzerung der rechten Torsopartie des *Centurion* in Fetzen. Die interne Struktur des Kolosses schien durch die Explosion verdreht und verbogen. Die silbernen Kugeln, die als Munition für das Gaussgeschütz dienten, fielen heraus, prallten vom rechten Oberschenkel des Mechs ab und rollten den Hang hinunter.

Links sah Victor, wie Galens *Kreuzritter* Shins *Greif* mit zwei Langstreckenraketensalven angriff. Die meisten Geschosse flogen über das Ziel hinaus, weil Shin seine Maschine abduckte. Detonationen bedeckten die Torsomitte und rechte Flanke seines BattleMechs und richteten Panzerschäden an. Auch der linke Arm des *Greif* wurde von ein paar Raketen erwischt, aber auch dort beschränkte sich der Schaden auf eine Reihe verlorener Panzerplatten.

Aus der rechten Brustpartie des *Greif* schoß eine LSR-Salve auf den *Kreuzritter* zu und bohrte sich mitten in dessen Torso, pulverisierte dessen Panzerung. Aus der pistolenähnlichen Partikelkanone des *Greif* zuckte ein Blitzstrahl azurblauen Feuers und peitschte halbzerschmolzene Panzerung vom rechten Arm des *Kreuzritter,* ohne diese jedoch zu durchschlagen.

Victor brachte den *Daishi* wieder auf die Beine und drehte sich so, daß er dem *Masakari* die linke Flanke bot. Er wußte, daß er Ranna in ihrem Clan-OmniMech gegenüberstand, und seine Bewunderung für ihr Können überlagerte seine Wut und Angst. Wieder versuchten ihre PPKs und der schwere Laser, *Prometheus'* rechtes Bein unter Beschuß zu nehmen, aber Victors Manöver hielt das Bein in Deckung, und die Schüsse gingen vorbei.

Victor warf den OmniMech herum und grinste. *Jetzt bin ich an der Reihe.*

Bevor er seine Geschütze auf sie richten konnte, gingen der *Centurion* und der *Wolfshund* aufeinander los. Die beiden Mechs rückten vor, und Victors Sekundärschirm meldete, daß beide massiv überhitzt waren. In einer normalen Gefechtssituation wären beide so schwer beschädigt gewesen, daß ihre Piloten vor allem an Rückzug gedacht hätten, aber nicht hier. *Ein Khan des Wolfsclans im Kampf gegen den Champion von Solaris VII. Ein Gefechts-ROM dieses Kampfes brächte ein Vermögen an Übertragungsrechten ein.*

Der *Centurion* feuerte seine beiden Impulslaser im selben Augenblick wie der *Wolfshund* seinen verbliebenen Impulslaser und den schweren Laser im rechten Arm. Die Laser des *Centurion* bohrten sich in die offene rechte Flanke des *Wolfshund*-Torsos. Victor sah, wie der Computer Skelettstücke durch den öligen schwarzen Qualm fliegen ließ, der einen weiteren Reaktortreffer kennzeichnete.

Die beiden Laser des *Wolfshund* schossen durch die

Bresche, wo der rechte Arm des *Centurion* hätte sein sollen und schnitten mit chirurgenhafter Präzision den Edasich 200 XL-Reaktor des BattleMechs heraus. Die grünen Lichtbolzen des mittelschweren Impulslaser im Torso des *Wolfshund* setzten eine dichte Qualmwolke frei, als sie sich in die Steuerung der Magnetabschirmung für den Fusionsreaktor bohrten.

Wie Spiegelbilder wurden beide Mechs aus dem Innern ihrer Torsen von einen unheilvollen weißen Lichtschein erhellt. Der Computer zeigte realistisch, wie die Fusionsreaktion, aus der Magnethülle befreit, sich ausdehnte und verschlang, was sie an Brennstoff fand. Die kochenden Plasmakugeln wuchsen, wuchsen, dann explodierten sie durch Kopf und Schulterpartie der Mechs, die sie angetrieben hatten.

Während die Flammen weiterer Detonationen durch die beiden wogenden schwarzen Wolken zuckten, fielen die Beine beider Mechs heillos verheddert den Hang hinab.

Victor sah das Aufblitzen der Waffen und wußte, daß Galen und Shin einander ebenfalls getroffen hatten, aber beide Mechs standen noch. Das half, den Verlust Kais und seines *Centurion* auszugleichen, aber nicht sonderlich, denn jetzt feuerte der *Masakari* wieder. Victor wußte, daß er nur eine einzige Chance zum Gegenschlag hatte, daher feuerte er mit allem auf den *Masakari*, was sein *Daishi* anzubieten hatte.

Das Gaussgeschütz spie zischend eine Silberkugel geradewegs in die Brustpartie des *Masakari* und riß eine riesige Bresche in die Panzerung genau über dem Herzen des Kampfkolosses. Einer der drei schweren Impulslaser im rechten Arm des *Daishi* verfehlte sein Ziel, aber die beiden anderen trafen um so besser. Einer von ihnen brannte eine glühende Narbe in die linke Brustpartie des *Masakari*, während der zweite sich geradewegs durch die Panzerung in der Torsomitte bohrte. Feuer schlug aus der Flammermündung, und Victors

Sekundärschirm meldete einen Hitzeanstieg in der gegnerischen Maschine.

Nur einem der beiden Blitz-KSR-Systeme Victors gelang die Zielerfassung, aber seine Salve bedeckte die Panzerung des *Masakari* mit feuerroten Explosionen, zertrümmerte die Eisenkeramik und ließ sie in dampfenden Brocken zu Boden fallen. Die KSR richteten wenig Schaden an, aber sie halfen, den bereits durch das Gaussgeschütz und die schweren Impulslaser ins Wanken gebrachten OmniMech noch weiter aus dem Gleichgewicht zu werfen. Victor grinste, als er den *Masakari* kippen sah, aber seine Freude erstarb schnell, als er feststellte, daß ihm das gleiche Schicksal bevorstand.

Beide PPKs des *Masakari* und dessen schwere Impulslaser hatten das beschädigte rechte Bein des *Daishi* getroffen. Die verbliebene Panzerung verdampfte wie ein Wassertropfen auf einer heißen Herdplatte. Die vier gebündelten Energiestrahlen schmolzen das Bein ab. Myomermusken zerkochten und explodierten. Der Titanstahlknochen glühte immer heller, dann löste er sich in seine Atome auf.

Durch diese Leistung noch nicht ausgelastet, wanderten die Energiestrahlen aufwärts. Sie brannten sich durch die Panzerungsreste an der rechten Flanke des *Daishi* und brachten die Munition des Raketenabwehrsystems zur Explosion. Die Polster seiner Pilotenliege knallten gegen Victors Rücken und Neurohelm und raubten ihm für einen Augenblick jede Orientierung. Das Cockpit wirbelte ihn herum, als sei seine 100 Tonnen schwere Kampfmaschine nur eine von einem Wirbelsturm mitgerissene Stoffpuppe, bevor er mit dem Aufprall des Mechs auf den Boden den nächsten Schlag erhielt.

Victor schüttelte den Kopf, um wieder klar zu werden. Er hing in den Gurten der Pilotenliege. Auf dem Hologrammschirm konnte er den *Masakari* aufstehen sehen. Die Sichtschirme waren schwarz. Seine Augen bestätigten, was ihm die Schwerkraft bereits klargemacht hatte — seine Maschine war bäuchlings im Dreck gelandet. *Mit nur einem Bein und von vorne bis hinten aufgerissener rechter Flanke kann ich nicht weiterkämpfen.*

Er sah den *Masakari* näherkommen und ergänzte seine Lagebetrachtung. *Außerdem wird Ranna mir* keine *noch so geringe Chance lassen. Ich kann nicht einmal aussteigen!*

Der *Masakari* ließ keinen Zweifel daran, warum der BattleMech seit seiner Entwicklung vor sechs Jahrhunderten das Schlachtfeld beherrschte. Er konzentrierte alle vier Geschütze auf den am Boden liegenden *Daishi.* In bewußten, offensichtlich einstudierten Bewegungen, die Victor zeigten, warum es den Clans so leicht gefallen war, in die Innere Sphäre einzubrechen, öffnete der *Masakari* den Rücken des *Daishi* wie ein Gerichtsmediziner bei einer Autopsie. Die PPK-Blitze zerkochten die Stützträger, während die Laser die Titanstahlrippen zertrennten.

Die Laser schnitten den Fusionsreaktor des *Daishi* aus der Halterung. Der Reaktor fiel nach unten, und die eingebauten Sicherungen erstickten die Reaktion, bevor er explodieren konnte. Als hätte der *Masakari* das Herz des *Daishi* entfernt, zuckte Victors Mech kurz, bevor alle Monitore schwarz wurden und er in einem heißen, dunklen Kokon zu hängen schien.

Tödliche Stille schloß ihn ein, dann schüttelte er den Kopf. *Unser einziger Vorteil beim Kampf gegen die Clans war ihr Festhalten an einem rigiden Gerüst von Kampfregeln, das uns einen taktischen Vorteil lieferte. Wenn sie jemals die Flexibilität entwickeln, die Phelan und die anderen hier bewiesen haben, wird Ragnar nicht der einzige Prinz der Inneren Sphäre sein, der eine Leibeigenenkordel trägt.*

8

Arc-Royal
Vereinigtes Commonwealth

16. April 3055

Obwohl er es besser wußte, konnte sich Phelan ein herablassendes Grinsen nicht verkneifen, als er den Raum betrat. Er hob Rannas linke Hand mit seiner rechten und küßte sie, dann zwinkerte er Ragnar zu. »Die Wölfe haben sich heute gut geschlagen. Wir haben ein Recht, stolz zu sein.«

Ranna nickte und zupfte an ihrer schwarzen Jacke. »Das stimmt, mein Khan, aber wären unsere Gegner Nebelparder oder Schneeraben, würden wir sie deswegen nicht herablassend behandeln, frapos?«

»Pos, aber sie gehören nicht zu den Clans.«

»Soll heißen?«

Phelan zwinkerte ihr zu. »Es ist eine alte Kell-Hounds-Tradition. Nennt sich ›Prahlrecht‹.«

Ranna schüttelte den Kopf und zog die Hand zurück. »Ebensowenig wie sie zu den Clans gehören, gehörst du zu den Kell Hounds. Sei also nicht überrascht, wenn sie deinen Versuch, sie Bescheidenheit zu lehren, in die falsche Kehle bekommen.« Sie runzelte die Stirn. »Und, Liebling, deine Sprache läßt nach.«

Phelan zuckte zusammen. »Und auf deine Großmutter kann ich die Schuld nicht abwälzen, was?«

»Nein, und sie kann dich auch nicht ermahnen, vorsichtig zu sein.« Ranna deutete mit dem Kopf auf Hauptmann Moran und die Gruppe in ihrer Nähe. »Wir haben schon genug Feinde, Khan Phelan, in den Clans und außerhalb. Es besteht keine Notwendigkeit, unsere Lage noch zu verschlechtern.«

Phelan wollte Ranna beruhigen, aber sie hatte recht. Die vertraute Umgebung Arc-Royals und sein perverses

Vergnügen daran, aufgeblasen wirkende Gesprächspartner zu ärgern, hatte ihn wieder in alte Verhaltensmuster abrutschen lassen. Er freute sich über die Gelegenheit, etwas von dem Ansehen zurückzugewinnen, das er durch seinen Wechsel zu den Clans verloren hatte. Allerdings tat Ranna gut daran, wenn sie ihn vorsichtig erinnerte, daß er jetzt mehr darstellte als zu seiner Zeit in der Inneren Sphäre. Er war noch immer Morgan Kells Sohn, aber jetzt repräsentierte er mehr als nur seine Familie. Der Wolfsclan hatte ihn zu einem seiner beiden Khane gemacht, und damit war eine Verantwortung verbunden.

»Ich werde mir deinen Rat zu Herzen nehmen, Ranna.« Er gestattete seiner Dankbarkeit, die Selbstzufriedenheit aus seinem Lächeln zu vertreiben. »Ich werde mich verhalten, wie es sich für einem Khan gehört.«

»Ich habe nie etwas anderes erwartet, Khan Phelan Ward.« Mit einer kurzen Kopfbewegung beantwortete sie ein Winken Caitlin Kells. »Wenn du mich entschuldigst.«

»Natürlich.« Er lächelte ihr hinterher, als sie trotz des engen schwarzen Wollrocks, den sie als hinderlich empfinden mußte, elegant davonging. »Kommst du mit, Ragnar?«

»Wie mein Khan es wünscht.«

»Gut.« Phelan bemerkte, daß der Kreis der Verlierer des morgendlichen Spiels inzwischen größer geworden war. Er unterdrückte das Bedürfnis, Schadenfreude zu zeigen, und stellte zu seiner Überraschung fest, daß es ihm gar nicht schwerfiel. Statt dessen schämte er sich, ein derart unwürdiges Gefühl überhaupt gehegt zu haben.

Neben Victor und Galen standen die beiden anderen Mitglieder von Victors Befehlslanze. Beide waren orientalischer Abstammung, aber Kais hellere Haut und die geringere Neigung seiner Mandelaugen kennzeichneten ihn als Mischling. Die graue Farbe der Augen bildete einen scharfen Kontrast zu den dunkelbraunen Augen Shin Yodamas. Der draconische Offizier war mehrere Zentimeter kleiner als Kai und wirkte rund zehn Jahre älter. Unter seinem Hemdkragen schien eine schwarzgoldene Tätowierung vorzulugen.

»Guten Abend.« Phelan nickte Galen zu, dann lächelte er Kai an. »Es ist offensichtlich, warum Sie der Champion von Solaris sind.« Er blickte weiter zu Shin. »Und warum der Koordinator noch einen Erben hat.«

Shin versteifte sich und führte eine knappe Verbeugung aus. In seinem Gesicht las Phelan einen Hauch von Scham. Koordinator Takashi Kurita war erst wenige Monate zuvor umgebracht worden, und Shin hatte den Befehl über Takashis Leibwache gehabt.

Kai nickte Phelan zu, und sein Gesicht war leicht gerötet. »Wenn man bedenkt, daß mein modifizierter *Centurion* fünfzehn Tonnen schwerer war als Ihr *Wolfshund*, wären Sie auf Solaris Favorit. Viele andere Kämpfer hätten monatelange Planung gebraucht für das, was Sie da draußen improvisiert haben.«

»Glückstreffer«, zuckte Phelan die Achseln. »Sie haben von mir nichts zu befürchten. Selbst *wenn* ich über die Waffenstillstandslinie nach Solaris reisen dürfte, wäre ich nicht scharf auf eine Wiederholung unseres Kampfes mit scharfer Munition. Soweit ich mich erinnere, hat keiner von uns beiden die Begegnung überlebt.«

»Da haben Sie allerdings recht.«

Michelle Moran kippte den letzten Rest Bier in ihrem Krug hinunter. »Sie nach Solaris zu schaffen, dürfte nicht allzu schwer sein, Khan Phelan. Seine Hoheit scheint ziemlich geschickt darin zu sein, Gegner aller Art dahin zu befördern, wo er sie haben will.«

»Mag sein, Hauptmann Moran, aber eine Reise Khan Phelans nach Solaris wäre ein Bruch der Übereinkunft des ilKhans mit ComStar.« Ragnar lächelte verhalten. »Der Präzentor Martialum läßt nur ungern Clanpersonal die Linie überschreiten.«

Victor nickte. »Momentan ist die Lage gespannt. Schon das *Gerücht*, ein Clansmann habe die Linie überschritten, kann den Krieg wieder ausbrechen lassen.«

Moran wischte das Argument beiseite. »Haben die Kämpfe jemals wirklich geendet, Hoheit? Seht Euch Morges und Crimond an, die im letzten Jahr überfallen wurden, und jetzt die Angriffe auf andere lyranische Systeme. Alles diesseits der Linie, einschließlich Arc-Royal, ist Freiwild. Aber die alten Vereinigten Sonnen scheinen intakt.«

Victor erstarrte und biß die Zähne zusammen. »Ja, Hauptmann Moran, die Vereinigten Sonnen *scheinen* intakt, aber sie sind es nicht. Sie beteiligen sich an der Verteidigung gegen die Clans, indem sie ihre Männer und Frauen hierher in den Tod schicken. Sie liefern Material für den Krieg und Hilfe beim Wiederaufbau.«

»Aber niemand in den Vereinigten Sonnen ist von einer Invasion bedroht!« Moran reichte einem ihrer Männer den Bierkrug und benutzte beide Hände dazu, ihrer Wut Ausdruck zu verleihen. »Die Vereinigten Sonnen verlieren nie eine Welt. Im Vierten Nachfolgekrieg hat ihr Vater es geschafft, die Vereinigten Sonnen um ein Viertel zu vergrößern, und anschließend durfte das Lyranische Commonwealth die Rechnung bezahlen. Und jetzt haben wir die Invasion auszuhalten, und die Vereinigten Sonnen bieten uns ein Heftpflaster für eine zerrissene Schlagader!«

»Hauptmann! Vergessen Sie nicht, mit wem sie reden!« bellte Galen Cox.

»Schon gut«, wehrte Victor leise ab und verschränkte die Arme vor der Brust. »Wir tun, was wir können.«

»Nein, das tun Sie nicht.« Moran preßte die Fingerspitzen an ihre Schläfen, dann ließ sie die Arme sinken. »Wir haben mit einer Hand auf dem Rücken gegen die Clans gekämpft. Wenn alle Truppen des Vereinigten Commonwealth gegen sie zum Einsatz gekommen wären, hätten wir sie zurückschlagen können.«

»Sie wollen doch wohl nicht ernsthaft vorschlagen, daß wir sämtliche Truppen aus den Vereinigten Sonnen abziehen und hierher versetzen?«

»Warum nicht?«

Der Prinz wirkte überrascht. »Weil die Clans nicht die einzige Bedrohung des Vereinigten Commonwealth darstellen. Romano Liao hätte angegriffen, wenn wir Truppen von der Grenze zur Konföderation Capella abgezogen hätten.«

Moran schüttelte heftig den Kopf. »Lächerlich. Außerdem hat der St. Ives-Pakt, eine Nation, die von den Capellanern noch heute als Teil ihrer Nation beansprucht wird, einen größeren Prozentsatz seiner Truppen für den Kampf gegen die Clans zur Verfügung gestellt als die alten Vereinigten Sonnen. Und behaupten Sie jetzt nur nicht, die Liga Freier Welten stelle eine Bedrohung dar. Solange Sie Joshua Marik als Geisel auf New Avalon festhalten, würde Thomas Marik nichts wagen, was das Leben seines Sohnes gefährden könnte.«

»Sie vergessen etwas, Hauptmann Moran. Ich bin Victor Ian *Steiner*-Davion. Ich bin hier aufgewachsen, in der lyranischen Hälfte des Vereinigten Commonwealth. Ich habe den Nagelring besucht und mit Auszeichnung abgeschlossen. Und ich habe meine gesamte Dienstzeit hier absolviert. Meine einzige Reise zurück nach New Avalon fand statt, als mein Vater gestorben ist.« Victors Stimme wurde lauter, und in Phelan stieg Mitgefühl auf. »Hauptmann Moran, weil ich bin, wer ich bin, fühle ich den Schmerz über unsere Verluste hier im Vereinigten Commonwealth. Ich bedaure den Tod Ihres Bruders auf Trellwan, aber ich bin gleichzeitig stolz auf Ihr Können. Ich bin stolz darauf, alles getan zu haben, was in meiner Macht steht, um die Clans zu besiegen, und ich wünschte, ich könnte mehr tun. Ja, Hanse Davion war mein Vater, aber Melissa Steiner ist meine Mutter, und das bindet mich enger an das Lyranische Commonwealth, als Sie sich vorstellen können.«

»Wirklich?« Morans Augen verengten sich. »Gelegentlich kommen mir daran Zweifel.«

Phelan nahm sich einen Augenblick Zeit, um die Gruppe einzuschätzen. Michelle Moran und ihre Gruppe schienen ihn entspannter zu sehen als Victor und Galen. Das machte nur einen Sinn, wenn ihre Diskussion den Bereich der morgendlichen Gefechtsübung — und sogar die Kriegsführung gegen die Clans — weit hinter sich gelassen hatte. Es roch nach Politik, und Phelan fragte sich, was hier tatsächlich vor sich ging. Als er es eine Sekunde später erkannte, hätte er sich selbst einen Tritt in den Hintern geben können, etwas dermaßen Offensichtliches übersehen zu haben.

Victor und Galen — beide Mitglieder des Untoten-Elitebataillons der Zehnten Lyranischen Garde — hatten ihre Uniformjacken gegen grüne Seidenroben mit schwarzem Besatz an Manschetten und Saum vertauscht. Das in roter Stickerei auf Ärmeln und Brust der Roben prangende Emblem war das Abzeichen der Untoten, aber auf seinem Rand jagten winzige Kurita-Drachen einander.

Shins Robe hatte dasselbe Design, nur das Abzeichen auf seinem Kimono war das der Klauen des Drachen. Phelan war nicht überrascht, daß Shin Yodama zur Leibwache des draconischen Koordinators gehörte — nach allen Berichten hatte er der Familie Kurita treu und gut gedient. Aber es überraschte ihn, daß Victor Kleidung trug, die so eindeutig einer Kurita-Uniform ähnelte.

Phelan erkannte sofort, daß es weniger die Wahl von Victors Kleidung war, die Michelle Moran aufbrachte, sondern eher deren Bedeutung. Mit Sicherheit hatten sich viele Mitglieder der Kell Hounds darüber gefreut, daß Victor Hohiro auf dieselbe Weise von Teniente rettete, wie die Hounds geholfen hatten, Luthien zu retten. Das mußte ihnen gerecht erschienen sein. Aber das hier ging tiefer.

Als er sah, wie sich Victor unter Morans Zorn wand, wurde es Phelan unbehaglich. Michelle hatte vielleicht ein, zwei Bier zuviel intus, aber Victor hing am Galgen der politischen Realitäten. Wenn er ihr zustimmte — und es wurde bekannt —, würden bestimmte Fraktionen in den Vereinigten Sonnen sich augenblicklich mit der Anschuldigung auf ihn stürzen, er setze sie ungeschützt den Angriffen der Capellaner aus.

So wie die Kreuzritter dem ilKhan zusetzen, damit er den Waffenstillstand widerruft. Phelan hörte das Echo von Rannas Worten in seinen Gedanken und lachte leise. »Ich versichere Ihnen, Hauptmann Moran, daß sich Prinz Victor aus meiner Sicht genauso verhalten hat, wie ich es von Steiner-Truppen erwartet hatte. Nach alldem, was Sie gegen die Nebelparder und Novakatzen geleistet haben, hätte ich mehr erwartet.«

Moran drehte sich mit funkelnden Augen und leiser Stimme zu ihm um. »Sie sind schnell genug gestorben.«

»Und dadurch, Hauptmann Moran, ist Ihre Kompanie unwesentlich später gestorben. Ich habe einen Leibeigenen und meinen Neffen, einen Knaben, der noch nicht einmal an einer Ihrer Militärakademien aufgenommen wurde, damit beauftragt, Sie abzuziehen und in die Irre zu leiten. Sie haben den Köder geschluckt und Ihre Truppen über das ganze Gelände verstreut.« Phelan hob die Hände vor die Brust und legte bewußt in einer Geste der Überlegenheit die Fingerspitzen aufeinander. »Die beiden haben Nachzügler ausgeschaltet, während wir die Einheit zerschlagen haben, die Sie eigentlich hätten suchen sollen. Und auch wenn ich bei dieser Begegnung gefallen bin, starb ich von den Händen des Mitglieds Ihrer Kompanie — Chu-sa Yodama einmal ausgenommen — mit dem geringsten Anspruch auf Steiner-Herkunft oder -Ausbildung.«

Moran hob den Kopf. »Es war Sterncaptain Ranna, die die meisten von uns abgeschossen hat. Das erforderte eine *echte* Clannerin.«

Phelans Nüstern bebten. »Sehr wahr, Hauptmann Moran, aber wahrlich kein Volltreffer. Ich bin von den Besten des Wolfsclans, ach was, von den Besten *aller* Clans wegen meiner Abstammung aus der Inneren Sphäre beleidigt worden. Sie hassen mich dafür, was ich bin, und wahrscheinlich aus demselben Grund wie Sie. Sie hassen mich, weil sie mich fürchten. Sie hassen die Tatsache, daß ich, eine *Freigeburt* von außerhalb der Clans, bis an die Spitze eines der mächtigsten Clans aufsteigen konnte. Sie fürchten mich mehr, als sie ahnen.«

»Ich habe keine Angst vor Ihnen«, mockierte sich Moran.

»O doch, das haben Sie, Hauptmann Moran.« Phelan sah sich um und ließ seinen Blick auf jedem einzelnen in der Gruppe ruhen. »Sie haben alle Angst. Sie fürchten, nicht nachmachen zu können, was ich getan habe. Sie haben Angst, wenn die Clans wieder vorrücken, könnte ich einsetzen, was ich weiß, um dafür zu sorgen, daß uns keine Streitmacht je aufhalten wird, wie gewaltig sie auch sein mag.« Er bleckte die Zähne. »Wenn ich Sie hier keifen sehe, kann ich kaum glauben, daß irgend jemand in der Inneren Sphäre uns auch nur bremsen konnte. Beim nächsten Mal?« Er schüttelte dem Kopf. »Beim nächsten Mal können Sie froh sein, wenn sie uns noch sehen, bevor Sie plattgewalzt werden.«

9

Arc-Royal
Vereinigtes Commonwealth

16. April 3055

Du arroganter... Victor ballte unwillkürlich die Fäuste. Als sein Vetter den zornigen Blick erwiderte, hinderte ihn der Adrenalinschub an einer heftigen Erwiderung. *Ich habe keine Angst vor ihm!*

»Ich stelle fest, daß dich die Zeit bei den Clans in keiner Weise verändert hat, Phelan.«

Victor drehte sich um, als er die sanfte Stimme erkannte, die den Khan milde zurechtwies. Seine Schwester Katherine, acht Zentimeter größer als er, aber mit dem gleichen goldblonden Haar, das sie beide von ihrer Mutter geerbt hatten, lehnte sich vor und drückte einen Kuß auf seine Wange. »Überrascht, Victor? Ich will es hoffen.«

»Katherine? Ich dachte, du wärst auf Tharkad bei Mutter. Niemand hat mir gesagt...« Sein Zorn zerplatzte augenblicklich, dann überdeckte die Wiedersehensfreude alles andere. »Wann bist du angekommen?«

Katherine ignorierte die Frage und reichte Shin Yodama die linke Hand. »Komban-wa, Chu-sa. Noch einmal meinen Dank dafür, daß sie mich an Bord Ihres Landungsschiffes mitgenommen haben.« Sie drückte seine Hand, dann ließ sie los.

»Und ich bedanke mich bei Ihnen für die Erlaubnis, Ihre Fähre zu benutzen, um vor der *Taizai* hier einzutreffen, Herzogin Katrina.«

»Du bist mit dem draconischen Landungsschiff gekommen?« Victor blinzelte überrascht. »Herzogin Katrina?«

Katherine blickte auf ihren Bruder hinab, dann lachte sie. »Ja, Victor, ich bin mit der *Taizai* gekommen. Ich war an Bord der *Jadbalja* und hoffte, unterwegs auf ein anderes Schiff von Tharkad nach Morges umsteigen zu können. Wir begegneten Chu-sa Yodama — Shin — über Hamiliton, und ich habe mich selbst bei ihm eingeladen. Er war trotz dieses Protokollbruchs sehr höflich. Ich habe ihn gebeten, dir nicht zu sagen, daß ich auf dem Weg war, und die Erlaubnis, meine Raumfähre zu benutzen, hat das Geschäft perfekt gemacht.«

Victor blickt Shin vorwurfsvoll an. »Du hättest es mir sagen können.«

Der Yakuza aus dem Draconis-Kombinat schüttelte den Kopf. »Wenn ich einmal geschworen habe, ein Geheimnis zu wahren, halte ich mein Versprechen, ungeachtet der Konsequenzen.«

Katherines blaue Augen glitzerten keck. »Und du solltest froh sein, daß es so ist, Victor. Aber um deine Frage zu beantworten: Wir sind heute morgen eingetroffen, während du und deine Freunde Gefechtsübungen abgehalten habt.« Sie zog die Hände zurück und bewegte die Finger, als habe sie eine halbverweste Tierleiche vor sich. »Du warst beschäftigt, deshalb haben wir uns entschlossen, dich zu überraschen. Morgan war einverstanden, und unsere Operation blieb geheim.«

Beim Klang ihrer Stimme mußte Victor grinsen. »Aber Herzogin *Katrina*? Seit wann das?«

Katherine legte die Stirn in Falten, und Victor spürte, wie die Männer im Rund das Bedürfnis hatten, ihr zu helfen. Weil sie seine Schwester war, hatte er Schwierigkeiten, ihre Reaktion zu verstehen. Unter Zwang hätte er jedoch zugeben müssen, daß ihr blaues Kostüm ihre schlanke Figur sehr vorteilhaft kleidete. Mit dem Pastorenkragen, Schulterpolstern und diagonalem Schnitt der beiden Knopfleisten schien die Jacke mit ihren goldenen Knöpfen der Inbegriff der derzeitigen modischen Eleganz.

Nach einem Augenblick erinnerte er sich, daß Katherine schon immer ein Talent gehabt hatte, selbst die ernstesten Höflinge und Lehrer mit ihrer unschuldigen Verwirrung zu umgarnen. Sie behauptete, diese Fähigkeit von ihrer beider Mutter geerbt zu haben, aber Melissa stritt das mit der Erklärung ab, in ihrer Jugend zu schüchtern zum Flirten gewesen zu sein. Der Archon gab offen zu, daß Katherine ihr auf diesem Gebiet überlegen war.

»Die Nachricht von Morgans Pensionierung hat mich an Großmutter denken lassen. Da ich zu seinen Ehren mit zweitem Vornamen Morgan heiße, habe ich mich entschlossen, meinen Namen zu *ihren* Ehren in die ursprüngliche Form zu ändern.« Sie lächelte, und Victor spürte, wie die Temperatur im Rund um ein, zwei Grad anstieg. »Katherine ist ein Name, wie man ihn einer schrulligen alten Kaiserin mit einer Vorliebe für Pferde gibt. Katrina gefällt mir viel besser.«

Phelan nickte. »Und er paßt zu dir, Cousine.«

Katherine zwinkerte ihm zu. »Hast du bei den Clans etwa das Schmeicheln gelernt, Phelan?«

»Nein, nur die rationale Einschätzung einer Lage und ihre Feststellung.«

»Dann solltest du meinem Bruder darin Unterricht geben.« Sie drehte sich um und warf Victor ein Lächeln zu. »Übrigens, die Roben gefallen mir. Ihr seht schneidig aus, du und Kommandant Cox.«

Hinter Phelans Rücken näherten sich Caitlin und Ranna. Caitlins fröhliche Miene spiegelte sich in Katherines Gesicht. »Katrina, du siehst großartig aus!«

Victor verzog das Gesicht und wandte sich zu Galen um. »Wissen hier alle von dieser Namensänderung außer mir?«

Galen blinzelte, dann blickte er zu Victor hinab. »Verzeihung, Sir?«

»Vergiß es«, murrte Victor.

»Und Sie sind Ranna?« säuselte Katherine, als sie die Clannerin begrüßte. »Caitlin hat mir erzählt, sie seien hübsch, aber das war ja wirklich erbärmlich unterboten.

Ich hätte mit ›göttlich‹ angefangen und mich möglicherweise bis ›einfach atemberaubend‹ drücken lassen, frapos? Das war korrekt benutzt, ja?«

Victor flüchtete sich in Rannas momentane Überraschung. Er rollte mit den Augen, als die Wolfsclan-Kriegerin eine Antwort stammelte. *Katrina — Katherine — ist eine Zauberin! Wenn ich das nächste Mal gegen die Clans eine Schlacht aushandele, will ich sie dabei haben.*

Er sah seiner Schwester zu, wie sie sich durch die Menge arbeitete. Er fand ständig, daß sie zu weit ging, aber offensichtlich stand er mit dieser Ansicht allein auf weiter Flur. Mit ihrer Mischung aus Komplimenten und Mutterwitz bezauberte sie alle und jeden. Selbst Kai und Galen waren vorgerückt, um Katherine im Zentrum des Runds zu halten. Als sie ihren Arm durch den Rannas schob und ihr etwas zuflüsterte, schlossen alle auf, und Victor blieb vergessen und wie ausgeschlossen zurück.

Angewidert machte er sich auf den langen Weg um die Menge herum. Er hielt schnurstracks aufs Buffet zu und wünschte sich, die Strecke wie ein Sprungschiff beim Flug zwischen den Sternen teleportieren zu können. Er war so konzentriert darauf, unbemerkt zu bleiben, daß er schon zwei Schritte hinter der Tür war, als er seinen Namen flüstern hörte.

Er wirbelte herum, sah sie, und seine Kinnlade fiel herunter. Sie trug ein Jackett und einen Rock in ähnlichem Stil wie seine Schwester. Im Gegensatz zu deren Kostüm war das ihre jedoch aus weißer Seide gefertigt und mit rosafarbenen gestickten Kirschblüten verziert.

»Omi?« Victor faßte sich wieder und schluckte. »Ich meine, komban wa, Kurita Omi.«

Omi neigte zur Antwort den Kopf, und ihr langes schwarzes Haar fiel wie ein Samtvorhang über die Schulter. »Dein Japanisch ist fehlerlos, Victor. Du hast geübt.«

Victor nickte. Sein wild pochendes Herz hing ein paar

Sekunden hinter seinen rasenden Gedanken. Um ihren Bruder auf Teniente vor den Clans zu retten, war Omi gezwungen gewesen, Victors Hilfe in Anspruch zu nehmen. Im Gegenzug für die Erlaubnis, Einheiten des Vereinigten Commonwealth um die Rettung Hohiros zu bitten, hatte ihr Vater Omi das Versprechen abgenommen, keine Verbindung mehr mit Victor aufzunehmen. Ihr Großvater hatte dieses Verbot jedoch aus Dankbarkeit für ihre Rolle bei der Rettung aufgehoben. Er hatte sie sogar zum Oberhaupt der Stiftung ernannt, die Gelder für die Erziehung der Nachkommen der Untoten zur Verfügung stellte, eine Arbeit, die regelmäßigen Kontakt mit Victor erforderte.

Als er Outreach vor vier Jahren verlassen hatte, hatte Victor geglaubt, er würde Omi nie wiedersehen. Sie war derselben Meinung gewesen, und dadurch hatten sie in ihren Botschaften ihre Gefühle leichter zum Ausdruck bringen können. Ihre Beziehung hatte sich bis zu einem Punkt entwickelt, an dem Omis Versprechen ihrem Vater gegenüber zu einer Folter für sie beide geworden war. Aber die Entfernung zwischen ihnen hatte geholfen, die Situation unter Kontrolle zu halten.

Jetzt wollte Victor Omi auf der Stelle in die Arme schließen, aber er beherrschte sich. Er mußte sie jedoch angestarrt haben, denn sie wurde plötzlich rot. Er sah beschämt zur Seite und fühlte, wie seine Wangen heiß wurden.

»Sumimasen. Ich wollte dich nicht in Verlegenheit bringen. Es ist nur so schwer zu glauben, daß du wirklich hier bist.«

Omi lächelte vorsichtig. »Das Draconis-Kombinat schuldet den Kell Hounds viel. Mein Vater würde nie zulassen, daß wir respektlos erscheinen. Ich bin gekommen, einen großen Krieger zu ehren. Ich habe meinem Vater auch erklärt, daß ich durch einen persönlichen Besuch hier auf Arc-Royal dringende Stiftungsangelegenheiten am besten klären kann.«

»Ich verstehe.« Victor zupfte nervös an den Enden seines Seidengürtels. *Noch eine geheime Mission — eine, von der ich nichts wußte, die ich aber von Herzen begrüße.* »Ich hätte nicht gedacht, dich je wiederzusehen. Ich glaubte, du könntest beleidigt sein, weil ich der Beisetzung deines Großvaters nicht beiwohnen konnte. Dein Verlust hat mich geschmerzt.«

Sie senkte den Blick auf den weißen Marmorfußboden. »Takashis Ableben war höchst unerwartet, und er wollte keine öffentliche Prunkzeremonie.« Omi sah auf. Einen Moment begegnete ihr Blick dem Victors, bevor sie wieder zu Boden sah. »Was nicht heißen soll, daß du nicht willkommen gewesen wärst.«

»Danke.« Victor lächelte sie an, und es schien ihm, als wolle seine Brust explodieren. »Komm, ich muß dich meiner Schwester vorstellen.«

Sie hob die Hand. »Nein, Victor, ich bin ihr schon begegnet. Sie half meinem Stab beim Systemanflug der *Taizai*, diese Kleider herzurichten. Deine Katrina ist sehr nett.«

Victor stieß einen Seufzer aus. »Aber etwas heftig, nicht wahr?«

»Sie ist sehr *lebendig*, würde ich sagen.« Omi unterdrückte höflich ein Gähnen. »Ich bin heute abend hier, weil ich es ihr versprochen habe. Ich hätte besser früh zu Bett gehen sollen.«

»Ja. Nein. Ich meine ..., ich verstehe, aber ich bin froh, daß du gekommen bist.« Victor warf einen Blick hinüber zu seiner Schwester, die noch immer die Menge in ihren Bann geschlagen hatte. *Die bemerken mich überhaupt nicht.* Hauptmann Moran sah herüber, und ihre Miene verdüsterte sich augenblicklich, aber davon bemerkte Victor kaum etwas. »Möchtest du, daß ich dich auf dein Zimmer bringe?« Fast augenblicklich wurde ihm klar, wie zweideutig diese Frage klang. »Ich meine, ich würde es als Ehre ansehen, dafür zu sorgen, daß dir auf dem Weg nichts zustößt.«

Omis blaue Augen glitzerten eine Sekunde lang, aber ihre Miene blieb höflich unbeteiligt. »Ich finde den Weg vom Garten aus allein. Wenn du mich bis dorthin begleiten würdest, stünde ich in deiner Schuld.«

Victor bat sie mit einem Schwenk des Arms in den Korridor. Auf dem Weg zum Empfang war ihm der Gang endlos erschienen, aber jetzt, da er Omi denselben Weg zurück begleitete, war er erbärmlich kurz. Sie sagten kein Wort, berührten einander auch nicht, nicht einmal unbeabsichtigt, aber das spielte keine Rolle. Selbst ohne zur Seite zu blicken, fühlte Victor sie neben sich. Das Rascheln ihres Kleides war verführerisch, und ihr leises Atmen war Musik in seinen Ohren.

Er öffnete die Tür am Ende des Ganges und ließ Omi an sich vorbei in die kühle Abendluft des Gartens hinaustreten, den die Kell Hounds mit großer Sorgfalt unterhielten. Victor erinnerte sich, wie sehr ihn dieser Garten an seinem ersten Morgen auf Arc-Royal beeindruckt hatte. Im Laufe der Jahre hatten die Kell Hounds Setzlinge verschiedenster Pflanzen von den vielen Welten zurückgebracht, auf denen sie Dienst getan hatten. Kleine, über das Areal verteilte Gewächshäuser lieferten die nötigen Bedingungen für die Flora von Welten, deren Umwelt sich erheblich von dem der mittleren Breitengrade Arc-Royals unterschied. Die Regenbogenpracht war nur während des Tages zu sehen, aber der Duft der Nachtblüter machte den Mangel an Farben leicht wett.

Ein funkelndes Sternenmeer spannte sich über das schwarze Firmament. Die Milchstraße überquerte den Nachthimmel in ihrer ganzen Pracht von Norden nach Süden. Victor suchte vergeblich nach einem Sternbild, das er kannte und Omi zeigen konnte.

Er drehte sich zu ihr um und sah sie zittern. »Ist dir kalt?« Schnell löste er den Knoten des Gürtels und hatte seine Seidenjacke schon halb ausgezogen, als sie den Kopf schüttelte. »Bist du sicher?«

»Ja, Victor.« Sie sah sich um und lächelte. »Ich habe

mich nur an das letzte Mal erinnert, als wir allein waren, nachts, in einem Garten wie diesem.«

»Auf Outreach, vor vier Jahren.«

»Du und Hohiro, ihr habt euch auf den Weg gemacht, gegen die Clans zu kämpfen. Ich dachte, ich würde dich nie wiedersehen. Damals war ich so voller Unsicherheit und Angst.« Sie lächelte ihn an. »Und Angst habe ich auch jetzt.«

»Angst?« Er versuchte, ihre in den Schatten kaum erkennbare Miene zu lesen. »Wovor hast du Angst?«

»Ich habe Angst, meinem Verlangen zu erliegen und dich zu bitten, mich heute nacht bis in meine Gemächer zu begleiten.«

Victors Eingeweide schienen sich zu verknoten. Das Wissen, daß sie seine Gefühle teilte, ließ ihn innerlich himmelhoch jauchzen, aber dann stürzte er hart auf den Boden, als ihre Sorge und die implizite Warnung zu ihm durchdrangen. Eine gemeinsame Nacht wäre unverzeihbar und hoffnungslos verantwortungslos gewesen. Sie hätte das zwischen dem Draconis-Kombinat und dem Vereinigten Commonwealth hergestellte Vertrauen mit einem Schlag zerstört. Was für jedes andere Paar eine Episode der Leidenschaft gewesen wäre, hätte für sie beide die Ouvertüre zum Ende der menschlichen Zivilisation bedeutet.

Jetzt wirst du pathetisch, Victor. Es würde nicht notwendigerweise zur Götterdämmerung führen. Er schüttelte den Kopf, als ihm klar wurde, daß sie ihn bat, Stärke zu zeigen und gleichzeitig zu verstehen gab, daß sie bereit war, seine Entscheidung zu akzeptieren, wie immer sie aussah. Sein Herz schien zu bersten, als sein persönliches Verlangen frontal mit seinem Verantwortungsbewußtsein kollidierte.

»Du weißt, daß es nichts im Leben gibt, was ich lieber täte.« *Victor, was redest du? Niemand braucht es je zu erfahren!* Ein Teil von ihm schrie ihn an aufzuhören, aber Omis entspannte Haltung bewies ihm, daß er das Richtige tat. »Vor vier Jahren haben wir einander in einem Garten wie diesem gefragt, ob wir uns ineinander verliebt hatten. Wir haben von den Problemen einer solchen Verbindung gesprochen. Unsere Antworten mögen sich seither geändert haben — zumindest gilt das für meine —, aber die Probleme sind dieselben geblieben.«

Sie strich mit dem Handrücken über seine Wange. »Es gibt eine Legende von einem Ort, einem Utopia, an dem ein Mensch in Elend und Not vegetieren muß, damit alle anderen ein Leben in Frieden und Wohlstand führen können. Seit sich meine Antwort auf unsere Frage geändert hat, frage ich mich manchmal, ob das Universum nicht tatsächlich ein solches Elend erfordert, um existieren zu können.«

»Und es gibt Zeiten, in denen selbst der Untergang des Universums ein annehmbarer Preis für einen Augenblick des Glücks scheint.« Victor streckte die Arme aus und zog sie an sich. Er küßte sie sanft auf den Mund, noch einmal. Sie erwiderte seinen Kuß ein drittes, ein viertes Mal.

Victors Linke verkrampfte sich zur Faust, und er zwang sich einen Schritt zurück. »Zu nah, zu schnell.« Er saugte die Lungen voll Nachtluft, hoffte darauf, das Aroma der Blumen werde Omis Jasminduft verdrängen. »Du und deine Familie vertraut mir zu sehr.«

»Du hast den Erben des Drachen gerettet. Wenn meine Familie dir sein Leben anvertrauen kann, glaubt sie auch meine Ehre bei dir sicher.« Omi wandte sich ab. »Sie sind wahre Menschenkenner. Sie wußten, daß du stärker sein würdest als ich.«

»Mach dir keine Vorwürfe, Omiko.« Victor schüttelte den Kopf. »Heute nacht war es an mir, stark zu sein. Bevor du diese Welt wieder verläßt, wirst du deine Chance haben.«

»Und wenn ich versage?«

»Dann muß sich das Universum für eine Nacht jemand anderen aussuchen, der seine Leiden trägt.«

10

Arc-Royal
Vereinigtes Commonwealth

16. April 3055

Als Omi in der Dunkelheit verschwand, räusperte Phelan sich. »Es gibt Zeiten, da scheint die Liebe ebensoviel Leid wie Freude zu bringen.«

Victor wirbelte herum. Sein linker Fuß warf eine Fontäne weißer Kiesel auf. »Wie lange stehst du schon da?« Das Gesicht des Prinzen lag im Schatten, aber seine Wut war nicht zu überhören.

»Ich bin gerade erst gekommen. Ich habe nichts gesehen oder gehört, was du als vertraulich betrachten würdest. Und selbst wenn es tatsächlich der Fall gewesen wäre, würde ich es niemals gegen dich verwenden.«

»Wirklich nicht?« Victor verschränkte die Arme vor der Brust. »Du warst es, der erklärt hat, wir in der Inneren Sphäre hätten Angst vor dir, wenn die Clans wieder angreifen würden. Würdest du kein vertrauliches Wissen gegen mich einsetzen, wenn wir einander beim Bieten gegenüberstünden?«

»Ich weiß nicht, welche Antwort du erwartest, Victor.« Phelan zählte die Alternativen an den Fingern ab. »Ich könnte erklären, daß du natürlich recht hast, aber das würde nur das Bild von Clannern als sture Mordmaschinen bestätigen, an dem du dich ohnehin festklammerst.

Ich könnte erklären, daß ich die Informationen nicht verwenden würde, weil du mein Vetter bist und ich unsere Verwandtschaft ernst nehme, aber darüber würdest du dich totlachen. Oder ich könnte wiederholen, daß ich nichts gesehen und auch nichts zu berichten habe, *falls* ich aufgefordert werden sollte, einen Bericht abzugeben.«

»Du hast Vorgesetzte, Phelan. Du *wirst* einen Bericht abgeben.«

»Ich bin ein *Khan,* Victor. Ich lasse mir nichts befehlen. Wenn der ilKhan einen Bericht verlangen sollte und ich Informationen zurückhielte, würde das nie jemand erfahren.« Phelan hob die Arme. »Langsam geht es zu weit. Ich bin nicht gekommen, um mit dir zu streiten.«

»Warum dann?«

»Um dich zu warnen.«

»Es muß eine wichtige Warnung sein, wenn du dich dafür aus dem Netz meiner Schwester lösen konntest.« Die sardonische Note in Victors Stimme zeigte Phelan, daß der Prinz sich zu fragen begann, warum er Omi hatte gehen lassen.

»In der Hinsicht haben wir etwas gemeinsam. Da sie meine Cousine ist, bietet mir das Inzesttabu eine gewisse Immunität. Außerdem ist da die Erinnerung an das Begräbnis deiner Großmutter, als sie sich die Haare färbte, um erwachsener auszusehen.«

Victor krümmte sich vor Lachen. »Ja, sie wollte rote Haare haben wie Natascha Kerensky, aber sie schaffte nur Orange. Himmel, sah sie komisch aus.«

»Und sie konnte es dennoch zu ihrem Vorteil wenden. Sie verwandelt jede Schwäche in eine Stärke. Sie ist außergewöhnlich.« Phelan setzte sich auf eine gekachelte Betonbank. Die Kälte der Kacheln drang sofort durch seine Kleider. »Wäre sie eine Wölfin, würde ich sie wahrscheinlich erschießen lassen.«

»Wenn das deine Warnung war, vergiß es.« Victor brachte seine Frisur in Ordnung. »Romano Liaos Tod war der letzte Königsmord in der Inneren Sphäre, wenn es nach mir geht.«

»Gut. Ich bin ganz deiner Meinung.« Phelan stützte sich mit beiden Händen auf der Bank ab und lehnte sich zurück. »Aber das war nicht die Warnung, von der ich gesprochen habe. Ich habe mich gefragt, warum Hauptmann Moran dich auf dem Empfang so heftig angegriffen hat. Als du mit der Tochter des Koordinators den Saal verlassen hast, hat Michelle dich gesehen. Ihre Miene versteinerte.«

»Ihr Bruder starb auf Trellwan, und ich habe überlebt. Ich wurde gegen meinen Willen abkommandiert. Galen schlug mich nieder und schaffte mich an Bord eines Landungsschiffes.«

»Das könnte der Kern ihrer Abneigung gegen dich sein, aber ich glaube, es liegt tiefer.«

Victor kam herüber und setzte sich neben ihn. »Was?«

»Wahrscheinlich irre ich mich, und vielleicht willst du es gar nicht hören.«

»Raus damit.«

»Bist du sicher?«

Victor nickte.

Phelan atmete tief durch. »Wir beide haben uns nie sonderlich verstanden. Ich hatte schon immer etwas gegen Autoritätsfiguren, die aufgrund ihres Ranges glaubten, alle Antworten zu kennen. Du weißt, daß ich am Nagelring eine Freundin hatte, die kurz nach dem Abschluß fiel, weil ein Schwachkopf von Kommandant ihre Lanze streng nach Vorschrift agieren ließ. Es waren Truppen der Liga Freier Welten, die sie getötet haben, aber der Kommandant konnte entkommen. Ich hoffe, die Jadenfalken haben ihn erwischt. Tor Miraborg auf Günzburg ist ein anderes Beispiel für jemand, dessen Autorität auf vergangenen Leistungen beruhte. Als ich ihm begegnete, war er ein verbitterter alter Mann, der entschlossen war, mich zu brechen. Ich lieferte ihm ein Objekt für seinen Haß, und es machte mir nichts aus, denn ich haßte ihn mindestens genauso. Dieser Haß kam uns beide teuer zu stehen — mich mein Leben in der Inneren Sphäre und ihn seine Tochter.« Phelan lehnte sich vor und stützte die Ellbogen auf die Knie. »Du warst meine Nemesis. Deine Autorität stützte sich allein auf den Zufall deiner Geburt. Am Nagelring hielt ich mich von dir fern, weil ich keine Lust hatte, von scharwenzelnden Höflingen umkreist zu werden, die über mich versuchten, in deine Nähe zu kommen. Ich habe mir große Mühe gegeben, jeden zu vertreiben, der so etwas glaubte. Manchmal habe ich dich so gehaßt, daß ich dir am liebsten deinen kurzen Hals umgedreht hätte.«

Victor grinste. »Mir ging es nicht anders, Phelan. Ich sah dich als persönlichen Affront gegen mich, meine Familie und das Angedenken unserer Vorfahren. Ein Teil von mir glaubte, du wolltest mit deinen Eskapaden ausloten, wie weit ich gehen würde, um dich zu beschützen. Außerdem hat es mich angewidert, wie du deine Möglichkeiten verschwendet hast. Du hattest viel mehr Potential als andere, gerade wegen deiner Geburt. Ich war froh, daß du rausgeflogen bist, während ich an der MANA war, weil ich keine Lust hatte, mir dein Gewinsel anhören zu müssen, doch am Nagelring bleiben zu dürfen.«

»Wundert mich nicht, daß du so eingebildet warst zu glauben, ich würde dich um etwas bitten.«

Victor hob eine Handvoll Kiesel vom Boden und warf sie einen nach dem anderen in die Dunkelheit. »Du projizierst deine schlimmsten Ängste auf mich. Dir war der Gedanke, um etwas betteln zu müssen, verhaßt, deshalb glaubst du, ich hätte es gewollt. Da ist ein grundsätzlicher Punkt, den du nicht verstehst, Phelan.«

»Und der wäre?«

»Und der wäre, daß ich es *hasse,* Rechte und Privilegien zu erhalten, die ich mir nicht verdient habe. Ich hasse es, durch meine Geburt auf eine bestimmte Rolle festgelegt zu sein, statt sie mir erarbeitet zu haben.« Der nächste Stein flog in hohem Bogen in die Nacht. »Wenn ich nur ein einfacher Soldat in den VCS wäre, würde ich nicht hier auf einer eisigen Steinbank sitzen und mit dir reden. Ich wäre irgendwo im Warmen, mit jemand, den ich liebe.«

»Mag sein, aber es wäre bestimmt nicht *sie.*« Phelan

hob auch ein paar Steine auf und fing an, sie in die Schatten zu werfen. »Und ich weiß, daß du die Ehren und Pflichten des Prinzendaseins, des Erbenlebens haßt. Weil ich das weiß — oder auch schon am Nagelring im Innersten wußte —, habe ich dich nicht erwürgt. Ich habe gesehen, wie du jeden auf die Probe gestellt hast, ob er auf seinen Vorteil aus war. Vermutlich habe ich Distanz gehalten, weil ich nicht wollte, daß du mich als einen jener Kriecher siehst, der seine Beziehung zu dir auszunutzen versucht. Um der Wahrheit die Ehre zu geben.«

»Ehrlichkeit. Das ist etwas anderes.« Victor klopfte sich den weißen Staub von den Händen. »Außer bei Omi, Galen und Kai seh ich die nur selten.«

Phelan grinste. »Ich habe einen etwas größeren Kreis von Kritikern, aber das liegt daran, daß ich anders arbeite als du. Du und Omi, ihr gehört beide zu Herrscherfamilien. Das neutralisiert euren Status dem anderen gegenüber, und dadurch könnt ihr ganz ihr selbst sein. Ich weiß nicht, was mit Kai oder Galen ist, aber ich nehme es als gegeben an, daß beide auf irgendeine Weise etwas Besonderes sind.«

»Das sind sie. Als ich Kai kenngelernt habe, hatte er so wenig Selbstachtung, daß ich ihn einfach aufbauen mußte. Er hätte im Traum nicht daran gedacht, um einen Gefallen oder irgend etwas anderes zu bitten, weil er sicher war, dessen nicht wert zu sein.« Victor griff sich ans Kinn und lachte. »Und Galen, na, den hat man mir aufgehalst, damit ich nicht versehentlich die Zwölften Donegal Guards in den Untergang führe. Das habe ich zwar trotzdem geschafft, aber er ist mir treu geblieben.«

»Bei meinen Leuten ist es ähnlich. Sie alle haben mich gekannt und meinen Wert erkannt, als ich noch ein Leibeigener war. Evantha ...«

»Die Elementare?«

»Ja. Sie hat mir das Leben gerettet, obwohl ich sie vor

dem Khan ihres Clans und anderen Elementaren mit einem Hieb zu Boden geschickt hatte. Der Schlag hat ihr Angst gemacht, aber sie kam zu dem Schluß, daß ein Krieger wie ich die Mühe wert war. Ohne ihre Ausbildung wäre ich längst tot.«

»Phelan, wie kannst du in einer hyper-autoritären Kultur überleben, wenn du Autorität haßt?«

Gute Frage. Phelan zuckte die Achseln, um sich Zeit zum Überlegen zu verschaffen. »Wahrscheinlich, weil die Clangesellschaft Konflikte so eindeutig kristallisiert, daß ich immer einen direkten Lösungsweg zur Verfügung habe. Wenn deine Mutter beispielsweise eine neue Steuer im gesamten Commonwealth erheben will, braucht sie dafür die Zustimmung der Generalstaaten. Dazu muß sie Kompromisse eingehen. Es muß ein Gleichgewicht der Kräfte hergestellt werden, und die Gegner ihres Planes würden ihr Bestes tun, dieses Gleichgewicht zu stören.«

»Dieses *Gleichgewicht* nennt sich Politik, Vetter. Erzähl mir nicht, bei den Clans gäbe es keine Politik.«

»Doch, natürlich, aber die Clans haben ein schnelles Gericht der letzten Instanz. Wenn jemand mit einer meiner Aktionen nicht einverstanden wäre, würde ich zu einem klärenden Kampf im Kreis der Gleichen aufgefordert. Dort würden wir unter festgelegten Bedingungen aufeinandertreffen. Häufig genügt schon die Andeutung, daß eine Maßnahme von guten Kämpfern verteidigt wird, um Widerspruch zu verhindern.«

Der Prinz brach in schallendes Gelächter aus. »Mit anderen Worten: Wenn dir was nicht paßt, darfst du um dich schlagen!«

Phelan rutschte unbehaglich auf der Bank umher. »Das ist recht grob ausgedrückt, aber es stimmt.«

»Gäbe es am Nagelring einen Kreis der Gleichen, wärst du nicht von der Akademie geflogen.« Victor kratzte sich am Nacken. »Trotzdem mußt du zugeben, daß Politik ein notwendiges Übel ist.«

»Mit der Betonung auf *Übel.*«

»Mit der Betonung auf *notwendig.* So befriedigend und kathartisch die Clanmethode der Konfliktlösung auch sein mag, außerhalb des Militärs funktioniert sie nicht.« Victor sah Phelan an. »Wie lösen eure Wissenschaftler Streitfälle — indem sie einen Kreis zeichnen und einander zum Beweis von Theoremen herausfordern?«

Der Khan schüttelte den Kopf. »Ihre Dispute lassen sich durch Wiederholung von Experimenten lösen. Ich gebe zu, daß Kompromiß ein Teil des Lebens ist, und unser Bietverfahren ist eine Verkörperung des Kompromisses, aber die Möglichkeit, sein Leben für das einzusetzen, woran man glaubt, ist eine gute Methode, eine Menge heißer Luft und Positionskämpfe zu umgehen.«

»Und die Entscheidung im Kreis der Gleichen ist endgültig?«

»Endgültig. Was in den Kreis geht, bleibt im Kreis.« Phelan grinste. »Für die Befreiung von Schuldgefühlen ist er fast so gut wie eine Beichte.«

»Schuldgefühle stören mich nicht. Mir macht das Gefühl zu schaffen, daß andere mich als schuldig sehen.« Victor schüttelte den Kopf. »Ja, ich weiß, das hört sich an wie die ersten Anzeichen von Verfolgungswahn, aber das täuscht. Ich verstehe, warum Hauptmann Moran etwas gegen mich hat, und ich akzeptiere es. Aber daß die anderen ihr so schnell zuzustimmen schienen, macht mir Sorgen.«

Der Kreis schließt sich. »Darüber wollte ich mit dir reden, Victor. Weil du ständig über die Menschen Urteile fällst und sie abschätzt, um herauszufinden, was sie wollen, baust du eine Mauer zwischen dir und ihnen auf. Sicher, es wird immer Leute geben, die dich kennenlernen wollen, weil du für sie eine überlebensgroße Heldenfigur bist, ein Symbol, ein Mythos. Dein Erscheinungsbild in der Öffentlichkeit ist aufregend, lebendig, lebenslustig und höchst attraktiv.«

»Das ist alles Propaganda von Skandalvids, die damit Geld machen wollen.«

»Sicher, aber die Propaganda funktioniert.« Phelan richtete sich auf und stieß Victor an. »Auf dem Weg ins Systeminnere habe ich Dutzende von Reportagen über dich gesehen. Deine Ankunft hat ganz Arc-Royal in Tumult versetzt. Du bist der gefragteste Junggeselle der Inneren Sphäre, frapos? Du siehst gut aus, und du bist ein Kriegsheld. Du *bist* jemand.«

»Aber es *gefällt* mir nicht.«

»Den Teufel gefällt es dir nicht.«

»Nein.«

»Victor, du hast Angst davor, Gefallen daran zu finden. Du fürchtest, daß du anfangen könntest, den Höflingen zu glauben und dich in einer Menagerie von Speichelleckern einzukapseln. Du hast Angst, so weltfremd wie Maximilian Liao und dann gestürzt zu werden. Deswegen isolierst du dich von dieser Möglichkeit, aber damit isolierst du dich auch von einer Menge einfacher Menschen.« Phelan kaute eine Sekunde auf der Unterlippe. »Bei all ihrem Gehabe, denkst du, Katrina glaubt auch nur die Hälfte von dem, was sie hört?«

»Nein.« Victor lehnte den Gedanken mit deutlicher Überzeugung ab. »Sie weiß, daß sich einige Frauen über sie mockieren, sobald sie außer Hörweite ist, und daß viele der Männer ihr in der Hoffnung auf eine Nacht Komplimente machen, um die herum sie ihre Memoiren schreiben können. Sie ist schließlich nicht dumm.«

»Nein, das ist sie nicht. Sie macht sich alle zu Freunden. Sie ist nett zu ihnen und gibt jedem das Gefühl, ihr etwas zu bedeuten. Wenn sie eine Aufforderung zum Tanz oder eine Einladung ablehnen muß, dann immer mit tiefstem Bedauern. Wenn Katrina jemanden nicht leiden kann, ahnt er nicht einmal etwas davon. Du dagegen würdest ihn bei der ersten Gelegenheit erschießen.«

»Stimmt, oder ihn gegen den Wolfsclan schicken«, lachte der Prinz. »Und sie heißt Katherine.«

»Siehst du!«

»Was?«

»Was macht es für einen Unterschied, wenn sie ihren Namen in den ihrer Großmutter ändern will? Das ist eine hübsche Geste, die auf dem Empfang sehr gut ankam.« Phelan sah zurück zum Gebäude. »Ehrlich gesagt, sie kam in den Schützengräben auch besser an als dein Abgang.«

Victor stand auf und trat in den Kies. »Soll heißen?«

Phelan zuckte die Achseln. »Soll heißen, das Lyranische Commonwealth und die Vereinigten Sonnen haben eine Menge Geld und Blut in den Kampf gegen das Draconis-Kombinat investiert. Ich glaube nicht, daß irgend jemand dir und Omi euer privates Glück mißgönnt, und die Leute sind froh über den Frieden zwischen dem Commonwealth und dem Kombinat. Manche Leute werden dir die Rettung Hohiros übelnehmen, aber nur, weil ihnen die Vergangenheit noch zu nahe und die Zukunft zu fern ist. Sie werden ihre Meinung ändern, aber dazu mußt du ihnen Zeit lassen.«

»Ich weiß, ich weiß. Es gibt sogar schon Gerüchte, wir würden auf Terra unser ›Kind der Liebe‹ verstecken. Der *Galaktische Andeuter* hat sogar Schauspieler für ein entsprechendes Holovid verpflichtet.« Victor schlug die rechte Faust in die linke Handfläche, dann drehte er sich wieder um. »Ein Kreis der Gleichen wäre eine hervorragende Methode gewesen, dieses Problem zu lösen.«

Der Wolfskhan stand auf und reckte sich. »Ein Kampf mit der Regenbogenpresse ist wie ein Ringkampf im Schweinekoben: Du kannst gewinnen, aber *auf jeden Fall* bleibt eine Menge Dreck an dir kleben. Ich fühle mich genauso, wenn ich mit den Nebelpardern zu tun habe. Hör mal, laß die Leute an dich rankommen. Lern etwas von Katrina. Öffne deine Schale ein wenig, zeig den Leuten, wie du wirklich bist. Gib ihnen die Gelegenheit, dich kennenzulernen, damit sie Gefühle für dich entwickeln können. Gib ihnen die Chance, dich zu mögen, damit sie sich dafür einsetzen können, daß du und Omi eine Chance bekommen, den momentan noch sehr wackligen Frieden zu festigen.«

»Weise Worte.«

»Danke.« Phelan deutete auf Victors Robe. »Du machst besser den Gürtel zu, sonst wird man annehmen, daß ich dich und Omi in *tiefem* Gespräch vorgefunden habe.«

Der Prinz nickte und verknotete den Gürtel. »Warum hast du mir das alles erzählt, Phelan? Wenn mir gelingt, was du vorgeschlagen hast, werden wir gefestigt und bereit für euch sein, wenn der Waffenstillstand ausläuft.«

»Ich lasse dir die Wahl. Erste Möglichkeit: Wir sind Vettern, und ich möchte nicht zusehen müssen, wie eine Nation und ein Volk, die mir am Herzen liegen, leiden, nur weil niemand ein ehrliches Wort mit dir redet. Zweitens: Ich bin ein Clanner, und ein starkes, stabiles Vereinigtes Commonwealth bietet mir die größte Chance auf Kriegsruhm.«

»Wie wäre es, wenn ich mich für beide entscheide.«

Phelan legte den Arm um Victors Schultern und führte ihn zurück in den Saal. »Gut gehandelt und akzeptiert.«

11

Arc-Royal
Vereinigtes Commonwealth

17. April 3055

Christian Kell rieb sich das Kinn. »Mir gefällt's, aber ich weiß nicht, ob Sie auf meinen Rat in Sachen Mode etwas geben sollten.« Sein Blick wanderte vom Computerschirm zu Evantha Fetladral und wieder zurück. »Eigentlich fallen solche Entscheidungen mehr in Katrinas Ressort.«

Evantha studierte den Schirm intensiv. Chris schien es, als behandele sie das Bild auf dem Schirm wie eine Gefechtsfeldaufgabe, die sie mit überlegener Taktik lösen wollte.

»Ich weiß einfach nicht. Das liegt völlig außerhalb meiner Erfahrung.«

Der Verkäufer, ein kleiner Mann mit schmalem Schnurrbart und schütterem Haar, faltete die Hände über dem Brustbein. »Vertrauen Sie mir, Mademoiselle. Es ist wie geschaffen für Sie. Bei ihrer Größe, den breiten Schultern und der schlanken Taille betont die Wahl des schulterlosen Mieders Ihre Figur. Das samtschwarze Bolerojäckchen hilft, die Armmuskeln weicher erscheinen zu lassen. Der fließende Rock ist de rigueur in dieser Saison, und die Straßplättchen deuten die exotische und wilde Seite Ihres Wesens an.«

Evantha sah den Mann schweigend an, dann blickte sie wieder auf den Bildschirm, auf dem die Kleidungsstücke über ein Videobild gelegt waren. »Aber das geht ziemlich weit, nachdem ich eigentlich am liebsten meine Uniform tragen würde.« Sie runzelte die Stirn. »Leibeigener, was meinst du?«

Ragnar studierte den Schirm einen Moment, dann nickte er. »Es wäre durchaus angemessen. Im Grunde ist es Ihre Uniform, nur entsprechend der momentanen Mode femininer gestaltet.«

Chris nickte zustimmend. »*Alle* Offizierinnen der Kell Hounds haben für das Bankett eine elegantere Kleidung gewählt. Mag sein, daß es unpraktisch ist, aber wer versteht schon die Mode?«

Ragnar tippte auf den Bildschirm. »Vielleicht würden Sie sich weniger nackt vorkommen, wenn wir zwei Sterne aufsetzen, hier und hier, an beiden Seiten des Jakkenkragens, wie Rangabzeichen.«

Auf Evanthas Gesicht machte sich langsam ein Lächeln breit. »Sehr aufmerksam, Ragnar. Sehr gut.« Sie nickte dem Schneider zu. »Sie haben es heute um sechzehn Uhr fertig?«

»Heute?« Der Mann setzte zu einem Kopfschütteln an, aber Chris nickte entschieden, und der Schneider tat es ihm gleich. »Ja, natürlich, alles für eine Freundin von Kommandanthauptmann Kell.« Er schaute noch einmal zu Chris und fügte hinzu. »Ich werde es selbst vorbeibringen, für den Fall, daß wir die Paßform noch etwas korrigieren müssen.«

»Gut gehandelt und akzeptiert.« Evantha schlug dem Mann auf beide Schultern, und eine Sekunde lang fürchtete Chris, der Schneider würde zusammenbrechen wie ein Schiff mit zerschmettertem Kiel.

»Danke, André. Schicken Sie mir die Rechnung.« Chris grinste, als der Mann die Augen verdrehte. Er führte die beiden Clanner zurück auf das Kopfsteinpflaster der engen Gassen von Old Connaught und schloß die Ladentüre hinter sich. »André leistet gute Arbeit. Sie werden zufrieden sein.«

Evantha nickte. Auf ihrem fast kahlrasierten Schädel glänzte das Sonnenlicht. Der Ansatz ihres langen, roten Zopfes saß kurz hinter der Schädelkrone, etwa dort, wo ein Samurai seinen Haarknoten getragen hätte. Er hing noch über den Saum der Kell-Hounds-Jacke hinab, die sie sich für diesen Ausflug geliehen hatte. »Das ist seltsam. Der Gedanke, diese Kleidung zu tragen, macht mich nervöser, als ich es je vor Beginn einer Schlacht war.«

»Das kann ich gut verstehen — das Unbekannte ist immer ängstigend.« Chris grinste breit. »Deshalb werde ich auch darauf verzichten, ihnen zum Mittag Fugu oder Haggis aufzuzwingen. Machen Sie sich keine Sorgen, Sterncaptain. Sie werden großartig aussehen.«

»Sehr freundlich, Kommandanthauptmann Kell.«

»Chris. Förmlichkeit hat ihren Platz, aber nicht unter Freunden.«

»Dann müssen Sie mich Evantha nennen. Und ich danke Ihnen, daß Sie ihren Einfluß bei André eingesetzt haben, um die schnelle Fertigstellung zu sichern.«

»Ach, er hätte auch so rechtzeitig geliefert. Er hat eine ganze Lagerhalle voller Maschinen, die einen Entwurf vom Bildschirm weg anfertigen können. Das Zögern war nur der erste Schritt, um den Preis durch die Stratosphäre zu katapultieren.« Chris schob die Hände in die Taschen seiner schwarzen Hose. »André und ich haben eine Geschäftsbeziehung, die ihn motiviert, mich bei Laune zu halten. Ich besitze gewisse Beziehungen zum Draconis-Kombinat, über die ich bestimmte Stoffe leichter beschaffen kann als auf dem normalen Weg. Hätte er Ihnen zuviel abzuknöpfen versucht, wäre eine seiner Rohstoffquellen versiegt.«

»Ich weiß nicht, was ich mir schwerer vorstellen kann«, erwiderte Evantha, die ihre Verachtung nicht verbergen konnte, »daß ein Mitglied der Händlerkaste es wagt, eine Kriegerin zu betrügen, oder daß ein Krieger wie Sie sich mit Händlerbelangen abgibt.«

Chris zuckte die Achseln. »Hier in unserer Welt sind die Bereiche nicht so klar abgegrenzt. Dadurch ist das Leben interessanter und voller Überraschungen.«

»Und ich wage zu behaupten, Sterncaptain, daß die Grenzen nicht annähernd so rigide sind, wie Sie glauben«, warf Ragnar verschmitzt ein. »Es gibt einen erheblichen Umschlag von Kriegsbeute mit den Clan-Heimatwelten. Sicher, die Krieger machen nur Tauschgeschäfte mit den Händlern, aber die Wechselkurse sind deutlich zum Vorteil der Krieger.«

»Wie ich bereits sagte, Leibeigener, du bist sehr aufmerksam.« Evantha verzog das Gesicht, als sie an einem Schaufenster mit Schuhen aller Art vorbeikamen. »Zu meinem Kleid werde ich wohl auch ein neues Paar Schuhe brauchen?«

Chris sah hinunter auf ihre Kampfstiefel. »Ja, ich denke schon, aber nicht sofort. Ich bekomme langsam Hunger. Ragnar, wußtest du, daß im Oslodistrikt eine Rasalhaager Flüchtlingsfamilie ein Restaurant eröffnet hat? Es heißt Callas. Wenn du möchtest, können wir dorthin gehen.«

Ragnar sah zu Evantha hoch. »Wenn der Sterncaptain einverstanden ist.«

Sie nickte, und Chris führte sie die verwinkelte Straße hinab. Zwei Häuserblocks weiter wandten sie sich nach Norden, einen Hang hinauf. Die weißgetünchten Hauswände und riedbedeckten Dächer des irischen Stadtteils Old Connaught unterschieden sich kaum von denen des Oslodistrikts, aber trotzdem bemerkte man die Veränderung. Straßen- und Ladenschilder zeigten die besondere Schrift des von den meisten Flüchtlingen als Muttersprache gesprochenen Schwedanisch. Die Passanten ähnelten Ragnar, und Chris fiel mit seinen dunklen Haaren sofort auf.

»Auf dem Weg zurück von Luthien sind wir einem Rasalhaager Sprungschiff begegnet, bei dem die Versiegelung der Flüssigheliumtanks geborsten war. Wir konnten den Schaden reparieren und brachten es mit hierher nach Arc-Royal. Mein Großvater, der Großherzog, hat die Ausweitung des Touristendistrikts der Stadt finanziert und die Rasalhaager ermutigt, sich hier anzusiedeln. Die ersten Siedler nahmen Kontakt mit anderen Flüchtlingen auf, und allmählich entwickelte sich eine echte Gemeinschaft.« Chris deutete auf ein hohes Gebäude in einiger Entfernung. »Dein Volk hat sich gut eingelebt, Ragnar. Ryan Steiner hat den Turm dort finanziert und als Exilpalast für deinen Vater bestimmt, falls er die Freie Republik Rasalhaag je verlassen muß.«

Ragnar starrte den weißen Turm an, sagte aber nichts.

Evantha runzelte die Stirn. »Ryan Steiner hat dieses Gebäude hier errichtet, auf Arc-Royal, einer Welt der politischen Fraktion, die ihm den größten Widerstand leistet?«

Chris wiegte den Kopf. »Nicht ganz, aber nahe dran. Mein Großvater hat Ryan dazu gebracht, sein Geld in das Projekt zu stecken, indem er ihn öffentlich beschuldigte, nur große Reden zu schwingen, aber ansonsten eher durch Geiz aufzufallen. Mein Großvater hat den Flüchtlingen auch zinsfreie Kredite gewährt, obwohl das hier nicht gerade sehr populär war. Ryan hat seine harten Kronen locker gemacht, und die Flüchtlinge haben davon profitiert. Wir sind übrigens da.«

Chris hielt die Tür für Evantha auf, die sich bücken mußte, um durch den Eingang zu kommen. Nach zwei Stufen hinab ins Restaurant, konnte sie sich wieder aufrichten. Ein wuchtiger Holzbalken, der sich durch den gesamten Raum zog, stützte eine dunkelgebeizte Kiefernholzdecke. Ähnlich tiefbraunes Holz bedeckte den Fußboden und die Wände bis auf halbe Höhe. Die oberen Wandhälften waren verputzt und mit Photographien, Gemälden und anderen Erinnerungsstücken an Rasalhaag geschmückt. Auch die kantigen, handgefertigten Tische und Stühle unterschiedlicher Größe und Form verliehen dem Restaurant einen antiken Charme.

Chris schloß die Tür hinter ihnen und begrüßte den Besitzer. »God morgon, Olaf. Einen Tisch für drei Personen.«

Schnauzbart und Haupthaar des breitgebauten Wirts waren graumeliert, und sein Gesicht verzog sich zu einem breiten Lächeln. »Willkommen, Christian.« Er betrachtete die Neuankömmlinge, dann verschluckte er sich fast vor Überraschung. »Das kann nicht wahr sein.« Er fiel auf die Knie und küßte Ragnars Hand.

Ragnar wirkte schockiert, und Evantha war die Situation spürbar unangenehm. Chris hätte sich für seine Dummheit am liebsten einen Tritt gegeben. *Für so viele Flüchtlinge ist Ragnar ein Symbol für alles, was ihnen die Clans genommen haben. Wie konnte ich Evantha und ihn gerade hierher bringen?*

Olaf drehte sich zu ihm um. »Sie haben keine Vorstellung davon, was das für mich bedeutet, Christian, mein Freund. Ich werde Ihnen ein Festessen bereiten. Ich werde meine Freunde anrufen, und wir werden gemeinsam feiern. Ich ...«

Ragnar ging in die Hocke und half dem Mann hoch. »Gutermann Olaf, das geht nicht. Ich meine ... äh ... bitte, bereite uns eine Mahlzeit.« Ragnar schnupperte, und ein Lächeln trat auf sein Gesicht. »Selbst die Kell Hounds könnten mich hier nicht rausholen, bevor ich gegessen habe. Aber eine Feier ist leider nicht angesagt.«

Der Erbe des Rasalhaager Herrscherhauses hob den rechten Arm und zupfte an der weißen Leibeigenenkordel am Handgelenk. »Ich gehöre jetzt zum Wolfsclan. Ich bin als Gast der Kell Hounds hier, aber dieser Tag gehört Oberst Kell. Wir werden ein andermal feiern.«

Olaf wischte sich die Tränen aus dem Gesicht. Er versuchte zu sprechen, aber seine Unterlippe zitterte, und er brachte keinen Ton heraus. Er schluckte, schluckte noch einmal, und nickte schließlich nur stumm. Dann kehrte seine Stimme in einem heiseren Flüsterton zurück. »Ich werde es meiner Frau sagen, ja? Und meinen Kindern, damit sie beim Bedienen helfen?«

»Ja, varsagod.«

»Tack sa mycket.« Olaf führte sie an den runden Tisch in der Mitte des Raumes. Er hielt den Stuhl für Ragnar und bot ihm den Ehrenplatz, dann setzte er Chris an seine Rechte und Evantha an seine Linke. Nachdem er Ragnar auf die Schultern geklopft hatte, machte er sich auf den Weg in die Küche, wo sie ihn trotz des Lärms von Töpfen und Pfannen seine Anweisungen schreien hörten.

Chris fühlte sich an dem riesigen Tisch nicht allzu wohl. »An diesem Tisch habe ich bisher nur gesessen, wenn ich eine meiner Kompanien mitgebracht habe. Ich will hoffen, das ist kein Hinweis darauf, wieviel er uns auftischen will, denn euch ist ja wohl klar, was man von uns erwartet: Wir werden unheimlich zulangen müssen.«

»Ich weiß.« Ragnar seufzte und klopfte sich auf den rechten Oberschenkel. »Und ich habe nicht mal mein hohles Bein dabei.«

Evantha grinste über seinen Witz, dann schaute sie zum Tisch neben der Tür. Die zwei Männer dort schienen sie interessiert zu beobachten. Ihre Miene veränderte sich zu einer Grimasse, und die beiden tranken hastig ihr Bier aus, bevor sie sich aus dem Staub machten. Das besserte ihre Laune wieder.

»Ich weiß ja nicht, ob es so eine gute Idee ist, Olafs Kunden zu vertreiben.« Chris kniff die Augen zusammen. »Andererseits hätte ich nichts dagegen, wenn ein paar der Frauenhelden in meiner Einheit ab und zu so einen Blick zu spüren bekämen.«

Sie schüttelte den Kopf. »Vielleicht ist es das, was mich an der Inneren Sphäre so verwirrt. Dieses Kleid, das ich bestellt habe, diese Schuhe, die ich noch kaufen muß, sollen mich sexuell attraktiv erscheinen lassen, frapos?«

»Ja.«

»Und der größte Erfolg dieser Bemühung bestünde darin, einen Mann anzuziehen, mit dem ich mich zu paaren bereit wäre, frapos?«

Chris nickte zögernd. Die Richtung, in die sich das Gespräch entwickelte, behagte ihm nicht. »Ja.«

»Aber Männer und Frauen, die sich in den Fallen fangen, die andere für sie auslegen, werden mit abwertenden Begriffen wie Gigolo oder Schlampe belegt.« Ihre Augenbrauen berührten sich fast, und auf ihrer Stirn standen zwei steile Falten. »Sie bestrafen diejenigen, die Erfolg in dem Spiel haben, das Sie allesamt spielen, und peinigen sich selbst, indem sie angesichts gegenseitiger Anziehung eine Befriedigung verbieten.«

Der Kell Hound nickte. »Das bringt es auf den Punkt.«

»Ich habe es schon bei Khan Phelan nicht verstanden, und jetzt verstehe ich es auch nicht. Das Leben ist zu kurz, um sich verfügbare Freuden zu versagen.«

Chris wollte antworten, dann suchte er statt dessen Hilfe von Ragnar. Der Leibeigene schüttelte den Kopf und lehnte sich zurück. Offenkundig hatte er kein Interesse, in dieses Gespräch verwickelt zu werden. Zögernd begann Chris, die Sitten der Inneren Sphäre zu verteidigen. »Ich glaube, Sie generalisieren begrenzte Daten, Evantha.«

»Wirklich? Gestern abend habe ich Herzogin Katrina getroffen. Sie hatte sich offensichtlich so zurechtgemacht, daß die meisten anwesenden Männer von ihr angezogen wurden. Die Männer waren auch keineswegs unattraktiv. Ich habe zugesehen, wie sie geschickt eine große Zahl von Möglichkeiten zur Paarung ausschlug, obwohl ich der Art ihrer Kleidung und ihres Verhaltens nach angenommen hatte, daß sie genau darauf aus war. Da sie eine Ihrer Führungspersönlichkeiten ist, habe ich ihr Verhalten als Gesellschaftsnorm angesehen.«

Moment, jetzt verstehe ich, was los ist. »Evantha, Sie verwechseln biologische Bedürfnisse und deren Befriedigung mit Brautwerbung.«

»Brautwerbung?«

»Sie sagten, das Leben ist kurz, und bei den Clans stimmt das wohl auch. Aber hier versuchen wir, eine

Zweierbeziehung aufzubauen, in der beide Partner einander stärken, und in der man in liebevoller Umgebung seine Kinder aufzieht. Die Clans ziehen ihre Kinder in Geschkos auf, ich weiß, daher ist ein solcher Familienverband für Sie unnötig.«

»Selbst unsere Vermehrung ist von körperlicher Anziehung unabhängig.« Evantha hob stolz den Kopf. »Seit ich vor sieben Jahren meinen Blutnamen erlangte, hat mein genetisches Erbe zu drei Geschkos beigetragen. Obwohl man zum jetzigen Zeitpunkt noch nicht feststellen kann, ob meine Nachkommen sich beweisen werden, habe ich schon viel Gutes über sie gehört. Ich gehe auch davon aus, daß meine Gene auch nach meinem Tod weiterverwendet werden, sofern ich ehrenvoll falle.«

Chris nickte ihr ermutigend zu. »Das ist wundervoll, Evantha, aber Vermehrung ist auch nicht dasselbe wie eine Brautwahl. Bei der Brautwahl geht es darum, einander zu zeigen, wie wertvoll einem der andere ist.«

»So wie wenn der Khan Ranna ein Geschenk macht oder sie im Vorbeigehen seinen Arm berührt?«

»Jetzt haben Sie es erkannt.«

Evantha winkte ab. »Höchst unpraktisch.«

Chris zwinkerte ihr zu. »Mag sein. Aber es macht trotzdem Spaß.«

Während des Gesprächs hatte Chris verschiedene Leute kommen und gehen sehen, aber erst als er den kalten Pistolenlauf im Nacken spürte, wurde ihm klar, wie viele junge Männer und Frauen sich im Lokal versammelt hatten. Er legte die Hände flach vor sich auf den Tisch. Gegenüber sah er jemand eine Schrotflinte unter dem Mantel hervorholen und auf Evantha anlegen.

Ein Mann zog Ragnars Stuhl zurück. »Hoheit, wir sind hier, um Euch aus den Klauen der Clans zu retten.«

Ragnar schien völlig überrascht. »Wer sind Sie?«

»Wir gehören zum Untergrund«, antwortete der

Mann und deutete auf das halbe Dutzend Menschen, die dem Tisch am nächsten standen. »Wir nennen uns Ragnarök. Wir werden Euch in Sicherheit bringen.«

Chris schüttelte den Kopf. »Sie können diese Welt nicht verlassen, das wissen Sie genau.«

»Wir haben Möglichkeiten, von denen Sie nichts ahnen.« Der Mann zog Ragnar auf die Füße. »Wir müssen uns beeilen.« Er deutete auf Chris und Evantha. »Erschießt sie.«

»Nein!« Ragnar packte den dicken Schaffellmantel des Mannes.

»Es ist besser so, mein Prinz.«

Ragnar verzog das Gesicht. »Nicht das, gib mir ein Messer.« Er schnippte mit den Fingern der linken Hand gegen die Leibeigenenkordel. »Ich muß das hier erst durchschneiden, dann ...« Seine Stimme verklang, als er sich zu Evantha umsah.

Der Mann von Ragnarök grinste. »Natürlich, Prinz Ragnar.« Aus den Tiefen seines Mantel holte er ein Grabenmesser und reichte es Ragnar, Griff voraus.

Der Leibeigene schob langsam die Finger durch den wie ein Schlagring geformten Griff. Er hielt den rechten Arm in Taillenhöhe ausgestreckt, zog den Ärmel zurück und ließ das Messer unter die Kordel gleiten. Grinsend zog er die Schneide darunter vor und zurück, durchtrennte einige Fasern, dann zog er das Messer hoch und stieß es vor. Die straff gespannte Kordel zerriß.

Sein Dolchstoß trieb die Klinge geradewegs in die Brust des Mannes, der ihm das Messer gegeben hatte. Mit der freien Rechten stieß er den Anführer gegen die Frau, die Chris bedrohte. Im Fallen zog sie den Abzug durch. Die Mündungsflamme sengte das rechte Ohr des Söldners an, und vom Krachen des Schusses wurde er fast taub.

Unter dem Einfluß des Adrenalinschocks fühlte sich Chris so stark wie hundert Männer. Er stieß den schweren Tisch von sich und warf Evantha nach hinten, aus dem Weg der Schrotkugeln. Dann lehnte er sich auf die Tischplatte, sprang von seinem Stuhl auf und trat nach der Frau, die ihn beinahe erschossen hatte. Sie konnte den Schlag mit dem Pistolenarm teilweise abblocken, aber der Tritt trieb ihr den Arm krachend in den Brustkorb.

Kaum war sein rechter Fuß wieder am Boden, wirbelte Chris herum. Das andere Bein schwang hoch, traf den Kopf eines Ragnarökers. Der Mann brach zusammen. In diesem Augenblick hatte der Mann, der auf Evantha gefeuert hatte, seine Schrotflinte wieder geladen und ließ den Lauf einschnappen. Die Flinte richtete sich auf Christians Magengrube.

Evantha brüllte wie eine Löwin, hob den riesigen Tisch und schleuderte ihn nach dem Schützen. Die Tischkante schlug an die Decke und lenkte ihn ab, aber die massive Holzplatte schob sich zwischen Chris und die Schrotflinte. Der Söldner sah das Aufblitzen des Schusses und fühlte den Splitterhagel, aber der Tisch fing die meisten Kugeln auf.

Evantha warf sich auf den Schützen. Der Tisch rollte an Chris vorbei, und er konnte gerade noch sehen, wie ein rechter Schwinger das Gesicht des Untergrundkämpfers traf. Er war sofort außer Gefecht. Evantha zerbrach seine Flinte über dem Knie.

Chris trat die Pistole der am Boden liegenden Frau beiseite. Ragnar stand über einer anderen, bewußtlosen Frau. Er saugte an seinen abgeschürften Fingerknöcheln, dann schleuderte er das blutige Messer zwischen sich und Evantha zu Boden. »Einer ist entkommen, Sterncaptain. Wenn Sie wollen, verfolge ich ihn.«

Evantha schüttelte den Kopf. Aus dem hinteren Teil des Lokals kam Olaf. »Ich habe die Polizei gerufen. Seid Ihr verletzt, mein Prinz?«

Ragnar zog die Hand zurück. »Nein, es ist nichts.«

»Ruhig, Ragnar. Olaf hat diese Leute nicht geholt. Der mit der Schrotflinte war einer von den beiden, die vorhin da drüben gesessen haben.« Chris nickte Olaf zu. »Ich habe keinen Zweifel daran, daß Olaf Wort gehalten hat, trotz seines Wunsches, anderen von Ihrer Anwesenheit zu erzählen. Er ist ein verantwortungsbewußter Mann, einer der Pfeiler der Flüchtlingsgemeinschaft.«

Ragnar nickte langsam und seine düstere Miene lockerte sich etwas. Er kniete und hob seine zerschnittene Leibeigenenkordel auf. »Stimmt das, was er sagt, Olaf?«

»Ja, mein Prinz.«

»Dann werde ich es glauben.« Seine blauen Augen wurden zu Eis. »Ich habe einen Auftrag für dich, Gutermann Olaf. Ich bin verletzt und brauche deine Hilfe.«

»Was es auch sein mag, Hoheit.«

»Meine Verletzung ist nicht physischer Natur, Olaf, aber sie ist tief und trifft mich im Innersten. In meinem Innersten und dem Innersten des Rasalhaager Volkes. Trage die folgende Botschaft hinaus zu allen Menschen meines Volkes.« Er stieß den Leichnam des toten Anführers an. »Es schmerzt mich zutiefst, sehen zu müssen, daß wir glauben, Freiheit ließe sich mit dem Blut von Freunden erkaufen.«

12

Arc-Royal
Vereinigtes Commonwealth

17. April 3055

Victor mußte unwillkürlich grinsen, als er Morgan Kell über die Empore zum Rednerpult gehen sah. Der Krieger zeigte keine der Schwächen, die man von einem Mann erwartete, der mehr als zwei Drittel eines Jahrhunderts miterlebt hatte. Abgesehen vom weißer gewordenen Bart und Haupthaar des Söldnerobersten hätte Victor nicht behaupten können, daß er überhaupt gealtert war.

Der Prinz legte die Gabel neben das halbverzehrte Stück Kuchen und lächelte Omi zu, die ihm gegenüber am runden Tisch saß. Sie erwiderte sein Lächeln, bevor sie sich respektvoll zum Redner umdrehte. Katherine — aus Gründen, die er nicht benennen konnte, weigerte Victor sich, ihre Namensänderung zu akzeptieren — flüsterte ihrem Tischherrn etwas zu, das ein höfliches Kichern auslöste, dann verstummten beide. Morgan rückte das Mikrophon zurecht.

»Ich möchte Ihnen allen dafür danken, daß Sie sich heute hier versammelt haben. Ich weiß natürlich, daß die Kell Hounds schon fünfundvierzig Jahre existieren, aber erst, als ich heute alle gesehen habe, die hier zusammengekommen sind — Hounds der Vergangenheit, der Gegenwart und der Zukunft —, wurde mir bewußt, was für eine enorme Zeitspanne das ist. Und ich bin sicher, wir alle tragen in unseren Herzen die Erinnerung an viele andere, von denen wir uns wünschen, sie könnten heute abend hier unter uns sein. Aber ich denke … ich weiß … sie sind im Geiste hier.«

Victor sah sich im riesigen Festsaal um und war beeindruckt davon, wie viele Gäste zu Morgans Verabschiedung erschienen waren. Die meisten waren ehemalige oder derzeitige Kell Hounds mit ihren Freunden und Familien, aber das war nicht alles. Omi Kurita und Shin Yodama waren die Repräsentanten ehemaliger Gegner oder Auftraggeber, die gekommen waren, um Morgan die Ehre zu erweisen. Selbst Thomas Marik von der Liga Freier Welten und der Präzentor Martialum ComStars hatten Gesandte geschickt, und eine Reihe der Mönche des St. Marinus-Klosters waren ebenfalls gekommen.

Morgan wirkte etwas verlegen. »Einige von Ihnen wissen, daß ich die Kell Hounds heute zum dritten Mal verlasse. Beim ersten Mal gab es keinen solchen Aufwand. Diejenigen, die damals in der Einheit blieben, nannten meinen Abschied ›die Desertion‹. In jener Zeit übernahm mein Bruder Patrick die Führung der Kell Hounds und verbesserte nochmals eine Einheit, die schon vorher eine Elitetruppe war. Ich werde nie darüber hinwegkommen, daß er in dieser Zeit meines selbstverordneten Exils sein Leben gab, um die Kell Hounds zu retten.«

Der weißhaarige Krieger verstummte einen Augenblick, und Victor fühlte ebenfalls einen Kloß in der Kehle. Obwohl Patrick Kell Jahre vor seiner Geburt gestorben war, hatte Victor immer gehofft, der Mut und das Mitgefühl, das seine Mutter beschrieben hatte, wenn sie von Patrick sprach, seien auf eine magische, mystische Art in ihm wiedergeboren worden. Als er älter wurde, erkannte er diese Träumerei als das, was sie war, aber sie hatte ihn weiter angetrieben.

»Mit meisterhaftem Timing kehrte ich zurück und rief viele von Ihnen gerade rechtzeitig zum Ausbruch des Vierten Nachfolgekrieges wieder zu den Hounds. Das Siebte Schwert des Lichts schlug sich an uns schartig, und die Genyosha lernte, daß sie gut war, aber nicht besser als wir. Das Dritte Dieron-Regiment zahlte für seine Arroganz einen Preis, von dem ich hoffte, er würde als Signal der Sinnlosigkeit des Krieges dienen. Zu meinem Bedauern sollte es nicht so kommen. 3039 wurden wir wieder zu den Waffen gerufen. Wir schlugen uns respektabel. In den folgenden zehn Jahren taten wir Gleiches, und ich bin stolz, daß der Name meiner Familie mit den Hounds verbunden ist. Aber ihr habt diese Leistungen ohne mich vollbracht, denn 3042 verließ ich die Einheit zum zweiten Mal und begleitete meinen Neffen Christian zur Ausbildung nach Outreach.«

Morgan sah hinüber zu Chris, der am Kopftisch saß, und grüßte ihn locker. Chris erwiderte den Gruß, und ein leises Lachen ging durch den Saal. »Ich schaffte es sogar, abwesend zu sein, als die Clans angriffen. Oberstleutnant Allard und sein Stab lenkten die Geschicke der Kell Hounds mit sicherer Hand. Zusammen mit der Zehnten Lyranischen Garde und der Neunten VerCom-RKG haben wir den Jadefalken ihre erste deutliche Niederlage beigebracht — und ihnen Stoff zum Nachdenken gegeben, während sie sich zur Wahl ihres neuen ilKhans zurückzogen. Dann kehrte ich auf den dringenden Rat Jaime Wolfs wieder in den aktiven Dienst zurück. Er überzeugte mich, daß die Clans um jeden Preis gestoppt werden mußten. Ich war bei euch, als wir Seite an Seite mit der Genyosha und den Klauen des Drachen standen und für die Zentralwelt unseres langjährigen Feindes kämpften. Ich kann mich noch gut an die langen, lauten Proteste erinnern, als wir auf Luthien ausstiegen. Es hieß, unsere alten Kameraden würden in ihren Gräbern rotieren. Vielleicht wären sie überrascht gewesen, aber ich glaube, diese Krieger hätten alles gegeben, um uns zum Sieg zu verhelfen, statt wütend auf uns zu sein, daß wir den Auftrag angenommen hatten.«

Eine Reihe Krieger nickte zustimmend. »Warum ich das glaube? Weil ich weiß, wie ein Krieger denkt. Ich weiß, was uns teuer ist, was wir uns wünschen und wovor wir Angst haben. Ich kenne unsere Ziele, und ich weiß, was wir für sie aufzugeben bereit sind. Jeder von uns, der mit Herz, Leib und Seele ein Krieger ist, teilt dieses Wissen mit mir. In den Augen der Allgemeinheit lebt der Krieger nur für den Kampf, wie ein tollwütiges Tier, das auf seine nächste Beute wartet. Er ist ein Vasall des Todes, ein messerscharfer Zahn im Kiefer der apokalytischen Ungeheuer. Wie ein Vampir wird er stärker und wilder, indem er anderen das Leben nimmt.« Morgan trank einen Schluck Wein. »Die Leute glauben das, weil sie nicht wissen können, wie es ist, in der Schlacht zu stehen. Sie hören, wie wir davon reden, mit einem Glückstreffer einen Atlas zu köpfen. Sie hören über Flankenmanöver, die den Feind in die Flucht schlagen, oder einen Luftangriff, der einen Teil seiner Verteidigungsstellungen zerstört. Sie hören mitreißende Geschichten über Luftkämpfe, über heroische Anstrengungen, einen Freund aus dem Schußfeld zu holen, über Helden, die sich opfern, damit andere weiterleben können.

Und sie hören diese Geschichten, weil das die Geschichten sind, die wir gerne mit ihnen teilen. Wir alle kennen die eisige Hand, die unsere Eingeweide packt, wenn der Feind in Sicht kommt. Wir alle kennen den sauren Geschmack der Angst, wenn unser Mech getroffen wird oder der Flügelmann uns warnt, daß wir einen Feind am Heck hängen haben. In unseren Alpträumen erleben wir das Grauen eines ohne Antwort verhallten Rufs nach Verstärkung noch einmal, oder die Trauer, wenn wir neben uns einen guten Freund sterben sehen. Wir sollten alle wissen lassen, wie die Wahrheit des Kriegerlebens aussieht. Wir sind alle in den Methoden des Tötens ausgebildet, geschult in Taktik, trainiert in Strategien, aber das letzte, was irgendeiner von uns sich wünscht, ist Krieg. Wir akzeptieren unsere Verantwortung und leisten willig unsere Pflicht, aber wir wünschen uns jeden Tag, es ließe sich vermeiden. Nicht weil wir feige wären, sondern weil niemand die Konsequenzen unseres Handelns so völlig und eingehend erkennt wie wir.«

Ringsum wurde genickt. Morgans Worte hallten in Victors Herz nach und fanden dort eine Heimat. *Es ist nicht leicht, jemand zu töten, und das darf es auch niemals werden.*

»Unter allem, was ich mit den Kell Hounds geleistet habe, gibt es eine Aktion, die wohl nur eine Fußnote wert wäre, sollte die Geschichte dieser Einheit je geschrieben werden. Im Frühling 3029 haben wir auf Lyons geholfen, eine kleine Siedlung für Kriegsflüchtlinge zu bauen. Damals haben wir unsere BattleMechs dazu benutzt, tatsächlich etwas zu *schaffen*. Zerstören ist einfach, aber etwas *erschaffen* ist schwer. Diese Siedlung erhielt den Namen Neue Freiheit, und der Grund dafür, daß sie nie mehr als eine Fußnote sein wird, ist, daß sie schon sechs Wochen nach ihrer Fertigstellung vernichtet wurde.« Morgan ließ seine Worte einen Moment wirken, dann fuhr er fort. »Wie gesagt, etwas erschaffen ist harte Arbeit. Ich habe diese Einheit 3010 gegründet. 3027 habe ich sie wiederaufgebaut, und in den letzten drei Jahren habe ich nach den schweren Verlusten auf Luthien daran gearbeitet, die Kell Hounds noch einmal aufzubauen. Vor ein paar Wochen sind Dan Allard und ich übereingekommen, daß wir damit fertig sind. Und ich bin es auch — ich denke, im dritten Anlauf habe ich es endlich geschafft. Chris und Caitlin bereiten sich darauf vor, eines Tages den Befehl zu übernehmen, Dan und seine Kinder sichern die Kontinuität der Einheit, und ich kann ihnen die Kell Hounds zu fähigen Händen übergeben.«

Morgan zögerte und blickte zu dem Tisch, an dem sein Sohn und die übrigen Gäste aus den Clans saßen. »Ich hoffe, Phelan kann hier eine Heimat finden, falls die Clans eines Tages genug von ihm haben. Und andere mit ihm, falls er eine Galaxis seiner Wölfe mitbringt. Wenn wir nach Luthien — zur Heimat eines Erbfeindes

— fliegen können, um den Planet gegen die Nebelparder und Novakatzen zu verteidigen, werden wir es auch schaffen, einen Wolf in unserer Mitte aufzunehmen.«

Victor spürte, wie sich unter den Zuhörern Anspannung ausbreitete, als Morgan Phelan ansprach. Niemand hier konnte für den Fall einer Wiederaufnahme der Kämpfe den entschiedenen Einsatz der Kell Hounds gegen die Clans anzweifeln, aber Morgans Hoffnung, daß Phelan auf Arc-Royal willkommen sein könnte, machte sie unbehaglich. Offensichtlich liebte Morgan seinen Sohn und hatte irgendwie den Konflikt zwischen Herz und Pflicht für sich gelöst. Auch Victor fühlte nach ihrem Gespräch eine Verwandtschaft mit Phelan. *Ich würde ihn wohl zu Hause willkommen heißen, wenn er zurückkehrt.*

Der Söldnerführer lächelte. »Meine Arbeit hier ist beendet. Jetzt können meine Frau und ich uns in den Streß der planetaren Regierungsarbeit zurückziehen und unseren Kindern mit dem Wunsch nach Enkeln lästig fallen, die wir dann hoffnungslos verziehen können.« Er wartete, bis das Gelächter verklungen war, bevor er seine Rede beendete. »Ich will euch mit einem letzten Gedanken verlassen. Es gibt Personen, die würden diese Bemerkungen als Argument für eine vollständige Abrüstung werten. Sie würden erklären, ohne Massenvernichtungswaffen wären die Menschen gezwungen, miteinander auszukommen. Sie würden uns auffordern, unsere Schwerter zu Pflugscharen umzuschmieden und daraus Werkzeuge zu machen, um das Problem der Zerstörung und des Aufbaus umzukehren, das ich angesprochen habe. Ich würde ihnen gerne zustimmen, aber ich kann es nicht. Die Menschen haben es auch geschafft, einander Schaden zuzufügen, bevor es Schwerter gab. Wenn keine Waffen zur Hand sind, benutzen sie ihre Fäuste. Wenn das nicht geht, greifen sie einander mit Worten an, und nähme man ihnen die

Worte, nähme man ihnen auch die Möglichkeit zur Verständigung, die wir suchen, um die Übel der Menschheit zu lindern. In diesem Punkt allerdings haben sie recht: Kommunikation, sinnvolle und respektvolle Kommunikation unter Gleichgestellten ist der Schlüssel für ein ertragreiches und friedliches Zusammenleben. Dieser gegenseitige Respekt kann sich nur entwickeln, wenn alle Seiten wissen, daß sie sich nicht einfach mit Gewalt nehmen können, was sie durch Verhandlungen nicht bekommen. Wenn Krieg die Endgültigkeit hat, vor der alle Beteiligten zurückschrecken, dann wird Kommunikation zur einzigen logischen Alternative. Und damit danke ich euch allen für eure Freundschaft in guten wie in schlechten Zeiten. Mein Abgang ist kein Ende für das, was wir zusammen erlebt haben, für die Geschichte, die wir zusammen geschrieben haben. Sie wird das Fundament für eine vitale und vielversprechende Zukunft bilden.«

Ohne nachzudenken sprang Victor auf und applaudierte, und er war nicht der einzige. Der Applaus donnerte durch den Saal, und zum erstenmal, solange er Morgan kannte, schienen dem Söldner die Worte zu fehlen. Der Applaus ging weiter, als er wieder Platz nahm, und erstarb erst, nachdem Morgan sein Glas erhoben und seinen Gästen stumm gedankt hatte.

Anschließend löste sich das Bankett allmählich auf. Katherine brauchte keine Hilfe von Victor, um die Gäste an ihrem Tisch zu unterhalten, also verabschiedete er sich. Er war sich nicht schlüssig, ob er sich durch die Menge der Gratulanten um Morgan und dessen Frau Salome arbeiten oder zum Tanz hinüber in den Versammlungssal des Ersten Regiments gehen sollte.

Dann sah er, wie Omi sich anschickte zu gehen. Sie stand auf und drückte Shin zurück auf seinen Platz. Victor fing ihren Blick auf und kam in ihre Richtung. »Komban-wa.«

»Gleichfalls, Prinz Victor.« Sie trug ein schwarzes,

mit weißen Spitzen besetztes Samtkleid, und ihre Haare waren im Nacken mit einem silbernen Kamm hochgesteckt. »Oberst Kell ist ein ausgezeichneter Redner.«

»Wieso hören die wirklich guten Redner immer zu früh auf?« Victor bemerkte, wie ihn seine Schwester aus dem Augenwinkel beobachtete, aber er ignorierte sie. »Wolltest du tanzen?«

»Ich dachte, daß wäre angemessen, aber ich fürchte mich etwas davor. Ich bin nicht besonders erfahren in euren Tänzen.« Omi faltete schüchtern die Hände. »Was ist schlimmer, die Peinlichkeit, schlecht zu tanzen, oder die Unhöflichkeit, die Tanzfläche zu meiden?«

»Ich kann deine Sorge nachempfinden. Ich bin kein sonderlich eleganter Tänzer, aber ich habe die gleiche Verpflichtung. Da kommt mir ein Gedanke. Wenn wir zusammen hineingehen, wird niemand es wagen, dich zum Tanz aufzufordern — um keinen Protokollverstoß zu begehen. Und wenn du nicht tanzt, kann ich mich unmöglich einem ahnungslosen Opfer aufdrängen.«

»Ein wundervoller Plan, Victor.« Omi lächelte und hakte sich bei ihm unter. »Und wenn doch die Gefahr droht, daß man uns zum Tanz auffordert, könnten wir zusammen auf die Tanzfläche gehen.«

Victor stimmte freudig zu, während er einen Weg zwischen den Tischen suchte. »Ah, wir reduzieren den Schaden für andere, indem wir miteinander tanzen. Ausgezeichnete Planung.«

Sie verließen den Bankettsaal und gingen auf demselbem Weg wie in der vorigen Nacht durch den Garten. Sie kamen an dem kleinen Wald aus Bonsaibäumen vorbei, den die Hounds von Luthien mitgebracht hatten. »Ich habe gehört, die Hounds haben für jeden Piloten, den sie auf Luthien verloren, einen Bonsai mitgebracht.«

Omi drückte seinen Arm. »Es stimmt. Wir haben Bonsaimeister, die für jeden Kell Hound, der in dieser Schlacht gekämpft hat, einen Baum aufgezogen haben.

Jedesmal, wenn einer von ihnen stirbt, wird sein Baum hierhergeschickt.«

»Es hat eine Zeit gegeben, damals, als Morgan und Patrick die Hounds gründeten, da hätten sie jeden ausgelacht, der behauptet hätte, sie würden eines Tages auf Luthien kämpfen, um das Kombinat zu verteidigen. Die Zeiten haben sich gründlich geändert, und dazu sehr schnell.«

Omi blieb stehen und küßte ihn. »Aber sie verändern sich auch sehr langsam, zu langsam.«

»Immerhin verändern sie sich.« Er nahm ihr Gesicht in beide Hände. »Noch können wir nicht zusammensein, aber das heißt nicht, daß es immer so sein wird.«

Omi lächelte und küßte seine Handflächen. »Ich weiß, und ich werde auf diesen Tag hinarbeiten. Es scheint nur ewig zu dauern, bis es soweit ist.«

Victor legte ihre Hand wieder auf seinen Arm. »Wenigstens können wir miteinander tanzen. Für manche christlichen Sekten in meinem Reich ist das schon ein Äquivalent für die Befriedigung weit größerer Gelüste.«

»Ich werde mit dir tanzen, Victor, aber nur unter einer Bedingung.«

»Und die lautet?«

Die Sterne am Himmel über ihnen tanzten in ihren dunklen Augen. »Das unser Tanz das Versprechen der Freuden wird, die wir teilen werden, wenn sich die Zeiten genug geändert haben.«

13

Arc-Royal
Vereinigtes Commonwealth

18. April 3055

Phelan drückte seine Mutter an sich. »Ich weiß, daß es nicht einmal eine Woche war, Mutter, aber wir müssen zurück.« Er hielt sie mit gestreckten Armen fest und strahlte sie an. »Du hast mir immer erzählt, daß die Wards, die zurückblieben, als General Kerensky die Sternenbundarmee aus der Inneren Sphäre führte, sich gefragt haben, ob Jal Ward eine Rolle gespielt hat. Er hat eine Rolle gespielt, eine große Rolle sogar, und er gab mir die Gelegenheit, das zu tun, was ich getan habe. Vielleicht kann ich jetzt auch eine wichtige Rolle spielen.«

Salome drückte ihren Sohn noch einmal. »Das wirst du, Phelan.«

Er wandte sich seinem Vater zu und schlang die Arme um ihn. »Bei den Nebelpardern und Novakatzen wird große Freude über deine Pensionierung herrschen, Vater.«

»Eine Menge wichtiger Leute in der Inneren Sphäre werden nachts wachliegen, weil ich dich nicht zum Hierbleiben überredet habe, Phelan.« Morgan trat zurück und betrachtete seinen Sohn. Dann schüttelte er den Kopf. »Ich muß schon sagen. Als ich gehört habe, daß du vom Nagelring geflogen bist, hätte ich mir nichts dergleichen träumen lassen.«

»Das hat wohl keiner.« Phelan schluckte. »Danke, daß du mich dann akzeptiert hast, und jetzt wieder.«

»Was auch kommt, Phelan, du und deine Schwester, ihr werdet immer unsere Kinder bleiben. Wir sind stolz auf euch.« Der alte Mann lachte. »Was auch kommt, wir stehen hinter dir. Wenn nötig, wirst du hier immer eine Heimat haben.«

Phelan sah seinen Vater prüfend an. »Schmerzt es dich, daß ich mich entschieden habe, bei den Clans zu bleiben?«

Morgan dachte einen Augenblick nach, dann nickte er langsam. »Weil wir dich vermissen, ja.«

»Aber es schmerzt dich nicht, daß ich nicht hier bin, um bei den Hounds zu dienen?«

»Das hatte ich mir einmal erhofft, aber du mußt deinen eigenen Weg gehen. Wenn du dich eines Tages entschließt, daß dein Platz bei den Hounds ist, werden Sie für dich dasein. Wenn nicht, bin ich froh für dich, solange du es bist.«

Phelan wollte sich bedanken, aber die Worte blieben ihm im Hals stecken. Er drückte seinen Vater noch einmal.

Dann blickte er sich unter den anderen in der Abflughalle um. Carew trug bereits seine Flugmontur und verabschiedete sich von Caitlin, während Chris, Ragnar und Evantha mit lautem Gelächter einen Witz teilten. Ranna und seine Mutter tuschelten auf eine Weise miteinander, die ihm viel zu verschwörerisch schien, um gelassen zu bleiben.

Dann trat Victor in den Raum und kam auf ihn zu. »Ich wollte deinen Abflug nicht verpassen, aber ich hatte einen Termin.« Victor führte es nicht weiter aus, aber Katrina hatte Phelan erklärt, wo ihr Bruder war, als sie sich von ihm verabschiedet hatte. »Es freut mich, daß wir eine Chance hatten, miteinander zu reden.«

»Mich auch, Victor. Unsere Völker sind verfeindet, aber das Vereinigte Commonwealth und der Wolfsclan haben mehr gemeinsame Ziele als Differenzen.« Phelan schmunzelte. »Ich habe bereits die Bestätigung erhalten, daß der ilKhan eine Solahma-Einheit auf die Banditengruppe angesetzt hat, die Pasig überfallen hat.«

»Solahma?« Victor schien verwirrt.

»Ich erkläre es dir. Solahma ist die Clanbezeichnung für Einheiten von Kriegern, die über die Altersgrenze für reguläre Einheiten hinaus sind oder sich auf irgendeine Weise entehrt haben. Meistens verbringen die Solahma ihre Zeit mit der Banditenjagd. Es sind BattleMecheinheiten — diese zumindest ist eine —, in denen ein alter Krieger auf einen ehrenhaften Tod und ein entehrter Krieger auf eine Chance hoffen kann, seine Ehre zurückzugewinnen.« Der Khan zuckte die Achseln. »Es ist eine Wolfsclan-Einheit. Sie werden die Aufgabe erledigen.«

»Warum jagen die Wölfe die Banditen? Ich dachte, du hättest gesagt, das sei ein Job für die Jadefalken, weil die Rote Korsarin aus ihrem Raumsektor heraus operiert.«

»Die Jadefalken sind ziemlich pedantisch und entschieden reaktionär. Sie halten an sehr alten Regeln fest, was eine der Haupterklärungen für ihre Machtlosigkeit ist. Sie halten sich an die Übereinkunft des ilKhans mit ComStar, aber sie gefällt ihnen ganz und gar nicht. Ihrer Meinung nach stammen die Banditen ursprünglich von irgendwo in der Wolfszone, also sind sie *unser* Problem. Sie zwingen den ilKhan, unseren Clan Treibstoff, Munition und Personal für die Jagd nach ihnen verschwenden zu lassen.«

Der Prinz grinste. »Ich kann seine Lage verstehen. Alles, was schiefgeht, soll gefälligst jemand anders aufräumen.«

»Genau.«

»Diese Einheit, ist sie gut?«

Phelan zögerte, als er sich an ihren Kommandeur erinnerte. »Sterncolonel Conal Ward hat das Kommando. Er ist fähig.«

»Er ist ein Ward.« Victor nickte zufrieden. »Das läßt hoffen.«

»Stimmt, Victor.« *Die Tatsache, daß Conal mich als den Verantwortlichen für seine Situation sieht, braucht hier wohl nicht erwähnt zu werden.* »Der ilKhan weiß von Conals tiefem Haß auf Banditen. Conal war versessen auf diesen Auftrag, so versessen, daß er sein Jägergeschwader weggeboten hat, um ihn zu bekommen. Er wird gute Arbeit leisten.«

Victor reichte Phelan die Hand. »Alles Gute, Vetter.«

»Gleichfalls.« Phelan schüttelte die Hand herzlich. »Wie lange bleibst du noch hier?«

»Eine Woche, dann fliege ich zurück zu den Untoten nach Port Moseby.«

Phelan grinste. Omi würde erst in vier Tagen abreisen. »Dann genieße deinen Aufenthalt.«

»Das werde ich.«

Phelan umarmte noch einmal seine Eltern und Caitlin, dann versammelte er sein Gefolge und machte sich auf den Weg zur Landungsfähre der K-1-Klasse, die ihn nach Arc-Royal gebracht hatte. Carew begab sich ins Cockpit, während die vier Passagiere in ihre Kabinen gingen und sich anschnallten. Die Luke schloß sich, und das Schiff hob ab.

Als es in den Himmel stieg, schaltete Ranna die Kabinenbeleuchtung ab. Phelan schob seine Hand in die ihre und beugte sich hinüber ans Fenster. Unter dem beschleunigenden Raumschiff zeichneten die winzigen Lichter Old Connaughts die Umrisse der schlafenden Stadt nach.

Er schauderte.

»Was hast du, Phelan?«

Er zwang sich, eine unbeschwerte Miene aufzusetzen. »Das letztemal, als ich Old Connaught so gesehen habe, machte ich mich auf den Weg, um in der Peripherie auf Piratenjagd zu gehen. Seitdem haben die Sterne eine Menge Wasserstoff verbrannt.«

Sie strich über sein schwarzes Haar. »Du wurdest ein Leibeigener, dann ein Krieger, hast deinen Blutnamen erlangt und bist zum Khan gewählt worden. Ja, es *hat* sich viel getan, aber ich glaube nicht, daß du dich sehr verändert hast.«

Phelan sank zurück auf seinen Platz. »Wie kannst du

so etwas sagen? Ich habe mich enorm verändert, seit ich Arc-Royal verließ.«

Ranna drückte seine Hand. »Du bist erwachsen geworden, aber das hat den Weg nicht geändert, den das Schicksal dir bestimmt hat. Wenn die Clans nie gekommen wären oder wir dich nie zum Leibeigenen gemacht hätten, wärst du trotzdem der geworden, der du heute bist. Du siehst ein Ziel, das du crreichen willst, und du läßt dich von nichts aufhalten. Du hast Ehrgeiz und Energie.« Sie legte ihre freie Hand auf die Sichtscheibe. »Als ich dort unten meine Zeit mit deinen Eltern, deiner Familie und deinen Freunden verbracht habe, sah ich sie durch deine Augen. Einige haben dich für aufsässig und streitsüchtig gehalten, aber die Verständigeren wußten, daß du weder Dummköpfe noch Beleidigungen ertragen willst. Das habe ich schon häufig selbst festgestellt. Nachdem ich die Umgebung erfahren habe, die dich geformt hat, kann ich besser verstehen, woher du die Gaben hast, die du mit dem Wolfsclan teilst.«

»Wäre ich in der Inneren Sphäre geblieben, wäre ich nun bestenfalls ein Hauptmann mit dem Befehl über eine Scoutlanze im Zweiten Regiment der Kell Hounds. Das würde ich nicht gerade als Ehrgeiz bezeichnen.«

»Du unterschätzt dich.« Ranna hob seine Hand an den Mund und küßte sie. »Ich habe das Glänzen in deinen Augen gesehen, als du Kai Allard-Liao zwangst, von seiner Karriere auf Solaris zu sprechen. Du hättest dort auftauchen können, und wenn das Manöver eine korrekte Darstellung eurer Fähigkeiten war, wären du und Kai Erzrivalen um den Titel des Champions.«

Phelan nickte nachdenklich. »Champion von Solaris, das wäre nicht schlecht.«

»Nein, aber ich denke, das wäre noch nicht alles gewesen.«

Er sah fragend zu ihr hinüber.

»Dein Vetter Victor hätte eine Verwendung für dich gefunden.«

»Niemals. Wir haben einander gehaßt.«

»Oh, ich denke schon, daß ihr zusammengefunden hättet.« Sie sah ihn verschlagen an. »Ohne Zweifel hätte euch Katrina irgendwie versöhnt. Als Erbe der Baronie von Arc-Royal wärst du ein wichtiger Faktor gewesen. Victor hätte das vielleicht nicht eingesehen, aber Katrina bestimmt. Sie hätte ihn überzeugt, daß sein Vetter, der hitzige junge Solaris-Champion ein erstklassiger Vertreter der Mark Donegal in den Generalstaaten wäre. Man hätte dich an eine Position manövriert, von der aus du deinen Ehrgeiz gegen Ryan Steiner hättest einsetzen können.«

Während sie noch sprach, füllte Phelan in Gedanken die Lücken ihrer Hypothese. *Ranna weiß nicht, daß meine Familie seit langem Teil Heimdalls ist, einer Geheimorganisation, die für die Stabilität der legalen Regierung arbeitet, und als loyale Opposition im Falle, daß die Regierung ihre Befugnisse überschreitet. Wenn man das Universum zurückdrehen könnte, so daß sich die Ereignisse anders entwickeln, könnte ihre Beschreibung tatsächlich der Wahrheit sehr nahe kommen.* »Aber dann, meine Liebste, wären wir uns nie begegnet.« Phelan küßte ihre Hand. »Trotz der Macht und des Ansehens, die du mir in deinem Szenario zusprichst, würde ich dich nicht dafür eintauschen.«

Ihrer Miene nach zu urteilen, hatte sie seine Reaktion erwartet. »Auch das weiß ich, Khan Phelan Patrick Kell Ward von den Wölfen. Als ich sah, wie sehr sich deine Eltern lieben, hat mich nicht mehr überrascht, was wir haben. In meinem Szenario wärst du wahrscheinlich mit einer von Kais Schwestern verheiratet worden, aber *meine* Existenz ist ihr schwerer Verlust.«

Er lachte. »Du hast dir in den sechs Tagen ein beachtliches Wissen über die Politik der Inneren Sphäre und die Gebräuche der Aristokratie angeeignet.«

»Aus Selbstverteidigung. Ich mag Katrina, glaube ich, aber sie ist sehr geschickt darin, Menschen auf subtile und höfliche, aber sehr eingehende Weise auszuhorchen.« Ranna schüttelte den Kopf. »Ich habe eine Reihe ihrer Fragen beantwortet und von ihr eine Reihe von Antworten auf meine Fragen erhalten, aber vor allem habe ich ihr geholfen, deine Schwester, Hauptmann Moran und die anderen dazu zu bringen, von sich zu erzählen. Ich zweifle keine Sekunde daran, daß sie weit mehr Informationen daraus gezogen hat als ich, aber ich weiß auch, daß ich ihr weniger gesagt habe, als sie wollte, und weit weniger, als sie glaubt.«

»Ja, Katrina ist etwas ganz Besonderes. Victor hat Glück, daß sie auf seiner Seite steht.« Phelan kniff die Augen zusammen. »Von all dem einmal abgesehen, was hältst du von meiner Heimat?«

»Es ist ein wunderbarer Ort, geradezu verzaubert.« Ihre Augen leuchteten. »Ich weiß, die Kell Hounds sind eine Militäreinheit, aber sie zeichnet noch so viel mehr aus als uns. Der Garten zum Beispiel ist ein Ort, an dem die Vergangenheit der Kell Hounds lebendig ist. Wie dein Vater gesagt hat: Zerstören ist viel einfacher als aufbauen. Jetzt weiß ich mehr denn je, warum die Innere Sphäre uns so starke Gegenwehr leisten konnte.«

»Gut, es freut mich, daß es dir gefällt.«

»Es gefällt mir wirklich.« Sie drehte sich zu ihm um und küßte ihn auf den Mund. »Liebling, du sollst wissen, daß du nicht allein reisen mußt, solltest du dich jemals entscheiden, zu den Kell Hounds zurückzukehren.«

Buch II

DIE SCHLIMMSTE ALLER ZEITEN

14

Tharkad
Vereinigtes Commonwealth

19. April 3055

Auf Tharkad trug der Attentäter den Namen Karl Kole. Er pfiff leise vor sich hin, während er durch den Luvonpark spazierte. Als er an der Eisbahn vorbeikam, von der das fröhliche Gelächter der Kinder herüberhallte und seine Melodie übertönte, zog er den Schal vors Gesicht, weniger um seine Identität zu verbergen als die Winterkälte abzuhalten.

Karl Kole hatte keinen Grund, sich zu verstecken. Er war nicht auffälliger als jeder x-beliebige Bürger, der nach Tharkad gekommen und beim Freya-Blumendienst Arbeit gefunden hatte. Wobei der eitle Karl sich häufig als Botaniker vorstellte — Florist klang ihm zu alltäglich. In Wahrheit war er nur ein kleiner Gehilfe, dessen Arbeitgeber ihn nur wegen seines starken Rükkens und der freundlichen Art im Umgang mit den Kunden behielt und keineswegs vorhatte, ihn jemals an die Blumengestecke zu lassen.

Unter seinen Stiefeln knirschte der Schnee. Die meisten Besucher des Parks hatten sich um die Eisbahn und den kleinen Imbißstand versammelt, aber die Spuren im Schnee zeugten auch von anderen Spaziergängern und Tieren, die das Gelände durchstreift hatten. Die meisten Besucher beschränkten sich auf das Netzwerk freigeräumter Fußwege, aber ein paar Unverzagte hatten sich durch die meterhohen Schneewehen gewagt. Ein Stück voraus lagen zwei Kinder im Schnee und wedelten mit Armen und Beinen, um Engelfiguren in den weichen Untergrund zu zeichnen.

Wäre er wirklich Karl Kole gewesen, hätte die Kälte ihn zurück zur Schwebebushaltestelle und nach Hause getrieben. Aber als Attentäter konnte er sich diese Empfindlichkeit nicht leisten. Er ließ seinen Blick müßig über den Park schweifen und kam zu dem Schluß, daß niemand von seinem leicht exzentrischen Verhalten Notiz nehmen würde. Auch wenn Karl in einer unbeheizten Lagerhalle arbeitete, konnte er die Schönheiten des Winters anerkennen.

Die morgendlichen Nachrichten auf seinem Computer hatten die erwartete Anzeige unter ›Verloren-Gefunden‹ enthalten und diesen Ausflug in den Park ausgelöst. »Entlaufen: Wolfshündin, hört auf den Namen Lita. Zwei Jahre alt. Belohnung.« Die Nachricht war nicht gerade phantasievoll gestaltet, aber sie enthielt die Schlüsselbegriffe, die ihm mitteilten, daß einer seiner toten Briefkästen weitere Informationen enthielt.

Sein Spaziergang brachte ihn zum kleinen Gärtnerhäuschen am Waldrand, der die Ostgrenze des Parkgeländes darstellte. Im Winter war es verriegelt, und nur eine einzelne Fußspur vom Fußweg hinab störte die unberührte weiße Schneedecke ringsum. Karl Kole wäre vorbeigegangen, ohne das Häuschen eines Blickes zu würdigen.

Der Attentäter verließ den Weg und schlenderte zur Rückseite des kleinen Backsteinbaus. Er ging in die Hokke und zog einen losen Stein aus dem Mörtel des Fundaments im Windschatten der Hausecke. Dahinter fand er einen Zettel. Er setzte den Stein vorsichtig wieder in die Öffnung.

Der Zettel war schmutzig und zerknüllt. Er wirkte wie ein Fetzen Papier, der schon vor langer Zeit weggeworfen worden war. Die obere linke Ecke war abgerissen und schien die Hälfte des Textes enthalten zu haben. Jetzt waren nur noch zwei Zeilen vorhanden:

36-4

A7-22-7-K1H

Er prägte sich die Botschaft ein, dann warf er den Zettel in einen Papierkorb.

©danforth 92

Trotz seiner Erregung setzte er den Spaziergang im selben gemächlichen Tempo fort. *In der Eile macht man Fehler,* erinnerte er sich. Und in diesem Fall konnte ein Fehler tödlich für ihn selbst sein, ein Ergebnis, das er auf jeden Fall vermeiden wollte.

Er näherte sich dem computerisierten Stadtplan. Zunächst ging er vorbei, dann hielt er an und drehte sich um, als sei ihm etwas eingefallen. Er blickte ein paar Sekunden in die Leere, dann wählte er Menüeintrag Nummer sechsunddreißig. Auf dem Schirm erschien eine Liste der Bus-, Bahn-, Flug- und Raumhäfen der Stadt. An vierter Stelle stand der Frederick-Steiner-Gedächtnisbahnhof.

Eine Stunde, nachdem er die Nachricht abgeholt hatte, traf der Attentäter mit dem Schwebebus am Frederick-Steiner-Bahnhof ein. Er durchquerte die große Eingangshalle und blieb nur einmal kurz stehen, um Karl Gelegenheit zu geben, die hohe Kuppeldecke und die Statuen an den Wänden zu bewundern. Dann scherte er aus der Menge aus, die sich auf die Bahnsteige zu bewegte, und wanderte durch einen schmalen Seitengang zu den Schließfächern.

Er fand Schließfach A7 und tippte die Kombination 22-7-K1H ein. Die LED-Anzeige über der Tastatur meldete Nachgebühren von einer Krone fünfundvierzig. Er holte seine Geldbörse aus der Tasche und fütterte den Geldschlitz. Einmal Melissa, einmal Victor, zweimal Sieg auf Twycross. Auf der Anzeige blinkte in roten Buchstaben das Wort ›OFFEN‹. Er zog die Tür auf.

Wie erwartet fand er im Innern einen flachen Umschlag mit einer Diskette. Soviel konnte er ertasten. Er steckte ihn in die Innentasche seiner Jacke und ging zurück hinaus in die Kälte.

Er konnte sich ein Taxi leisten — mit der Bezahlung für diesen Auftrag konnte er sämtliche Taxis auf Tharkad kaufen —, aber er wartete auf den Schwebebus. Es war schon dunkel, als er in der Nähe seiner Wohnung ausstieg und in einem Geschäft an der Ecke ein Pfund Kaffee und ein Tiefkühlmenü kaufte. Wie immer unterhielt sich Karl eine Weile mit dem Besitzer über die Geschicke des städtischen Curlingteams, dann schloß er eine Wette über fünf Kronen mit dem Mann ab und ging nach Hause.

In seiner Wohnung legte er das Tiefkühlmenü in die Mikrowelle und setzte Kaffeewasser auf. Erst dann setzte er sich mit dem Umschlag an den Schreibtisch, schlitzte ihn mit dem Daumennagel auf und schob die Diskette in seinen Computer. Er schaltete das Gerät ein. Das Laufwerk begann zu surren.

Auf dem Bildschirm erschien eine Dialogbox, in der nur ein Fragezeichen und ein blinkender Cursor zu sehen waren. Er gab den Namen des Hundes ein, für dessen Wiederbeschaffung eine Belohnung ausgesetzt worden war, und überprüfte noch einmal die korrekte Schreibweise, bevor er die Returntaste drückte. Ein Fehler hätte zur sofortigen Neuformatierung der Diskette geführt, und alle darauf enthaltenen Daten wären unwiederbringlich verloren gewesen. Für einen Fehler dieser Art gab es keine Entschuldigung und keine zweite Chance.

Die Maschine akzeptierte seine Eingabe. Er kehrte in die Küche zurück. Während er sein Abendessen zubereitete, aktivierte das Programm der Diskette ein versteckt auf der Festplatte des Computers abgespeichertes Programm, das daraufhin ins öffentliche Netz eintauchte und die verlangten Publikationen einlud.

Die Hälfte davon wurde sofort wieder verworfen. Seiten und Absätze des Rests wurden nach bestimmten Wörtern abgesucht. Anschließend wurden auch sie wieder gelöscht. Ein anderer Teil des versteckten Programms übernahm die ausgewählten Wörter und gruppierte sie um. Anschließend brachte er die so entstandene Botschaft auf den Monitor und meldete sich mit einem Glockenton.

Der Attentäter kehrte zum Computer zurück und las die Botschaft. Da das erste Wort fünf Buchstaben hatte, übersprang er vier Wörter und las nur das fünfte darauffolgende. Dieses hatte sieben Buchstaben, und er suchte nach dem siebten darauffolgenden Wort. Über dem vierten Buchstaben dieses Wortes stand ein Zirkumflex, und er ging zurück zur vorhergehenden Zeile und zählte von deren Ende vier Wörter zurück.

Langsam konstruierte er die tatsächliche Mitteilung. Als er sie gelesen hatte, drückte er eine Taste. Der Computer formatierte die Diskette und löschte den Bildschirm. Der Attentäter zog die Diskette aus dem Gerät, zerbrach sie und warf sie in den Müllschlucker.

In Gedanken rekapitulierte er die Botschaft. Noch zwei Monate bis zum Einsatz. Die Einzelheiten des Attentats blieben ihm überlassen, und unbeteiligte Opfer wurden in Kauf genommen. Er grinste. Die Methode, für die er sich entschieden hatte, war perfekt, besonders in der Menschenmenge, in der er sein Opfer töten mußte.

Die Mikrowelle klingelte, und Karl Kole lächelte. Der Attentäter tat es ihm gleich.

In zwei Monaten würden Karl Kole und Melissa Steiner sterben.

15

Zhongshan
Vereinigtes Commonwealth

13. Mai 3055

Nelson Geist sah hoch, als die Rote Korsarin den Raum betrat, den man ihm auf der zeitweiligen Piratenbasis auf Zhongshan zugeteilt hatte. Sie trug einen olivgrünen Overall, ähnlich dem, der über dem Fußende des Bettes hing. Selbst im Halbdunkel konnte er den roten Fleck sehen, der sich an ihrer linken Schulter ausbreitete. Der Geruch eines Kühlwestenlecks drang an seine Nase.

Ihre Augen funkelten vor Wut. »Wie kannst du es wagen!«

»Was wagen?« Er warf die Decke zurück und stand, nackt wie er war, auf.

»Du hast verbreitet, ich hätte die Umleitung von Nahrungsmitteln zu einem ComStar-Versteck südlich von hier befohlen!«

»Stimmt.« In seinen Gedanken sah er seine Enkel. »Die erbeuteten Nahrungsmittel dienen zur Versorgung von uns Sklaven. Das ComStar-Zentrum wurde in ein Waisenhaus umgewandelt. Ich habe die Nahrungsmittel dorthin geschickt, weil wir mehr befreit haben, als wir gebrauchen können, und Sie hätten den Rest vernichten lassen.«

Der Schlag kam ohne Vorwarnung. Mit einem schallenden Rückhandhieb warf die Rote Korsarin ihn aufs Bett zurück. Sie sprang vor, setzte sich auf seine Brust und hielt seine Arme mit den Knien fest. »Ich gebe hier die Befehle. Du bist weniger als nichts. Wenn du in meinem Namen Befehle gibst, werden sie befolgt. Wenn du in meinem Namen falsche Befehle gibst, wirst du bestraft.«

Nelson schmeckte süßsalziges Blut. Seine Oberlippe war geplatzt. »Ich verstehe. Dann bestrafen Sie mich, wenn Sie wollen. Kämpfen Sie mit mir, nicht mit Kindern.«

»Ich kämpfe nicht mit Kindern«, spie sie verächtlich aus. »Wir haben alle Krieger auf Zhongshan getötet, die den Namen verdient hatten. Ich hätte dich auch getötet, hättest du dich wie ein Krieger entschieden.« Sie schlug ihn noch einmal. »Du bist eine wertlose Freigeburt. Ich habe das Waisenhaus einäschern lassen.«

Die Wut gab ihm neue Kraft. Seine Bauchmuskeln verknoteten sich, und er bäumte sich auf. Die Korsarin beugte sich vor, um ihn mit ihrem Körpergewicht unten zu halten, aber statt dessen kam sein rechter Arm frei. Er schlug blindlings nach ihrem Kopf. Der Schlag ging vorbei und sein Stahlarmband wurde in ihre Schulterwunde getrieben.

Mit Blut vermischtes Kühlmittel schoß aus der Wunde. Die Korsarin rutschte von seiner Brust und stürzte zu Boden. Sie schlug schwer auf und blieb liegen, die Knie an den Körper gezogen, den Kopf nach rechts geneigt.

Nelson setzte sich auf. Dann ließ er sich neben ihr auf die Knie sinken. Er schaltete mit blutverschmierten Fingern die Nachttischlampe an, dann riß er ihren Overall auf und sah das Loch in der Kühlweste. Ein Schrapnellsplitter hatte mindestens drei Kühlmittelschläuche zerrissen. Die fluoreszierende grüngelbe Flüssigkeit strömte aus und vermischte sich mit dem Blut der Verletzung. Das Ergebnis erinnerte ihn an eine zerquetschte Raupe.

»Blöde Kriegerin.« Nelson zog den Overall bis an ihre Taille hinunter und band die Ärmel wie einen Gürtel zusammen. Er löste die Kühlweste und warf sie zur Seite. Dann riß er ein Stück Stoff aus seinem Laken und tupfte damit die Wunde ab. Sie wirkte ziemlich sauber, aber Nelson wußte es besser. Im Cockpit mochte das

Kühlmittel einen Krieger am Leben halten, aber in der Blutbahn war es gefährlich wie Schlangengift.

Er riß noch ein Stück Stoff ab und drückte es in die Wunde. Die Korsarin stöhnte vor Schmerz auf, und er war versucht, noch einmal nachzudrücken, aber dann ließ er es sein. *Ich bin ein Krieger, auch wenn sie mich nicht dafür hält. Folter paßt nicht zu mir.*

Nelson hob die Korsarin vom Boden und legte sie vorsichtig aufs Bett. Hastig zog er Overall und Sprungstiefel an, dann schlug er sie in seine Decke und hob sie hoch. Er trug sie zum Lift und fuhr zwei Stockwerke hinab zum Erdgeschoß der Milizbasis von Zhongshang. Nach rechts und um die Ecke lag die ebenfalls von den Banditen in Beschlag genommene Krankenstation.

Ein Banditenarzt sah auf. »Was gibt es denn jetzt?«

»Die Rote Korsarin. Sie hat eine Schrapnellwunde an der Schulter.« Nelson trat die Tür zum Behandlungszimmer auf und legte sie auf einen mit Papier abgedeckten Untersuchungstisch. »Kühlmittel ist in die Wunde gekommen. Sie müssen sie auswaschen und mit Cheliermitteln gegen die Kühlflüssigkeit vorgehen.«

Der Arzt war Nelson in den Raum gefolgt. Jetzt griff er nach dem Interkom. »Ich muß Bryan informieren, daß er den Befehl übernehmen muß.«

Nelson zog den Mann von der Wand zum Behandlungstisch. »Ich werde Bryan die Nachricht überbringen. Kümmern Sie sich um sie.«

Nelson war nicht überrascht, als ihn zwei Bewaffnete zur Krankenstation des Landungsschiffs brachten. Wäre die Rote Korsarin selbst gekommen, hätte sie ihn auf der Stelle erschossen, dessen war er sich sicher. Aber diese Aufgabe würde sie nie jemand anderem überlassen; diese beiden waren möglicherweise nur zur späteren Beseitigung seines Leichnams da. Als sie kamen, bedeutete er Spider mit einer Geste, nicht auf ihn zu warten, und folgte ihnen ohne Kommentar.

Die Männer blieben an der Tür zur Privatkabine der Roten Korsarin stehen. Sie sah hoch und nickte Nelson zu. Er trat ein, und die Luke schloß sich hinter ihm.

Die Rote Korsarin wirkte verhärmt. Die Cheliermittel hatten ihrer Haut einen Grauton gegeben. Nelson wußte aus praktischer Erfahrung, daß diese Mittel beim Patienten Übelkeit verursachten, und in diesem Zustand den Start eines Raumschiffs mitzumachen, war eine Tortur. Ein Alarmstart war selbst für gesunde Passagiere kein Zuckerschlecken.

Ihre Augen waren klar, aber ihr Blick war unstet. »Ich nehme nicht an, daß du Dankbarkeit erwartest.«

»Was ich erwarte, tut nichts zur Sache.« Nelson hielt sich aufrecht und hatte die Hände auf dem Rücken verschränkt. »Die Begegnung mit Ihrer Sterblichkeit hat Sie nicht verändert.«

»Ein Krieger hätte mich sterben lassen.« Sie blickte auf den Planeten, der auf der Sichtscheibe immer kleiner wurde. »Du hättest längst fort sein können, und wir hätten dich nie gefunden.«

»Ich habe nicht geahnt, daß eine Einheit des Wolfsclans Jagd auf Sie machte und bereits am Nadirsprungpunkt war.« Nelson versuchte gleichmütig zu klingen. »Wäre ich geflohen, hätte ich damit rechnen müssen, daß Ihre Leute auf Zhongshan mich gejagt hätten.«

»Wärst du geflohen, wenn du gewußt hättest, daß wir so schnell abfliegen?«

»Das ist eine hypothetische Frage. Was hat es für einen Sinn, sich darüber jetzt den Kopf zu zerbrechen? Was geschehen ist, ist geschehen.«

Sie schlug mit der Faust aufs Bett. »Nein! So einfach ist die Sache nicht abgehandelt.« Ihre Augen loderten vor Wut und fixierten ihn ständig. »Es ist keine hypothetische Frage, Nelson, und ich kenne die Antwort. Die Antwort ist nein. Du hättest mich niemals dort liegen lassen.«

Hat sie recht? Er schüttelte den Kopf, mindestens

ebensosehr in Antwort auf seine gedankliche Frage wie als Widerspruch zu ihrer Behauptung. »Niemals ist zu absolut. Ich hätte Sie liegen lassen können.«

»Nein.« Sie war unerschütterlich. »Das ist eure Schwäche in der Inneren Sphäre. Ihr hängt der perversen Ansicht nach, daß Gnade dem Feind gegenüber zu moralischer Überlegenheit verhilft. Wenn ihr nicht durch Waffengewalt gewinnen könnt, beansprucht ihr einen moralischen Sieg, indem ihr für die, die euch unterdrücken, etwas Gutes, Schönes, Ehrliches tut. Und für die Wildheit eines Angriffs könnt ihr büßen, indem ihr seinen Überlebenden gegenüber Gnade zeigt.«

Die Anstrengung der Rede raubte ihr den Atem, aber Nelson Geist sagte nichts, um die Stille zu überbrücken. Sie hatte recht. Mitgefühl für die Besiegten und Schwachen wurde als traditioneller Wert hochgehalten. Selbst die militaristische Gesellschaft des Draconis-Kombinats verlangte von einem weisen Mann, daß er Ninjo und Giri, Mitgefühl und Pflicht, im Gleichgewicht halten konnte. Das Vereinigte Commonwealth hielt an den Tugenden des mittelalterlichen Rittertums, wie es von König Artus, Friedrich dem Großen und anderen Helden grauer Vorzeit verkörpert wurde, fest.

Während die Militärtraditionen der Inneren Sphäre versuchten, beide Konzepte gegeneinander auszubalancieren, hatten die Clans in ihrem Streben, den perfekten Soldaten zu erschaffen, das Mitgefühl abgeschafft. Nelson gab zu, daß ein Krieger, der schnell und ohne Reue töten konnte, schlußendlich überlegen war. Allerdings machte ihn das auch zu einer nihilistischen Kampfmaschine, die tötete, bis sie aufgehalten wurde oder es nichts mehr zu töten gab.

Es war diese Geradlinigkeit, die ihn an der Roten Korsarin anzog und gleichzeitig abstieß. Vielleicht hatte sie ihm durch ihr Ablegen jeden Mitgefühls gezeigt, was aus ihm ohne seine Verletzung hätte werden können, wäre er nie gezwungen gewesen zurückzustecken.

Sie verkörperte den Gipfel dessen, war er sich einmal zu werden erhofft hatte, wenn er von Kriegsruhm träumte. Er hatte gedacht, über diese Träume hinausgewachsen zu sein, mit seinem Verständnis des Wertes von Mitgefühl erwachsener geworden zu sein, aber irgend etwas in seinem Innern — der Jäger, das *Raubtier* — hungerte nach Freiheit.

Nach einer Freiheit, vor der Nelson Angst hatte. Er haßte den Mangel an Kontrolle und hatte Angst, zu versagen und zu sterben. Er hatte auch Angst davor, was er im Blutrausch anrichten könnte. Der Krieg war schon bei gezügelter Barbarei brutal genug. Weil er das Raubtier in sich fürchtete, stieß es ihn ab, seine unterdrückten Wünsche in den Augen der Roten Korsarin widergespiegelt zu sehen.

Ihre Stimme wurde zu einem rauhen Krächzen. »Bryan hat mir mitgeteilt, daß er meinen Befehl, das Waisenhaus zu vernichten, erfolgreich widerrufen hat. Er hat dich für die Gewissenhaftigkeit gelobt, mit der du meinen letzten Befehl an ihn weitergegeben hast.«

Nelson konnte ein Grinsen gerade noch unterdrükken.

Die Rote Korsarin stemmte sich hoch. »Ich habe ihm nicht gesagt, daß du ihn hinters Licht geführt hast. Hätte ich es getan, würde er deinen Tod im Kreis der Gleichen verlangen. Das werde ich nicht zulassen.«

»Angst, Bryan könnte sterben?«

Sie lachte heiser. »Dein Erfolg läßt dich übermütig werden, Nelson. Nein. Bryan würde dir das Herz aus dem Leib reißen und das Blut in deine brechenden Augen tropfen lassen.« Sie schloß die Augen und genoß die Vorstellung. »Aber du hast mir etwas gegeben, das ich gegen Bryan einsetzen kann, und wenn ich ihn ablenken muß, kann ich dich ihm immer noch vorwerfen.«

»Das erklärt, warum er keine Gelegenheit bekommt, gegen mich anzutreten.« Nelson behielt sie im Auge.

»Warum bekomme ich keine Gelegenheit, gegen ihn anzutreten?«

»Weil du sterben möchtest, um mir zu entkommen, frapos?« Sie stockte und schnappte nach Luft. »Du hast mich gerettet, damit ich in deiner Schuld stehe, dann hast du dich mir widersetzt, damit ich dich vernichte. Ich durchschaue dich, Nelson.«

»Sie unterstellen mir Motive, die Sie gerne bei sich selbst sähen.« Nelson schüttelte den Kopf. »Ich habe Sie aus demselben Grund gerettet, aus dem ich Ihren Befehl widerrufen habe. Wenn ein Krieger ein Leben nimmt, dann nur um den Tod einer größeren Zahl von Menschen zu verhindern. Sie leben vielleicht für den Krieg, aber ich lebe, um ihn unnötig zu machen.«

»Wolltest du mir eine Lehre erteilen, indem du mich gerettet hast?«

»Nein, ich habe überhaupt nicht nachgedacht. Sie waren verwundet und hätten sterben können. Ich habe gehandelt, um zu verhindern, daß der Tod einen weiteren Triumph verbucht.«

Ihr Lächeln wurde höchst beunruhigend. »In Zukunft wirst du solche Impulse wohl besser unterdrücken können.«

Sie versuchte, ihre Worte kalt klingen zu lassen, aber Nelson hörte ein Zögern heraus, das er sich nicht durch ihre Erschöpfung erklären konnte. Er sah hoch und erkannte, daß sie ihn beobachtete. Augenblicklich wußte er, was sie dachte, und er hatte eine Ahnung von einer Zukunft, die ihm ganz und gar nicht behagte. *Sie ist ebenso fasziniert von meiner Fähigkeit zum Mitgefühl wie ich von ihrer absoluten Skrupellosigkeit. Wir sind Materie und Antimaterie, die auf einem Spiralkurs in eine Schwerkraftsenke stürzen. Die Ereignisse werden immer schneller aufeinander folgen, bis wir zum Schluß zusammenstoßen und uns gegenseitig auslöschen.*

»Sie sind mir nichts schuldig.« Nelsons Blick wurde kalt. »Sie werden mir nie etwas schulden.«

»Du gehörst mir, seit dem ersten Augenblick, in dem wir uns sahen.« Ihr Blick schweifte ins Leere. »Wir sind Spiegelbilder im Geiste, Nelson Geist. Wir werden gemeinsam unser Schicksal ausleben und unserem Ende entgegengehen.«

16

Landungsschiff Barbarossa
Zenitladestation Garrison
Vereinigtes Commonwealth

17. Mai 3055

Auf dem Schirm näherte sich der Clan-*Masakari* seinem *Prometheus.* Victor schnitt eine Grimasse — er redete sich ein, daß das immer noch besser war als zusammenzuzucken —, als das Bild schwankte und sein Mech fiel. *Ranna hat noch nicht einmal einen Blutnamen. Der Wolfsclan ist die Hölle.*

Galen blieb in der Luke stehen und klopfte gegen die Schottwand. »Das sollten Sie sich ansehen, Sir.« Er hielt eine Holodisk hoch, auf deren verspiegelter Oberfläche ein Regenbogen aus Lichtreflexen spielte. »ComStar hat ein Holo aus Zhongshan bekommen. Außerdem werden Sie blind, wenn Sie sich die Gefechts-ROMs noch länger ansehen.«

»Würde auch nichts helfen. In meinen Träumen sehe ich immer noch, wie Ranna hinter mir ist.« Victor drückte den Auswurfknopf, und die Holodisk mit den Gefechts-ROMs von Arc-Royal sprang heraus. Er schob sie zurück in die Schutzhülle, während Galen die andere in den Betrachter schob.

»*Ich* hätte nichts dagegen, wenn Ranna in meinen Träumen hinter mir her wäre, aber wahrscheinlich definieren wir das unterschiedlich, Lieutenant-General.« Galen drückte den Abspielknopf. »ComStar auf Garrison hat uns das überspielt, weil sie dachten, es wird Sie interessieren. Das meiste haben ihre eigenen Leute geschossen, aber es ist unbearbeitet und recht grob.«

Die graue Statik auf dem Schirm wurde von einer düsteren Szenerie verdrängt, die nur von Feuerschein aus einer entfernten Stadt erhellt wurde. Flammen loderten aus Hausfenstern, und Leuchtspurmunition zeichnete weiße Lichtbahnen, die aus der Stadt in die umliegenden Hügel führten. Die meisten Geschosse verblaßten unterwegs, aber ein paar trafen irgend etwas und prallten in den Nachthimmel ab.

Das Gegenfeuer war furchtbar. PPK- und Laserstrahlen beantworteten das leichte Autokanonenfeuer. Die Bahnen zuckten ziellos durch die Stadt und lösten Detonationen aus, in deren Licht man ganze Häuser zerschmelzen sah. Riesige Feuerkugeln stiegen in die Nacht und setzten noch mehr Wohn- und Geschäftshäuser in Brand.

Victor drehte sich zu Galen um. »Sie scheinen nicht sonderlich bedacht, den Schaden für Unbeteiligte gering zu halten.«

»Allerdings nicht, Sir. Anscheinend haben sie im Feld eine Milizeinheit zerschlagen und sind dann eiligst gegen die Stadt Nyrere vorgerückt. Das Bombardement wurde durch vereinzelten Widerstand ausgelöst.«

Die Szene veränderte sich. Es war Morgen. Dichter, grauer Nebel hing über der Stadt. Man sah von den Hügeln auf die Straßen hinab, in denen in der Nacht zuvor gekämpft worden war. Qualmende, rußgeschwärzte Häuserruinen ragten wie verwitterte Grabsteine aus dem schmutziggrauen Nebel. Von den scheinbar zufälligen Bewegungen fünf patrouillierender BattleMechs abgesehen, schien die ganze Stadt ausgestorben.

Ein erneuter Szenenwechsel, und die Kamera schien mitten in der Stadt zu sein. Anhand der Schatten und dem Stand der Sonne, die durch den Nebel als großer weißer Ball erschien, konnte Victor erkennen, daß seit der vorherigen Aufnahme einige Zeit verstrichen sein mußte. Jetzt bewegte sich die Kamera durch die Ruinen und zeigte Bilder, die den schon vorher aufgekommenen Eindruck eines Friedhofs bestätigten.

Victor konnte kaum glauben, daß eine so kleine Stadt so viele Trümmer lieferte. Zerrissene, aufgedunsene

Leichen bedeckten die Straßen. Wasser schoß aus zertrümmerten Hydranten, und um Leichen, die eine Abflußgelegenheit blockierten, hatten sich riesige Tümpel gebildet. Hunde rannten rudelweise durch die Straßen, und verängstigte Menschen saßen benommen auf Schwellen, hinter denen keine Häuser mehr standen. Andere gruben in den Trümmern und riefen die Namen von Menschen, die sie wohl darunter begraben vermuteten. Eine weitere zerstörte Stadt kam ins Bild, und Victor drehte sich noch einmal zu Galen um. »Anscheinend haben die Banditen auf Zhonshang genauso gehaust wie auf Pasig und Kookens Freudental.«

»Ja, aber nicht ganz so schlimm. Sie sind überhastet abgeflogen und haben nur Lebensmittel und andere Grundvorräte mitgenommen. In der Wasseraufbereitungsanlage lagen Ersatzteile für ein halbes Jahr. Das Zeug ist Millionen wert, aber sie haben es nicht angerührt. Sie haben sich nicht einmal die Zeit genommen, das Weltkunstarchiv zu plündern.«

Der Prinz zuckte die Achseln. »Hätte das was ausgemacht? Das Zeug, das sie vom Freudental und von Pasig mitgenommen haben, war Müll. Pasig hat gemeldet, daß die Banditen eine Ausstellung geplündert haben, deren Exponate deutlich als Fälschungen gekennzeichnet waren.«

»Ich bin kein Kunstkritiker, Sir.«

Victor lachte. »Und warum meinst du, sind sie so überhastet aufgebrochen?«

»ComStar meldete am 13. die Ankunft der 31. Wolf-Solahma im System. Das war drei Tage nach dem Angriff und einen Tag nach den ersten Aufnahmen. Die Clantruppen funkten die Banditen direkt an. ComStar hörte mit. Es handelte sich um eine direkte Herausforderung, aber die Banditen haben auf ein Gefecht verzichtet.«

Der Prinz wirkte erstaunt. »Das ist ein gutes Zeichen.«

»Ja und nein.« Galen deutete auf den Schirm. »Möglicherweise ist das der Grund. Die Rote Korsarin scheint verletzt worden zu sein.«

Das Holo zeigte, wie eine Frau mit langem rotem Haar auf einer Bahre ins Landungsschiff getragen wurde. Ein Mitglied der Korsaren trug die Bahre am Fußende, aber das andere Ende trug ein Mann in olivgrünem Overall. Er hob die Bahre ins Landungsschiff, und Galen hielt das Bild an, als er sich wegdrehte.

»Dieser Kerl ist ein Rätsel.« Er klopfte auf den Schirm und lenkte Victors Aufmerksamkeit auf das rechte Handgelenk des Fremden. »Er trägt ein Stahlarmband. ComStar nimmt an, daß es sich um das Banditenäquivalent der Leibeigenenkordel handelt. Das bestätigt die Vermutung, daß ein großer Teil von ihnen Clanrenegaten sind.«

»Na gut, sie nehmen Leibeigene oder Sklaven. Was ist daran so rätselhaft?«

»Nun, ComStar hat diesen Mann als den Verantwortlichen für die Umleitung einer Lebensmittellieferung zu einem der Waisenauffangzentren des Ordens identifiziert. Ein Leibeigener gibt keine Befehle, und befolgt würden sie schon gar nicht, wenn er nicht für jemand Bedeutenden arbeitet. Nachdem die Rote Korsarin an Bord des Landungsschiffs war, hat dieser Kerl den örtlichen ComStar-Repräsentanten aufgefordert, das Auffangzentrum so schnell wie möglich zu verlegen, weil Befehl gegeben worden sei, es zu zerstören. Er sagte, er hätte ihnen etwas Zeit verschafft, aber er könne nicht garantieren, daß der Befehl nicht doch noch ausgeführt würde.«

»Wurde er?«

»Nein.«

Victor starrte auf den Bildschirm. »Können wir ihn identifizieren?«

Galen nickte. »Ich habe die Vermißtenbilder von Kooken und Pasig durchgesehen. Es scheint sich um Nelson

Geist zu handeln. Erlitt vor etwa vier Jahren auf Wotan eine schwere Verletzung. Kurierte sich auf Kookens Freudental aus und trat in die dortige Miliz ein. Seit dem Banditenangriff auf Kooken wird er vermißt.«

»Geist.« Victor senkte den Kopf. »Ist er irgendwie verwandt mit Jon Geist? Starb auf Teniente.«

»Ja, Sir. Jon war Nelsons Sohn.«

Der Prinz schüttelte den Kopf. »Aber es ist doch undenkbar, daß ein Mann wie Nelson Geist mit den Banditen zusammenarbeiten würde, oder? Die Clans haben ihn verstümmelt. Sie haben seinen Sohn getötet. Und diese Banditen haben sein Zuhause verwüstet.«

Galen wirkte unbehaglich. »Angesichts der großen Zahl von Clannern, die wir bei den Banditen vermuten, würde ich Ihnen zustimmen. Aber andererseits ...«

»Was?«

»Nun, Sir, ich hätte bestimmt zuletzt vermutet, daß jemand wie Prinz Ragnar zum Feind überlaufen würde, und noch viel weniger Phelan Kell.«

Victor fühlte ein Bohren in seinen Eingeweiden. »Ich sehe, worauf du hinauswillst. Dieser Geist hat durch die Clans viel verloren. Vielleicht hat es ihn zerbrochen.«

»Und wenn es das nicht war, gibt es noch andere Wege, dasselbe zu erreichen.« Galen ließ das Holovid weiterlaufen. »Möglicherweise hat er die Schuld für seine Verletzung und den Verlust seines Sohnes irgendwie bei Ihnen und dem Vereinigten Commonwealth gesucht. Viele Flüchtlinge aus dem Tamarpakt haben sich auf Kookens Freudental angesiedelt, darunter sicher eine Menge Leute, die diese Sicht der Dinge teilten.«

»So unangenehm es ist, aber deine Analyse ergibt einen Sinn.« Victor beobachtete Geist, wie er wieder in das Gebäude ging, aus dem die Rote Korsarin gekommen war. »Aber ich weiß nicht, ob ich glauben soll, daß er mit ihnen zusammenarbeitet. Seine Aktion ComStar gegenüber zeigt, daß er den Opfern ein gewisses Mitgefühl entgegenbringt.«

»Nicht ein Mann der Untoten würde gegen Kinder kämpfen, Hoheit.«

»Stimmt. Na gut, im schlimmsten Fall haben wir einen Mann aus der Inneren Sphäre mit Militärerfahrung in unmittelbarer Nähe der Roten Korsarin.«

»Richtig.« Galen nickte ernst. »Und im günstigsten Fall haben wir einen erfahrenen Krieger, der beobachtet, wie die Rote Korsarin vorgeht.«

»Nein, im günstigsten Fall reißt ihm der Geduldsfaden, und er tötet sie.« Victor rieb sich das Kinn. »Die Wolfsclanner haben die Banditen nicht einmal beim Abflug mit Luft/Raumjägern angegriffen?«

»Sie konnten nicht. Die Wölfe tauchten am Nadirsprungpunkt auf, weil dort eine Ladestation ist. Die Banditen waren an einem Piratenpunkt über der Ekliptik aufgetaucht, der von der Position der Wölfe noch einen Tag weiter entfernt lag als der Planet. Bestenfalls hätten sie ihnen hinterherjagen können, aber dazu hätten sie Landungsschiffe mit 3 g losschicken müssen, und es hätte zwei Wochen gedauert, sie wieder zurückzuholen. Die Tatsache, daß die Solahma ihre Jäger weggeboten hat, war in dieser Situation ein schwerer Nachteil.«

Victor studierte eine Kampfsequenz, die aus der Vogelperspektive über dem Schlachtfeld aufgezeichnet worden war. Die Banditen kontrollierten die Schlacht ganz eindeutig und schlugen die Miliz mit Leichtigkeit zurück. Aber sie begingen trotzdem mehrere taktische Fehler. *Ihr seid gut, aber nicht unschlagbar.*

»Galen, du hast die Informationen bearbeitet, die wir von Kookens Freudental, Pasig und jetzt Zhongshan erhalten haben. Was meinst du? Könnten die Untoten diese Banditen schaffen?«

Galen setzte sich und versank tief in den Polstern des Sessels. »Schwer zu sagen. Die Banditen verlassen sich ganz auf Strahlwaffen. Dadurch haben sie eine hohe Ausdauer. Natürlich ist ein langer Feldzug das letzte, was sie in dieser Entfernung von ihrer Heimatbasis riskieren können. Mit der Zeit würden wir sie einfach durch unsere Übermacht erdrücken. Aber sie sind weniger an Nachschub gebunden als wir.«

»Benutzen sie OmniMechs?«

»Nicht soweit ich es sehen kann. Sie scheinen nur umgebaute Modelle der Inneren Sphäre einzusetzen. Aber sie besitzen Clan-Technologie. Die Kell Hounds haben aus dem Bergungsgut von Luthien ähnliche Maschinen gebaut. Das verleiht ihnen eine größere Schlagkraft *und* ein trügerisch schwaches Erscheinungsbild. Trotzdem, in der Hinsicht sind wir ihnen in etwa ebenbürtig.«

Victor runzelte die Stirn. »Wie immer sind sie im Vorteil, weil wir nicht wissen, wo sie zuschlagen werden. Die Lithium-Fusionsbatterien unserer Sprungschiffe liefern eine größere Reichweite, so daß wir aus großer Entfernung ins angegriffene System springen könnten. Aber wenn wir bei ihrer Ankunft eintreffen, können sie möglicherweise gleich wieder abspringen.«

»Und wenn wir warten, bis sie den Angriff eingeleitet haben, sind wir in genau derselben Situation wie die Wölfe.

»Stimmt.« Victor schlug sich mit der Faust auf den Oberschenkel. Er zuckte vor Schmerz zusammen und starrte die Hand an. »Irgendwann lerne ich es noch.«

»Bestimmt, Lieutenant-General.«

Er ignorierte Galens Sarkasmus. »Eine einzelne Einheit hat keine Chance, diese Banditen zu fangen. Wenn wir die Untoten in dieses Gebiet verlegen, könnten wir unsere Aktionen mit den Wölfen koordinieren und sie fangen.«

Galen schüttelte den Kopf. »Ich halte das für verfrüht. Die Wölfe *haben* die Banditen entdeckt und von Zhongshan vertrieben. Zwei Tage eher und ein Quentchen mehr Glück bei der Navigation, und sie hätten sie erwischen können.«

»Du meinst also, ich sollte die Untoten nicht einsetzen?«

»Darum geht es nicht, Victor. Natürlich sollten wir den Wölfen Hilfestellung leisten, aber wir haben nicht nur rein militärische Überlegungen anzustellen. Hat Phelan nicht darauf hingewiesen, daß die Jadefalken nur auf das Scheitern des ilKhans bei diesem Unternehmen warten? Wenn eine unserer Einheiten die Banditen vernichtet, weisen wir seine Hilfe zurück. Wenn wir sie, Gott steh uns bei, ins Jadefalkengebiet verfolgen müßten, könnte das die Clans wieder gegen uns vereinen. Der ilKhan wäre gezwungen, sich auf ihre Seite zu schlagen, und wir wären wieder mitten im Krieg.«

»Wie immer achtest du mehr auf Nebeneffekte als ich. Danke, Galen.«

»War mir ein Vergnügen. Außerdem ist es meine Pflicht.«

Victor ließ sich zurücksinken und legte die Fingerspitzen aneinander. »Ich denke, wir sollten soviel wie möglich über die Banditen in Erfahrung bringen. Laß uns anhand der vorliegenden Daten ein paar Computersimulationen gegen die Untoten fahren.«

Galen stand auf und nickte. »Hört sich gut an. Noch was?«

»Ja.« Victor kaute auf der Unterlippe. »Besorg mir die Akte dieses Nelson Geist. Wenn er der Roten Korsarin nahesteht, will ich wissen, wie er denkt, was ihn bewegt. Wenn er dem Vereinigten Commonwealth gegenüber noch loyal ist, können wir ihn benutzen. Und wenn nicht, wissen wir wenigstens, wen wir benachrichtigen müssen, nachdem wir ihn getötet haben.«

17

Arc-Royal
Vereinigtes Commonwealth

28. April 3055

Christian Kell nahm den Cognacschwenker, den ihm Dan Allard reichte, gerne an. Er hob das Glas und grüßte seinen Kommandeur. »Die Kell Hounds sind wieder einsatzbereit.«

»Auf daß sie es immer bleiben.« Dan kippte die bernsteinfarbene Flüssigkeit hinunter, und Chris tat es ihm gleich. Sie brannte sich ihren Weg hinab in den Magen, aber nach zwei Wochen im Feld war es ein angenehmes Gefühl.

Dan ließ sich in einen der Stühle des Besprechungsraums fallen und legte die Füße auf den Tisch. Chris betrachtete ihn und kam zu dem Schluß, daß er sich genauso fühlte, wie er aussah. Beide Männer waren erschöpft. Auf den Rückflug der Regimentskader vom Garnisonsdienst auf Tomans waren erst eine volle Woche Einarbeitungszeit für neue Rekruten gefolgt und anschließend zwei Wochen Manöver. Aber die Freude über die Erfolge ihrer Einheit linderte die Müdigkeit.

»Ich habe mich besonders darüber gefreut, wie Akiras Zweites und Drittes Bataillon die Banditen auf Zhongshang exakt imitiert haben.« Dan verschränkte die Hände auf der Brust. »Wir sind gut mit ihnen fertig geworden, findest du nicht auch? Dein Bataillon hat sie sauber ausmanövriert, und wir haben den ganzen Haufen erwischt.«

Chris setzte sich ihm gegenüber. »Wir hatten auf Luthien viel Gelegenheit, uns auf Clantaktiken einzustellen. Ja, wir hatten sie gut im Griff, aber wir waren ihnen auch zwei zu eins überlegen. Zugegeben, sie haben

Clanausrüstung benutzt, aber wir in vielen Fällen auch.«

Auf Oberst Allards Stirn erschienen Falten. »Was ist los, Chris? Die Übung verlief lehrbuchmäßig — Teufel, noch besser!«

Der jüngere Mann zuckte die Achseln. »Ich kann es nicht greifen, Dan. Es gibt so viel, was wir über die Banditen nicht wissen. Unsere Übung basierte auf ihren jüngsten Angriffen. Zhongshan hat uns zwar nichts gezeigt, was wir noch nicht über sie gewußt haben, aber ihr Rückzug angesichts des plötzlichen Auftauchens der Solahma war verdammt geordnet.«

»Geordneter als man es von einer Bande Renegaten erwarten würde?«

»Ich denke schon.« Chris stützte die Arme auf den Tisch. »Für Banditen ist ihre Ausrüstung viel zu gut. Und sie greifen völlig widersinnig an.«

»Wie meinst du das?«

Chris verzog das Gesicht, als er nach den richtigen Worten suchte. »Banditen suchen sich in aller Regel Landezonen aus, die kaum verteidigt sind, um soviel Beute wie möglich abtransportieren zu können. Sie versuchen eine direkte Konfrontation zu vermeiden, weil sie fast immer zweitklassige Ausrüstung benutzen und unter Nachschubmangel leiden. Diese Banditen greifen ihr Ziel direkt an, und überrennen alle Truppen, die ihnen im Weg sind. Sie kämpfen in guter Organisation und sind auch zu einem geordneten Rückzug in der Lage.«

Dan klopfte sich einen Moment mit dem Zeigefinger auf die Lippen. »Du willst andeuten, daß sie wie eine reguläre Militäreinheit kämpfen. Ich gebe dir recht, aber das ist leicht erklärt. Es sind Clanrenegaten.«

»Vielleicht, Dan, vielleicht.« Chris ballte die Fäuste, dann zwang er sich, sie wieder zu öffnen. Dans Erklärung war logisch. Sie ergab einen Sinn, aber sein Gefühl sagte ihm, daß sie falsch war. Chris verstand den Wert von Logik und empirischen Beweisen, aber sein Überleben hatte schon zu häufig an Ahnungen und dem Gefühl in seiner Magengrube gehangen. Und was die Banditen betraf, seine Magengrube ließ keinen Zweifel daran, daß irgend etwas mit ihnen nicht stimmte.

»Außerdem ist es gleichgültig, was für ein Motiv sie haben, Chris. *Wichtig* ist nur, daß wir sie besiegt haben.« Dan lächelte verschmitzt. »Nachdem die Wölfe sie auf Zhongshan entwischen ließen, wird sich der Druck auf den Archon verstärken, eine andere Einheit loszuschicken. Ich werde Morgan eine Nachricht zukommen lassen, daß wir bereit sind, und er kann Melissa informieren, wenn er sie nächsten Monat bei der Bibliothekseinweihung sieht.«

»Daraus wird nichts, Dan. Wir sind nicht ›politisch korrekt‹.«

»Soll heißen?«

»Soll heißen, Ryan Steiner wird mit seinem Einfluß dafür sorgen, daß für die Jagd auf die Banditen eine der alten Loyalisteneinheiten von Tamar oder Skye aktiviert wird.«

Dan lachte. »Soll ich dir mal was sagen, Chris? Du bist besessen von Ryan Steiner. Die Polizei hat bis heute kein Indiz dafür gefunden, daß Ragnarök in irgendeiner Verbindung zu Ryan Steiner steht oder stand.«

Chris stand auf und verschränkte die Arme. »Aber sie werden eins finden, Dan. So schlau ist Ryan nicht. Ich bitte dich, Ragnarök ist genau seine Handschrift. Die meisten Rasalhaager Flüchtlinge sind auf Welten weit hinter der Grenze geflohen, in Gebiete wie die Mark Donegal hier, die früher vor seinem Einfluß sicher waren. Mit einem minimalen finanziellen Aufwand kann er eine Menge Unterstützung aufbauen. Als Ragnar in Phelans Begleitung hier auftauchte, müssen Ryans Leute vor Freude Purzelbäume geschlagen haben. Wahrscheinlich wurden wir ständig überwacht, in der Hoffnung, daß sie irgendeinen Zwischenfall mit den Clannern gegen die Hounds oder Victor würden benutzen können. Als ich dann dumm genug war, Ragnar in die Stadt mitzunehmen, haben sie sich entschlossen, ihn zu packen.«

Dan starrte an Chris vorbei, dann nickte er. »Ryan hätte Ragnar im Austausch gegen die Anerkennung der alten Tamarpakt-Grenzen in die Freie Republik Rasalhaag bringen können. Prinz Haakon hätte mit der Gebietsabtretung nichts verloren, weil die Jadefalken ohnehin fast alle Tamarpakt-Systeme beider Seiten erobert haben.«

»Und damit hätte er einen ungeheuren Öffentlichkeitserfolg gehabt. Durch die Befreiung Ragnars hätte er die Rasalhaager auf seine Seite gebracht, und hier hätte er sich die Unterstützung aller Truppen gesichert, die den Waffenstillstand für falsch halten.« Chris schüttelte den Kopf. »Ryan kann genug Unterstützung mobilisieren, um Melissa zu zwingen, die von ihm ausgesuchten Einheiten gegen die Banditen einzusetzen.«

Dan lehnte sich mit fröhlicher Miene vor. »Aber kann Ryan Victor einen Schlag gegen die Banditen verbieten? Wenn Ryan Melissa zu sehr drängt, kann sie ihn übertrumpfen, indem sie Victor und die Untoten losschickt.«

»Victor würde mitmachen. Wahrscheinlich zerrt er jetzt schon an der Leine, aber wäre sie bereit, das Risiko einzugehen? Der Prinz ist in Ryans Einflußgebiet nicht gerade beliebt. Wenn Hanse Davion das Sagen hätte, wäre Victor der Mann für den Job, aber Melissa ist nicht so rachsüchtig wie er es war.« Chris kicherte. »Die beste Wahl wäre Katrina. Mit ihrem Charme würde sie die Banditen überreden, als Hauseinheit anzuheuern.« Er preßte die Lippen zusammen, dann blickte er zu seinem Kommandeur auf. »Was hältst du von der 31. Wolf-Solahma?«

Dan schüttelte den Kopf. »Dazu kann ich nichts sagen, Chris. Sie hatten Pech, und die Banditen sind ihnen durch die Lappen gegangen. Wieso?«

»Ich weiß nicht. Ich hab nur gehört, daß sie Zhongshans Sprungpunkt verlassen haben, ohne ihren Antrieb an der Sonne oder der Ladestation aufzuladen.«

»Und?«

»Wenn sie noch eine Ladung in ihren Lithium-Fusionsbatterien hatten, warum sind sie nicht zum Piratenpunkt gesprungen und haben das Sprungschiff der Banditen ausgeschaltet?«

»Gute Frage.« Dan beobachtete Chris. »Mißtraust du den Wölfen über diesen Zwischenfall hinaus auch sonst?«

Dans Frage gab Chris zu denken. Während Phelans Aufenthalt auf Arc-Royal hatte Chris ihn als freundlich, aber niemals wirklich offen kennengelernt. Er hatte Phelan nie beiseite genommen, um ihn zu fragen, ob ihn ein Problem drückte, aber er hätte ein Dutzend Hinweise anführen können, daß dem so war. Phelan hatte Chris nicht eingeladen, bei der Übung in seinem Stern zu kämpfen. Mit der Wahl Marks *hatte* er dessen Haltung Phelan und den Clans gegenüber verbessert, aber Chris fragte sich, ob Phelan ihn nicht für weniger wichtig als einen Neffen hielt.

Noch während er die Frage in Gedanken formulierte, fand er ein Dutzend unterschiedlicher Antworten darauf. Er erinnerte sich auch an die äußerst vergnügliche Zeit, die er in Evanthas Gesellschaft verbracht hatte. Vielleicht ließ er seine Schwierigkeiten mit Phelan auf seine Haltung den Clans gegenüber abfärben.

Chris krempelte den Hemdsärmel auf und legte einen Teil der bunten Tätowierung auf dem linken Arm frei. »Vielleicht bin ich durch meine Jugend in der Yakuza-Kultur des Draconis-Kombinats übermäßig mißtrauisch geworden. Möglicherweise färben auch mein Unbehagen und Mißtrauen Phelan gegenüber mein Bild der Clans. Mir ist klar, daß der ilKhan ein großes Risiko damit eingegangen ist, eine Einheit ins Vereinigte Commonwealth zu schicken, damit sie diese Banditen zur

Strecke bringt, aber die Untätigkeit der Wölfe bleibt ziemlich seltsam.«

Dan verzog das Gesicht. »Du hast keinen Grund, Phelan zu mißtrauen.«

»Wirklich nicht? Habe ich nicht seinen Platz in der Einheitsstruktur der Kell Hounds eingenommen?«

»Du siehst es vielleicht so, aber ich bezweifle stark, daß er es tut. Ich weiß nicht, was oder wo Phelan heute wäre, wenn er bei den Kell Hounds geblieben wäre, aber ich möchte wetten, daß er kein Kommandanthauptmann mit Befehl über ein Bataillon wäre. *Wenn* er eine derartige Position hätte, dann als Kopf einer unabhängigen Einsatztruppe, wie es die Schwarzen Witwen bei Wolfs Dragonern waren. Er ist ein guter Krieger und hat sogar einen Sinn für Strategie, aber er ist ein Joker. Er ist unberechenbar. Das macht ihn zu einem Fluch auf der gegnerischen Seite, aber selbst wenn er auf *deiner* Seite ist, verursacht er dir Magengeschwüre.«

Chris gab Dans Einschätzung mit einem stummen Nicken recht, aber trotzdem mußte er protestieren. »Das mag sein, Dan, aber ich habe mich immer gefragt, ob er mich als Kell akzeptiert hat. Ich weiß, das muß für dich seltsam klingen, aber ich weiß nicht, wie ich es anders erklären soll.«

Dan stand auf und schenkte beide Schwenker voll. »Ich werde dir eine Geschichte erzählen, Chris. Vor langer Zeit — um genau zu sein, etwa um die Zeit deiner Geburt — verlies mein Bruder Justin die Dienste der Vereinigten Sonnen. Er begann für Maximilian Liao zu arbeiten, und ich traf ihn auf Hanse Davions Hochzeit. Er stellte mich Candace vor als ›der Sohn des Mannes, der mein Vater *war*‹. Wenn das kein Bauschschuß war ... Bis dahin hatte ich ihn immer für meinen Bruder gehalten.«

Chris nippte an seinem Brandy. »Aber damals war Justin ein Geheimagent Hanse Davions und deines Vaters.«

»Richtig. Zwei Nächte später tötete Justin einen Attentäter, der es auf meinen Vater abgesehen hatte.«

Chris kniff die Augen zusammen. »Ich weiß nicht, worauf du hinauswillst.«

»Auf ein altes Klischee, Chris: Taten sprechen deutlicher als Worte. Hat sich Phelan dir gegenüber je unfreundlich verhalten?«

»Freundlich war er nicht gerade, aber höflich.«

»Wenn man bedenkt, daß ihr euch nie richtig kennengelernt habt, ist das nicht schlecht.« Dan trank etwas Brandy. »Du fragst dich, warum er nicht versucht hat, mit dir ins reine zu kommen. Was meinst du, wie er agieren würde, wenn er gar kein Problem sähe, das es zu lösen gilt?«

Chris mußte lachen. »Touché, Oberst. Da, wo ich aufgewachsen bin, haben sich die bösartigsten Gefühle hinter einem höflichen Auftreten versteckt. Ich habe wohl böse Absichten unterstellt, wo nichts dergleichen zu finden ist.«

»Na also.« Dan nickte. »Aber dein ursprünglicher Einwand hat etwas für sich. Zu glauben, daß mit der 31. Wolf-Solahma alles in Ordnung ist, nur weil wir Phelan trauen, wäre dasselbe, als würden wir behaupten, Ryan Steiner sei ein Heiliger, nur weil wir uns auf Victor verlassen können.«

»Hai!« Chris schwenkte den Brandy. »So, das dürfte die politische Diskussion wohl abschließen. Führen wir unseren Aufstellungsplan trotzdem durch? Ryan wird davon gar nicht begeistert sein.«

Dan zuckte die Schultern. »Dann hat er noch etwas, worüber er sich Sorgen macht, und vielleicht lenkt es ihn genug ab, um den Rest seiner Pläne zu durchkreuzen. Wir machen weiter wie geplant. Die ganze Einheit bekommt zwei Wochen Urlaub hier auf Arc-Royal, danach fliegen wir nach Deia und gönnen Zimmers Zuaven eine Pause.«

18

Landungsschiff *Tigress*
D2342.221G
Vereinigtes Commonwealth

15. Juni 3055

Nelson Geist hielt trotz des Drangs, an dem Kragen um seinen Hals zu zerren, die Hände am Geländer des Laufbands. Die schwere Projektionsbrille vermittelte ihm den Eindruck, in einer realen Welt zu stehen, während ihm die Kopfhörer die Geräuschkulisse der künstlichen Realität lieferten. In der Kunstwelt erschien selbst das Geländer des Laufbands als der Rand einer Gehhilfe.

Nelson wußte, daß die Konstruktrealität nicht echt war. Die Grafik war zwar nahezu perfekt, aber gelegentlich hatte das Programm Schwierigkeiten, und das Bild wurde unscharf. Aber die Ästhetik der künstlichen Umgebung war für ihn nicht von Bedeutung. Außerdem war er sicher, daß die Rote Korsarin ihre Techniker angewiesen hatte, diese Anomalien einzubauen, um ihn abzulenken.

Die Schnelligkeit, mit der sie sich von ihren Verletzungen erholt hatte, überraschte ihn. Sie hatte viel früher die Simulatoren an Bord des Schiffes benutzt, um zu beweisen, daß sie wieder einen Mech führen konnte, als er es für möglich, geschweige denn für klug gehalten hätte. Kurz darauf hatte Bryan sie zu einem Kampf im Kreis der Gleichen herausgefordert, und sie hatte begeistert angenommen.

Nelson hatte den Kampf sehen dürfen. Als sie Bryan gegenüberstand, war ihm klargeworden, wie knapp sie auf Zhongshan dem Tod entkommen war. In einem ärmellosen grünen Bodysuit hatte sie sich Bryan zum unbewaffneten Zweikampf gestellt. Er war mindestens zehn Kilo schwerer als sie, aber ihre Geschwindigkeit und größere Reichweite gaben ihr den Vorteil, den sie brauchte.

Wie Nelson erwartet hatte, griff Bryan über die linke Seite an. Er trat nach ihrem Kopf, und sie mußte mit dem schwächeren Arm abblocken. Dann tauchte sie unter dem Tritt durch und traf Bryans Wade mit einem harten Schlag, der ihn zu Boden warf.

Bryan schnitt mit den Beinen durch die Luft, wo sie gerade noch gehockt hatte, aber sie war bereits im Sprung. Sie landete auf einem Bein, flog herum, ihr linker Fuß traf Bryan über dem linken Auge. Der wuchtige Tritt schleuderte ihn nach hinten.

Die Rote Korsarin brauchte etwa eine halbe Sekunde, um zu erkennen, daß Bryan benommen und praktisch kampfunfähig war. Sie stürzte sich auf ihn und hielt ihn auf dieselbe Weise am Boden, wie sie kaum zwei Wochen zuvor Nelson festgehalten hatte. Instinktiv versuchte Bryan, sie abzuschütteln, aber es gelang ihm nicht. Sie warf Nelson einen Blick zu, als wollte sie sagen: »Das hättest du sein können«, dann gab sie Bryan mit der linken Hand den Gnadenstoß.

Falls er erwartet hatte, daß sie sich über ihren Sieg freuen würde, hatte die Rote Korsarin ihm diese Illusion schnell ausgetrieben. »Es ist deine Schuld, daß ich das machen mußte«, stellte sie fest, während zwei Banditen den bewußtlosen Bryan zur Krankenstation trugen.

»Und Sie haben Mitgefühl gezeigt, indem Sie ihn nicht töteten.« Nelson schenkte ihr ein Lächeln, das ihre Wut noch weiter anstacheln sollte.

»Das war eine rein praktische Überlegung. Bryan ist mein Stellvertreter und hat nur getan, was jeder andere verantwortungsbewußte Offizier an seiner Stelle auch getan hätte.« Sie packte seinen Overall und zog den Stoff mit der Faust bis unter sein Kinn. »Jetzt wird es Zeit, daß du erfährst, was du für den Rest deines Lebens tun wirst, Sklave.«

Sie hatte ihn zu einer Kabine neben der ihren geschleppt. Abgesehen von einem Laufband und ein paar Spinden war diese leer. Einen Augenblick lang hatte er sie für ihren privaten Übungsraum gehalten, obwohl sie ihr Training, zumindest soweit er davon wußte, immer in der Gemeinschaftsanlage auf Deck 12 absolvierte.

Sie hatte ihm Brille und Handschuhe angelegt und kleine Elektroden an Knien, Knöcheln, Ellbogen und Schultern befestigt. »So kann der Computer dich lokalisieren und feststellen, welche Haltung du einnimmst.«

Er drehte sich in Richtung ihrer Stimme. Durch die Brille hatte er das Gefühl, in einem formlosen grauen Nebel zu stehen. »Wozu?«

»Wozu?« Er hörte sie herzhaft lachen. »Weil du deine Pflichten kennenlernen sollst, Sklave. Ich habe entschieden, daß es Zeit für mich wird, Kinder zu bekommen, wenn ich von dieser Mission zurückkehre. Und du wirst dich um sie kümmern.« Ihre Hand legte sich auf sein Knie und strich langsam nach oben. »Vielleicht gestatte ich dir sogar, sie zu zeugen.«

Er zuckte zusammen, und sie lachte. »Vielleicht *zwinge* ich dich, sie zu zeugen.«

Die Härte ihrer Stimme ließ ihn schaudern. Das schien sie zu befriedigen. Nelson sagte nichts. Er redete sich ein, daß er ihr die Genugtuung nicht gönnen wollte, ihn protestieren zu hören. Aber tief in seinem Innersten wußte er, daß er verzweifelt nach dieser Frau verlangte.

So sehr er auch versuchte, ihre Anziehungskraft auf ihn zu bestreiten, es gelang ihm nicht. Wenn er das Verlangen unterdrückte, wurde es nur noch stärker. Es nährte sich von seiner Verdrängung. Er mußte ständig an sie denken, er hatte Tagträume, in denen sie die Hauptrolle spielte, und alle Multiplikationstabellen der Welt waren machtlos dagegen.

Etwas legte sich um seinen Hals. An der Vorderseite war es schwerer und besaß zwei kühle Punkte, dort, wo es auf seinen Adamsapfel drückte. Sie zog daran, und er fühlte, wie es in seinem Nacken einschnappte.

»Diese Übung wird einfach, Nelson. Du wirst in einer Ecke der Welt, die der Computer für dich erzeugen wird, eine Uhr und einen Dienstplan sehen. Du mußt zur vorgeschriebenen Zeit am entsprechenden Ort sein, oder du wirst bestraft.«

Ein leichter Stromstoß fuhr durch die Elektroden an seinem Hals. Er schmerzte, war aber auszuhalten. »Das ist der leichteste Stromschlag, den das System austeilen kann. Wenn du deine Arbeit gut machst, wirst du nicht einmal das zu spüren bekommen. Aber wenn du einen Fehler machst, wirst du je nach der Schwere deines Vergehens schlimmere Schmerzen ertragen müssen.«

Auf den beiden Bildschirmen vor seinen Augen verschwand die Statik. Statt dessen erschienen Wände und Böden. Zu seiner Linken strömte rötliches Sonnenlicht durch ein Fenster. Vor sich sah er einen Gang, der durch das gesamte Gebäude verlief. Rechts war eine Tür nach draußen. Er bewegte sich darauf zu. Als er die Hand zum Türgriff hob, fühlte er einen Schlag an der Kehle.

»Wenn du brav bist, darfst du vielleicht später hinaus. Jetzt wirst du tun, was auf dem Dienstplan steht.«

»Wo bin ich?«

»Wo du bist?« Die Rote Korsarin lachte hochmütig. »Das ist ein Konstrukt meiner Heimat, Nelson. Es ist der Ort, an dem du den Rest deines Lebens verbringen wirst.«

Die Konstruktwelt entwickelte sich in den folgenden zwei Wochen, in denen die Umgebung nach und nach immer komplexer wurde, zu einem Spiel zwischen ihnen. Nelson mußte zwei Sitzungen pro Tag absolvieren, die jeweils sechs Stunden Echtzeit in Anspruch nahmen. In der Computerwelt, in der alle fünfzehn Minuten eine ganze Stunde verstrich, entsprach das einem vollen Tag. Je besser er mit dem System zurechtkam, desto komplexer wurden die Aufträge, die er von der Roten Korsarin erhielt.

Während der ersten vier Sitzungen war er in der Konstruktwelt allein gewesen, aber danach tauchten neue und interessante Personen und Kreaturen auf. Nelson vermutete, daß die Besatzungsmitglieder in ihrer Freizeit Ablenkungen für ihn einprogrammierten, während sie alle darauf warteten, daß sich Sprungantrieb und Lithium-Fusionsbatterien aufluden.

Zunächst machten ihm die anderen Kreaturen zu schaffen, aber er lernte schnell zu unterscheiden, was ihn die Rote Korsarin machen ließ, und was andere als Ablenkung versuchten. Es war keineswegs so, daß er die anderen an besonderen Kennzeichen unterscheiden oder ihren realen Schöpfer erkennen konnte. Vielmehr fehlte ihnen ein Schlüsselelement, das alle Schöpfungen der Roten Korsarin auszeichnete.

Alles, was sie tat, war grausam. Er erinnerte sich noch sehr gut an das erstemal, als auf seinem Dienstplan der Auftrag ›Kinder beaufsichtigen‹ erschienen war. Er suchte die ganze Basis nach einem Kindergarten ab. Die Stromstöße, die stärker und länger wurden, je weiter er sich von den Kindern entfernte, zwangen ihn zurück zu den Privaträumen der Roten Korsarin. Als er schließlich das Haus durchsuchte, stellte er fest, daß es jetzt mit winzigen Kindern überfüllt war.

Den meisten von ihnen haftete etwas Surreales an. Sie waren aus Kugeln, Kegeln und anderen leicht zu berechnenden geometrischen Körpern zusammengesetzt und wirkten wie zum Leben erwachtes Spielzeug. Aber immer, wenn er einem von ihnen nahe kam, verwandelte es sich von einem abstrusen geometrischen Gebilde in ein strampelndes, plärrendes Kind.

Und jedes Kind, das der Computer mit exquisiter Detailgenauigkeit konstruierte, war deutlich erkennbar. Es besaß die Haare der Roten Korsarin, oder ihre Augen, ihre Nase, und irgendwo auch immer einen Teil seiner selbst. Wenn er sich dann zurückziehen wollte, wurden die Stromstöße unerträglich. Weitere Schocks folgten, wenn er die Hände nicht angemessen vorsichtig und behutsam bewegte.

Er haßte sich dafür, daß er die Kinder trotz der Schmerzen betrachten und wunderschön finden konnte.

Er zwang sich zu einer Routine, die der Roten Korsarin ebensoviel Arbeit abverlangte wie ihm. Er fand Abkürzungen, durch die er seine Aufgaben schneller erledigen konnte. Er bewegte sich wie eine Lenkrakete durch die Basis, ständig auf der Suche nach einer neuen, schnelleren Methode, irgendwohin zu kommen. Er hielt Ausschau nach unerwarteten Verbindungen zwischen den Gebäuden und benutzte sie wie Tunnel und Brükken.

Nachts, wenn seine Arbeit getan war, saß er draußen vor dem Haus. Er betrachtete den Himmel und freute sich über die Sternschnuppen, die der Computer aus dem Firmament fallen ließ. Die Sternbilder erkannte er nicht, also baute er sich seine eigene kleine Mythologie auf. Er benannte eines nach seinem Sohn Jon, und ein Zwillingsgestirn nach seinen Enkeln. Dorete bekam kein eigenes Sternbild, aber die Rote Korsarin.

Er nannte es ›Die Hexe‹. Es war das erste Sternbild, das am Morgen von der aufgehenden Sonne verschlungen wurde.

Seit neuestem hatte die Rote Korsarin es sich angewöhnt, seine Brücken und Tunnel zu blockieren. Das kostete ihn auf seinen Wegen durch die Basis Zeit, aber trotz der Stromstöße machte es ihm nichts aus. Auf dem Weg durch die Basis, bei der Suche nach neuen Abkürzungen, fand er Bereiche, die er nicht betreten durfte. In der Überlegung, daß dieses Zutrittsverbot möglicherweise von der Uhrzeit abhängig war, versuchte er es zu verschiedenen Tageszeiten immer wieder.

Nelson stählte sich für den Schock, als er nach links

in einen Gang im Keller des Basishaupthauses einbog. Es war kurz vor dreiundzwanzig Uhr, später als er je zuvor versucht hatte, diesen Bereich zu betreten.

Sein erster Schritt löste keinen Stromstoß aus. Er lächelte. Ein zweiter Schritt in Richtung der roten Türen am Ende des Ganges folgte. Ein dritter. Er streckte die Hand aus, und auf seine Berührung hin flogen die Türen auf.

Der Schlag war fürchterlich. Das Laufband riß ihm die Füße weg, und er schlug mit dem Kinn auf den gepolsterten Haltegriff. Er fiel zu Boden, und das Laufband warf ihn als zitterndes Häufchen Elend ab.

Er hörte ihre festen Schritte. Ein Klicken, und das Summen des Laufbands verstummte. Er war noch immer nicht in der Lage, sich zu bewegen. Sie ging neben ihm in die Knie und nahm ihm die Brille ab. Der Konstruktkorridor verschwand, und er brauchte ein, zwei Sekunden, um ihr Gesicht scharf sehen zu können. Er blinzelte einmal. Als er die Augen wieder öffnete, war der Ausdruck von Besorgnis verschwunden, den er auf ihrem Gesicht erkannt hatte.

»Es gibt Orte, an denen du nichts zu suchen hast, Nelson. Ich hoffe, du hast deine Lektion gelernt.« Sie stützte seinen Kopf mit einem Arm ab und löste den Schockkragen. »Das mag dir brutal vorgekommen sein, aber wenn du tatsächlich dort gewesen wärst, hätte man dich erschossen.« Ihre Stimme wurde leiser. »Ich habe es zu deinem Besten getan.«

Er versuchte ihr zu antworten, aber seine Stimme versagte den Dienst.

Sie legte ihm einen Finger auf die Lippen. »Versuch nicht einmal zu reden.« Sie zog die Sensorhandschuhe von seinen Händen. »Es wird ein paar Minuten dauern, bis die Wirkung abklingt.«

Sie hockte sich neben ihn. Erst jetzt bemerkte Nelson, daß sie genauso gekleidet war wie bei ihrer ersten Begegnung. »Du hast das Spiel gemeistert, Nelson. Du bist mit den Ablenkungen und den Hindernissen, die wir dir in den Weg gelegt haben, sehr gut fertig geworden. Ich bin mit deinen Fortschritten sehr zufrieden.«

Nelson nickte. Seine Hals- und Nackenmuskulatur reagierte wieder. Er bewegte Finger und Zehen, und auch wenn sie noch kribbelten, gehorchten sie seinem Befehl. Arme und Beine schienen noch bleiern, aber auch sie zeigten erste Zeichen zurückkehrender Funktion.

Sie nahm seine rechte Hand, und er konnte die Wärme ihrer Haut fühlen. »Ich bin mit deiner Leistung so zufrieden, daß ich dich belohnen werde.« Ihr Blick zuckte zur Tür. »Du leistest so gute Arbeit, um Schmerzen zu vermeiden, daß ich sehen möchte, wozu du zum Vergnügen in der Lage bist.«

Er rollte sich auf die rechte Seite. »Wozu wollen Sie sich bestrafen?« krächzte er.

»Mich bestrafen? Kaum.« Sie lächelte ihn lüstern an. »Ich belohne mich dafür, dich so schnell und gut trainiert zu haben, und ...«

»Und?«

Sie stand auf und zog Nelson hoch. Sie stützte ihn und half ihm in ihre Kabine. »Und morgen springen wir nach Deia. Am Vorabend einer vermutlichen Konfrontation mit den Wölfen will ich nicht allein schlafen.«

19

Tharkad
Vereinigtes Commonwealth

19. Juni 3055

Für Karl Kole begann der Tag, an dem Melissa Steiner-Davion sterben sollte, wie jeder andere auch. Er holte ein Frühstücksmenü aus dem Gefrierschrank und stellte es in die Mikrowelle. Der Attentäter betrachtete die Schachtel, die er gegriffen hatte, und freute sich. Würstchen und Pfannkuchen, eines von Karls Lieblingsmenüs.

Nach dem Frühstück schaltete er den Computer ein und überflog die Überschriften des Nachrichtenblatts. Anschließend duschte er. Obwohl er wußte, daß er die Rechnung nicht bezahlen mußte, ging er sparsam mit dem Wasser um. Wie üblich hängte er das nasse Handtuch über die Badezimmertür. Er zog Jeans und ein T-Shirt an, schlüpfte in seinen Parka und zog seine Mütze über die Ohren, um sich vor der Kälte zu schützen.

Den Computer ließ er an. Karl schloß seine Wohnung sorgfältig ab, verlies das Gebäude zur üblichen Zeit und nahm wie gewöhnlich den Bus. Als er sich mit kondensierendem Atem einen Platz suchte, nickte er den übrigen Stammfahrgästen zu. Die meisten ignorierten ihn, aber eine ältere Dame lächelte ihn an. Karl erwiderte ihr Lächeln und lehnte sich zurück.

Die Fahrt zu Freya verlief schnell und ohne irgendwelche Besonderheiten.

Mr. Crippens Nervosität war keineswegs überraschend, aber Karl hatte nicht damit gerechnet, daß ihn sein Chef an der Tür erwarten würde. »Wo steckst du denn, Karl? Hast du vergessen, was für ein Tag heute ist?«

»Nein, Sir, hab ich nicht.« Karl grinste unschuldig. »Ich bin so hastig aus dem Haus gegangen, daß ich nicht einmal ein Mittagessen mitgebracht habe, Sir.«

Obwohl Frost in der Luft hing, wischte sich Crippen Schweiß vom kahlen Kopf. »Wenn du deine Arbeit anständig machst, gebe ich dir ein Mittagessen aus. Du hast bei den Vorbereitungen zu diesem Bankett die wichtigste Aufgabe. Du mußt vier Mycosia Pseudoflora umtopfen und dafür sorgen, daß sie heute mittag im Kongreßzentrum an ihrem Platz stehen.«

»Ja, Sir. Ich werde mein Bestes tun, Sir.«

Crippen winkte ihn verärgert weiter. »Dann mach dich an die Arbeit, Mann.«

Karl Kole nickte und ging in die Lagerhalle. Er marschierte weiter nach hinten als normal, aber der Rest der Belegschaft hatte sich längst an seine Streifzüge durch die Halle gewöhnt. Außerdem waren alle vollauf damit beschäftigt, hundert Gestecke für das Festbankett der Frederick-Steiner-Gedächtnisbibliothek vorzubereiten. Selbst wenn irgend jemand die Zeit gehabt hätte, ihn zu bemerken, hätten sie ihn ignoriert.

Als er am hinteren Ende der Halle ankam, wo die zerbrochenen Töpfe und unverkäuflichen Reste abgeladen wurden, ging der Attentäter in die Knie. Er sah sich vorsichtig um und überzeugte sich, daß niemand hiergewesen war. Dann schob er ein altes Werbeschild beiseite und holte einen Karton mit vier gummiversiegelten Keramikblumentöpfen hervor. Er hob sie auf, als wären sie um nichts wichtiger als irgendwelche anderen Blumentöpfe im Gebäude, wurde wieder zu Karl und marschierte an seinen Arbeitsplatz.

Melissa Steiner-Davions Leibwächter waren erstklassig. Von dem Augenblick an, als er sich entschlossen hatte, den Auftrag anzunehmen, hatte er Filmaufnahmen seines Opfers studiert. Ihre Leibwachen schirmten sie so gut ab, daß nur ein Selbstmörder dicht genug an sie herankommen konnte, um sie zu töten. Gelegenheit dazu bestand nur, wenn Melissa in eine Menschenmenge eintauchte, um ihre Untertanen zu begrüßen, aber das geschah selten und unvorsehbar. Ein Schuß aus nächster Nähe hätte sie töten können, aber es wäre nahezu unmöglich gewesen, danach zu entkommen, also schied diese Methode von vornherein aus.

Ein Scharfschütze hätte sie vielleicht aus größerer Distanz erschießen können, aber auch ein derartiges Unternehmen wurde durch Melissas Beschützer sehr erschwert. Sie besetzten alle erhöhten Positionen bei ihren öffentlichen Auftritten. Ihre Reiserouten wurden nie vorher bekanntgegeben, und wenn auch nur das Gerücht umging, wo sie auftreten und wie sie eintreffen würde, warf der LNC die Vorbereitungen in letzter Sekunde um. Es war pure Idiotie, auf eine günstige Gelegenheit warten zu wollen.

Wenn die Aktionen des Archons in irgendeiner Weise berechenbar wurden, konnte das Melissas Tod sein. Ihre Bewacher wußten das. Wenn sie irgendwelche festen Gewohnheiten entwickelte, war sie in Gefahr. Sie durfte ihre Anwesenheit nur zu Anlässen ankündigen, die vor ungefährlichem Publikum und an einem gut kontrollierbaren Ort stattfanden.

Das Einweihungsbankett war ein solcher Anlaß. Alle geladenen Gäste gehörten zu den Spitzen der Gesellschaft — Hochadel, gefeierte Künstler oder Industriebarone —, und sie wurden alle lange vorher gründlich überprüft. An den Türen wurden alle Gäste nach Waffen durchleuchtet, und der Saal wurde vor dem Bankett mehrmals nach Sprengladungen und versteckten Killern abgesucht.

Zuerst hatte der Attentäter geglaubt, dieser Auftrag würde einen Selbstmörder erfordern, aber er gehörte nicht zu dieser Sorte Mensch und arbeitete auch nicht gern mit solchen Fanatikern zusammen. Er fand kein Muster in ihren Reisen, ihrer Ernährung oder ihrer Freizeit. Sie umzubringen, schien ebenso unmöglich zu sein wie ein unmittelbar bevorstehender Clanangriff auf Tharkad.

Dann fand er die Lösung, während er sich eine Dokumentation über ihr Leben ansah. Er machte sich Notizen, studierte die verschiedensten Quellen und überprüfte alle Angaben mehrfach, um ganz sicherzugehen. Er fand eine Waffe, die er gegen sie einsetzen konnte. Er fand Mycosia Pseudoflora.

Bei seiner Hochzeit mit Melissa Steiner im Jahre 3028 hatte Hanse Davion, der Prinz der Vereinigten Sonnen, Unsummen ausgegeben, um echte Mycosia für die Blumensträuße der Brautjungfern zu besorgen. Die grünen Blumen gab es nur auf einer einzigen Welt, Andalusia, und dort wurden sie nur einmal im Jahr geerntet. Hanse Davion hatte die Blumen abernten und über eine Kommandostrecke aus Sprungschiffen rechtzeitig zur Hochzeit nach Terra schaffen lassen.

Diese romantische Geste hatte einen Run auf Mycosia ausgelöst, wie er in den Annalen des interstellaren Handels beispiellos war. Hunderte Wissenschaftler machten sich daran, eine Version der Blume zu züchten, die häufiger, in verschiedenen Farben und auch außerhalb von Andalusia blühte. Es war eine schwierige Aufgabe, aber 3038 gewann das New Avalon-Institut der Wissenschaften das Rennen. Zwei Jahre später wurde Mycosia Pseudoflora allgemein erhältlich, und sie wurde schnell zu Melissas Markenzeichen. Wenn sie ein Mieder trug, war daran immer mindestens eine Mycosia-Pseudoflora-Blüte befestigt. Bei wichtigen Anlässen wie dem Einweihungsbankett waren mehrere Pflanzen in voller Blüte das mindeste.

Der Attentäter stellte die Töpfe auf die Arbeitsplatte. Er vergewisserte sich, daß sie in einer Reihe standen, dann zog er den Spatel aus der Schublade und nahm einen neben dem Tisch stehenden Plastikeimer. Stumm ging er zur Torfgrube und füllte den Eimer. Er kehrte zum Tisch zurück und füllte den Boden der Töpfe mit

Torf. Die sauber geglättete Schicht verdeckte die streichholzschachtelgroße Beule unter der Gummiabdeckung am Boden jedes Topfes.

Danach ging er ins Gewächshaus und wählte die vier Pflanzen aus. Zwei Tage zuvor hatte er ein Blühmittel in ihr Gießwasser gemischt, und jetzt standen sie in voller Blüte. Er mußte zweimal gehen, holte jedesmal in jeder Hand eine Mycosia Pseudoflora. Vier Pflanzen blieben in ihrer ganzen leuchtend grünen Blütenpracht zurück, und er riet Mr. Crippen, sie ins Schaufenster zu stellen.

An seinem Arbeitsplatz holte er die Pflanzen vorsichtig aus ihren kleinen Plastiktöpfen und topfte sie um. Er füllte den Freiraum in den neuen Töpfen mit Torf und deckte die Erde zum Schluß mit weißen Kieseln ab, damit es besser aussah. Schließlich hob er die Töpfe noch in vier verzierte Goldübertöpfe und präsentierte Mr. Crippen seine Arbeit.

Sein Chef schien zufrieden. Dann steckte er einen Finger in den Torf. »Zu trocken. Mach sie etwas feucht, aber nicht zu sehr.«

Karl runzelte die Stirn. »Soll ich nicht besser warten, bis ich dort bin? Wenn ich es jetzt mache, könnte das Wasser unterwegs einfrieren, oder nicht?«

Crippen zögerte einen Augenblick, dann nickte er. »Ja, ja. Beweg dich. Bring sie rüber, damit wir den Lieferwagen für die Gestecke zurückbekommen.«

»Ja, Sir.«

Karl deckte die Pflanzen mit schwarzen Plastiktüten ab und trug sie hinaus zum Lieferwagen. Er kletterte ins Führerhaus und drehte den Zündschlüssel um. Der Schweber hob sich auf sein Luftkissen, und ein Vorhang von Schnee wurde ringsum aufgewirbelt. Vorsichtig lenkte Karl den Wagen in den Verkehr und hinüber zum Kongreßzentrum.

Das Einweihungsbankett war nicht die erste Veranstaltung, für die Karl Blumen ins Kongreßzentrum brachte. Der Wachtposten begrüßte ihn freundlich und ließ ihn in die Kellergarage. Er holte einen Rollwagen, und Geheimdienstagenten stürzten sich auf beide wie die Heuschrecken.

Die Sicherheitsagenten des Archons trugen dunkle Brillen und konservativ geschnittene Anzüge. Sie schickten den Wachmann zurück an seinen Posten, überprüften den Rollwagen, den Schweber, klopften Karl ab. Einer der Männer öffnete die Ladeluke des Lieferwagens und schwenkte ein Chemoschnüffelgerät. »Sauber.«

Der Attentäter gestattete sich nicht, seine Befriedigung zu zeigen. Der in die Blumentöpfe eingebackene Plastiksprengstoff war doppelt mit Acryl und Gummi versiegelt. Das Gummi war zwar halb durchlässig, aber sein Eigengeruch überdeckte jede Spur des Plastits. Wie erwartet meldete das Spürgerät nichts.

»Nehmen Sie das Plastik von den Blumen.«

Karl setzte eine verletzte Miene auf. »Wenn ich das mache, erfrieren sie mir womöglich. Kann ich das nicht oben machen, nachdem wir sie aufgebaut haben?«

Zwei der Agenten tauschten stumme Blicke aus. Dann nickten sie. »Sieben, Blumen kommen hoch«, sprach einer der beiden in das kleine Funkmikro am Kragenaufschlag seines Jackets.

Karl lud pflichtbewußt die vier Blumentöpfe und eine Gießkanne auf den Handwagen und ließ sich von den Agenten zum Aufzug eskortieren. Sie sagten kein Wort. Weil Karl es getan hätte, pfiff der Attentäter eine populäre Schlagermelodie, dann verstummte er, als die Agenten ihn scharf ansahen. »Sorry.«

Der Aufzug hielt an, und sie fuhren hinter dem Podium, von dem aus Melissa ihre Ansprache halten würde, in die Empfangshalle. Karl lächelte, als er den eisernen Blumenständer vor dem Rednerpult sah. Die vier Halteringe waren rautenförmig angeordnet. Mr. Crippen verstand sein Handwerk — die Blumen würden ein perfektes Bild abgeben.

Karl nahm das Plastik ab, und die Sicherheitsbeamten benutzten noch einmal ihr Spürgerät. Sie nickten, und Karl setzte je einen Topf in jeden der Ringe. Er drehte sie in der Halterung, bis alle dreieckigen Blüten in dieselbe Richtung wiesen. Dann sah er sich hoffnungsvoll zu den Sicherheitsagenten um. Schließlich nickte einer zustimmend.

Karl lächelte zufrieden und hob die Plastikgießkanne.

»Moment.«

Der Attentäter drehte sich absichtlich langsam um. »Was?«

»Was ist da drin?« Der Agent deutete auf die Gießkanne.

»Wasser.« Der Puls dröhnte in seinen Ohren.

»Nur Wasser?«

Karl nickte und nahm einen Schluck. »Nur Wasser.«

Der Mann grinste. »Ich hab meiner Frau gleich gesagt, daß man nichts Besonderes braucht, um dieses Miksoszeug zu ziehen.«

»Nur Wasser und viel Liebe.« Karl nickte bedeutsam und begoß die Blumen. Als der Torf das Wasser aufsog, beruhigte sich sein Herzschlag wieder. *Das war's. Noch ein Schritt und alles ist erledigt.*

Er sah auf die Uhr und nickte. »Gut. Ich kann mir auf dem Rückweg sogar noch ein Mittagessen erlauben.« Er sah die Geheimagenten an. »Ich komme nachher noch mal mit den Tischgestecken. Soll ich Ihnen etwas mitbringen?«

Sie schüttelten den Kopf, und Karl wurde rot. »Okay, bis dann.«

Sie begleiteten ihn zurück zum Lieferwagen und behielten ihn im Auge, bis er die Garage verlassen hatte.

Karl beendete seinen Arbeitstag wie gewöhnlich und half auch bei der Lieferung der Gestecke. Er verkniff es sich, seine Arbeit noch einmal zu begutachten, aber er las die Namen auf den Tischkarten innerhalb des

Sprengradius. *Das wird ein schwerer Schlag für die feine Gesellschaft Tharkads, aber der schauspielerische Standard bei einigen Holodramaserien wird deutlich steigen.*

Wie erwartet gab ihm Mr. Crippen kein Mittagessen aus, aber Karl protestierte nicht. Es war nicht Karls Art zu protestieren. Karl war ein netter, stiller, in sich zurückgezogener Mensch. Er machte keinen Ärger.

So würden sie sich an ihn erinnern, und so würden sie auch in den Nachrichten über ihn reden. Karl Kole: Meuchelmörder oder unwissendes Opfer? Die Historiker würden noch Jahre über diese Frage debattieren.

Der Attentäter verließ Karls Arbeitsstelle und ging an der Bushaltestelle vorbei. Die Stammfahrgäste mochten bemerken, daß er nicht an Bord war, aber diesen Bus verpaßte Karl häufiger. Manchmal gönnte er sich ein Abendessen in einem Restaurant in der Nähe, aber meistens sah er sich in einem der Kinos ein Holovid an. Wenn ihn jemand sah und sich später tatsächlich daran erinnern sollte, konnte er nur erzählen, daß er ihn zum Tharkadkino auf der Chasestraße hatte gehen sehen.

Er kaufte sich eine Karte für *Die Rückkehr des Unsterblichen Kriegers.* Er blickte auf die Uhr und stellte fest, daß er noch eine halbe Stunde bis zum Beginn der Vorstellung hatte. Er lächelte das Mädchen am Schalter an und sagte: »Ich komme wieder.«

Es war gelogen.

Der Attentäter ging die Straße hinunter zum Hotel Argyle. An der Rezeption verlangte er den Schlüssel für Zimmer 4412, das er zwei Wochen zuvor gemietet und mit einer Kreditkarte auf den Namen Carl Ashe bezahlt hatte. Der Portier reichte ihm den Schlüssel und teilte ihm mit, daß keine Nachrichten für ihn vorlagen.

Carl dankte ihm und fuhr mit dem Lift zu seinem Zimmer hoch, wo er eine Dusche nahm und seine Haare schlohweiß bleichte. Er zog einen der maßgeschneiderten Anzüge an, die Mr. Ashe vor einer Woche bei einem

Schneider ganz in der Nähe bestellt hatte. Carl Ashe packte ein paar Kleider und Toilettenartikel in eine Reisetasche, streifte einen langen Mantel über, setzte eine kupferfarben getönte Brille auf und ging.

Er ließ sich vom Türsteher ein Taxi rufen und fuhr zum Raumhafen. Dort gab er dem Fahrer ein mickriges Trinkgeld und verlangte eine Quittung. Im Raumhafengebäude holte er einen Koffer aus einem Schließfach und nahm sein Ticket heraus.

Er stellte sich mit seinem Gepäck an einem der Schalter an. Es ging langsam, aber nicht so langsam, als ob er Grund zur Besorgnis gehabt hätte. Ein Blick auf die Uhr bestätigte ihm, daß er noch reichlich Zeit hatte. Der Mann am Odinflug-Schalter fertigte ihn mit gekonnter Effizienz ab.

»Die Fähre zum Tetersenschiff startet um halb acht von Gate Vierzehn. Das ist in einer halben Stunde.«

»Danke.«

Er fand das Gate ohne Probleme. In der Nähe stand ein freier Stuhl mit angebautem Holovidgerät. Er schob eine Krone mit Melissas Gesicht in den Schlitz und suchte die Kanäle ab, bis er das öffentlich-rechtliche Programm gefunden hatte. Aus dem winzigen Lautsprecher drang Applaus, als Morgan Kell die Vorstellung des Archons abschloß und auf seinen Platz auf der Bühne zurückkehrte.

Die Kamera holte den Archon in Großaufnahme heran, zusammen mit einer der Mycosia-Pseudoflora-Blüten. Der Attentäter ignorierte Melissas Worte und genoß ausschließlich ihre Schönheit. Er konnte sehen, warum sie von Milliarden geliebt wurde. Sie war intelligent und wunderschön. *Es wäre ein Verbrechen, wenn man zuließe, daß sie alt und senil wird.*

Er riß sich von der Übertragung los und ging zu einer Visiphonzelle. Dort schob er zwei Hanse-Gedenkmünzen in den Geldschlitz und wählte die Nummer von Karl Koles Wohnung. Das Telephon klingelte viermal,

© '92
danforth

bevor der Computer antwortete. Der Attentäter gab die Ziffern 112263 ein und hängte auf.

Er war bereits an Bord der Zubringerfähre, als der Computer eine andere Nummer wählte. Anschließend unterbrach er die Verbindung und wählte ein weiteres Mal. Nachdem die Verbindung zustandegekommen war, überspielte er einen Abschiedsbrief Karl Koles. Der Brief würde am nächsten Tag in Mr. Crippens elektronischem Briefkasten auftauchen. Danach formatierte der Computer die gesamte Festplatte neu und vernichtete damit sämtliche darauf enthaltenen Informationen.

Der Anruf des Computers war der entscheidende zweite Schritt im Plan des Attentäters. Der erste Schritt hatte im Begießen der Blumen bestanden. Durch die halbdurchlässige Gummiabdeckung war genügend Wasser gedrungen, um die Zünder zu aktivieren. Sie waren alle auf sieben Stunden Laufzeit eingestellt, und um halb sieben hatten alle einen Schaltkreis freigegeben, der Strom von einer winzigen Batterie in eine Funktelephonschaltung speiste.

Der Anruf des Computers bei der Nummer, die alle vier Zünder gemeinsam hatten, erfolgte um genau 19:21 Uhr. Auf dieses Signal hin lösten sie einen elektrischen Impuls aus, der im Normalfall einen Summer betätigt hätte. Jetzt aber floß der Strom in die Magnesiumzündkapseln, an die sie angeschlossen waren. Innerhalb von zwei Sekunden nach dem Anruf brannte das Magnesium. Das entzündete seinerseits eine kleine Thermitladung. Das Thermit brannte sich durch das Acryl und löste den Plastiksprengstoff aus.

Die Sprengladungen explodierten nicht exakt gleichzeitig, auch wenn der Attentäter das gehofft hatte. Die unterste detonierte eine halbe Sekunde vor den anderen und hob den Ständer etwa dreißig Zentimeter in die Luft. Danach explodierten gleichzeitig die beiden seitlichen Ladungen, und eine Sekunde später die oberste.

Die Tatsache, daß die Ausführung des Anschlags

nicht hundertprozentig perfekt verlief, hatte jedoch keine Auswirkung. Die Bomben verwandelten die dekorativen Metallübertöpfe in tödliche Schrapnellsplitter. Das Rednerpult wurde vom Feuer und Metallregen regelrecht pulverisiert. Melissa war tot, bevor sie wußte, wie ihr geschah.

Als die Fähre über die Startbahn rollte und sich in den Nachthimmel erhob, konnte Mr. Ashe die blinkenden Lichter der Ambulanzen sehen, die am Kongreßzentrum zusammenströmten. »Sieht aus, als wär da unten was los«, bemerkte er zu seinem Sitznachbarn.

Als die Fähre das Landungsschiff *Columbus* erreichte, hatte man Archon Melissa Steiner-Davion offiziell für tot erklärt. Als das Geheimsekretariat eine planetenweite Suchaktion nach Karl Kole einleitete, waren Carl Ashe und die *Columbus* bereits weit entfernt.

20

Deia
Vereinigtes Commonwealth

19. Juni 3055

Das Gefühl, im Cockpit eines BattleMechs zu sitzen, erfüllte Nelson Geist mit einem Glück, wie er es seit seiner Gefangennahme nicht mehr gekannt hatte. Durch die Leitungen der Kühlweste strömte eisige Flüssigkeit, und der Neurohelm lag schwer auf seinen Schultern — für einen Mann, der nicht geglaubt hatte, dies jemals wieder zu erleben, ein köstlich vertrautes Gefühl. Der Platz des Navigators und Bordschützen im *Kampftitan* der Roten Korsarin löste eine Flut von Erinnerungen aus. Obwohl er wußte, was seine Anwesenheit hier bedeutete, konnte er ein Grinsen nicht unterdrücken.

Sie wird es verderben. Sie wird es gegen mich einzusetzen. Nelson streckte die Hand aus. Er packte den Steuerknüppel und bewegte ihn hin und her. Wie erwartet blieb das goldene Fadenkreuz auf der Hologrammanzeige vor seinen Augen, wo es war. *So dumm ist sie nicht. Sie läßt mich nicht mit scharfen Waffen spielen.*

Ihre Stimme drang krachend, aber sanft durch die Helmlautsprecher. »Wie fühlt man sich wieder als Krieger, Nelson?«

»Man fühlt sich *vollkommen.*« Noch während er es sagte, wünschte er sich, er hätte den Mund gehalten. Ihr Lachen bewies ihm, daß seine Vorsicht berechtigt war.

»Gut.«

Er hörte ein Klicken, und andere Stimmen wurden laut. »Feindkonzentration zwei Klicks südlich deiner Position, Rot Eins. Wir zählen zwölf, ich wiederhole einszwo Mechs. Wir werden diese Zuaven in deine Richtung treiben. Blau Eins aus.«

»Rot Eins bestätigt, Blau Eins. Rot aus.« Die Rote Korsarin drehte sich halb zu ihm um. »Bereit zum Gefecht, Nelson?«

Draußen, außerhalb des Kuppeldachs über der vergrößerten Pilotenkanzel, sah Nelson den Rauch und die Flammen des Schußwechsels zwischen Stern Blau und dem Feind. Er sah mehrere Raketensalven durch die Luft fliegen, aber der Ausgangspunkt des Raketenfeuers näherte sich unaufhaltsam dem Mechstern der Roten Korsarin.

Nelson knirschte mit den Zähnen. »Ich soll wohl Ihre Abschüsse notieren?«

»Putzig, Nelson.« Sie bewegte die Hände, und das Fadenkreuz bewegte sich in die Mitte des Schirms. »Was weißt du über Zimmers Zuaven? Es sind Söldner, frapos?«

»Keine Ahnung. Hab nie von ihnen gehört.«

»Angeblich werden sie von den Kell Hounds gefördert. Hast du von denen gehört?«

Nelson gestattete sich ein Lächeln. »Und ob. Auf Twycross haben sie die Jadefalken durch die Wüste gekickt und dann auf Luthien die Novakatzen und Nebelparder zerschlagen. Ich hab von ihnen gehört. Sie sind so hart, daß der Sohn ihres Kommandeurs ein Khan der Wölfe geworden ist.«

»Erwartest du demnach, daß diese Zuaven bessere oder schlechtere MechKrieger sind als du?« Sie öffnete den Funkkanal. »Stern Rot, niemand feuert, bevor ich es tue.«

»Schlechter.«

Das Gefecht kam immer näher. Hätte kein dichter Dschungel zwischen Stern Rot und den Zuaven gelegen, hätten die Banditen ihre überlegene Clantechnologie einsetzen und sie abschießen können. Die Rote Korsarin hielt sich zurück, bis die Söldner in nächster Nähe waren. Sie fürchtete nicht, sie zu verfehlen; sie wollte nur ihre Vernichtung in allen Einzelheiten miterleben.

»Dann solltest du in der Lage sein, sie zu besiegen?«

»Mit einer Lanze oder der entsprechenden Feuerkraft, ja.«

Die Rote Korsarin warf einen Schalter um, und über Nelsons Hilfs- und Sekundärschirme liefen Geschützdaten. Er berührte einen der Steuerknüppel, und das Fadenkreuz reagierte. »Was machen Sie?«

»Du bist mein Bordschütze, Nelson.«

»Nein!« Nelson stieß beide Steuerknüppel nach vorne und richtete damit sämtliche Waffen des Mechs auf den Boden. »Nein, ich werde nicht für Sie töten.«

»Wenn du es nicht tust, werden wir sterben.«

»Dann sterben wir.«

Der Seufzer der Roten Korsarin machte ihm klar, daß er verloren war. »Wenn wir sterben, sterben auch deine Freunde. Spider, Jordan, alle, wie sie da sind. Ich habe Befehl gegeben, sie ins All zu stoßen, falls wir sterben.«

»Das können Sie nicht ...«

»Ich kann, und ich habe, Nelson.« Sie verschränkte die Hände im Nacken. »Die Waffen sind scharf. Die Ziele gehören dir. Feuer frei.«

Nelson sah von der Konsole zum Hologrammschirm auf. Die Zuaven zogen sich geordnet zurück, aber sie stolperten in eine Falle. Wenn er sie jetzt angriff, würde es ein Gemetzel werden. Griff er nicht an, verurteilte er seine Freunde zum Tod. Aber selbst wenn er gegen die Zuaven kämpfte, konnte er das Überleben der Roten Korsarin nicht garantieren.

»Denk nach, Nelson. Für jeden Abschuß, den du schaffst, laß ich einen deiner Freunde gehen.«

»Und wenn ich sie alle töte? Was für eine Belohnung bekomme ich dann?«

»Die Chance weiterzutöten. Einschließlich einiger Wolfsclanner, wenn sie rechtzeitig eintreffen.«

Nelson trieb den *Kampftitan* durch das Unterholz. Beide Arme ruckten hoch, und die Fadenkreuze folgten seinen Handbewegungen. Sie kamen über einem *Greif* zum Stehen. Nelson drückte den rechten Feuerknopf und schleuderte einen grellblauen künstlichen Blitzschlag aus der pistolenförmigen PPK in der Hand des Mechs.

Der Partikelstrahl kochte die gesamte Panzerung vom rechten Arm des *Greif* und machte sich anschließend über die Titanstahlknochen her. Als Nelson den linken Feuerknopf niederdrückte, riß ein zweiter PPK-Strahl riesige Panzerbrocken von der Brustpartie des Zuaven-Mechs. Eingehüllt in Metallkeramikdampf stolperte die Kampfmaschine nach hinten. Der Pilot konnte sie auf den Beinen halten, wenn auch nur gerade eben. Nelson fühlte Respekt und Mitleid.

Zwei Dinge überraschten ihn an diesem ersten Angriff, und er haßte sich für seine Begeisterung über beide Entdeckungen. Die Clanwaffen richteten mehr Schaden an, als die besten Geschützsysteme der Inneren Sphäre. Die Verwüstungen an dem gegnerischen *Greif* waren anderthalbmal so groß, wie er sie von einer vergleichbaren Waffe erwartet hätte.

Zum anderen führte der *Kampftitan* der Roten Korsarin die entstehende Abwärme weit besser ab als die Maschinen der Inneren Sphäre. Ein normaler *Kampftitan* hatte nur eine PPK, und die war anfällig für Überhitzung. In dieser Maschine spürte er selbst nach zwei PPK-Schüssen keine Temperatursteigerung. Er blickte auf die Wärmeskala und stellte fest, daß sich die Anzeige noch im gelben Bereich befand.

»Jetzt sitzt du in einem *echten* Mech, Nelson. Hier kannst du mehr leisten.«

Nelson konzentrierte sich wieder auf den *Greif* und feuerte. Beide PPKs trafen den Mech voll in der Mitte des Torsos. Die Panzerung über seinem Herzen verdampfte, legte die Rippen und interne Struktur für die feurigen Liebkosungen des Partikelstrahls frei. Eine öligschwarze Rauchwolke drang aus dem Mechtorso, gefolgt von einer silbrigweißen Stichflamme. *Ein Reaktortreffer und eine Sprungdüse zerstört.*

Der schwere Impulslaser in der Torsomitte des *Kampftitan* spie einen Blizzard aus grünen Lichtpfeilen auf den bloßgelegten rechten Arm des *Greif*. Sie hämmerten auf das Schultergelenk ein, füllten es mit Feuer und zerschmolzen den Titanstahl. Der Arm fiel zu Boden. Aus dem glühendheißen Schulterende schlugen Flammen und entfachten einen Waldbrand.

Der *Greif* wankte und kippte weg. Er landete flach auf dem Rücken. Sein Kopf war zurückgebogen und starrte gen Himmel. Dann zerplatzte das Kanzeldach unter einer Serie kleiner Detonationen entlang seiner Paßfugen. Aus dem dunklen Cockpit schoß der Pilot auf einem grellweißen Flammenstrahl in seiner Pilotenliege ins Freie. Nelson verlor ihn über den dunklen Wipfeln aus den Augen. Mit etwas Glück hatte er überlebt.

So, Spider ist frei.

Ringsum hatte auch der Rest von Stern Rot den Kampf aufgenommen. Zimmers Zuaven waren zwischen zwei feindlichen Einheiten eingeschlossen. Sie kämpften tapfer, aber gegen die Banditen hatten sie keine Chance. Mit einer fast beiläufigen Eins-Zwei-Kombination zerschmolz Nelson einen *Hermes* von der Brustpartie bis zum Rückgrat, dann drehte er sich zu einem Schußwechsel mit einem *Quasimodo* um. Sein Gegner richtete leichten Schaden an, war jedoch schon nach zwei Salven aus dem Rennen. Nelsons Panzerung war nicht durchschlagen, und er dürstete nach neuen Gegnern.

Als er über Funk vom Ende jeden Widerstands erfuhr, starrte Nelson hinaus über das frühmorgendliche Panorama der Verwüstung. Wo vor kurzem ein Dschungel gestanden hatte, sah er nur noch einen zerstampften Stoppelacker. Hochragende Bäume waren zerborsten wie brüchige Zweige. Überall loderten Brände, und BattleMechwracks bedeckten den Boden wie die Leichen mittelalterlicher Ritter nach einer urzeitlichen Schlacht.

Die Rote Korsarin holte die Kontrolle über den Mech zurück in ihren Teil der Kanzel, dann stand sie auf und sah ihn an. »Vielleicht warst du doch ein Krieger, Nelson. Ich bin beeindruckt. Du hast gute Arbeit geleistet.«

Ihr Tonfall war herablassend, aber von einem Hauch Respekt gezeichnet. Erst genoß Nelson ihr Lob, dann erinnerte er sich, wie er es verdient hatte. *Die Leute da draußen standen auf* meiner *Seite. Ich habe sie nicht nur vernichtet, ich hatte Spaß daran! So sieht es also aus, wenn man sein Mitgefühl verliert.*

Die Rote Korsarin setzte sich wieder und schnallte sich an. »Aber es gilt noch mehr Söldner zu töten. Ich werde dir zeigen, was ein wahrer Krieger leisten kann, Nelson, und du wirst verstehen, warum uns die Innere Sphäre niemals wird aufhalten können.«

Ihre Arroganz ärgerte ihn. »Wenn ich mich recht entsinne, sind die Wölfe hinter uns her. Die Innere Sphäre braucht uns gar nicht aufzuhalten.«

»Wir werden sehen, Nelson. Noch sind die Wölfe nicht hier, und unbesiegbar sind die auch nicht.«

Zwölf Stunden später stürmte Kommandant Israel Zimmer in den Funkwagen, der als seine Kommandozentrale fungierte. Er wäre lieber im Feld gewesen, aber nachdem sein *Marodeur* in der verlorenen Schlacht um Shasta ein Bein verloren hatte, mußte er auf die Reparatur oder einen Mech warten, dessen Pilot ausgefallen war. Letzteres war eher zu erwarten, aber er freute sich nicht gerade, auf diese Weise wieder in den Kampf eingreifen zu können.

»Haben Sie endlich eine sichere Verbindung zu den anfliegenden Landungsschiffen, Lieutenant?«

Der junge KommTech nickte und gab den Platz vor einem zusammengeflickten Visiphongerät frei. Er deutete auf einen Knopf. »Damit aktivieren Sie die Leitung, Sir.«

Zimmer zwinkerte dem jungen Burschen zu. »Ich hab so'n Ding schon mal benutzt, Lieutenant.«

»Ja, Sir.« Der junge Offizier wurde rot, aber Zimmer winkte ab. Der Junge trug noch ein Hemd mit den Streifen eines Corporal, und das Lieutenantsabzeichen auf seinem Kragen war blutbefleckt. »Alles ist bereit, Sir.«

Zimmer drückte den Knopf und brachte das Bild eines streng blickenden Offiziers auf den Schirm. »Hier ist Kommandant Israel Zimmer von Zimmers Zuaven. Wir könnten Ihre Hilfe wirklich brauchen.«

Der Mann auf dem Schirm verzog das Gesicht. »Sie sind Söldner, frapos?«

Zimmers Augen wurden zu Schlitzen. »Allerdings. Mit wem habe ich das Vergnügen?«

»Ich bin Sterncolonel Conal Ward, Kommandeur der 31. Wolf-Solahma. Wir werden auf Ihrem Planeten landen und die Banditen stellen. Unsere Landezone ist Ihr Sektor 3342. Bitte ziehen Sie Ihre Truppen von dort ab.«

»Wie bitte?«

Conal starrte unbewegt aus dem Schirm. »Sektor 3342. Machen Sie ihn frei. Ich habe dort einen Kampf mit den Banditen vereinbart.«

»Sterncolonel, mein Bataillon hat sich in diesem Sektor eingegraben. Wenn ich meine Leute von da abziehe, sind sie verloren. Wenn Sie in 3244 landen, setzen Sie nordwestlich von unseren Stellungen auf und wir haben die Banditen in der Zange. Wir sind nicht allzu beweglich, aber wir können immer noch feuern.«

»Kommandant Zimmer«, erwiderte der schwarzhaarige Clanner kalt, »wenn Sie Ihre Truppen *nicht* abziehen, sind sie verloren. Ich werde nicht zulassen, daß Ihre Leute sich in unseren Kampf einmischen.«

»*Ihren* Kampf?« Zimmer schlug mit der Faust auf die Stuhllehne, und der Lieutenant an seiner Seite zuckte zusammen. »Jetzt hören Sie mal gut zu, Sie Hundesohn. Ich befehlige, was von meinem Söldnerbataillon und der planetaren Miliz noch übrig ist. Wir kämpfen seit sechzehn Stunden gegen diese Banditen und konnten uns gerade erst im Schutz der Dunkelheit neu formieren. Wir sind gute Soldaten, und wir lassen uns nicht einfach abschieben!«

»Na schön.« Conal hob den Kopf. »Womit verteidigen Sie 3342?«

»Sind Sie völlig verblödet?« Zimmer schlug auf den Schirm. »Das habe ich Ihnen doch gerade erklärt. Ich verteidige mit allem, was ich verdammt noch mal habe.«

»Ausgezeichnet!« Conal lächelte Zimmer an. »Ich freue mich auf unsere Begegnung, Kommandant. Wir kommen in einer Stunde an. Gut gehandelt und akzeptiert.«

Der Schirm wurde dunkel, und Zimmer starrte ihn eine Sekunde wortlos an, bevor ihm klar wurde, daß das Gespräch beendet war. »Was, zum Teufel, ist hier gerade passiert, Lieutenant?«

»Ich bin mir nicht sicher, Sir.« Der junge Mann schüttelte besorgt den Kopf. »Aber ist ›Gut gehandelt und akzeptiert‹ nicht die Redewendung, mit der die Clans eine Kampfansage annehmen?«

»Ich hoffe bei Gott, daß Sie sich irren, Lieutenant.« Zimmer stand auf und blickte aus der Tür zum Himmel. Hoch über sich konnte er — wie ein Sternbild, das langsam seine Position veränderte — die Clan-Landungsschiffe beim Eintauchen in die Atmosphäre sehen. »Unglücklicherweise sieht es nicht danach aus.«

21

Ausbildungszentrum Fort Ian, Port Moseby
Vereinigtes Commonwealth

20. Juni 3055

Victor Davion schlug auf die Leertaste der Computertastatur, und das Hologramm des Schlachtfelds über dem schwarzen Besprechungstisch erstarrte. Es zeigte eine Übermacht roter BattleMechs, die eine blaue Einheit eingekesselt hatten. »Das sieht gar nicht gut aus, Galen.«

»Stimmt, Sir.« Galen betrachtete die Zahlen auf der Konsole vor sich. »Unglücklicherweise ist das der wahrscheinlichste Ausgang einer Finte der Roten Korsarin Richtung Rupert mit anschließendem Angriff auf Shasta. Zimmer könnte die Zuaven heranbringen, um die Belagerung aufzubrechen und die Stadt zu verteidigen, aber das wäre Wahnsinn. Der lange Marsch würde einen Hinterhalt geradezu herausfordern, besonders im Livingston-Dschungelpark.«

»Die Schlüsselfrage ist: Kann er durchhalten, bis die Wölfe eintreffen?«

Victors Adjutant zuckte die Achseln. »Wenn wir annehmen, daß Zimmer eine Verteidigungsstellung aufbauen kann, die den Banditen eine Weile zu schaffen macht, denke ich schon. Die Einunddreißigste Wolf-Solahma soll sich im schnellen Anflug befinden.«

Der Prinz schüttelte fast abwesend den Kopf. »Ein Anflug mit eineinviertel g ist nicht *schnell.*«

»Sie meinen, nicht schnell genug für Ihren Geschmack, Sir.« Galen strich sich eine blonde Haarsträhne aus der Stirn. »Um die Kampfbereitschaft unserer Truppen zu erhalten, fliegen wir nie schneller als mit anderthalb g an.«

»Aber die Clans sind doch angeblich Superkrieger.«

Victor schlug mit der Faust in die offene Handfläche. »Sie könnten sich, verdammt noch mal, etwas mehr beeilen, damit unsere Leute überleben.«

Galen sah auf. »Ich dachte, Sie hätten mir erzählt, daß Sie die Zuaven auf Arc-Royal vor den Kell Hounds runtergeputzt haben.«

Victor winkte ab. »Was interessiert mich mein dummes Geschwätz von vor zwei Monaten.« Er warf einen Blick auf die Zeitanzeige in einer Ecke des Hologramms. »Wo *bleibt* dieser ComStar-Präzentor? Erst erzählt er mir, er habe eine Priorität-Alpha-Nachricht für mich, und dann nimmt er sich alle Zeit der Welt, bevor er hier auftaucht. Kein Wunder, daß die Clans sich entschieden haben, Terra zu erobern.«

Galen brach in Lachen aus, und nach ein paar Sekunden stimmte Victor ein. Der Heiterkeitsausbruch löste etwas von der Spannung, unter der sie beide standen. »Das Schlimmste dabei ist, daß die Untoten Deia nicht annähernd schnell genug erreichen könnten, um Zimmer zu retten, egal, wie sehr wir uns auch beeilen. Es würde einen Monat dauern, da rauszukommen ...«

»Und selbst das nur, wenn Sie jedes greifbare Sprungschiff unter Ihr Kommando stellen.«

»Deswegen heißt es Kommandostrecke, Galen. Wer das Kommando hat, bestimmt die Strecke.« Victor ließ die Simulation weiterlaufen. »Diesmal schaffen wir es nicht mehr, sie aufzuhalten, aber beim nächsten Mal werden wir zur Stelle sein.«

Als ein leises Klopfen an der Tür des Besprechungsraums ertönte, fror Victor die Simulation wieder ein. »Herein.«

Ein älterer Mann in der einfachen weißen Robe eines ComStar-Präzentors schlüpfte durch die einen Spaltbreit geöffnete Tür. »ComStar-Präzentor Marcellin zu Diensten, Hoheit.« Die Grabesmiene des Mannes ließ keinen Zweifel daran, daß die Nachricht, die er überbrachte, trauriger Natur war.

»Also bitte, Präzentor. Wie schlimm steht es auf Deia?«

»Hoheit?«

»Sie haben doch Nachricht von Deia bekommen, oder? Reden Sie, raus damit.« Victor nickte Galen zu, und sein Adjutant machte sich bereit, den Bericht des Präzentors in Daten umzusetzen, die der Computer verarbeiten konnte. »Nun los, Mann, ich habe nicht den ganzen Tag Zeit!«

»J-ja, Hoheit.« Marcellin blinzelte mehrmals, dann fing er sich. »Die Zuaven haben in Sektor 3342 Verteidigungsstellungen bezogen.«

»Burtons Zuflucht. Der Flußlauf des Speke bildet eine Art Burggraben. Erhöhtes Gelände, kein leichter Zugang. Das einzunehmen wird schwierig.« Galens Kommentar kam stockend, während er die Informationen in den Computer eingab. Die Simulation formte sich neu. Die blauen Einheiten wurden mit grünen Truppen verstärkt und standen jetzt oberhalb ihrer roten Gegner. Ein hellblauer Flußlauf trennte die Parteien. »Ungefähre Stärken?«

Der Präzentor begann zu zittern. »Ich weiß nicht, Sir. Ich bin kein Militär. Zimmer soll ein Bataillon gehabt haben, aber das waren die Reste der Miliz und seiner Leute. Er hat eine ganze Kompanie im Dschungel verloren.«

Galen betätigte einige Tasten, und die Zahl der Verteidiger sank, aber nicht genug, um Victor jede Hoffnung zu nehmen. »Galen, Zimmer hat's geschafft. Dadurch, daß die Banditen keine Raketen einsetzen, werden sie es verteufelt schwer haben, diese kleine Festung zu nehmen. Er kann sich Tage halten.« Der Prinz blickte zum Präzentor auf. »Sind die Wölfe eingetroffen?«

»Ja, Hoheit.«

Victor klatschte in die Hände. »Jetzt haben wir sie! Sie müssen hinter den Banditen aufgesetzt haben, um sie einzukesseln. Wo sind sie gelandet?«

»Sektor 3342.«

Victor kniff die Augen zusammen. »Im selben Sektor? War Zimmer so kurz vor dem Zusammenbruch? Sind sie dort gelandet, um die Verteidigung zu verstärken?«

Der Präzentor schüttelte den Kopf. »Nein, Hoheit, um den Sektor zu erobern.«

»Was!«

Der ComStar-Mann breitete hilflos die Arme aus. »Mehr weiß ich nicht, Hoheit. Bitte, glaubt mir. Die letzte Meldung besagte, daß die Wölfe am Fluß gegen Zimmers Truppen kämpfen. Die Banditen haben diese Gelegenheit dazu benutzt, sich zurückzuziehen, und befinden sich möglicherweise im Abflug. Aber glaubt mir, mehr weiß ich nicht.«

Victor hämmerte mit der Faust auf den Tisch. »Diese verfluchten Hurensöhne! Was, zur Hölle, geht hier vor? Die Wölfe sollten Zimmer helfen und ihm nicht den Garaus machen! Was, zum Teufel, glauben diese Clanner eigentlich, wer sie sind? Was glauben sie, ist das hier? Wenn wir dagewesen wären, Galen, hätte die ganze Situation anders ausgesehen.« Der Prinz stieß einen Finger in Richtung des Präzentors. »Sie werden eine Priorität-Alpha-Botschaft in meinem Namen an den ilKhan der Clans senden. Text wie folgt: Am 19. Juni 3055 ist Ihre 31. Wolf-Solahma auf Deia gelandet und hat die einzige Einheit vernichtet, die diesen Planeten gegen die Banditen verteidigte, welche die 31. zu jagen beauftragt war. Obwohl ein derartiges Handeln nur durch einen Irrtum erklärt werden könnte, wie er in der gesamten Geschichte der Menschheit noch nicht vorgekommen ist, werde ich darauf verzichten, die sofortige Jagd und Vernichtung der 31. Wolf-Solahma zu befehlen und damit bis zum Eintreffen Ihrer Erklärung dieses Vorfalls und Ihrer Entscheidung über das weitere Vorgehen der Einheit warten. Von diesem Augenblick an wird die Zehnte Lyranische Garde die Jagd nach den Banditen hauptverantwortlich übernehmen. Die 31. Wolf-Solahma wird nur noch als untergeordnete Einheit unter meinem Befehl agieren. Bei der geringsten Einmischung in die Aktionen der Garde werde ich ihre sofortige Vernichtung anordnen.«

Der Präzentor nickte unbehaglich. »J-ja, Hoheit.«

»Galen, setz die erforderlichen Befehle auf, um alles in Bewegung zu setzen. Aller Urlaub wird gestrichen, und die örtlichen Reserveeinheiten werden aktiviert, um bei der Einschiffung zu helfen. Wenn nötig, werden wir private Frachter requirieren.« Der Prinz schloß die Augen. »Wir brauchen Vorräte für einen Monat im Transit. Den Rest können wir unterwegs aufnehmen. Außerdem werden wir Umbausätze mitnehmen, um alle Maschinen auf den neuesten Stand zu bringen. Setzen Sie sich in Verbindung mit den Hilfsbasen und veranlassen Sie die Aktivierung der Beratungsnetzwerke. Außerdem tritt Generalerlaß 4492 über die Stundung von Hypotheken und Krediten in Kraft.«

»Ja, Sir.«

Victor öffnete die Augen wieder und sah den ComStar-Präzentor noch immer am anderen Ende des Tisches stehen. »Was machen Sie hier noch, Mann? Ich habe Ihnen eine Nachricht übergeben.«

Der Mann schluckte. »Ja, Hoheit. Ich weiß.«

»Was ist denn noch?« Victor breitete die Hände aus. »Sie sehen doch wohl, daß ich *zu tun* habe.«

»Ja, Hoheit, ich weiß.« Der Mann rang ängstlich die Hände. »Es ist nur so, daß ich noch keine Gelegenheit hatte, die Botschaft zu überbringen, wegen der ich gekommen bin.«

Victor schüttelte den Kopf und beugte sich über den Tisch. »Also?«

»Es ist Eure Mutter, Hoheit.« Der Mann stockte einen Augenblick. »Es war eine Bombe. Mein tiefstes Beileid.«

Victor hatte das Gefühl, als habe ihm jemand die Beine weggeschossen. Er ließ sich fallen, rutschte vom

Rand des Stuhls ab und fiel auf den Boden. Der Stuhl stürzte scheppernd neben ihn, und er schleuderte ihn wütend davon. »Mein Gott!« Er zitterte.

»Es ist kein Zweifel möglich?« Er hörte die Frage, ohne die Stimme als seine eigene zu erkennen.

»Es wurde augenblicklich Alarm gegeben, Hoheit. Man hat keine Details veröffentlicht, aber die Botschaft war — eindeutig.« Die Stimme des Präzentors wurde sanfter. »Eine Bombe explodierte direkt vor dem Rednerpult, während sie eine Ansprache ...«

»Das ist nicht nötig, Sie Ghul!«

»Nein, Galen ...« Victor sah zu seinem Freund hoch, der neben ihm auf ein Knie sank. »Bitte, reden Sie weiter, Präzentor.«

»Es war beim Einweihungsbankett der Bibliothek. Dutzende Menschen sind bei der Explosion umgekommen, und eine große Anzahl wurde schwer verletzt. Eure Mutter ist ohne Schmerzen gestorben.«

Victor streckte den Arm aus und hielt sich mit der Linken am Tischrand fest. Galen half ihm auf. Er stützte sich auf den Tisch. Er biß die Zähne zusammen und versuchte, die Tränen zurückzuhalten. Es war zwecklos. Er heulte wie ein Schloßhund, während er mit der Faust auf die Tischplatte einschlug. »Verdammt, verdammt, verdammt!«

Der ComStar-Präzentor verneigte sich. »Ich werde Euch allein lassen, Hoheit.«

Victor schüttelte den Kopf und zwang sich, den dumpfen Schmerz in seinem Kopf zu ignorieren. »Nein, warten Sie. Galen, sammel alle Informationen, die wir über die Banditen haben. Auch die Geist-Akte. Mach sie fertig, damit der Präzentor sie abschicken kann. Präzentor, Sie müssen noch eine Botschaft für mich abschikken. Ist meine Schwester auf Tharkad?«

»Katrina? Ja, Hoheit.«

Victor wischte sich mit dem linken Arm die Tränen aus dem Gesicht. »Sagen Sie Katherine, daß ich komme.

Sie soll die Trauerfeierlichkeiten ausrichten, wie sie es für richtig hält. Der Leichnam meiner Mutter« — seine Eingeweide verkrampften sich, als ihm die Bedeutung dieser Worte klar wurde — »wird nicht in einer Verfassung sein, die es ermöglicht, sie in einem offenen Sarg aufzubahren, wie es bei meinem Vater geschehen ist. Wenn Sie es für besser hält, braucht sie mit dem Begräbnis nicht auf meine Ankunft zu warten. Ich möchte, daß man sich an meine Mutter so erinnert, wie sie im Leben war.« Der Prinz hob die Augen zur Decke und preßte die Lider zusammen. Aus den Augenwinkeln rannen Tränen. »Außerdem möchte ich während des Fluges mit Priorität Alpha über die Untersuchungen auf dem laufenden gehalten werden. Würden Sie der Prima und dem Präzentor Martialum bitte mitteilen, daß ich um ComStars Mithilfe bei der Suche nach Botschaften bitte, die in Verbindung mit dem Attentat stehen könnten?« Victor öffnete die Augen wieder und wischte sich noch einmal übers Gesicht.

Der Präzentor nickte ernst. »Ich werde alles veranlassen.« Der Mann hob die Hand. »Was die Botschaft an den ilKhan betrifft: Soll ich sie noch immer absenden?«

Galen schüttelte den Kopf. »Victor, wir können auf keinen Fall hinter den Banditen herjagen, während du auf Tharkad bist.«

»Du hast recht, Galen.« Der Prinz blickte den Präzentor an. »Senden Sie die Botschaft, aber wir werden den Namen der Einheit ändern.«

»Hoheit?«

»Zimmers Leute waren *meine* Leute, und die Banditen *werden* vernichtet werden.« Victor legte die linke Hand um die zur Faust geballte Rechte. »Zimmers Leute waren auch die Leute der Kell Hounds. Das Schicksal hat mir ein übles Blatt gegeben, aber mit den wütenden Kell Hounds auf ihrer Fährte haben die Banditen auch kein besseres.«

22

Tamar
Wolfsclan-Besatzungszone

21. Juni 3055

Phelan Ward salutierte, als er das Quartier des ilKhans betrat. »Melde mich zur Stelle, Sir.«

Der schlanke, weißhaarige ilKhan erwiderte den Gruß, dann reichte er Phelan die Hand. »Galaxis Beta scheint sich unter deinem Befehl zu entwickeln, Phelan«, stellte Ulric Kerensky fest. Er setzte sich in einen Faltstuhl und bot Phelan auch einen Platz an. »Ihre Leistungen waren schon vor deiner Rückkehr gut, und im letzten Monat sind sie noch besser geworden. Du hast dir ein Lob verdient.«

Der jüngere Mann lächelte. »Ich werde Ihr Lob weitergeben. Sterncolonel Athen Kederk hat wahre Wunder vollbracht, seit er vom 328. Sturmsternhaufen zu uns kam. Ich muß Ihnen dafür danken. Ich danke Ihnen auch dafür, daß wir die Dreizehnte Wolfsgarde behalten durften, als Natascha das Kommando über Galaxis Alpha übernahm. Sie wissen auch jetzt noch, wie man einen Gegner mit den erstaunlichsten taktischen Winkelzügen überrascht.«

Ulric lachte. »Die Einheiten, die beim Training gegen die Wolfsspinnen angetreten sind, formulieren ihre Meinung über sie in der Regel weniger schmeichelhaft.«

»Das kann ich mir vorstellen.« Phelan legte sich gegen die Tuchlehne des Stuhls zurück. Er sah sich in dem spärlich eingerichteten Raum um. Seit seiner ersten Begegnung mit Ulric Kerensky hatte dieser sich kaum verändert. Als er auf dem Sprungschiff *Höhlenwolf* in Khan Kerenskys Quartier eingeladen worden war, hatte er bemerkt, daß dort alles entweder strikt anwendungsorientiert oder ästhetisch einfach gehalten war. Die meisten der Einrichtungsgegenstände hier auf Tamar waren dieselben, die bei der Invasion der Inneren Sphäre in Ulrics Kabine gestanden hatten.

Ulric strich sich über den weißen Kinnbart, bevor er weitersprach. »Ich habe dich gerufen, weil ich beunruhigende Nachrichten habe.«

Der Tonfall des ilKhans überraschte Phelan. Er drückte Bedauern aus, aber gleichzeitig schien Ulric unsicher, wieviel er weitergeben sollte. »Was ist?«

»Vor zwei Tagen tötete ein Attentäter auf Tharkad Archon Melissa Steiner. Er löste bei einem Bankett, an dem sie teilnahm, eine Bombe aus.«

»Mein Gott!« Phelans Gesichtszüge entgleisten. »Wer hat das getan?«

Ulric schüttelte den Kopf. »Ich weiß es nicht, ebensowenig wie der ComStar-Präzentor, der die Nachricht überbrachte. Er hat mir jedoch mitgeteilt, daß auch deine Eltern an dem Essen teilnahmen. Dein Vater stellte Melissa Steiner vor, und beide saßen auf der Bühne.« Der ilKhan atmete tief durch. »Deine Mutter wurde von der Explosion getötet. Dein Vater wurde schwer verletzt und ist in Behandlung.«

Der seltsame Tonfall in Ulrics Stimme stand im Widerspruch zur Tragweite seiner Mitteilung. Phelan wollte nicht glauben, was er gehört hatte, und konzentrierte sich darauf, daß ClanKrieger ihre wahren Eltern nie kennenlernten. Ulric konnte nicht wissen, wie schwer ihn diese Nachricht traf. Er konnte seinen Worten nicht in gebührender Weise Trauer und Mitgefühl beimischen, weil er keine Gefühle verstehen konnte, die er selbst nie gekannt hatte.

»O Gott.« Phelan sackte zusammen. »Mutter ... tot? Das kann nicht sein. Das *kann* nicht sein. Ich hab sie erst vor einem Monat gesehen.« Er sah zu Ulric auf, und ein krächzendes Lachen drang aus seiner Kehle. »Nach der Pensionierung meines Vaters sind die beiden nach Tharkad gereist, um die Einheit, den Kampf und den Tod eine Weile zu vergessen. Sie hat dem Tod auf dem Schlachtfeld so oft ein Schnippchen geschlagen ... wie konnte er sie bei einem Bankett überraschen?«

Der ilKhan schüttelte nur den Kopf. »Ich kann nicht einmal annähernd verstehen, was du fühlst, Phelan, aber ich wünschte mir, ich könnte es.«

»Verzeihung, ilKhan, aber das sind Gefühle, die Sie sich *nicht* wirklich wünschen können.«

»Doch, das tue ich, und nicht etwa, weil ich mir Gedanken mache, wie sich das auf deine Leistungen auswirken wird. Du bist ein Freund, und ich kann sehen, daß es dich ... tief schmerzt.« Ulric senkte den Blick. »Ich habe noch mehr unangenehme Neuigkeiten.«

Phelan hob schnaufend den Kopf. »Wer A sagt, muß auch B sagen.«

»Etwa zur selben Zeit sprang die 31. Wolf-Solahma über Deia ab. Sie landete auf den Überresten von Zimmers Zuaven und der Deia-Miliz. Sie haben sie zerfetzt und dabei die Banditen entkommen lassen. Da Conal seine Luft/Raumjäger weggeboten hat, um diesen Auftrag zu erhalten, konnte er die Banditen nicht verfolgen, als sie den Planeten verließen.«

»Conal hat eine Einheit angegriffen, der er zu Hilfe kommen sollte?« Phelan saß kerzengerade auf seinem Stuhl. »Was, in aller Welten, hat ihn dazu veranlaßt?«

Ulric stieß langsam den Atem aus. »Conal behauptet, daß er den Söldnerkommander aufgefordert hat, seine Truppen aus einer Verteidigungsstellung abzuziehen, die Conal einnehmen wollte. Der Kommandeur weigerte sich und nahm Conals Herausforderung an, um die Position zu kämpfen.«

Phelan atmete mit wogenden Nüstern ein. Ohne jeden Zweifel war die Handlungsweise Conals — des schleimigsten Bastards, der je das Licht einer Sonne erblickt hatte — für einen Clansmann absolut gerechtfertigt. Aber er war sich ebenso sicher, daß Conal die Zuaven hauptsächlich aus zwei Gründen angegriffen hatte.

Erstens waren sie Söldner, und die Clans betrachteten Söldner ganz allgemein mit noch größerem Abscheu als die Banditen, die Conal eigentlich jagen sollte.

Und zweitens standen die Zuaven mit den Kell Hounds in Verbindung, und damit mit ihm, Phelan. »Sie wissen natürlich, warum Conal das getan hat, frapos?«

»Das steht außer Frage«, bestätigte Ulric mit kurzem Nicken. »Du weißt natürlich, was wir im Gegenzug unternehmen müssen.«

»Mein Befehls-Trinärstern ist innerhalb einer Woche abflugbereit. Wir werden die Banditen schnell erledigt haben. Nach der Beerdigung meiner Mutter werde ich im Raum des Vereinigten Commonwealth zum Silbernen Keshik stoßen.«

»Nein.«

»Nein?«

Ulric stand auf und strich sich über den Kinnbart, während er auf und ab wanderte. »Ich kann weder den Silbernen Keshik noch einen anderen Teil deiner Galaxis ins Vereinigte Commonwealth senden. Bei deinem Vorschlag hast du etwas übersehen. Aber das ist nicht dein Fehler.«

»Was denn?«

»In der Inneren Sphäre ist es möglich, ja sogar wahrscheinlich, daß eine Elite-Einheit damit beauftragt wird, Probleme mit Banditen zu lösen.« Ulrics blaue Augen begegneten Phelans Blick. »Soweit ich mich entsinne, haben wir dich gefangengenommen, während die Kell Hounds eine derartige Aufgabe durchführten.«

Phelan nickte. »So ist es.«

»Bei den Clans jedoch ist die Jagd auf Banditen keine Aufgabe für wahre Krieger. Sie ist Einheiten aus alten oder entehrten Kriegern vorbehalten, die in Ehren sterben wollen …«

»Oder größenwahnsinnigen Narren, die *gewaltige* Fehler machen.«

»Allerdings, aber Conal als einen Narren zu sehen, hieße, sich auf seine Stufe hinabzubegeben. Er *ist* schlau, und ohne Zweifel hat er die Zuaven wegen ihrer Beziehung zur Einheit deiner Familie angegriffen.« Ulric verschränkte die Arme vor der Brust. »Außerdem wußte Conal, daß er damit mich und das Vereinigte Commonwealth zum Handeln zwingen würde.«

»Das VerCom kann sich nicht darauf verlassen, daß wir die Banditen stellen. Es muß eine eigene Einheit auf sie ansetzen.« Phelan richtete den Blick auf Ulrics Stuhl. »Ryan Steiner verlangt bereits seit längerem, daß diese Ehre einer Skye- oder Tamar-Einheit zufällt. Victor will den Auftrag für die Zehnte Lyranische Garde. Der Archon hätte wahrscheinlich Ryans Drängen nachgegeben und gebetet, daß Conal ihm einen Strich durch die Rechnung macht. Aber jetzt, nach dem Tod des Archon, regiert Victor. Er wird nicht die Zehnte Lyranische Garde losschicken, aber Ryan wird er auch nicht kämpfen lassen.«

»Ich habe eine Nachricht von diesem Victor erhalten. Er verzichtet bis zur Erklärung ihres Handelns darauf, die Vernichtung der 31. Wolf-Solahma zu befehlen. Er besteht auch darauf, daß die Solahma nur noch unter dem Befehl der Einheit agiert, die er zur Jagd auf die Banditen festlegt.«

»Das ist typisch Victor.« Phelan runzelte die Stirn. »Conal wird dem niemals zustimmen. Er wird keinen Befehl von jemand aus der Inneren Sphäre befolgen.«

»Aus genau diesem Grund wirst du als Verbindungsoffizier zwischen der 31. Solahma und der Inneren-Sphäre-Einheit fungieren.« Der ilKhan blieb hinter seinem Stuhl stehen und lehnte sich auf. »Victor hat die Kell Hounds ausgewählt.«

Phelans Überraschung verwandelte in sich ein Gefühl des Unheils. »Conal wird nicht auf mich hören, und es wird ihm auch überhaupt nicht gefallen, Befehle von einer Söldnereinheit zu erhalten. Ganz besonders nicht von *der* Söldnereinheit.« Er dachte einen Moment nach, und seine Stimmung wandelte sich in kalte Genugtuung. »Andererseits muß Conal mir gehorchen, weil ich ein Khan bin. Und er muß Leistung bringen, wenn er sich nicht der Schande aussetzen will, daß eine Söldnereinheit schafft, was er nicht zustande bringt. Vielleicht ist diese Konstellation gar nicht so schlecht.«

»Conal spielt bereits auf sicher.«

»Wie das?«

Ulric richtete sich wieder auf. »Er hat angedeutet, daß die Banditen keine Clan-Renegaten sein könnten, wie wir alle bis jetzt angenommen haben. Er behauptet, es sei eine heimlich von Ryan Steiner finanzierte Söldnertruppe. Er behauptet, die Überfälle sollten den Bewohnern der Grenzregionen den Eindruck vermitteln, sie seien nicht sicher, und den Davions sei ihr Schicksal gleichgültig. Nach seinen Worten ist unsere Hilfe bei der Jagd nach den Banditen eine Bedrohung für den Frieden *und* möglicherweise sogar ein Indiz dafür, daß ich mit hinterlistigen Täuschungsmanövern dafür eingespannt werde, die Innere Sphäre zu stabilisieren, damit sie uns nach Ablauf des Waffenstillstands effektiv Widerstand leisten kann.«

»Und ich bin derjenige, der Sie hinterlistig getäuscht hat, frapos? Mit mir als Conals Verbindungsoffizier wird er, wenn er die Banditen erwischt, behaupten, er hätte trotz all meiner Versuche Erfolg gehabt, ihn aufzuhalten. Und wenn er versagt, ist es meine Schuld.« Phelan legte die Handflächen aneinander. »Was für ein Pech für Conal, daß die Clans keine Politikerkaste haben.«

»In der Tat.« Ulric ging hinüber zum Schreibtisch und hob eine Holodisk hoch. »Hier habe ich den Befehl für deinen sofortigen Abflug. Du wirst im Raum des Vereinigten Commonwealth zu den Kell Hounds stoßen.«

Phelan stand auf. »Warum nicht beim Begräbnis meiner Mutter?«

»Soweit ich es verstanden habe, wird es vorerst kein

Begräbnis geben.« Ulric klopfte mit der Holodisk auf die Fingerspitzen. »Dein Vater hat entschieden, daß der Leichnam deiner Mutter nach Arc-Royal gebracht und dort konserviert wird, bis sich alle Kell Hounds dort versammeln können. Soweit ComStar weiß, haben sich die Hounds auf Arc-Royal bereits eingeschifft.«

»Erst die Arbeit, dann die Trauer.« Der junge Khan nahm die Disk. »Ich werde mit der *Eulennest* fliegen — ich will kein größeres Landungsschiff abziehen.«

»Ich stimme dir zu.«

»Und sie wird je einen Trinärstern Elementare, Luft/Raumjäger und BattleMechs mitführen. Es wäre Verschwendung, sie leer abfliegen zu lassen.«

»Stimmt.« Ulric senkte die Lider. »Allerdings werden die Truppen, die du mitnimmst, sich entehrt fühlen, weil sie Jagd auf Banditen machen.«

Phelan blockte den Einwand ab. »Kaum. Ich bin ein Khan. Mir steht eine Ehreneskorte zu, frapos?«

»Pos, aber selbst ich reise nicht mit drei Trinärsternen.« Ulric hob den Kopf. »Du kannst je einen Strahl Elementare und Jäger und einen Stern Mechs mitnehmen.«

»Wenn der Khan des *Wolfsclans* mit so wenigen Kriegern reist, lassen die Jadefalken uns nie durch ihr Gebiet. Mindestens zwei Sterne jeder Gattung. Das wären sechs Sterne, so viele, wie ich als Khan tragen darf.«

»Aber vergiß nicht, daß du der *Junior*-Khan bist. Vielleicht würden es die Jadefalken akzeptabel finden, wenn dein Strahl Jäger von je einem Stern Mechs und Elementaren begleitet wird.«

»Sie würden es für eine ausgezeichnete Gelegenheit halten, mich abzuschießen, wenn ich nur zwei Jäger als Eskorte mitführe. Gestehen Sie mir wenigstens je einen Stern aller drei Waffengattungen zu.«

»Einverstanden.«

Ulric hätte den Handel damit beendet, aber Phelan hob die Hand. »Und da es sich um eine *Ehreneskorte und* eine Verbindungseinheit handelt, sollte ich Personal mitnehmen, das weiß, wie man sich in der Inneren Sphäre zu verhalten hat und eine gewisse Erfahrung mit ihren Bewohnern besitzt. Die Sterncaptains Evantha Fetladral und Ranna sollten mich begleiten. Evantha kann den Elementarstern kommandieren. Ich würde auch gerne Sterncaptain Carew als Kommandeur des Jägersterns mitnehmen.«

»Carew ist Unblut. Das Kommando über das Geschwader sollte bei einem Blutnamensträger liegen.«

»Oder jemand, der einen Platz im nächsten Blutrechtskampf der Nygren-Linie sicher hat.« Phelan behielt den ilKhan im Auge, während er seinen Wunsch vortrug. »Der ilKhan sollte in der Lage sein, in dieser Hinsicht einen gewissen Einfluß geltend zu machen.«

Ulric nickte langsam. »Das sollte er. Hast du sonst noch Wünsche?«

»Ja.« Phelan verschränkte die Hände auf dem Rücken. »Ich möchte Ragnar mitnehmen. Wegen seiner Aktionen auf Arc-Royal haben wir ihn bereits in die Kriegerkaste aufgenommen. Ich möchte ihm einen Mech in meiner Ehreneskorte zuteilen, obwohl er noch nicht ausgetestet ist. Und ich möche Lajos in meinem Stern haben.«

»Das macht vier. Möchtest du Vlad als fünften Mann?«

Hübscher Vorschlag, Ulric. Phelan unterdrückte seine Reaktion auf den Vorschlag des ilKhan, seinen Erzrivalen unter ihm dienen zu lassen. »Ich denke nicht, ilKhan. Galaxis Delta hat einen schweren Verlust erlitten, als Conal Ward zum 31. Wolf-Solahma abkommandiert wurde. Sterncaptain Vlad hat vollauf damit zu tun, seinen Trinärstern wieder an die Leistung heranzuführen, zu der er auf Tukayyid fähig war. Ich habe mir gedacht, der ilKhan könnte jemand Brauchbaren vorschlagen.«

»Du wirst Alita von der 4. Wolfsgarde mitnehmen.

Sie gehört zur Winson-Blutlinie. Es wäre gut für sie, etwas über die Innere Sphäre zu erfahren.«

Der Vorschlag war interessant. Phelan wußte kaum etwas von Alita, abgesehen von ihrer Verwundung auf Tukayyid. Ihre Wahl durch Ulric deutete darauf hin, daß er in der Zukunft eine einflußreiche Rolle für sie vorsah. Außerdem schien er zu erwarten, daß sie bald einen Blutnamen errang. Phelan glaubte sich zu erinnern, daß sie nach Tukayyid nicht um einen Winson-Blutnamen gekämpft hatte, weil ihre Verletzungen noch nicht ausgeheilt gewesen waren.

»Danke, ilKhan. Ein ausgezeichneter Vorschlag.«

»Gut. Ich genehmige deine Bitte, aber nur, weil ich im Gegenzug etwas von dir erwarte.« Ulrics Miene wurde hart. »Das ist auch der Grund, warum ich dich schicke und nicht Natascha.«

»Und dieser Grund ist?«

»Diese Banditen bedrohen den Waffenstillstand. Sie geben der Bevölkerung der Inneren Sphäre das Gefühl, verwundbar zu sein, und den Jadefalken Gelegenheit, auf der Schwäche der Inneren Sphäre herumzureiten. Der Schaden, den diese Banditen anrichten, hat den Versuchen der Kreuzritter, den Waffenstillstand zu widerrufen und den Vorstoß auf Terra fortzusetzen, neues Leben eingehaucht.«

»Aber vereinzelte Überfälle sind sehr viel einfacher als ein Eroberungskrieg.«

»Allerdings, und genau mit diesem Argument halte ich dagegen.« Der ilKhan legte die Hände auf Phelans Schultern. »Deine Hauptaufgabe besteht darin, den Waffenstillstand zu erhalten. Tu, was immer dazu nötig ist. Wenn du die Banditen bis Strana Metschty jagen mußt, soll es mir recht sein.«

Phelan nickte. »Und wenn ich Conal daran hindern muß, eine weitere Greueltat zu begehen?«

»Was immer nötig ist.«

23

Ladestation, Thuban
Vereinigtes Commonwealth

26. Juni 3055

Carl Ashe verließ das Landungsschiff *Columbus* in der Thuban-Ladestation, um auf eine Fähre zum Planeten zu warten. Ashe ging direkt zur Ersten Orbitalhandelsbank, wo er in die Panzerkammer mit den Schließfächern vorgelassen wurde, nachdem ihn der Netzhautscanner identifiziert hatte.

Aus seinem Fach holte er neue Ausweispapiere und eine Magnetschlüsselkarte. Dann legte er seine alten Papiere hinein und schloß den Behälter wieder ab. Er reichte ihn dem Bankangestellten und verließ die Bank.

Auf allen Raumstationen ist Platz Mangelware, aber mit genügend Geldmitteln kann man einen Teil davon für sich in Beschlag nehmen. Über ein Firmenkonto wurde die Miete für eine kleine Suite im Koronahotel abgerechnet. Angeblich war es für durchreisende Firmenangestellte gedacht, aber im letzten Jahr war es erst einmal benutzt worden. Damals hatte Carlos Negron die Station zum erstenmal besucht, und Carl Ashe hatte sie zuletzt verlassen.

In einer exakten Umkehrung des Verfahrens, das er acht Monate zuvor angewandt hatte, begab sich der Attentäter in sein Zimmer, ohne ein Wort mit dem Portier an der Rezeption zu wechseln. Er öffnete die Tür mit Hilfe der Schlüsselkarte. Alles wirkte genauso, wie er es verlassen hatte — abgesehen von einer dünnen Staubschicht. Trotzdem suchte der Attentäter die ganze Suite sorgfältig ab und berührte nichts, bis er sicher war, daß niemand die Räume in seiner Abwesenheit betreten hatte.

Zufrieden zog er alles aus, was er am Leibe trug, und

ging ins Badezimmer. Aus einem Reisenecessaire holte er eine Flasche, die Allergiekapseln zu enthalten schien, und schluckte zwei davon. Er kehrte ins Schlafzimmer zurück, schaltete den Wecker im Kopfteil des Bettes auf eine Stunde und legte sich schlafen. Als er wieder wach war, ging er wieder ins Bad und schaltete die Höhensonne ein.

Die Kapseln hatten ein Mittel enthalten, das die Produktion von Melanin anregte, und die Höhensonne half ihm, schnell zu bräunen. Seine bleichgraue Haut entwickelte sich zu einem gesunden Braun. Mit einem Färbemittel schwärzte er sein Haupt- und Körperhaar. Als das erledigt war, kehrte er ins Schlafzimmer zurück und zog Hose und Arbeitshemd eines Handelsraumschiffers an, wie sie Negron tragen würde.

Es dauerte keine vier Stunden, bis die Verwandlung von Carl Ashe in Carlos Negron komplett war.

Carlos Negron schulterte den Seesack, den er acht Monate vorher in der Suite deponiert hatte, und machte sich auf den Weg zur Niederlassung der Handelsschiffergewerkschaft in der Nähe der Dockkragen am unteren Ende der Station. Er mischte sich unter andere Arbeiter, die kurz zuvor mit der Raumfähre eingetroffen waren, marschierte in die Halle und präsentierte seinen Mitgliedsausweis. Der Mann in der Tür schob die Karte durch ein Lesegerät und winkte ihn weiter.

Damit war er in der Warteschlange für einen Job außerhalb des Systems. Da Carlos' Referenzen ihn als erfahren im Betrieb von Lademaschinen und sogar leichter Konstruktionsmechs auswiesen, konnte er mit einem Job rechnen, der Maschinen dieser Art betraf. Seine Daten zeigten auch, daß er lange an der Marik-Grenze gearbeitet hatte, also würde er in diese generelle Richtung vermittelt werden, fort von Tharkad, und irgendwann sein eigentliches Reiseziel erreichen.

Er hinterlegte seinen Seesack bei einem Lehrling und ging in die Bar. Entgegen allen Bestimmungen war die

Luft rauchgeschwängert. Es war nicht viel los, was ihm durchaus entgegenkam. So bestand wenig Gefahr, jemandem zu begegnen, der sich von seinem letzten Besuch hier noch an ihn erinnerte. Noch wichtiger aber war, daß offenbar Bedarf nach Handelsschiffern bestand. Ein gutes Zeichen. Er würde Thuban bald verlassen können.

Er setzte sich an die Theke und bestellte ein Bier. Der Bartender stellte ein Glas mit mehr Schaum als Flüssigkeit vor ihn und verschüttete davon noch die Hälfte. Carlos runzelte die Stirn und klopfte auf die Theke. »Was soll das?«

Der Bartender sah, was er gemacht hatte, schüttelte den Kopf und nahm das Glas zurück. »Sorry, Mann. Das Holovid zeigt die Disk vom Begräbnis des Archon. Ich hab es beim ersten Durchlauf verpaßt. Hier, das ist voll, und es geht aufs Haus. Zum Gedenken an den Archon.«

Carlos hob das Glas respektvoll. »Auf den Archon und ihren Platz an Gottes Tafel.«

Eine Reihe der übrigen Gäste stimmte ein. Ein Mann an einem der hinteren Tische ließ sofort einen zweiten Trinkspruch folgen. »Und Gott verfluche den Bastard, der sich ihr Sohn schimpft.«

Dieser Trinkspruch fand noch mehr Zustimmung als der erste. Der Attentäter war verwirrt. »Was hat Victor getan?«

Die Miene des Bartenders verwandelte sich beinahe in eine Fratze. »Es geht nicht darum, was er getan hat, sondern darum, was er nicht getan hat. Erinnerst du dich, wie es war, als sein Vater starb? Der alte Hanse lag einunddreißig Tage aufgebahrt. Einen Monat und einen Tag! Was hat seine Mutter bekommen? Zwei Tage! Selbst Jesus hatte drei!«

»Die hat er ihr nicht gegeben, aus Angst, sie könnte auferstehen!« ließ der Mann am Ende der Bar verlauten.

Der Bartender beugte sich vor. »Nach dem, was wir

mitbekommen haben, hat er Katrina eine Nachricht geschickt: ›Buddel die Kuh ein!‹ Er hat es ihr befohlen, jawohl. Er kam, ›so schnell er konnte‹, von der Drachengrenze — nächste Woche irgendwann wird er ankommen, hab ich mir von Leuten sagen lassen, die was davon verstehen —, aber das Begräbnis konnte nicht warten. Ihre anderen Kinder sind über eine Kommandostrecke von New Avalon gekommen — mehr als doppelt so weit wie Victor —, und sie waren zur Beisetzung da. Ist das zu fassen? Prinz Victor wollte nicht einmal beim Begräbnis seiner Mutter dabeisein?«

Auf dem Holovidschirm in einer Ecke der Bar sah der Attentäter, wie die Kamera eine große, schlanke Frau heranholte, die von Kopf bis Fuß in Schwarz gekleidet war. Links neben ihr stand ein großer, blonder Mann, den der Attentäter als Ryan Steiner erkannte. »Ist das die Tochter des Archons?«

»Das Ebenbild ihrer Großmutter — trägt auch deren Namen. Victor hat sie das Begräbnis leiten lassen. Das sind ihre Brüder Peter und Arthur, und das Mädel da ist Melissas Jüngste, Yvonne.« Der Bartender schüttelte den Kopf, während er die Theke wischte. »Katrina hat Victor verteidigt und seine Abwesenheit mit Regierungsgeschäften erklärt. Die meisten haben Mitleid mit ihr, deswegen akzeptieren sie's, aber tief drinnen kennen wir die Wahrheit.«

Carlos nickte und trank sein Bier. »Nichts als Ärger, seit Melissa Hanse geheiratet hat.«

Der Mann vom Ende der Bar kam herüber und setzte sich neben Carlos. »Du sagst es, Bruder. Aber wir wissen ja, warum Katrina Melissa mit Hanse verkuppelt hat, was?«

Carlos schüttelte den Kopf. »Warum?«

»Hanse hat ihr gesagt, entweder das, oder er verbündet sich mit den Drachen. Er hätte Constance Kurita geheiratet. Seine Halbschwester Marie hätte er gezwungen, sich von Michael Hasek-Davion scheiden zu lassen und Theodore zu heiraten. Wenn es dazu gekommen wäre, würden wir heute alle Reiswein saufen und Reptil quasseln.«

Der Attentäter, der fließend Japanisch sprach, verzichtete darauf, seine Sprachkenntnisse unter Beweis zu stellen. »Das wußte ich nicht.«

Sein Gesprächspartner nickte nachdrücklich. »Ja, alles Teil des Davion-Plans. Und Victor macht weiter damit, wie er mit Omi Kurita rummacht. Was denkst du wohl, warum die Zehnte Lyranische an der Drac-Grenze stationiert ist?«

»Wenn man das so hört, fängt es alles an, Sinn zu machen.«

»Und ob es Sinn macht.« Der Mann kniff die Augen zusammen. »Ich kann dir sogar sagen, wer es getan hat. Wer die Bombe gelegt hat, und warum.«

Der Attentäter lehnte sich vor. »Wer?«

Der Mann sah sich um, dann senkte er die Stimme. »Victor hat es veranlaßt. So dick, wie er mit Omi ist, hat er einen ihrer Assassinen, die Nekogami, die Sache erledigen lassen. Bloß — sie haben das falsche Ziel erwischt. Die Bombe war gar nicht für Melissa bestimmt.«

»Nicht?«

»Nein. Ryan Steiner sollte es erwischen. Victor hat seinem Vater auf dem Totenbett versprochen, daß er Ryan umbringt. Weißt du, eigentlich hätte Ryan auf dem Bankett sein sollen. Er sollte vor dem Archon sprechen, nicht Morgan Kell. Die Bombe war für ihn bestimmt, ganz sicher.«

Der Attentäter hätte sich lieber zurückgezogen, aber als Carlos mußte er nachhaken. »Aber war es denn keine Riesensprengladung, die alle auf der Bühne getötet hat?«

Der Mann zuckte die Achseln. »Das Kurita-Symbol für ›genug‹ kann man auch mit ›Overkill‹ übersetzen. Außerdem sind nicht alle gestorben. Morgan Kell hat überlebt, auch wenn das wahrscheinlich nicht beabsichtigt war. Da hast du ein Beispiel für eine patriotische Familie — die warten mit dem Begräbnis seiner Frau, damit die Hounds die Banditen abknallen können.«

»Patriotisch?« Carlos bestellte mit einer Geste zwei neue Bier. »Ich meine, ich weiß, was die Hounds alles geleistet haben, und ich laß nichts auf sie kommen, aber ist Morgans Sohn nicht ein Khan des Wolfsclans?«

»Aye, Kumpel, das ist er.« Sein Gegenüber kippte etwa ein Drittel seines Biers. »Aber du mußt eine Sache verstehen. Der Sohn vom Vetter meiner Frau war gleichzeitig mit dem kleinen Prinz Victor und diesem Phelan am Nagelring. Er hat mir erzählt, daß Phelan nichts mit seinem großmächtigen Vetter zu tun haben wollte. Und für mich heißt das, er ist okay, auch wenn die Clans ihm das Gehirn durchgespült haben. Und außerdem, Phelan ist zum Abschied seines Vaters zurückgekommen, oder? Der wäre garantiert auf der Beerdigung gewesen, wenn es seinen Vater erwischt hätte, da kannst du drauf wetten. Und er *wird* zur Beerdigung seiner Mutter kommen.«

Carlos nickte, und ein Mann mit einem Klemmbrett erschien in der Tür. »Anderson, Capetti, Chung, Negron, Watterman — *Woman Scorned* verläßt in sechs Stunden das System. Ziel Lamon, mit Zwischenstops auf Chukchi, Ciotat und Trant. Standardlohn plus fünfundzwanzig Kilo Fracht.«

Carlos leerte das Glas und schlug seinem Trinkkumpan auf die Schulter. »Danke für die Information, Bruder. Ich red immer gern mit jemand, der sich nichts vormachen läßt und weiß, wie's im Universum *wirklich* läuft.«

24

Nadirladestation, Tharkad
Vereinigtes Commonwealth

27. Juni 3055

Victor Steiner-Davion schlug mit der Faust gegen die Schottwand seiner Kabine auf der *Barbarossa.* »Was soll das heißen, fünf Tage Flugzeit?« Er starrte den Stationsvorsteher durchbohrend an. »Warum wir nur für die Ankunft hier statt am Piratenpunkt nahe Tharkad die Erlaubnis bekommen haben, weiß ich nicht, aber *fünf* Tage Flugzeit bis zum Planeten?«

»Hoheit, bitte. Versucht zu verstehen. Selbst wenn Ihr mit drei g Beschleunigung fliegen würdet, würde das die Flugzeit nur um einen Tag verkürzen.« Der Mann wrang die Hände. »Anderthalb g ist eine viel sicherere Geschwindigkeit.«

»Zum Teufel mit der Sicherheit.« Victor deutete auf den Sichtschirm und die Welt, die wie ein Juwel im Raum lag. »Zum Teufel, ich *bin* die Regierung. Laden Sie dieses Sprungschiff wieder auf, und dann springen wir näher ran.«

»Das kann ich nicht.«

»Und ich sage Ihnen, Sie *können!*« Victor wollte dem Mann an die Gurgel fahren, aber er beherrschte sich. Vor seinem inneren Auge sah er Phelan. Er grinste und schüttelte den Kopf. Bevor Victor Gelegenheit zu einer Trotzreaktion auf dieses Bild hatte, kehrte Galen in der Begleitung eines älteren Mannes mit stählernen Augen und einem Gesicht, das aus Eis gehauen schien, in die Kabine zurück.

Der Eismann tippte den Stationsvorsteher an. »Gehen Sie.«

Victor wollte den Neuankömmling anfahren, aber er sah Galen leise den Kopf schütteln. Der Prinz blieb stumm, während der Stationsvorsteher die Kabine verließ und der Eismann hinter ihm die Luke schloß. Er ließ sich Zeit dabei und überzeugte sich, daß sie sicher verriegelt war. Dann warf er einen Blick auf ein kastenförmiges Gerät an seinem Handgelenk. Er drückte zwei Knöpfe, wiederholte die Aktion noch einmal, und sah schließlich auf.

»Ich bin vom Geheimsekretariat. Ihre Anwesenheit hier und die Fluggeschwindigkeit von 1,5 g ergeben sich aus Sicherheitserwägungen.«

»Ich befehle, dieses Schiff wieder aufzuladen und tiefer ins Systeminnere zu springen, damit ich noch heute abend auf Tharkad eintreffen kann.«

Der Eismann schüttelte den Kopf. »Sie tun nichts dergleichen.«

Victor wischte seinen Einwand beiseite. »Und ob ich das tue. Ich habe keine Angst vor einem Anschlag auf mein Leben.«

»Die hatte Ihre Mutter auch nicht.«

Das saß! Victor ballte die Fäuste. »Was glauben Sie eigentlich, wer Sie sind, Sie Hundesohn?«

»Ich weiß, wer ich bin.« In den Augen des Mannes tanzte ein eisblaues Feuer. »Ich bin verantwortlich dafür, daß mit Ihnen nicht dasselbe passiert wie mit dem Archon. Ich bin Teil des Apparats, der die Bestie ausfindig zu machen versucht, die das getan hat. Und im Augenblick bin ich — zusammen mit Kommandant Cox hier und möglicherweise Ihren Geschwistern — die einzige Person in diesem Sonnensystem, die Wert darauf legt, daß Sie Tharkad überhaupt erreichen.«

Die Direktheit und Emotionslosigkeit des Mannes stießen durch die Bresche in Victors Zorn, die er mit seiner vorhergehenden Bemerkung geschlagen hatte. Der Prinz verdrängte das Bedürfnis, den Mann zu schlagen, und ging zu seinem Schreibtisch. Er setzte sich und bot Galen und dem Sicherheitsbeauftragten einen Platz an. »Na schön, Sie machen nur Ihre Arbeit. Gehört dazu

auch, daß Sie mich von den Fortschritten der Untersuchungen unterrichten?«

Der Mann blieb stehen. »Die meisten Informationen sind nur auf Bedarfsbasis abrufbar.«

»Ich habe Bedarf.«

»Er nicht.«

Galen grinste. »Hervorragender Einwand, Agent Curaitis.«

Galen wollte aufstehen, aber Victor schüttelte den Kopf. »Galen kann es ruhig hören. Wenn ich ihm nicht vertrauen kann, kann ich niemand trauen.«

Curaitis betrachtete Galen, dann wandte er sich wieder zu Victor um. »Der Attentäter benutzte einen höchst ausgeklügelten Plan, um die Sicherheitsvorkehrungen rund um Archon Melissa zu überwinden. Er erkannte, was wir leider erst zu spät bemerkten. Ihre einzige Schwäche war die für Mycosiablüten. Er benutzte die Töpfe, in denen die Blumen untergebracht waren, um sie zu töten.«

Victor konnte die Wut des Mannes spüren. Sie wurde vor allem in der stocksteifen Haltung deutlich, mit der er den Bericht lieferte. Zunächst machte sie Victor unbehaglich, aber dann beruhigte er sich, daß dieser Zorn gegen die gerichtet waren, die ihm Böses wollten.

»Wir haben den Zeitplan Ihrer Mutter ständig verändert, um die Möglichkeit eines Bombenattentats auszuschließen. Wer immer dieses Attentat ausgeführt hat, wußte das, und er wußte auch, daß wir Funkfrequenzscanner zur Ortung der Frequenzmodulationen durch die Chips einsetzen, die in computergesteuerten Bomben zum Einsatz kommen. Wenn die Chips gegen das Freiwerden von Frequenzmodulationen abgeschirmt sind, können sie auch nicht durch Funksignale von außen aktiviert werden. Also bleiben nur Zeitzünder, und die sind unzuverlässig.«

Weil der Zeitplan meiner Mutter ständig verändert wurde. Victor nickte. Offensichtlich hatte Curaitis nicht die Absicht, alles zweimal zu erklären. Victor konzentrierte sich, um nichts zu verpassen. »Wie hat die Bombe dann funktioniert?«

»Ein Plastiksprengstoff — SX-497, hergestellt auf Hesperus II, Teil einer beim Transport verlorengegangenen Lieferung — wurde in Blumentopfform modelliert. Danach wurde er gebrannt und mit Acryl überzogen, um zu verhindern, daß Spürgeräte seine Ausdünstungen feststellen konnten. Das Innere von vier tragbaren Visiphongeräten wurde dazu benutzt, einen Magnesiumthermozünder auszulösen, wenn ein Anruf für die Nummer eintraf, auf die sie alle vier programmiert waren.«

Der Prinz lehnte sich zurück. »Aber die Visiphoneinheiten müssen doch Frequenzmodulationen abgegeben haben?«

»Die Töpfe waren mit einer halbdurchlässigen Gummischicht versiegelt, die Wasser aus der Blumenerde durchließ. Die Stromversorgung der Visiphongeräte war an eine Zeituhr angeschlossen, die ihrerseits durch eine Wasserumwandlungszelle gespeist wurde. Als genügend Wasser durch das Gummi gedrungen war, um die Umwandlungszelle zu aktivieren, begann die Zeituhr zu arbeiten. Nach der voreingestellten Zeit wurden die Visiphone eingeschaltet. Zu diesem Zeitpunkt war die letzte Funkfrequenzabtastung des Saales bereits vorüber.«

»Warum fand später keine mehr statt?«

Curaitis starrte Victor an. »Die Digitaluhren, Funkvisiphone, Herzschrittmacher, Kunstgliedmaßen und einige der hochmodernen Kleider der Gäste bei diesem Bankett waren alle funkaktiv. Eine Abtastung nach halb sechs abends hätte nichts mehr gebracht. Wir nehmen an, daß die Geräte um halb sieben Uhr aktiviert wurden, eine halbe Stunde nach Einlaß der Gäste. Der Attentäter hat die Reden im öffentlich-rechtlichen Holovidprogramm verfolgt und seinen Anruf getätigt, als Ihre Mutter ans Rednerpult trat. Etwas später erfolgte die Explosion.«

Victor staunte. »Sie haben das Attentat auf Holovid?«

»Aus mehreren Blickwinkeln. Durch die Überprüfung der Bänder haben wir herausgefunden, daß die Töpfe explodierten, nicht der Ständer, auf dem sie arrangiert waren.«

»Ich will die Bänder sehen.«

»Victor!« Galen fuhr auf. »Ist dir klar, was du da verlangst?«

»Galen, vielleicht enthalten sie etwas, das ich ...«

»Nein, Victor, nein!« Galen stützte sich auf den Schreibtisch. »Die Bänder enthalten nichts, was Curaitis und die Spezialisten des Sekretariats noch nicht überprüft haben. Nur weil du deinen Vater hast sterben sehen, mußt du nicht auch noch den Tod deiner Mutter sehen.«

»Aber *wenn* da etwas ist, Galen, muß ich es finden.«

»Das ist Wahnsinn, Victor. Warum willst du dich dieser Folter aussetzen?«

»Die Bänder werden für Sie bereitliegen, wenn wir Tharkad erreichen«, stellte Curaitis fest.

Galen herrschte ihn an. »Das können Sie nicht machen.«

»Haben Sie einen besonderen Grund für Ihren Widerstand dagegen, daß der Prinz sie sieht, Kommandant?«

Galen erstarrte, und eine halbe Sekunde lang fragte sich Victor, was Galen wohl zu verbergen hatte. *Warum mißtraut Curaitis Galen? Warum wollte er, daß Galen den Raum verläßt? Hat Curaitis Hinweise, die Galen mit dem Mord an meiner Mutter in Verbindung bringen?*

Victors Adjutant richtete sich auf und schüttelte den Kopf. »Sie leisten ausgezeichnete Arbeit, Agent Curaitis. Sie sehen mich als Risikofaktor, den sie ausschalten wollen. Prinzipiell begrüße ich das, aber nur vom Prinzip her, nicht in diesem speziellen Fall. Der Prinz ist nicht nur mein Herrscher, sondern auch mein Freund, und deshalb wäre es vielleicht, nur vielleicht, besser, wenn er sich an seine Mutter erinnert, wie sie im Leben war.« Galen drehte sich zu Victor um. »Ich kenne dich, Victor. Ich weiß, du glaubst, wenn du eine Sache nicht selbst in die Hand nimmst, geschieht nichts. Aber das läuft nur beim Militär so, nicht bei der Regierungsarbeit. Deine Verantwortungen sind gewachsen, und wenn du dich in den Details des Todes deiner Mutter vergräbst, wirst du sie vernachlässigen.«

Victor sah zu seinem Freund auf und verstand die Warnung in seinen Worten. »Du hast recht, Galen, aber du weißt auch, daß ich keine Wahl habe. Ich kann nicht über meinen Schatten springen, und ich kann ihren Tod nicht ungerächt lassen.«

»Die Zeit der Rache wird kommen, wenn Leute wie Curaitis ihre Untersuchungen abgeschlossen haben, Victor.«

Victor nickte, und sein Blick wanderte zurück zu dem Geheimdienstmann. »Kennen Sie die Identität des Attentäters?«

»Wir wissen, unter welchem Namen er auf Tharkad lebte. Wir wissen, wo er gearbeitet hat, und was er in den letzten sechs Monaten getan hat. Seine Unterlagen für die Zeit davor scheinen komplett, sind aber gefälscht. Wir haben es mit einem Profi zu tun, der an dieser Mission schon seit langer Zeit gearbeitet hat und allem Anschein nach auch bereit war, noch länger daran zu arbeiten, wenn nötig.« Curaitis' Adamsapfel hüpfte auf und nieder. »Wir haben ihn noch nicht, aber wir wissen, daß es ein Mann war.«

Victor kniff die Augen zusammen. »Was hat man der Öffentlichkeit erzählt?«

»Ein verrückter Bombenleger. Man zeigt seine Mutter in einem Senilenpflegeheim. Sie weiß von nichts, lebt in einer eigenen Welt. Ihre Pflege wird vom Staat bezahlt, und das Heim gehört nicht zu den besten seiner Art.

Das wurde zur Erklärung seiner Motivation benutzt. Wir sind relativ sicher, daß er Tharkad bereits verlassen hat, aber die Öffentlichkeit glaubt, er habe Selbstmord begangen.«

»Wenn Sie glauben, er sei fort, wozu dann die Reisebeschränkungen?« Curaitis neigte leicht den Kopf. »Ich meine, eigentlich dachte ich, Sie wollten die Geschwindigkeit meines Schiffes drücken, um Zeit zur Überprüfung aller abreisenden Passagiere zu haben.«

Der Agent schüttelte den Kopf. »Sie sind momentan extrem unbeliebt. Ihre Mutter war nur zwei Tage aufgebahrt, im Gegensatz zur einunddreißigtägigen Totenwache für Ihren Vater.«

»Aber die Bombe ...« Victor schüttelte den Kopf. »Sie konnte nicht aufgebahrt werden wie mein Vater.«

»Sie haben die Beisetzung versäumt.«

»Nicht absichtlich.« Der Prinz sah sich zu Galen um. »Wir sind sofort abgeflogen und haben jedes Sprungschiff requiriert, das in diese Richtung unterwegs war, und noch eine Reihe, für die das nicht galt, dazu. Ich bin so schnell gekommen, wie ich konnte.«

Curaitis ließ sich nicht anmerken, daß er Victor gehört hatte. »Es heißt, Ihre Schwester verkürzte die Totenwache und beschleunigte die Beisetzung auf Ihren Befehl.«

»Ich habe sie angewiesen zu handeln, wie sie es für angemessen hielt.«

»Man sagt, Ihre Nachricht hätte gelautet ›Verbrenn die Hexe‹.«

»Niemals!«

»Peter, Arthur und Yvonne kamen von New Avalon zur Beisetzung. Sie legten eine Strecke von fünfhundertvierzig Lichtjahren schneller zurück als Sie die zweihundertzehn Lichtjahre von Port Moseby.«

»Katherine hielt es für das beste, wenn sie dabei wären«, schnappte Victor.

»Es gibt sogar Leute, die glauben, Sie hätten den Tod

Ihrer Mutter selbst arrangiert, weil sie nicht bereit war, zu Ihren Gunsten abzudanken. Man sagt, sie habe deshalb nicht zu Ihren Gunsten abgedankt, weil Sie auf Outreach heimlich Omi Kurita geheiratet hätten.« Der Geheimagent blickte zu Galen. »Dieses Gerücht sollten Sie sich auch merken, denn angeblich waren Sie Trauzeuge.«

»Das ist ungeheuerlich!«

»Das mag sein, Gentlemen, aber genau das wird in Kneipen und Bars, Waschsalons und Läden, im Familienkreis und übers Visiphon getuschelt.« Curaitis' Miene blieb versteinert. »Es kommt noch härter. Wußten Sie bereits, Hoheit, daß Sie versucht haben, Kai Allard-Liao auf Alyina umzubringen, weil er Ihnen angeraten hat, Ihre Romanze mit Omi Kurita abzubrechen? Es wird allgemein als Tatsache akzeptiert, daß er von Alyina hätte evakuiert werden können, Sie sich aber geweigert haben, auf ihn zu warten. Es gibt Männer, die schwören, seine Funksprüche aufgefangen zu haben, aber Sie haben den Abflug befohlen.«

Victor schlug mit beiden Fäusten auf den Tisch. »Nein! Das ist unglaublich!« Er öffnete den Mund und suchte nach Worten, um seine Wut und seinen Unglauben auszudrücken, aber er fand keine. *Das ist eine Perversion! Die Wahrheit wird zu grotesken Lügen verdreht.* »Wie, wer, warum?«

Curaitis zuckte die Achseln. Zum erstenmal lockerten sich seine Schultern etwas. »Ich weiß es nicht. Es ist mir auch egal. Sie haben Feinde, und Sie haben Verbündete. Kai Allard widmet Ihnen regelmäßig seine Siege auf Solaris. Ihre ältere Schwester ist Ihre größte Fürsprecherin. Peter ist zwar sehr gewissenhaft, aber nicht geeignet, Ihnen irgendwie zu helfen. Das erste, was Morgan Kell wissen wollte, nachdem er aus der Narkose erwachte, war, ob man Sie auch angegriffen hat. Als die Befehle an die Hounds mit Ihrer Unterschrift eintrafen, verschob er das Begräbnis seiner Frau, damit die Banditen vernichtet werden konnten. Sie stehen nicht allein, aber Sie *sind* verwundbar, und ich muß verhindern helfen, daß man mit Ihnen dasselbe macht wie mit Ihrer Mutter.«

Victor schluckte schwer und starrte auf das Bild seiner Familie auf dem Schreibtisch. *Meine Mutter, mein Vater, tot. Ich fühle mich so allein. Ist es zu spät?* Er sah hoch. »Agent Curaitis, Sie haben zweimal meine Schwester erwähnt, aber ihren Namen nicht ausgesprochen.«

Curaitis sah ihn an, ohne etwas zu erwidern.

»Wie ist ihr Name?«

Das Miene des Geheimdienstmannes blieb unbewegt. »Katherine.«

»Gut.« Victor nickte. »Freut mich zu wissen, daß Sie für mich arbeiten. Und ich will die Bänder sehen.«

»Ich werde sie besorgen, aber ich möchte eine Fehleinschätzung aufklären.«

»Ja?«

»Ich arbeite nicht für Sie. Ich arbeite für Ihren Schutz.« Curaitis lächelte, aber es war kein angenehmes Lächeln. »Im Laufe der Zeit werden Sie den Unterschied erkennen.«

»Und wenn nicht?«

»Sind Sie tot, und es macht Ihnen nichts mehr aus.«

25

Landungsschiff *Lugh*
Nadirladestation, Great X
Vereinigtes Commonwealth

10. Juli 3055

Christian Kell zog sich durch die Luke. »Ich bin gekommen, so schnell es ging, Oberst. Was gibt's?«

Daniel Allard winkte Chris zur Funkkonsole. »Es wird langsam Zeit, daß Conal Ward jemand anderen findet, den er beschimpfen kann. Ich dachte mir, ein Zeuge, der seinen Senf dazu gibt, wenn es nötig wird, könnte nicht schaden. Und dich habe ich ausgesucht, weil Akira Brahe bereits gedroht hat, ihn umzubringen, wenn er ihm je in Fleisch und Blut begegnet.«

Chris lachte leise, aber der Clansmann mußte ganze Arbeit geleistet haben, wenn es ihm gelungen war, den normalerweise nicht zu beeindruckenden Kommandeur des Ersten Regiments wütend zu machen.

Aus dem Lautsprecher der Konsole drang die Stimme eines KommTechs. »Ein Anruf von der *Wolfsblut* für Sie, Oberst Allard.«

Dan zwinkerte Chris zu. »Man kann die Uhr nach ihm stellen. Wahrscheinlich hat selbst sein Adamskostüm Bügelfalten.« Der Kommandeur der Kell Hounds betätigte einen Schalter, und auf dem Monitor erschien das wutentstellte Gesicht eines normalerweise durchaus gutaussehenden Mannes. Der Zorn in seinen Augen schien aus unergründlichen Tiefen zu steigen. »Guten Tag, Sterncolonel Ward.«

»Daniel, ich muß dieses Verbot interstellaren Funkverkehrs brechen.«

Dan Allard sprach weiter, als hätte er den Einwurf gar nicht gehört. »Ich möchte Ihnen einen meiner Bataillonskommandeure vorstellen, Kommandanthauptmann Christian Kell.«

Conal Ward schätzte Chris über den Schirm ab, und seine Miene wurde noch düsterer. »Ich hätte es mir denken können. Du bist der Halbkasten-Freigeburtsbastard von Morgan Kells Bruder, frapos?«

Chris nickte. Er ließ sich nichts von dem Schock anmerken, den Conals Worte für ihn bedeuteten, aber nur deshalb nicht, weil er sie als bewußte Provokation erkannt hatte. Hätte der Clansmann nicht den Begriff ›Freigeburt‹ in die Beleidigung eingebaut, hätte Chris sich beleidigt gefühlt. Aber dieser Begriff, Mitgliedern der genetisch gezüchteten Kriegerkaste der Clans gegenüber eine üble Beschimpfung, war in der Inneren Sphäre, in der alle Geburten ›frei‹ waren, bedeutungslos. *Würde ich reagieren, hieße das, er hat Macht über mich. Diese Genugtuung gebe ich ihm nicht.*

Der Clansmann blickte auf Dan. »Colonel, ich muß meinem Vorgesetzten, dem ilKhan, Bericht erstatten. Da du diese feigen ComStar-Bürokraten so eingeschüchtert hast, daß sie auf dem Märchen, ihr Hyperpulsgenerator sei beschädigt, bestehen, werde ich unseren eigenen Hyperpulsgenerator benutzen.«

Dan runzelte Stirn, als sei er verwirrt, aber aus jahrelanger Zusammenarbeit mit dem älteren Offizier wußte Chris, daß dies nur ein Täuschungsmanöver war. »Sterncolonel, das Funkverbot ist mit gutem Grund erlassen worden. Ihr Bericht kann warten.«

»Das kann er nicht.« Der schwarzhaarige Clanner schlug mit der Faust in seine Handfläche. »Das ist eine Militäreinheit, Oberst. Wir haben eine Befehlskette.«

Dan hob den Kopf. »Und *das hier* ist eine Militäraktion, Sterncolonel. Ihre Befehlskette läuft über mich. Gesuch abgelehnt.«

»Das war kein Gesuch, Oberst.«

»Es ist trotzdem abgelehnt, Sterncolonel Ward.« Dan wandte sich vom Schirm ab und nickte Chris zu. »Ich habe Kommandanthauptmann Kell hierhergebeten, damit er Ihnen erklärt, warum wir hier an der Ladestation stehen und unsere Transponder so eingestellt haben, daß sie uns als Handelschiffe identifizieren. Ich habe es zwar schon einmal versucht, aber Sie scheinen es nicht verstanden zu haben. Kommandanthauptmann?«

Chris wollte laut losprusten, aber er verkniff es sich. »Sterncolonel, wir versuchen Great X den Banditen durch die absolute HP-Funkstille als Ziel schmackhaft zu machen. Wir wissen, welche Art von Informationen sie auf Deia sammeln konnten, und Ihre Übertragung der Verhörprotokolle der von Ihnen gefangenen Männer war uns eine Hilfe. Wenn wir sie ebenfalls verhören könnten, glauben wir, noch mehr in Erfahrung zu bringen.«

Conal schüttelte den Kopf. »Das ist nicht möglich. Die betreffenden Individuen wurden zerstört.«

Dan blinzelte. Er blickte wieder auf den Schirm. »Was? Zerstört?«

»Es ist das übliche Verfahren der Clans bei Banditen. Sie sind offensichtlich defekt.« Conal setzte eine überhebliche Miene auf. »Wir haben kein Interesse an einer Präsenz ihrer Gene im Erbmaterial unseres Volkes, also entfernen wir sie.«

Chris starrte Conal Wards Bild auf dem Monitor an. »Aber in den Protokollen haben sie vorgebracht, daß die Rote Korsarin sie versklavt und später freigelassen hat.«

»Desinformation. Nichts, was sie gesagt haben, kann blindlings als Tatsache akzeptiert werden.«

»Aber Hooper und Vandermeer waren als Mitglieder der Robinson-Rangers bestätigt. Sie wurden auf Kookens Freudental gefangengenommen.« Dan rief auf einem Nebenschirm Daten ab. »Ihre Stimmuster entsprachen denen Ihrer Gefangenen.«

»Dann waren sie Verräter und hatten den Tod erst recht verdient.«

Dan Allard schüttelte den Kopf. »Ich glaube, von jetzt

an werden Sie keine Gefangenen mehr zerstören. Betrachten Sie das als Befehl.«

Conals Miene versteinerte. »Ich werde es in Betracht ziehen.«

»Sie werden alle Gefangenen an die Kell Hounds übergeben, Sterncolonel. Und Sie werden Funkstille halten, bis die Banditen ihre Landungsschiffe nach Great X Vier in Bewegung gesetzt haben.«

Conal schien unbeeindruckt. »Oder was, Oberst?«

»Fordern Sie mich nicht heraus, Conal Ward.« Dan beugte sich vor, und Chris sah, wie sein Brustkorb sich spannte.

»Ich war auf Luthien, als wir die Nebelparder und die Novakatzen zerquetscht haben. Meine Mechs sind den Ihren ebenbürtig, und meine Krieger haben Erfahrung im Kampf gegen die Clans. Wenn Sie es tatsächlich darauf anlegen — ich habe sechsmal soviel Krieger wie Sie, und jeder einzelne von ihnen wartet nur auf eine Gelegenheit, Rache für die Zuaven zu nehmen. Wir sind hier, um die Banditen aufzuhalten, Sterncolonel. Das hat Priorität. Wenn das erledigt ist, können wir uns irgendeinen luftlosen Felsklumpen suchen, um unsere Differenzen auszutragen. Bis dahin stehen Sie unter meinem Befehl, und dieser Befehl lautet, die Anweisungen zu befolgen, die wir Ihnen übersandt haben. Haben Sie das kapiert?«

Bevor Conal antworten konnte, erschien ein neues Bild auf dem Schirm. Es war die Verkehrskontrollanzeige des Systems, auf der alle Sprung- und Landungsschiffe durch kleine Symbole angezeigt wurden. Chris bemerkte sofort ein neues Symbol an einem Piratensprungpunkt nur zwei Tage von Great X Vier.

»Oberst Allard, ein Sprungschiff ist im System eingetroffen. Erste Ortung zeigt keine IFF-Transponder. Die Daten stimmen mit früheren Ortungen der Banditen überein.«

Dan schlug auf einen Konsolenknopf vor seinem

Platz, und überall in der *Lugh* heulten Alarmsirenen auf. »Es ist soweit. In die Maschinen. Wenn die Banditen zuschlagen, wird das ihr letzter Überfall.«

In der Konstruktwelt der Heimatbasis der Roten Korsarin war Nelson Geist mit seinen Gedanken allein. In seinem Innern loderte ein wütender Konflikt. Was ihn besonders ärgerte, war das Wissen, daß die Rote Korsarin zumindest auf einer Ebene die Geschehnisse absichtlich manipuliert hatte, um ihn zu quälen. Er wollte alles beiseite wischen und aus seinen Gedanken verdrängen, aber es gelang ihm nicht.

Sie hatte Wort gehalten und einige der anderen Sklaven auf Deia freigelassen. Sie hatte die Männer zusammengerufen, die auf Kookens Freudental in Gefangenschaft geraten waren, und ihnen erklärt, *er* habe entschieden, wer freikommen sollte. Dann hatte sie drei Männer der Robinson-Rangers ausgesucht und in die Freiheit entlassen. Einerseits freute sich Nelson für die drei, aber andererseits schmerzte ihn die Wut in den Augen Spiders und der anderen Reservisten, die jetzt glauben mußten, er habe sie verraten.

Aber das war nicht mehr als ein Steinchen in seinem Schuh verglichen mit dem anderen Problem, vor dem er stand. Die Rote Korsarin hatte sich als gierige und erfahrene Liebhaberin erwiesen. Sie hatte ihn während des Flugs von Deia zurück zur *Tigress* nicht aus dem Bett gelassen, und schien fast betrunken vor Freude, weil sie den Wölfen entkommen waren. In den folgenden drei Wochen hatten sie ihre Nächte ebenfalls miteinander verbracht, und meistens waren sie nach Stunden erschöpft in den Armen des anderen eingeschlafen.

Nelson hatte noch nie eine solche Bettgefährtin gehabt. Bei ihr gab es keinen Kompromiß, keine Kapitulation. Einige Tage nach ihrer ersten Vereinigung hatten sie alles hinter sich gelassen, was er je vorher mitgemacht hatte, und sie hatten nicht mehr zurückgeblickt.

Der Sex schien ihn wieder jung zu machen und sogar die Verwundung seines männlichen Stolzes durch die Verstümmelung seiner Hand zu heilen. Im Bett waren sie gleichwertig, Partner sogar, voneinander zehrend und aufgezehrt von dem, was sie waren und was in der Vereinigung aus ihnen wurde.

Aber wenn er in ihren Armen erwachte, riß ihn die Erkenntnis, wo er war und mit wem, jedesmal wieder abrupt in einen kristallklaren Wachzustand. Er schlief mit der Frau, die ihn versklavt hatte. Er schenkte der Frau, die seine Kameraden gefangenhielt und ihn zwang, andere zu töten, was er an Freude schenken konnte. Er zog Kraft aus einem Engel des Todes, erlebte Ekstasen mit einer Frau, die Leid und Tränen säte.

Er wollte sie von sich stoßen, aber er schaffte es nicht. Sie war wie eine Droge für ihn, und der einzige Trost war, daß sie nicht minder in seinem Bann zu stehen schien. Sie wußten beide, daß diese Beziehung nur zu ihrer beider Selbstzerstörung führen konnte, aber sie lachten dem drohenden Schicksal ins Gesicht. Es schien, als ob die Paradoxa das Vergnügen noch steigerten, und die schlußendliche Sinnlosigkeit ihren Hunger nur noch größer werden ließ.

Dann bereiteten sich die Banditen auf einen neuen Überfall vor, und sie zog sich von ihm zurück, um sich auf die bevorstehenden Aufgaben zu konzentrieren. Er wußte, daß diese Zurückweisung nur zeitweilig war — sie hatte es ihm gesagt und gezeigt —, aber trotzdem schmerzte sie, was ihn überraschte. *Die ganze Zeit schon will ich mich von ihr befreien, weil ich sie tief in meinem Innern wirklich hasse, aber die Trennung frißt mich auf.*

In einem Versuch, die Kontrolle über seine Gefühle wiederzugewinnen, stieg Nelson in den tiefsten Keller des Hauptgebäudes hinab und machte sich auf den Weg zu dem Gang und den Türen, die ihm am Abend des Überfalls auf Deia so viel Schwierigkeiten bereitet hatten. *Wenn ich sie mir vorstelle und dann geschockt werde, kann ich mir vielleicht eine eigene, primitive Form von Aversionstherapie verabreichen.* Er lächelte bei der Vorstellung und trat um die Ecke.

Er bereitete sich auf den Stromstoß vor, aber der blieb aus. Statt dessen schien sein Kopf sich aufzublähen wie der einer Zeichentrickfigur, die an einem Druckluftschlauch saugte. Er wurde größer, immer größer, und die Welt vor seinen Augen teilte sich in zwei parallele Ansichten, die beide auf Stecknadelkopfgröße zusammenschrumpften. Grellweißes Licht umgab die beiden schwarzen Punkte, und er versuchte die Augen davor zu verschließen, aber er schien das Licht nicht mit den Augen, sondern direkt mit dem Gehirn wahrzunehmen.

Als wären sie in einer Schleuder erst zurückgezogen und dann abgefeuert worden, schossen die beiden Ansichten auf ihn zu. Sie wurden größer und größer. Er versuchte sich zu ducken, aber was er auch tat, sie kamen weiter auf ihn zu.

Er fühlte, wie er gegen das rechte Geländer des Laufbands prallte. Dann riß ihm das Band die Beine weg. Er stürzte und rutschte auf den Boden. *Was ist passiert?* Als er die Brille und die Kopfhörer abzustreifen versuchte, hörte er eine Sirene schrillen.

Er versuchte hochzukommen, aber sein Hirn schien in einem Meer vertrauten Schwindelgefühls zu schwimmen. *Wir sind gesprungen. Wir sind ins nächste System gesprungen. Wo sind wir?*

Er blieb auf dem Rücken liegen, und die Welt hörte allmählich auf, sich um ihn zu drehen. Er zerrte an den Handschuhen und schälte die Elektroden von seinem Körper, dann verstummte die Sirene, und drei Glockentöne erklangen. Er streckte die Arme aus und packte eine der Laufbandstützen. *Wir springen schon wieder!*

Das Universum blähte sich zu einer riesigen Seifenblase auf und zerplatzte. Nelson Geist sah sich selbst als subatomares Partikel in einem riesigen Molekül und wußte gleichzeitig, daß dieses Molekül ein Teil seines

Körpers war. Die Eindrücke schaukelten sich gegenseitig auf wie Spiegelbilder, die einander bis in die Unendlichkeit reflektierten.

Die Luke zur Kabine der Roten Korsarin schwang auf, und sie schwankte ins Zimmer. Sie lachte laut, kam herüber zu ihm, kniete sich auf den Boden und küßte ihn voll auf den Mund. »Es war herrlich, Nelson. Nahezu vollkommen!«

»Was?«

»Sie haben bei Great X auf uns gewartet. Sie hätten uns auch erwischt, wenn sie gewartet hätten, bis wir unterwegs zur Planetenoberfläche waren.« Sie legte den Kopf zurück und brach in schallendes Gelächter aus. »Aber die Wölfe waren natürlich wieder übereifrig. Sie haben uns auf der Stelle herausgefordert. Wir sind an unser Sekundärziel gesprungen und ließen sie Sternenstaub schlucken!«

Sie senkte den Kopf wieder, und das Feuer in ihren wundervollen Augen setzte ihn in Brand. »Das war knapp«, stellte er fest.

Sie lächelte dämonisch. »Auf Messers Schneide, Nelson. So nahe an die Vernichtung zu kommen und so geschickt auszuweichen. Am Rand des Abgrunds zu stehen und noch einmal begnadigt zu werden.« Sie streckte die Hand aus und half ihm auf die Knie. »Es gibt nur eines, was diesen Tag noch vollkommener machen kann. Komm mit. Wir werden es beide bekommen.«

Chris sah das Sprungschiff-Icon vom Schirm verschwinden. »Wo ist es hin?«

»Sie sind wieder gesprungen.« Dan öffnete eine interne Verbindung zu ihrem Sprungschiffkapitän. »Janos, setz deine Navigatoren daran herauszufinden, wohin ein Schiff von hier aus springen kann. Und dann vergleich die Daten mit unserer Liste wahrscheinlicher Ziele.«

»Das wird 'ne ziemlich lange Liste, Oberst.«

»Ist mir egal. Wir können es uns nicht leisten, immer noch hier zu sitzen, während sie sich ein anderes Ziel suchen. Unsere Lithium-Fusionsbatterien stehen auf 100 Prozent, also können wir wenn nötig zweimal springen, richtig?«

»Korrekt. Wir springen in zwei Systeme, die *Bifrost* ebenfalls und das Wolfsschiff genauso. Das macht sechs von Tausenden.«

Chris nickte. Der Sprungantrieb konnte ein Raumschiff bis zu dreißig Lichtjahre in eine beliebige Richtung bewegen, und die Lithium-Fusionsbatterien gestatteten einem Schiff, Energie für zwei Sprünge zu speichern. Die Anzahl der bewohnten Welten in Sprungweite von Great X lag nur bei fünf, aber die Zahl unbewohnter Sonnensysteme war dreistellig, und die Banditen konnten ihren Antrieb in jedem davon wieder aufladen.

»Das wird keine leichte Jagd, Oberst. Wenn sie eine bewohnte Welt angreifen, werden wir es erfahren und können reagieren.«

»Sicher, Chris, aber was, wenn sie sich eine Woche Zeit nehmen, um die Triebwerke für einen Sprung aufzuladen, und dann angreifen. Damit wären sie außerhalb unserer Reichweite.« Dan schüttelte den Kopf und rief den Funkoffizier an. »Korliss, irgendwelche Hinweise darauf, warum die Banditen weggesprungen sind?«

»Nichts Eindeutiges, Sir, aber ich meine bemerkt zu haben, wie die Wölfe ihnen einen Richtfunkspruch schickten.«

»Ach?« Die Überraschung auf Dans Gesicht machte Wut Platz. »Lieutenant, tun Sie mir einen Gefallen und holen Sie Sterncolonel Ward noch einmal in die Leitung.«

»Ja, Sir.«

Chris deutete auf die Systemanzeige. »Ein weiterer Neuankömmling.«

Dan nickte, als das neue Icon aufblinkte, dann verschwand die Systemdarstellung, und Conal Wards Gesicht erschien. »Was ist, Oberst Allard? Ich habe mit den Vorbereitungen für einen Sprung zu tun.«

»Wirklich? Und wohin, wenn ich fragen darf?«

»Natürlich hinter den Banditen her.«

»Natürlich.« Dans Stimme bekam einen schneidenden Unterton, den Chris erst ein einziges Mal vernommen hatte, und es erschreckte ihn. »Sterncolonel, wir haben einen Funkspruch von Ihrem Schiff an die Banditen aufgefangen.«

Conal nickte beiläufig. »Ja.«

»Worum könnte es sich dabei gehandelt haben, Sterncolonel?«

»Um eine Standardkampfansage, Oberst Allard. Sie haben von den Nebelpardern auf Luthien sicher auch eine erhalten.«

»Allerdings, aber die Nebelparder haben auch nicht versucht, uns in einen Hinterhalt zu locken.«

Conals Kopf zuckte hoch. »Wahre Krieger warten nicht im Hinterhalt.«

Dan knurrte: »*Wahre* Krieger gehorchen, wenn man ihnen einen Befehl gibt.«

»Ein zweiter Funkspruch, Oberst — von dem neuen Schiff«, meldete Korliss. »Er geht auch an die Wölfe.«

»Bildschirm teilen.« Dan starrte Conal weiter an. »Ich gebe Ihnen jetzt einen klaren Befehl, Sterncolonel — Sie werden bleiben, wo Sie sind, bis *ich* ihnen sage, wohin Sie fliegen.«

»Ich lasse mir von einem Söldner nichts befehlen!«

»Meine Befehle *wirst* du befolgen, Sterncolonel«, ertönte eine neue Stimme. Phelans Gesicht erschien neben dem Conals auf dem Bildschirm. »Der ilKhan läßt Sie grüßen, Oberst Allard. Wir sind gekommen, um Banditen zu töten, und wir werden tun, was immer nötig ist, um unsere Mission zu erfüllen.«

26

Caledonia
Vereinigtes Commonwealth

10. Juli 3055

Auf Lamon gab der Attentäter seine Identität als Carlos Negron auf. In der Gewerkschaftsniederlassung der Raumstation schickte er eine Reihe von Botschaften ab, die ComStar im Laufe der Zeit zustellen würde. Sie waren alle ähnlich formuliert und erklärten, er habe eine Frau kennengelernt und werde einige Zeit bei ihr auf Lamon bleiben. Irgendwelche Nachrichten für ihn sollten an die Gewerkschaftsniederlassung geschickt werden, wo er sie abholen werde.

Das war natürlich gelogen. Er erwartete keine Nachrichten. Die wenigen Freunde, die Carlos Negron hatte, waren im selben Geschäft wie er und hielten sich lieber bedeckt. Wenn Negron irgendwelche Botschaften erhielt, konnten sie nur von Agenten stammen, die ihn irgendwie mit dem Attentat in Verbindung gebracht hatten, und auf Nachrichten dieser Art legte er ganz sicher *keinen* Wert.

Auf der Lamon-Station kam es zu einer weiteren bemerkenswerten Transformation des Attentäters von einem trinkfesten, fluchenden Transportarbeiter zu einem schwarzgekleideten Mitglied der neopuritanischen Wildmonsekte. In einem gestärkten schwarzen Anzug und einem ebenso schwarzen Hut, der den größten Teil seines Gesichts überschattete, ging er an Bord eines Landungsschiffs für den kurzen Flug nach Caledonia. Niemand an Bord sprach während des Fluges auch nur ein Wort mit ihm, aus Furcht, wegen irgendeiner Bagatelle angeherrscht zu werden. Der Attentäter hatte nichts gegen diese Isolation einzuwenden.

Auf Caledonia änderte er seine Identität in einem

weiteren von einer Deckfirma gemieteten Raum erneut. Der furchteinflößende Wildmon verschwand, und an seine Stelle trat Chuck Grayson. Grayson war auf dem Weg zu den Spielen auf Solaris und in grellbunte Klamotten gehüllt, die einen Wildmongläubigen in Raserei versetzt hätten. Er buchte eine Passage auf dem Landungsschiff *Lady Luck*, verstaute sein Gepäck in der Kabine und machte sich auf den Weg in den Salon.

Im Salon war eine grelle Kleidung eine ebenso effektive Tarnung wie die Streifen eines Tigers im Dschungel. Er drängte sich durch eine fröhliche Menge, bis er Schulter an Schulter mit einer bildhübschen Brünetten in einem Sarong desselben Musters wie sein Hemd stehenblieb. »Sie haben einen ausgezeichneten Geschmack, was Kleidung betrifft, Miss ...?«

Ihre grünen Augen schätzten ihn von unten bis oben und wieder bis unten ab. »Calley. Ich heiße Judith Calley, aber meine Freunde nennen mich Jude. Und Ihr Geschmack ist auch nicht zu verachten, Mr ...?«

»Charles Grayson, und meine Freunde nennen mich Chuck.« Der Bartender reichte ihr zwei dickflüssige eisgekühlte Drinks, in denen kleine Papiersonnenschirme standen. »Sind die gut?«

Jude nickte. »Köstlich.« Sie nippte an einem Glas und fuhr sich mit der Zunge über die Lippen. »Ich würde Ihnen einen abgeben, aber der zweite ist für meine Zimmergenossin. Warum kommen Sie nicht rüber zu uns ins Eck, wenn Sie etwas bestellt haben.«

Als sie die Bar verließ, bestellte der Attentäter dasselbe und preßte den Daumen auf den Thekensensor vor sich. Damit wurde der Preis des Drinks auf sein Konto gebucht. Mit dem Glas schob er sich wieder durch die Menge und suchte den Ecktisch. Jude rutschte zur Seite, um ihm am Rand der halbrunden Nische Platz zu machen.

»Chuck, das ist Ronda, meine Zimmergenossin, und das sind John, Toni, Georgie und Mike.«

»Chuck Grayson. Hi.« Er setzte sich und lächelte höflich, als Jude den rechten Oberschenkel gegen sein Bein drückte. »Ihr scheint euch alle zu kennen. Habt ihr euch hier erst kennengelernt, oder ...?«

John, ein großer, muskulöser Mann — in einem Wolfsrudel hätte man ihn als den Alpharüden bezeichnet —, lehnte sich zurück und legte den Arm um Tonis Schultern. »Wir arbeiten alle für Fennic-Dobbs, in der Elektronika-Verkaufsabteilung. Die Zahlen für das letzte Weihnachtsgeschäft sind endlich reingekommen, und unsere Abteilung hatte die besten Verkäufe *und* die geringsten Außenstände. Damit haben wir uns zwei Monate Urlaub auf Solaris verdient.«

»Bemerkenswert.« Chuck hob das Glas und grinste. »Herzlichen Glückwunsch.«

Ronda nahm einen Schluck von ihrem Drink. »Was machst du so, Chuck?«

Der Attentäter ließ Chuck rot werden. »Ich bin Ghostwriter. Ich arbeite mit Prominenten aller Art und helf ihnen beim Schreiben ihrer Autobiographien. Ab und zu schreibe ich auch eine dieser Instantbiographien für plötzliche Medienstars.«

Johns Blick wurde durchdringender. »Und, ist diese Reise Geschäft oder Vergnügen?«

»Eigentlich ersteres, aber ich hoffe, ein bißchen Vergnügen mit einzuschieben«, erwiderte er in lockerem Ton. »Ich will versuchen, ein Interview mit Kai Allard-Liao zu deichseln ...«

Ronda quietschte entzückt auf. »Oh, der ist ja so *traumhaft.*«

Die ganze Runde lachte, und Ronda wurde puterrot. »Stimmt doch.«

»Ich will schwer hoffen, daß du mit dieser Ansicht nicht allein dastehst, Ronda. Ich könnte die Verkaufszahlen gebrauchen.« Der Attentäter probierte den Fruchtdrink und erkannte augenblicklich, daß er von Alkohol nur so strotzte. Er stellte das Glas wieder auf den Tisch. Mit diesem Drink würde er sich viel Zeit lassen. »Er hat nie darüber geredet, was er auf Alyina gemacht hat, und mein Verleger hofft, ich kann ihn auftauen.«

Ronda grinste wie eine Katze, die gerade einen ganzen Vogelschwarm verspeist hat. »Ich habe gehört, Prinz Victor soll versucht haben, ihn umzubringen. Kai hat die Bevölkerung in eine Revolte geführt, von der die Clans weggefegt wurden, und dann hat er den Clananführer im Zweikampf getötet und wurde der Herrscher des Planeten.«

Toni, die kleine Blondine unter Johns breitem Arm, meldete sich mit gelassener Stimme. »Ich glaube nicht, daß der Prinz Kai umbringen wollte.«

Mike lachte laut auf. »Toni, du glaubst auch nicht, daß Victor den Archon umgebracht hat.«

»Hat er auch nicht.«

Jude beugte sich zur Seite und erklärte in viel zu lautem Flüsterton: »Toni ist dem Prinzen mal begegnet, vor Jahren. Sie ist auf Tharkad großgeworden und hat einen der Nagelringbälle besucht.«

Toni hob den Kopf und schob trotzig die Unterlippe vor. »Ich bin ihm begegnet und habe sogar mit ihm getanzt. Er ist zu nett, um den Archon zu töten. So etwas würde er nie tun.«

Der Attentäter schüttelte den Kopf. »Ich hab mich die letzten Monate ganz in einem Buch vergraben, das ich schreiben mußte. Der Prinz hat seine Mutter umgebracht?«

John winkte ab. »Es gibt keine offiziellen Indizien.«

»Denkst du wirklich, die würde man bekannt machen?« fragte Ronda.

Mike schob sein Bierglas beiseite und zeichnete mit der Linken auf den Tisch. »Es ist so, Chuck. Victor hat seine Schwester angewiesen, seine Mutter nur zwei Tage aufzubahren und dann zu beerdigen, ohne daß er dabei war. Jetzt heißt es, daß er die Untersuchung ihres

Todes persönlich leitet und sich ständig alle Filme davon ansieht. Wenn sich seine Schwester Katrina nicht so für ihn einsetzen würde, wäre das gesamte Vereinigte Commonwealth — oder zumindest seine lyranische Hälfte — in offenem Aufruhr.«

Chuck nickte nachdenklich. »Nun ja, ich würde so ziemlich jedem Herrscher der Inneren Sphäre zutrauen, seinen Vorgänger aus dem Weg zu räumen. Sind wir doch mal ehrlich, der Durchschnittsmensch wird hundert, aber Herrscher sterben durch die Bank mindestens zwanzig Jahre früher. Ich glaube mich auch ein paar extrem kurzlebige Gerüchte zu erinnern, denen zufolge der Archon Hanse Davion umgebracht haben soll, um das Vereinigte Commonwealth selbst regieren zu können. Die wurden aber schnell widerlegt.«

Ronda schüttelte den Kopf. »Sicher, aber vergiß nicht — es war Victor, der seinen Vater gefunden hat. Wer weiß, ob er nicht auch Hanse umgebracht hat?«

»Damit seine Mutter die Regierung übernimmt?« John verzog das Gesicht. »Kein Motiv.«

»Hanse wollte Victor die Zehnte Lyranische Garde wegnehmen, weil Kai Allard ihn in einem vertraulichen Bericht beschuldigt hatte, er habe ihn auf Alyina umzubringen versucht. Außerdem wollte Hanse seinen Sohn verstoßen, weil er nicht akzeptieren konnte, daß Victor während des Aufenthalts im Dracraum Omi Kurita geheiratet hat.«

Georgie klopfte auf den Tisch. »Ihr habt alle Unrecht, was Victor betrifft. Der Archon wurde von einem Pro-Natur-Mitglied umgebracht. Sie haben Melissa mit den Mycosia Pseudoflora getötet, um gegen fahrlässige genetische Manipulation zu protestieren. Diese offizielle Geschichte über einen Verrückten ist bloß ein Ablenkungsmanöver.«

»Wenn das stimmt«, forderte Ronda ihre Kollegin heraus, »warum bleiben denn dann so viele Fragen offen?«

»Weil die Regierung nicht zugeben will, wie stark Pro-Natur ist. Das könnte eine Panik auslösen.«

Jude stieß den Attentäter an. »Das geht jetzt noch Stunden so weiter. Ich würde mir gerne mal die Beine vertreten. Kommst du mit auf eine Tour durch das Schiff?«

Er nickte. »Mit Vergnügen.«

»Das läßt sich einrichten.« Jude nahm seine Hand und drehte sich zu ihren Freunden um. »Bis später — *viel* später.«

27

Tharkad
Vereinigtes Commonwealth

17. Juli 3055

Mit ruhiger Hand an der Fernbedienung verlangsamte Victor das Holovidbild beinahe bis zum Stillstand. Das Bild seiner Mutter blieb scharf, als wäre es Punkt für Punkt in den Bildschirm eingebrannt. Die kleinste Bewegung in ihrem Gesicht rief eine Flut von Erinnerungen in ihm wach. *Du warst zu jung zum Sterben, Mutter.*

Victor zuckte zusammen, als sie die rechte Hand hob, um einen Satz zu unterstreichen. Wie ein Zeichen an jemand außerhalb des Bildes schien ihre Geste einen grellen Lichtschein vor ihr aufzurufen. Das Licht brannte alle Schatten und Falten aus ihrem Gesicht, brannte ihr ganzes Bild weg, bis nur noch Feuer und Zerstörung zu sehen waren.

Auf ein forderndes Klopfen an der Tür betätigte Victor die Pausentaste. »Herein.«

Galen Cox öffnete die Tür und schloß sie mit einer Zackigkeit hinter sich, die Victor seit ihrer ersten Begegnung nicht mehr an ihm festgestellt hatte. Er riß die Hand zum Salut hoch und blieb in dieser Haltung, bis Victor den Gruß erwiderte. »Sie haben nach mir geschickt, Sir?« Galen blieb in Hab-Acht-Stellung wie ein Kadett vor dem Akademierektor.

Der Prinz nickte. Er drehte seinen Stuhl vom Holovidschirm zu den Akten auf seinem Schreibtisch. Er nahm ein einzelnes Blatt Papier und hielt es hoch. »Was soll das darstellen, Galen?«

»Das ist ein Formular 342881-A, Gesuch um Versetzung auf einen anderen Dienstposten, Sir.«

»Das reicht, Galen.« Victor knüllte das Versetzungsgesuch zusammen und warf es in den Papierkorb. »Gesuch abgelehnt.«

»In dem Falle, Sir, reiche ich meinen Abschied ein.«

Victor hob den Kopf. Galens Tonfall ließ keinen Zweifel, daß es ihm ernst war. »Was geht hier vor, Galen? Wir sind Freunde. Ich brauche dich.«

Der blauäugige MechKrieger sah zu seinem Kommandeur hinab. »Darf ich frei sprechen, Sir?«

»So wie immer, Galen.«

»Nein, Sir, in letzter Zeit nicht.« Galens Haltung lokkerte sich, und er stemmte die Hände in die Hüften. Victor erkannte, daß ihm eine Standpauke bevorstand. Er wollte sie abblocken, aber irgend etwas lähmte ihm die Zunge.

»Hoheit, bei allem Respekt, Sie brauchen mich nicht. Sie hören nicht auf meine Ratschläge, und auf die irgendeines anderen sowieso nicht. Sie tun Ihre Arbeit nicht, und Sie befinden sich auf direktem Weg in die Katastrophe. Ich mag Sie zu sehr, um hierzubleiben und mir das anzusehen.«

Victor fühlte den Stachel dieser Worte. Er fand sein Echo in Zweifeln, die er selbst irgendwo in seinem Geist verdrängt hatte. »Wovon redest du überhaupt?«

»Hoheit, in den Jahren, seit wir uns kennengelernt haben, habe ich zwei Eigenheiten Ihrer Persönlichkeit entdeckt, die Sie mindestens so akkurat identifizieren wie ein Netzhautmuster. Punkt eins: Sie fällen über alles und jedes ein Urteil. Sie sehen jemand, und nach ein, zwei Sätzen, die er spricht, glauben Sie, ihn zu kennen. In neunundneunzig von hundert Fällen liegen Sie sogar richtig damit. Das macht Sie manchmal unerträglich, und gekoppelt mit Ihrer Bereitschaft, freiheraus zu sprechen, zu einem diplomatischen Alptraum.«

»Ich muß mir ein Urteil über die Menschen bilden. Ich muß wissen, wer mich ausnutzen will und wer nicht.«

»Das weiß ich, Hoheit, aber auch Ihr Urteilsvermögen ist nicht perfekt. Und mit diesem einen von hundert

Fällen, wenn Ihr Urteil danebenliegt, verletzen Sie die Menschen. Schlimmer noch, Sie können Verrat übersehen, der gut versteckt ist ...«

Der Prinz sah auf. »Nenn mir ein Beispiel ...«

»Das kann ich nicht, zum Teufel, aber darum geht es auch gar nicht.«

»Worum dann?«

»Es geht darum, daß Sie leicht für bestimmte Aspekte blind werden.« Galen stieß den Zeigefinger in Victors Richtung. »Und in Verbindung mit Ihrer zweiten Besonderheit bringt Sie genau das jetzt in die Bredouille.«

Victor mußte an sich halten, um Galen nicht anzubrüllen. »Und was ist diese zweite Besonderheit?«

Galen lachte. »Höfliche Menschen bezeichnen Sie als gehetzt, andere behaupten, daß Sie Ihre geringe Körpergröße überkompensieren. Ich würde es wahrscheinlich so formulieren, daß Sie besonders zielorientiert sind, aber es läuft alles aufs selbe heraus: Sie haben eine einzigartige Neigung, sich wie besessen auf eine einzige Aufgabe zu stürzen.«

Victor wischte Galens Ausführungen wütend beiseite. »Das brauche ich mir nicht anzuhören.«

»Doch, verflucht noch mal! Du bist es mir schuldig, dafür, daß ich dir dein verdammtes Leben gerettet habe! Ich hab deinen Arsch von Trellwan geschleppt, und auf Alyina war ich bereit, für dich zu sterben. Du schuldest es all den Männern und Frauen, die gefallen sind, damit du überleben kannst, daß du mir zuhörst! Wenn du das nicht tust, wenn du nicht endlich vernünftig wirst, wirst du als Witzfigur enden, und die Geschichtsbücher werden die Menschen, die für dich ihr Leben gaben, als eine Bande unbedarfter Idioten darstellen.« Galen ließ Victor keine Gelegenheit, ihn zu unterbrechen. »Du bist besessen von dem verdammten Mord an deiner Mutter.«

»Das wärst du auch, wenn ...«

»Nein, wäre ich nicht.« Galen schüttelte langsam den Kopf. »Meine Eltern starben im Krieg von 3039. Sie wurden von Dracs getötet. Wie man es nennt, tut nichts zur Sache. Sie starben von der Hand draconischer Soldaten. Es war mein Wunsch nach Rache, der mich zum Militär brachte, aber *ich bin erwachsen geworden.* Ich habe erkannt, daß genau wie meine Eltern auch draconische Zivilisten starben, wenn wir ihre Welten angriffen. Das Schicksal hatte mich nicht auserwählt, einen Kreuzzug zur Vernichtung des Draconis-Kombinats zu führen. Ich habe die Wirklichkeit in der kühlen Klarheit des erwachsenen Geistes betrachtet und erkannt, daß meine Aufgabe darin besteht, die Menschen des Vereinigten Commonwealth zu beschützen. Ich bin nicht hier, um meine Eltern zu rächen, sondern um zu verhindern, daß ein anderer seine Eltern verliert. Seit ich Sie kennengelernt habe, hat sich meine Sicht erweitert, und ich habe erkannt, daß das Wohlergehen des Vereinigten Commonwealth Abermilliarden Menschen betrifft. Und wenn meine Rolle als Beschützer dieser Menschen von mir verlangt, Ihnen klarzumachen, daß Sie den Kopf so tief im eigenen Arsch haben, daß Sie sich ohne Schwierigkeiten in die Mandeln beißen könnten, dann tu ich es!« Er senkte den Blick. »Bis vorigen Monat hätte ich es noch gekonnt, aber es war nicht nötig. *Bis jetzt!*«

Der Prinz hatte eine gehörige Wut aufgestaut, aber Galens Eins-Zwei-Kombination trieb sie ihm wieder aus. *Ich wußte nicht, daß seine Eltern tot sind ... Warum nicht? Er ist mein Freund, mein guter Freund. Warum hat er es mir nie gesagt?* Plötzlich erkannte Victor, daß er Galen nie als vollwertiges menschliches Wesen behandelt hatte, sondern immer nur als treuen Dienstboten. Galen Cox war für ihn geworden, was Ardan Sortek für seinen Vater gewesen war — ein Adjutant und Leithammel. Galen war Horatio für seinen Hamlet, ein Vergleich, der sich wie ein Dolch in Victors Herz bohrte.

Bin ich besessen? Noch während er die Frage formulierte, kannte er die Antwort. Gleichzeitig fühlte er das Bedürfnis, sein Handeln zu verteidigen. »Ich versuche nur herauszufinden, wer meine Mutter umgebracht hat.«

»Das ist Unsinn, und das wissen Sie auch, Sir.« Galen ging hinüber zum Holovidschirm und klopfte auf die Mattscheibe. »Sie foltern sich selbst, weil Sie sich einbilden, Sie hätten sie irgendwie retten können. Sie denken, *träumen,* wenn Sie dabeigewesen wären, hätten Sie ihren Tod verhindern können. Sie hätten die Bombe gefunden. Sie hätten verhindert, daß die Explosion sie tötet. *Wachen Sie endlich auf!*« Galen schüttelte den Kopf, mit einer Endgültigkeit, die Victors wildeste Gedankenspielereien zerschlug. »Das Geheimsekretariat hat die Bänder immer wieder abgespielt. Sie selbst haben ihre Einzelbildanalyse hunderte Male gesehen. Sie wissen alles, was passiert ist, und auch wie es passiert ist. Mehr ist nicht zu entdecken, und trotzdem machen Sie weiter. Wenn Sie sich nicht endlich um die Probleme kümmern, die Sie damit erst schaffen, werden Sie bald wünschen, Sie wären dort gewesen, und zwar im Explosionsradius.«

»Wovon redest du eigentlich?«

Galen verschränkte die Arme vor der Brust. »Sie kommen ja nicht raus. Ich schon. Und so wie die Gerüchte draußen in der Stadt durch die Luft schwirren, verbreiten sie sich inzwischen vermutlich über das gesamte Vereinigte Commonwealth. Die Geschichten dekken das ganze Spektrum vom Lächerlichen bis zum durch und durch Bösartigen ab. Die Leute behaupten, Sie hätten die Leitung der Untersuchung übernommen, um den Mörder Ihrer Mutter zu decken.«

Die Augen des Prinzen wurden zu Schlitzen. »Und wer soll das sein?«

»Ein Agent in Ihrem Auftrag.« Galen blickte wieder auf den Schirm. »Morgan Kell.«

»Was!« Victor betätigte den Rücklaufknopf, dann positionierte er den Laser an einer anderen Stelle der Holoviddisk. Anstelle der Nahaufnahme erschien die Szene, wie sie eine Seitenkamera aufgenommen hatte. Morgan Kell und seine Frau waren auf ihren halb zum Rednerpult gedrehten Stühlen zu sehen. Victor betätigte den Abspielknopf, und die Szene bewegte sich im Schneckentempo weiter.

Morgan wandte sich der Kamera zu und lächelte seine Frau an. Dabei fiel seine Serviette zu Boden. Er drehte sich zu Seite und beugte sich nach unten, um sie aufzuheben. In genau diesem Augenblick explodierten die Blumen, und die ganze Szene löste sich in weißem Rauschen auf.

Victor schaltete auf eine andere Kamera um, die einen erhöhten Dreiviertelblick lieferte. Dichter Rauch stieg in weißen Schwaden von dem Punkt auf, an dem das Rednerpult gestanden hatte, und kleine Flammen leckten an den Rändern des halbrunden Lochs in der Bühne. Auf der rechten Seite des Schirms tauchte eine Gestalt wie aus einem Alptraum auf. Die Reste der Uniformjacke hingen nur noch in qualmenden Fetzen am Körper des Mannes. Blut rann ihm aus Nase und Ohren. Sein breiter Brustkorb verbarg den rechten Arm, bis ein Sicherheitsagent auf die Bühne sprang und ihn zu packen versuchte.

Morgan Kell stieß den Mann mit der Linken beiseite und schleuderte ihn hinab in die Menge. Dabei drehte er sich halb um, und Victor sah einen bis auf die Knochen zerfetzten Arm von seiner rechten Schulter hängen. Der Söldner ging in die Knie, wo Melissa gestanden hatte, und streckte die linke Hand nach ihrem Leichnam aus.

Der Prinz schaltete ab. »Wie können sie Morgan verdächtigen? Er hat seinen Arm verloren!«

»Und Sie haben ihm einen neuen gekauft, Hoheit.«

»Mein Gott, Galen, der Mann ist losgerannt, um meiner Mutter zu helfen, noch bevor ihm klar wurde, daß die Explosion seine Frau getötet hatte! Und selbst wenn das nicht genügte, ist er einer meiner nächsten noch lebenden Verwandten.« Victor sah entsetzt auf. »Wie können sie so etwas glauben?«

»Sie glauben es, weil Sie ihnen nichts anderes liefern, das sie glauben könnten.« Galen schüttelte den Kopf. »Sie sind jetzt der Herrscher eines gewaltigen Sternenreichs. Sie sind *kein* Amateurdetektiv. Sie haben noch viele andere Pflichten, als nachzusehen, ob Sie möglicherweise den entscheidenden Hinweis zum Tod Ihrer Mutter finden können. Übrigens glaube ich nicht, daß dieser Hinweis existiert. Curaitis hat recht — das war die Arbeit eines Profis, und selbst *wenn* Sie ihn fänden, könnten Sie möglicherweise nicht von ihm erfahren, wer ihm den Auftrag dazu gab, weil er es wahrscheinlich selbst nicht weiß.«

Der Prinz nickte. »Wie schlimm ist die Lage da draußen?«

Galen zuckte die Achseln. »Ich bin kein politischer Berater, aber die Leute sind wütend. Wir beide wissen, daß Sie Ihre Schwester angewiesen haben, die Aufbahrung und Beisetzung Ihrer Mutter nach bestem Wissen selbst zu regeln, aber bei den Massen kommt das nicht gut an. Für sie gibt es nur einen Grund dafür, daß Sie *nicht* beim Begräbnis Ihrer Mutter waren, während alle Ihre Geschwister *sehr wohl* teilgenommen haben — Sie haben Ihre Mutter nicht geliebt.«

»Aber das stimmt nicht.«

»Noch etwas, das wir beide wissen, aber *die Menschen* wissen es nicht.« Galen breitete hilflos die Arme aus. »Sie müssen etwas tun. Sie müssen Gedächtnismünzen prägen und Gedächtnisgeldscheine drucken lassen. Sie müssen Gelder für wohltätige Zwecke verteilen, die Ihre Mutter unterstützt hat, und Stiftungen in ihrem Namen gründen.«

»Aber das sind doch nur leere Gesten.«

»Für Sie vielleicht, aber nicht für die Bevölkerung da draußen. Sicher, Sie sind ein Kriegsheld, aber ihre größte Heldentat war: Sie haben den Thronerben eines Erzfeindes gerettet. Dann haben sie Phelan nach Arc-Royal eingeladen, einen Mann, der als Verräter an der Inneren Sphäre bekannt ist. Dann hatte dieser Verräter die Frechheit, einen gefangenen Thronfolger der Inneren Sphäre als seinen Leibeigenen mitzubringen, und Sie haben es hingenommen. Und schließlich haben Sie noch einem Clan-Sternhaufen freien Zugang zum Commonwealth-Raum gewährt. Nichts von alledem ist geeignet, sie bei den Menschen, über die Sie herrschen, beliebt zu machen.« Galen dachte einen Augenblick nach. »Ich an Ihrer Stelle würde das Gesicht Ihrer Mutter auf den Münzen beibehalten und frühestens in einem Jahr Münzen mit Ihrem Konterfei prägen lassen.«

Victor war überrascht über seine heftige Reaktion auf diesen Vorschlag. Er hätte nie gedacht, daß sein Gesicht auf den Münzen — das Zeichen seiner Thronbesteigung — ihm so viel bedeuten könnte. Aber irgendwie hatte er unterbewußt schon immer darauf gewartet, als Bestätigung seines Herrschaftsanspruchs. Trotzdem, er erkannte die Weisheit in Galens Worten.

»Für jemand, der sich kein politisches Geschick anmaßt, Galen, bist du bemerkenswert erfahren.« Victor machte sich eine Notiz auf einem Bogen Papier. »Angenommen. Hast du noch mehr Vorschläge?«

»Nur einen. Geben Sie ein paar Interviews.«

»Ich habe keine Zeit, mich mit Reportern und Medientypen abzugeben.«

»Sie haben nicht die Zeit, es nicht zu tun. Die Leute sehen Sie jetzt schon als eine Miniaturausgabe Ihres Vaters. Sie haben Angst, daß Sie einen Krieg anfangen, und in mancherlei Hinsicht glauben sie, daß Ihr Vater zu wenig gegen die Clans unternommen hat. Ja, ich weiß, daß das Unsinn ist, aber das ändert nichts an den Tatsachen. Die Leute sehen nur, daß die ehemaligen Vereinigten Sonnen von dem Krieg unberührt geblieben sind, und ihre Welten sind übersät mit Flüchtlingslagern.« Galen kicherte. »Ich weiß, daß Ihnen die Medien nicht liegen, aber warum reden Sie nicht einmal mit Katherine darüber? Sie kennt sich aus und kann Ihnen wahrscheinlich ein paar Tips geben.«

Der Prinz verzog das Gesicht, dann nickte er. »Na gut, das läßt sich machen, aber dann mußt du auch etwas für mich tun.«

»Was?«

Victor deutete auf den dunklen Bildschirm. »Ich will die Leute, die meine Mutter auf dem Gewissen haben. Das heißt: erstens den Attentäter und zweitens seinen Auftraggeber. Wenn ich akzeptiere, daß du recht hast und ich mich aufgeführt habe wie ein Besessener, heißt das auch, daß mir der nötige Abstand fehlt. Was mache ich falsch?«

»Ich weiß nicht. Die Geheimdienstler haben ein Psychoprofil des Attentäters erstellt, aber sie gehen jeder Spur nach, die sie finden können. Sie arbeiten fieberhaft daran herauszufinden, warum und wie er ihre Sicherheitsvorkehrungen durchbrechen konnte. Und selbst wenn wir ihn erwischen, wird er nicht preisgeben, wer ihn angeheuert hat.«

»Also haben wir zwei Probleme, richtig?«

»Ziel erfaßt, Feuer.« Galen stützte wieder die Hände auf die Hüften, aber diesmal war seine Haltung friedlich. »Der Attentäter war ein Profi. Niemand hat die Verantwortung für das Attentat übernommen, also hat er für Geld gearbeitet. Ihn aufzuspüren, wird wahrscheinlich eine frustrierende Knochenarbeit voller Sackgassen, aber zumindest wissen wir, was ihn aus seinem Versteck locken kann.«

»Geld.«

»Das, und ein Auftrag, der dem Kaliber des Mannes entspricht, der den Archon des Vereinigten Commonwealth auf dem Gewissen hat. Bei der Zeit und Sorgfalt, die er aufgewandt hat, um Ihre Mutter auszuschalten, sieht er sich bestimmt als Virtuose auf seinem Gebiet, wenn auch möglicherweise nicht bewußt. Ich bezweifle, daß er bereit wäre, sein Leben für eine Aufgabe aufs Spiel zu setzen, die sein Können weniger herausfordert als das Attentat auf Ihre Mutter.«

Victor mußte ihm zustimmen. »Laut Geheimsekretariat operieren Attentäter dieses Kalibers gerne von Solaris aus. Der rege Verkehr und die relativ offene Gesellschaft des Planeten erleichtert die An- und Abreise ebenso wie die Geldwäsche. Wir könnten auf Solaris den Köder auswerfen.« Ein Lächeln spielte um seine Mundwinkel. »Und ich weiß auch schon, wen wir dazu benutzen.«

»Gut, dann werden Sie den Attentäter vielleicht schnappen.« Galen runzelte die Stirn. »Bleibt noch immer der Drahtzieher.«

»Das wird schwer. Nach dem zu urteilen, was ich von dir gehört habe, halten die meisten mich für denjenigen, der von ihrem Tod am meisten profitiert.«

Galen nickte. »Stimmt, aber Sie haben einen Vorteil. Sie wissen, daß Sie es nicht waren. Stellen Sie eine Liste aller Personen auf, die daraus ebenfalls Vorteile ziehen, und streichen Sie die Verdächtigen einen nach dem anderen ab.«

»Und was mache ich, wenn die Finalisten feststehen?«

Galen Cox schüttelte den Kopf. »Das ist der Grund, aus dem die Krone so schwer auf dem Haupt liegt, das sie trägt.«

28

Cue Ball, Mond des Planeten Yeguas III
Vereinigtes Commonwealth

30.Juli 3055

Der scharfe Kontrast zwischen dem kreideweißen Staub des Canyons und dem schwarzen Hangar über ihnen erschien Nelson Geist wie der Kontrast zwischen Leben und Tod. Das Sprungschiff der Roten Korsarin war an einem Piratenpunkt in der Nähe des dritten Planeten in das Yeguassystem eingedrungen. Am Nadirsprungpunkt des Systems hatte die 31. Wolf-Solahma sie erwartet.

Die Wölfe hatten den Banditen augenblicklich eine Kampfansage gefunkt, die diesmal auf der Stelle akzeptiert worden war. Die Rote Korsarin hatte ihnen eine Begegnung auf Cue Ball angeboten, mit einem Zeitlimit von sechs Tagen, da sie nach Ablauf dieser Frist das System verlassen werde.

Der Sprungpunkt, an dem sich die Wölfe aufhielten, war bei normaler Beschleunigung von 1 g siebeneinhalb Tage entfernt. Die Wölfe hatten die Beschleunigung auf 2 g erhöht und die Transitzeit um zwei Tage verkürzt. Nelson war bei der Roten Korsarin gewesen, als sie die Meldung erhielt. Er hatte Verärgerung darüber erwartet, daß sie sich den Wölfen jetzt doch stellen mußte.

»Aber nicht doch, Nelson«, hatte sie geschnurrt. »Ich freue mich darauf, gegen die Wölfe zu kämpfen. Die Clans haben Abschaum in den Kampf gegen Banditen geschickt, und ich werde ihrem Abschaum eine Lektion erteilen.«

Die Rote Korsarin hatte ihre BattleMechs auf Cue Ball abgesetzt und die Wartezeit dazu genutzt, ihre Truppen an die geringe Schwerkraft zu gewöhnen. Durch die geringe Masse des Mondes verfügte Cue Ball nur über

0,47 g. BattleMechs konnten sich hier schneller bewegen und weiter springen, aber die reduzierte Schwerkraft bei gleichbleibender Masse beeinflußte auch ihre Möglichkeiten, anzuhalten und zu wenden. In den Manövern nahm die Rote Korsarin Nelson wieder im Cockpit mit und übergab ihm die Gefechtskontrollen, während sie sich darauf konzentrierte, die Feinheiten der Bewegung auf dem atmosphärelosen Mond zu meistern.

Während ihre Banditen auf der Mondoberfläche trainierten, hatte die Rote Korsarin ihre Landungsschiffe nach Yeguas III geschickt. Über Funk hatte sie der planetaren Regierung mitgeteilt, daß sie keine Notwendigkeit zum Angriff sah, sofern sie mit Raumfähren »Tribut« erhielt. Die geforderte Zahlung war relativ gering und bestand hauptsächlich aus Lebensmitteln und billigem Tand. Die Regierung erklärte sich schnell zur Zahlung bereit, wahrscheinlich in dem Glauben, daß sie den Tribut ohnehin zurückerhalten würde, nachdem die Wölfe die Banditen zerschlagen hatten.

Im Bordschützensitz des *Kampftitan* beobachtete Nelson auf dem Hilfsmonitor, wie zwei Wolfsclan-Landungsschiffe aufsetzten und BattleMechs ausschleusten. »Sieht nach drei Trinärsternen von je fünfzehn Mechs und einem Befehlsstern aus. Das sind fünfzig Maschinen gegen unsere fünfundsiebzig. Ihr Kommandeur muß verrückt sein.«

Die Rote Korsarin schüttelte den Kopf. »Durchaus nicht. Er verachtet uns. Aber dafür wird er zahlen.« Sie setzte den *Kampftitan* Richtung Einmündung des Canyon in den riesigen Krater in Bewegung, in dem sich die Wölfe aufgestellt hatten. Ihrem Plan zufolge mußten sich die übrigen Banditen ringsum befinden und sich ähnlich wie sie beide durch Risse in den Kraterwänden an das Schlachtfeld heranarbeiten.

Nelsons Hilfsmonitor zeigte, wie sich die Wölfe in Angriffsgruppen aufteilten und scheinbar ziellos vorwärtsbewegten. »Das versteh ich nicht ... Das sollten bessere Truppen sein.« Als die Rote Korsarin leise lachte, erkannte er plötzlich, warum die Wölfe so unbeholfen wirkten. »Nach einem Anflug mit 2 g Andruck fällt es ihnen besonders schwer, sich auf die verringerte Schwerkraft einzustellen. Und die Erschöpfung durch die Anflugbelastung vergrößert den Kontrast noch zusätzlich.«

»Sehr gut, Nelson.« Die Rote Korsarin drückte einen Knopf auf ihren Kontrollen, und eine holographische Sichtprojektion mit einem goldenen Fadenkreuz in ihrem Zentrum materialisierte vor seinem Platz. »Die Gefechtskontrolle liegt bei dir.«

»Gewinne ich die Freiheit für meine Freunde, wenn ich Wölfe töte?«

»Nein, aber sie sterben auch nicht, wenn wir fallen.« Ihre Stimme wurde zu einem kehligen Flüstern, während sie den *Kampftitan* um eine Ecke bewegte. »Du haßt die Clans, ich hasse die Wölfe. In diesem Kampf sind wir Verbündete.«

Nelson zögerte einen Augenblick, dann war er einverstanden. »Gefechtskontrolle akzeptiert.«

»Achtung.« Sie trat mit dem *Kampftitan* in die Öffnung zum Krater und hob beide Arme über den Kopf der Maschine. Auf offenem Breitbandkanal sandte sie den Wölfen eine persönliche Herausforderung. »Willkommen, ihr Freigeburtwelpen einer räudigen, läufigen Streunerin. Es wird Zeit, euch beizubringen, warum ihr nur zu Banditenfutter taugt.«

Ihre Worte zeigten unmittelbare Wirkung bei den Clannern, und Nelson wußte, daß die Wölfe schon verloren hatten, bevor der erste Schuß gefallen war. Zwei leichte Mechs stießen nach vorne. Einer der beiden stieg auf zwei Sprungdüsen in den Nachthimmel. Es schien sich um eine *Hornisse* zu handeln, kaum eine Bedrohung. Der andere, den der Bordcomputer als *Hermes* identifizierte, wirkte da schon gefährlicher. Nelson senkte das Fadenkreuz über ihn.

©
danforth
92

Der Mech war schon in Schwierigkeiten, noch bevor Nelson ihn unter Beschuß nahm. Der Pilot war nicht an die geringe Schwerkraft gewöhnt und stürzte sich mit voller Beschleunigung nach vorne. Die Geschwindigkeit der Maschine nahm weit schneller als normal zu, und das gleichmäßige Pumpen der Metallbeine verwandelte sich in lange, sprungähnliche Sätze, die den Kampfkoloß gefährlich aus dem Gleichgewicht warfen. Als die Kampfmaschine in ein kleines Geröllfeld kam, verlor der *Hermes*-Pilot die Kontrolle.

Nelson hatte den Mech die ganze Zeit im Fadenkreuz behalten und hämmerte ohne Bedauern auf die Feuerknöpfe des *Kampftitan.* Der erste PPK-Blitz stieß durch die rechte Torsoseite des *Hermes* und nahm deren gesamte Stützverstrebungen mit. Der zweite PPK-Strahl durchbohrte den rechten Mecharm. Der *Hermes* verlor die Panzerung des Armes wie abgestorbene Haut, dann wurde der Arm selbst in weißem Feuer und schwarzem Rauch verzehrt.

Die PPK-Blitze pumpten genügend Energie in den *Hermes,* um ihn zu bremsen und für eine Sekunde kerzengerade zu halten. Dann drehten sie ihn weiter nach rechts, und seine Beine liefen ihm davon. Der BattleMech flog geradeaus, mit den Beinen zuerst, die Knie gebeugt, und seine linke Hand griff nach den Sternen. Ein Felsbrocken riß der Maschine die Waden ab. Der Torso schlug hart auf, dann prallte er über die Oberfläche des Mondes, dem Staub hinterher, den er aufgewirbelt hatte. Er prallte noch einmal auf und rollte geradewegs in einen haushohen Felsbrocken. Dann lag er zerbeult und tot im Mondstaub und starrte zu den Sternen empor.

Jetzt senkte sich auch die *Hornisse* langsam wieder zu Boden. Nelson richtete die Geschütze des Mechs auf einen Punkt im unteren Teil der sanft geneigten Flugbahn. Ein schlauer Pilot hätte die Sprungdüsen der *Hornisse* dazu benutzt, seinen Kurs zu ändern, aber dieser hier tat nichts dergleichen. Nelson kam zu dem Schluß, daß der Pilot von dem ungeahnt weiten Sprung so entnervt war, daß er sich nichts sehnlicher wünschte, als endlich unten anzukommen. *Dem Manne kann geholfen werden.*

Ein PPK-Strahl schoß über das Ziel hinaus, aber der zweite traf die *Hornisse* ins rechte Knie. Der azurblaue Blitzstrahl fetzte durch das Gelenk, zersprengte die Panzerung und amputierte die untere Hälfte des Beins. Fuß und Wade flogen in spiralförmiger Flugbahn nach hinten weg, während die *Hornisse* zu einem langsamen Salto ansetzte.

Für den nächsten Treffer benutzte Nelson den schweren Impulslaser in der Torsomitte des *Kampftitan.* Die grünen Lichtbolzen hämmerten in den Torso der *Hornisse* und stoppten ihre rollende Vorwärtsbewegung. Das Laserfeuer kochte die gesamte Panzerung über der Herzpartie des Mechs weg und schmolz einen Teil der internen Struktur, aber das konnte den Kampfkoloß nicht außer Gefecht setzen.

Das besorgten die Massenträgheit der gegnerischen Maschine und der Mond selbst. Als die *Hornisse* mit der rechten Flanke aufschlug, flog der mittelschwere Laser in seiner Hand zerschmettert davon. Der Mech selbst prallte ab und stieg empor, bis er beinahe wieder aufrecht stand. Dabei schien seine Panzerung von ihm abzufallen wie eine Schuppenhaut. Wäre der Pilot noch dazu in der Lage gewesen, hätte er die Maschine vielleicht noch stabilisieren und gegen den Findling lehnen können, gegen den sie gesegelt war. So aber schlug der Mech voll gegen den riesigen Fels. Fels und Maschine wankten und stürzten um wie Spiegelbilder.

Überall im Krater sah Nelson die übrigen Banditen die Wolf-Mechs unter Beschuß nehmen. Ein Teil der Wölfe war vorgerückt, aber den meisten war es nicht besser ergangen als den beiden, die auf die Rote Korsarin losgestürmt waren. Eine Kerngruppe schwerer

Mechs schoß zurück, ohne sich zu bewegen, aber nur ihre Strahlwaffen zeigten Wirkung. Raketen und Projektile flogen, da die Waffen nicht auf die geringe Schwerkraft eingestellt worden waren, weit übers Ziel hinaus.

Die Rote Korsarin drückte einen Knopf auf ihrer Konsole. »Korsaren zurückziehen.«

Nelson protestierte. »Zurückziehen? Der Kampf hat nicht mal begonnen.«

»Wenn der Wolf-Kommandeur nicht noch dümmer ist, als selbst du dir vorstellen kannst, ist der Kampf vorbei.« Sie bewegte ihren Mech rückwärts in den Canyon. Hoch über ihnen schlug eine Rakete in die Kraterwand ein. »Ich drehe um. Halt uns den Rücken frei.«

Nelson brachte die Rückenzone des Mechs ins Zentrum der Sichtprojektion. »Okay. Beide Rückenlaser feuerbereit. Aber wieso ist der Kampf vorbei?«

»Der Kommandeur weiß, daß wir seine Truppen auseinandernehmen, wenn sie uns in die Schluchten verfolgen. Das ist nicht die Art Kampf, die er sich vorgestellt hat. Er hat ein paar leichte Mechs verloren, aber die können repariert werden. Wenn er den Angriff fortsetzt, riskiert er ernstere Verluste *und* die Möglichkeit, daß wir uns anschleichen und einen Teil der beschädigten Maschinen mitnehmen. Das könnte er nicht verkraften.«

»Scheint, als ob Sie den Wolf-Kommandeur gut kennen.«

Sie schüttelte den Kopf. »Ich habe seinen Namen noch nie gehört, aber ich kenne den Typ. Diesmal haben wir ihn hereingelegt. Auf diese Weise werden wir ihn nie wieder übertölpeln können, aber wir werden ihn besiegen. Er wird sich Gedanken darüber machen, was wir noch tun könnten, und das macht viel aus.«

29

Landungsschiff *Lugh*
Nadirladestation, Santana
Vereinigtes Commonwealth

3. August 3055

Khan Phelan Ward starrte seinen Vetter an. »Irgend etwas läuft hier an mir vorbei, Chris. Deine Reaktion auf meine Weigerung, dein Bataillon nach Yeguas zu schikken, ist völlig überzogen.«

»Wirklich?« Chris deutete auf das Hologramm des Yeguassystems, das über dem Besprechungstisch hing. »Als die Banditen ankamen, meldeten die Wölfe deren Auftauchen an einem Piratenpunkt nahe Cue Ball und Yeguas III. Du hast selbst gesagt, daß sie zu schnell anflogen, falls die Banditen sich entschließen sollten abzuhauen, statt auf die Wölfe zu warten. Hättest du es zugelassen, wäre mein Bataillon hingesprungen und hätte sie von ihrem Sprungschiff getrennt. Es sieht fast so aus, als wolltest du die Banditen gar nicht fangen.«

Phelan sagte nichts. Er zwang sich unter Kontrolle. Als er antwortete, geschah es in neutralem Ton, aber seine Worte waren abgehackt, als deutliche Warnung an Dan Allard und Christian Kell. »Zum ersten, Vetter, habe ich dich nicht daran gehindert zu springen. Ich befehlige diese Operation nicht. Oberst Allard hat diese Entscheidung getroffen, auch wenn er meiner Bitte nachgekommen ist, das Problem in der Hauptsache der Einunddreißigsten zu überlassen. Als wir ausgelost haben, *wo* unsere Einheiten stationiert werden, haben sie Yeguas gezogen. Wäre es dein Standort gewesen, hättest du die Bitte der Einundreißigsten, dir zu Hilfe kommen zu dürfen, sicher genauso abgeschmettert.« Der Wolfskhan erhob sich von seinem Platz und starrte seinen Gegenüber in die Augen. »Und die Implikation, ich legte keinen gesteigerten Wert darauf, diese Banditen zu fangen, nehme ich übel. Mir ist an ihrer Vernichtung mehr gelegen, als du ahnst.«

»Davon *merkt* man aber nichts, Vetter.« Chris verschränkte die Arme vor der Brust. Seine Hemdsärmel waren bis zu den Ellbogen aufgekrempelt und ließen auf dem linken Unterarm eine schreiend bunte Tätowierung erkennen, aber Phelan konnte nicht erkennen, was sie darstellte. »Ich glaube, du hast einen geheimen Plan, der schlußendlich auf die Wiederaufnahme des Kriegs zwischen den Clans und der Inneren Sphäre hinausläuft.«

Phelan schüttelte vehement den Kopf. »Das ist lächerlich. Ich bin genau mit dem entgegengesetzten Ziel hier.«

»Ach ja?« Chris drehte sich zu Dan Allard am Kopf des Tisches um. »Fakt: Die Banditen lassen unsere Militäreinheiten lächerlich aussehen. Fakt: Sie benutzen Taktiken gegen uns, die wir mit großem Erfolg gegen sie eingesetzt haben. Fakt: Um den Krieg wieder auszulösen, bedarf es nur einer Claneinheit, die die Waffenstillstandslinie überschreitet, und diese Banditen sind schon auf dem besten Weg dazu — mit einer anderen Claneinheit dichtauf.«

Phelan schlug mit der flachen rechten Hand auf die Tischplatte. »Es gibt keinen Beweis, daß die Banditen eine Claneinheit sind.«

»Ha! Sieh dir ihre Ausrüstung an. Sieh dir ihre Taktiken an.«

»Was die Ausrüstung betrifft, sind die Kell Hounds eher eine Claneinheit als die Banditen. Und die Hounds sind besser ausgerüstet als die 31. Wolf-Solahma.« Phelan beugte sich in das Hologramm vor. »Und du hast eben selbst festgestellt, daß die Banditen Taktiken der Inneren Sphäre einsetzen, was für eine Claneinheit, welcher Art auch immer, höchst ungewöhnlich ist. Ich will nicht bestreiten, daß unter den Banditen Clan-Renegaten sind — vielleicht leiten sie die Operation sogar —, aber diese Piratenbande ist keine Claneinheit.«

»Ist sie es wirklich nicht, oder willst du das nur nicht sehen?«

Chris' Frage traf Phelan völlig unerwartet. Er zuckte zusammen. *Könnte es sein, daß die Roten Korsaren Clanner auf einer Geheimmission mit dem Ziel sind, den Waffenstillstand zu brechen? Warum sollten sie sich dann als Banditen ausgeben?* Langsam formte sich eine Antwort in seinen Gedanken. Wenn die Einheit als Banditenbande auftrat, konnte sie in aller Ruhe weiterplündern, während der Rest der Clans der Waffenruhe müde wurde. Wenn die Einheit erst einmal die Linie überschritten hatte, konnte sie sich offen zu den Clans bekennen und den Frieden brechen. Die Innere Sphäre würde geschlossen reagieren und niemals glauben, daß die falschen Banditen auf eigene Faust gearbeitet hatten. Hätten die Banditen dagegen offen als Militäreinheit agiert, hätte der ilKhan sie verurteilen und ihren Clan zwingen können, sich von ihnen loszusagen, wenn er sich nicht vor dem Großen Konklave verantworten wollte.

Und die Jadefalken behaupten, daß die Banditen aus dem Wolfsclanraum stammen. Wenn es Clanner sind, *wird man den Wölfen die Schuld geben, und die Bemühungen des ilKhans um den Frieden werden wie ein hinterhältiger Verrat am Präzentor Martialum und der Inneren Sphäre erscheinen.*

Phelan schüttelte den Kopf. »Deine Wut ist sinnlos, Chris. Die Banditen haben sich nicht als Clanner erklärt, wir haben keine Beweise, daß sie Clanner sind, und kein Clan hat sie für sich beansprucht. Ohne echte Beweise einfach zu postulieren, sie *seien* Clanner, verkompliziert die Sache nur unnötig.«

»Das glaube ich nicht. Diese Überfälle helfen den Eindruck zu verstärken, daß Victor Davion ein unfähiger Herrscher ist und mehr Wert auf die Vereinigten Sonnen legt als auf das Lyranische Commonwealth. Ryan Steiner sammelt eine Koalition um sich, die Victor gehörig unter Druck setzen kann. Nichts würde den Interessen der Clans mehr dienen als eine Regierungskrise im Vereinigten Commonwealth.«

»Chris, du solltest dir einmal selbst zuhören.« Phelan seufzte. »Nach den Indizien, die du gerade vorgetragen hast, müßten wir Ryan Steiner hinter den Banditen vermuten, weil er viel mehr von ihren Überfällen profitiert als die Clans. Eigentlich sollte man annehmen, daß die Banditen die Kampfmoral des Vereinigten Commonwealth und seiner Bevölkerung stärken, indem sie die Wölfe wie Trottel dastehen lassen.«

»Gentlemen, Sie schweifen allmählich in interstellare Weiten ab, und das bringt uns nicht weiter.« Dan bedeutete beiden Männern, sich wieder zu setzen. »Chris, Phelan hatte gute Gründe, deine Bitte abzulehnen. Durch die Bewegung des zweiten Mondes von Yeguas III lag der nächste Piratenpunkt, den ihr hättet anspringen können, bei 2 g Beschleunigung zwei Tage entfernt, und das auch nur, wenn euer Navigator Janos hätte überzeugen können, dieses Risiko zu genehmigen. Selbst bei gelungenem Sprung hättet ihr danach eine Woche festgelegen. Der sicherere und bessere Punkt hätte vier Tage entfernt gelegen. Aber in beiden Fällen hätten die Banditen zu ihrem Schiff zurückkehren und ungehindert abspringen können. Den Versuch hätte man riskieren können, *wenn* die 31. Wolf-Solahma nicht dagewesen wäre, um zu sehen, wie ihr ausmanövriert werdet.«

»Unsere Anwesenheit hätte verhindern können, daß sie durch den Wolf gedreht werden.«

Phelan schüttelte den Kopf und lachte. »Durch den Wolf gedreht zu werden, hat ihnen ganz gutgetan.«

Chris starrte ihn an, und Phelan fragte sich, ob ihm plötzlich Hörner und ein Stachelschwanz gewachsen waren. »Mein Gott im Himmel, du bist wirklich einer von ihnen geworden, was?«

»Wovon redest du?«

»Von dir. Du bist ein Clanner.« Chris schauderte. »Du hast die Krieger auf Cue Ball sterben lassen, als wären sie völlig wertlos.«

»Die 31. hat nur zwei Piloten verloren.«

»Aber das konntest du vorher nicht wissen.« Der Söldner starrte seinen Vetter ungläubig an. »Wissen sie, daß du sie für entbehrlich hältst?«

Phelan versteifte sich. »Allerdings, genau wie du Zimmers Zuaven erklärt hast, sie wären als Fliegenfänger gedacht.« Chris zuckte zusammen. »Für mich sind die Männer und Frauen der 31. Wolf-Solahma nicht entbehrlicher als irgendeiner eurer Leute für dich. Sie sind vielleicht Krieger, die nur Jagd auf Banditen machen, aber sie bleiben Menschen. Sie selbst mögen glauben, daß der Tod im Kampf ein passendes Ende für ihr Leben darstellt, aber ich teile diese Meinung nicht.«

»Wie kannst du dann sagen, es täte ihnen gut, durch den Wolf gedreht zu werden.«

»Du hast recht, Chris. Es war falsch.« Conal Wards Gesicht trat vor Phelans inneres Auge. »Ihr Kommandeur ist mein alter Gegenspieler. Du könntest ihm all das anhängen, was du mir gerade vorgeworfen hast, und er würde dir mit keiner Silbe widersprechen. Er hat getan, was in seiner Macht stand, um mich am Erlangen eines Blutnamens zu hindern, bis zum Betrug in einem geheiligten Clanritual. Deswegen mußte er seine Stellung als Clan-Lehrmeister aufgeben und auf Banditenjagd gehen. Weil sein Haß auf die Innere Sphäre beinahe seinem Haß auf mich gleichkommt, wurde er für die Vernichtung der Roten Korsarin ausgewählt und ich zu seinem unmittelbaren Vorgesetzten gemacht.« Phelan kaute auf der Unterlippe. »Ich bezweifle, daß Conal durch die Pleite gegen die Rote Korsarin bescheidener geworden ist, aber Hoffnung blüht ewig. Wichtig ist vor allem, daß er seine Chance hatte und sie verspielt hat.« Er atmete tief durch und sah Chris in die Augen. »Mag sein, daß du recht hast, und ich arbeite wirklich nach einem geheimen Plan. Ich will den Frieden aufrechterhalten. Und die beste Chance dafür besteht darin, daß die Kell Hounds diese Banditen erledigen, während Conals Leute sich als unfähig erweisen. Das schwächt seine Position und hilft, seine Verbündeten zu diskreditieren — sie sind allesamt Gegner des Friedens.«

Auf Chris' Stirn erschienen tiefe Falten. »Das verstehe ich irgendwie nicht ganz.«

»Es ist eigentlich ganz einfach. Die Clans sind in zwei Fraktionen geteilt — die Kreuzritter und die Bewahrer. Die Kreuzritter wollen die Innere Sphäre erobern und sich in einem neuen Sternenbund zu ihren Herrschern aufschwingen. Im Wolfsclan stellen sie eine Minderheit dar, aber Conal Ward ist einer von ihnen. Die Bewahrer dagegen halten es für ihre Aufgabe, die Innere Sphäre zu beschützen. Im Wolfsclan stellen wir die Mehrheit, aber in Clans wie den Jadefalken und Nebelpardern sind wir die Minderheit.«

»Dafür, daß euer ilKhan ein Bewahrer ist, hat er den Kreuzrittern viel Arbeit abgenommen.« Chris rief eine Sternenkarte auf, die den Keil zeigte, den die Clans in die Innere Sphäre getrieben hatten. »Die Wölfe waren die Speerspitze der Invasion.«

»Und der ilKhan hat den Frieden mit ComStar ausgehandelt. Er mußte sich vor die Meute setzen, um sie stoppen zu können. Und er hatte Erfolg.« Phelan fuhr die Grenze zwischen dem Vereinigten Commonwealth und der Jadefalken-Besatzungszone ab. »Die gleichen Unruhen, von denen du hier im Commonwealth berichtest, gibt es auch bei den Clans. Der ilKhan wird unter Druck gesetzt, den Waffenstillstand zu brechen und den Krieg fortzusetzen. Die Banditen wollen offensichtlich zeigen, wie schwach die Innere Sphäre ist. Wenn die Kell Hounds die Banditen schlagen, können wir den Mythos von der Verletzbarkeit der Inneren Sphäre zu Grabe tragen. Ich weiß nicht, ob das reichen wird, den

Druck ganz abzubauen, aber zumindest wird es ihn schwächen.«

Chris betrachtete Phelan fragend. »Du hast gesagt: ›Wir können den Mythos zu Grabe tragen.‹ Soll das heißen, daß du dich jetzt als Bewohner der Inneren Sphäre siehst?«

»Mit ›wir‹ meinte ich diejenigen, die den Wahnsinn in einer Wiederaufnahme des Krieges erkennen.« Phelan bot seinem Vetter die Hand an. »Und nur damit du es weißt: Als ich den Clans beigetreten bin, habe ich nicht alle Familienbande zerschnitten. Du kannst mir trauen, Chris, so wie ich dir traue.«

Chris schüttelte die angebotene Hand, aber in seinen Augen sah Phelan immer noch Zweifel. *Du bist zu mißtrauisch, Chris, aber möglicherweise hat dich nur das im Kombinat am Leben gehalten.* Phelan dachte einen Augenblick nach, dann nickte er. *Wenn Conal ein doppeltes Spiel* treibt, *könnte dein Mißtrauen unser aller Leben retten.*

Dan Allard machte keinen Hehl aus seiner Zufriedenheit über die Verständigung der beiden Streithähne. »Phelan, ich nehme an, du hattest mehr als ein Familientreffen im Sinn, als du um diese Besprechung gebeten hast.«

Der Wolfskhan nickte. »Neben handfesten Daten über die Mechs der Roten Korsarin hat uns Yeguas zweierlei geliefert. Erstens scheinen die Banditen keine Luft/Raumjäger zu besitzen. Sie haben weder Jäger benutzt, um ihre Landungsschiffe beim Abholen des Tributs abzuschirmen, noch haben sie Maschinen gegen die 31. eingesetzt. Das macht sie äußerst verwundbar, besonders wenn es uns gelingt, einen Hinterhalt für sie zu legen.«

Chris nickte, aber seine Miene verdüsterte sich. »Wir könnten Luft/Raumjäger in einem Landungsschiff, in einem Asteroidenfeld oder hinter einem Mond verstekken, aber dazu müßten wir vorher wissen, wo die Korsaren angreifen, und wo sie auftauchen.«

Phelan grinste triumphierend. »Und das ist der zweite Punkt. Anhand der Daten, die wir über ihre Ankunftspunkte gesammelt haben, konnten wir durch Abgleichung mit Systemdaten und einem Katalog von Piratenpunkten, den Janos Vandermeer für uns zusammengestellt hat, den wahrscheinlichen Auswahlmodus für ihre Navigationspunkte ermitteln. Indem wir ein darauf basierendes Programm benutzt und Ziele nach den wahrscheinlichsten Parametern durchgespielt haben, schrumpfte die Liste ihrer potentiellen Zielwelten gehörig.«

Dan lehnte sich vor. »Wie gehörig?«

Phelan stieß mit dem Zeigefinger auf einen Punkt der Sternenkarte. »Ihr nächstes Ziel heißt Zanderij. Und diesmal werden wir sie bereits erwarten, wenn sie eintreffen.«

30

Solaris
Vereinigtes Commonwealth

17. August 3055

Der Attentäter erwog kurz die Notwendigkeit, Judith Calley zu töten. Sie kannte ihn nur als Chuck Grayson und hegte allem Anschein nach keinerlei Verdacht, daß irgend etwas mit ihm nicht stimmte, aber unbewußt mochte sie etwas aufgeschnappt haben, das ihm später Ärger bereiten konnte. Nach der Zeit als Karl Kole, in der er extrem zurückgezogen gelebt hatte, war die Intimität ihrer Beziehung ein willkommener Kontrast. Die ganze Leidenschaft, die sich in Kole aufgestaut hatte, entlud sich in dieser Affäre.

Sicher war es gefährlich, noch mehr Zeit mit Jude zu verbringen, aber er verdrängte seine Sorgen und schloß sie irgendwo tief in den Verliesen seines Geistes ein. Er arbeitete zur Zeit an keinem Auftrag, also brauchte er sich nicht so vorzusehen wie gewöhnlich. Er konnte sich ganz darauf konzentrieren, Chuck Grayson zu werden. Er zog Freude und ein nie gekanntes Gefühl der Gemeinschaft aus seiner Annäherung an Kai Allard-Liaos Manager und deren Ablehnung. Die Art und Weise, wie sie Chuck behandelten, ließ Ronda allmählich an Allard-Liao zweifeln, und nach seinem Fehlschlag akzeptierte ihn auch John. Jetzt stellte er keine Bedrohung mehr dar.

Er fühlte sich normal, ja, noch mehr als nur einfach normal. Er konnte natürlich nicht vergessen, wer und was er war, aber es fiel ihm leichter, sich davon zu distanzieren. Er nahm willig an hitzigen Debatten darüber teil, wer wirklich hinter dem Tod des Archons gesteckt hatte, und ob Prinz Victor seinen Vater umgebracht hatte oder nicht. Nachdem er das erste einer Serie von Interviews mit Victor gesehen hatte, begann er den Prinz sogar zu verteidigen. Das machte ihn bei einigen Leuten aus dem lyranischen Teil des Vereinigten Commonwealth unbeliebt, aber Besucher aus dem Gebiet der Vereinigten Sonnen spendierten ihm häufig Drinks und luden ihn ein, sie besuchen zu kommen, falls er je auf ihre Heimatwelt kam.

Beinahe einen Monat lang dachte er kaum an seine Arbeit. Das Attentat auf den Archon hatte ihm genug Geld eingebracht, um nie wieder einen Auftrag annehmen zu müssen. Genau das war auch der Grund für ihn gewesen, die Sache anzunehmen, aber mit der Zeit fühlte er das Bedürfnis, wieder zu arbeiten. Er genoß seine Zeit als Chuck Grayson, aber er *war* nicht Chuck Grayson. Er *brauchte* eine Aufgabe.

Derselbe Teil seiner Persönlichkeit, der ihn davor gewarnt hatte, zu tief in die Grayson-Rolle einzutauchen, warnte ihn jetzt vor einem neuen Auftrag. Ein Teil seines Bedürfnisses speiste sich aus all den Theorien über Melissas Tod, die überall kursierten. So ziemlich jeder wurde von irgendwem dieses Mordes beschuldigt, von einem durchgedrehten Floristen über das organisierte Verbrechen und Kurita-Attentäter bis zu Recom-Terroristen — jeder außer *ihm!* Das schmeichelte ihm nicht gerade, aber schließlich konnte er sich nicht offenbaren, nur um sein angeschlagenes Ego aufzubauen. Das wäre die sicherste Methode gewesen, Selbstmord zu begehen.

Andererseits konnte ein weiterer Anschlag denen, auf die es ankam, Hinweise darauf geben, daß hier ein ausgezeichneter Attentäter am Werk war. Das heißt, genaugenommen würden es keine Hinweise sein, sondern deren völlige Abwesenheit, die ihnen klar machen würde, daß der Mörder des Archons wieder zugeschlagen hatte.

Sein Geltungsdrang siegte über die Logik. Er hielt den Daumen auf die Linse der Kamera, die sein Bild aufgezeichnet hätte, und rief von einem Münzvisiphon einen seiner Briefkästen an. Er hatte einen Identifikationscode entwickelt, der sich aus Datum, Uhrzeit und Temperatur, geteilt durch eine Konstante zusammensetzte, die nur er und der Computer am anderen Ende der Verbindung kannten. Er gab den Code ein und drückte zwei Tasten, mit denen er dem Computer die Rufnummer der Visiphonzelle übermittelte. Dann trennte er die Verbindung, schaute auf seine Uhr und wartete.

Wenn Botschaften für ihn vorlagen, würde der Computer zurückrufen. Er würde einen neuen Kenncode eingeben und die Botschaft erhalten oder mit einem seiner Kontaktmänner verbunden werden, der ihm Einzelheiten mitteilen konnte. Falls innerhalb der nächsten fünf Minuten kein Anruf kam, lagen entweder keine Angebote vor, oder es war keine Verbindung mit dem betreffenden Gesprächspartner möglich.

Er blickte noch einmal auf die Uhr. Dann las er die Nachrichten, die als Serviceleistung über den Schirm rollten. Kai Allard-Liao hatte seinen Titel wieder einmal erfolgreich verteidigt. Seine Titelliste hatte schon lange die seines Vaters überflügelt, ja selbst die von dessen Mentor Gray Noton. Wie bei fast allen Meldungen über den Champion von Solaris spekulierte der Autor auch diesmal, daß er die Spielwelt vielleicht bald hinter sich lassen werde.

Als das Visiphon plötzlich summte, deckte er zuerst die Kamera ab, bevor er den Anruf annahm. Auf dem Schirm erschien ein Gesicht, das er als das von Kevin Chen erkannte — ein Kontaktmann, der ihm einen erfolgreichen Auftrag in der Konföderation Capella vermittelt hatte. »Jemand möchte mit Ihnen reden. Bezahlung wie bei Ihrem letzten Auftrag. Dieselben Vergünstigungen, dieselben Risiken. Eine Woche?«

Der Attentäter runzelte die Stirn. Jude und ihre Gruppe flogen in einer Woche ab. Früher hätte er nie ein Treffen verschoben, um eine Abschiedsparty für Freunde besuchen zu können, aber früher hatte er auch keine Freunde gehabt. Das Gespräch konnte warten. »Acht Tage.«

»Gemacht.«

»Mit wem treffe ich mich?«

»Machen Sie sich keine Sorgen, er ist okay.«

»Ich mache mir aber Sorgen. Mit wem?«

Chen wirkte unbehaglich, und seine Stimme wurde zu einem Flüstern. »Fuh Teng.«

»Details per E-Mail.«

Der Attentäter unterbrach die Verbindung und verließ die Zelle. *Fuh Teng.* Er war Kai Allard-Liaos Manager, seit der Krieger auf Solaris war, und leitete seit seiner früheren Partnerschaft mit Justin Allard den Allard-Stall. *Wen er auch immer tot sehen will, eine leichte Aufgabe wird das nicht.*

Der Attentäter grinste und brach in ein Lachen aus, bei dem Chuck Grayson eiskalte Schauer über den Rükken gelaufen wären. *Aber wenn ich die Sache übernehme, wird er einen erstklassigen Tod haben, wer es auch ist.*

31

Landungsschiff *Tigress*
Piratensprungpunkt, Zanderij
Vereinigtes Commonwealth

20. August 3055

Die Rote Korsarin plante bald den nächsten Sprung, daher setzte Nelson Geist bei seiner Reise in die Konstruktrealität des Computers die Kopfhörer nur halb auf. Er wollte den dreimaligen Glockenschlag des Warnsignals trotz der Geräusche der künstlichen Welt hören können. Als es plötzlich soweit war, stützte er sich am Geländer des Laufbands ab und trat neben das Band.

Er zog den Helm vom Kopf und hängte ihn ans Geländer. Dann schwang er sich von dem Gerät und setzte sich auf den Boden. Er zog die Knie an die Brust und konzentrierte sich auf seine Atmung. *Ein, aus. So schlimm ist das Springen gar nicht.* Er kniff die Augen zusammen. Als das Schiff in den Hyperraum eintauchte, fühlte er, wie sich sein Magen verkrampfte.

Das Universum schrumpfte auf den Kopf einer Stecknadel zusammen, die sich in Nackenhöhe in seinen Schädel bohrte. Er sah Visionen, bei denen Vergangenheit, Gegenwart und Zukunft ineinander übergingen, als sei die Zeit bedeutungslos geworden. In seinen Visionen erkannte er plötzlich den Schlüssel zur gesamten Realität. Für eine Nanosekunde war er eins mit dem Universum, und ein Hauch von Hoffnung stieg in ihm auf, wie er ihn seit seiner Gefangennahme nicht gekannt hatte.

Dann explodierte das Universum zu seiner ursprünglichen Größe, und die Schockwellen rasten sein Rückenmark entlang. Für den Bruchteil einer Sekunde hatte er Angst, das Schiff habe einen Fehlsprung gemacht und sei auf ewig in einer ätherischen Zwischenwelt gefangen, einem Friedhof defekter Sprungschiffe. Aber als er die Augen öffnete, sah er, daß alles in Ordnung war. Und irgendwo im Hinterkopf klammerte er sich an den Fetzen Hoffnung, den er im Sprung gefunden hatte.

Ein paar Sekunden war die *Tigress* von gespenstischer Stille erfüllt. Nach den Hinterhalten über Great X und Yeguas setzte die Rote Korsarin kein Landungsschiff zum Angriff auf den vierten Planeten des Systems in Bewegung, bevor sie nicht wußte, welche Gefahren dort lauerten.

Ein Sonnensystem bietet viel Platz, und man sollte meinen, es sei einfach, darin ein Sprungschiff oder ein Landungsschiff voller Mechs zu verstecken, aber aus seiner jahrelangen Kampferfahrung wußte Nelson es besser. Weil ein Sprungschiff beim Auftauchen aus dem Hyperraum oder beim Absprung aus dem System durch die Schwerkrafteinwirkung von Sonne und Planeten auseinandergerissen werden konnte, mußte es abseits der Ekliptik stationiert werden. Dadurch blieben in erster Linie die beiden Sonnenpole, aber sogenannte Piratenpunkte — kleine Fenster in den ständig wechselnden Gravitationsbeziehungen der Planeten und Monde — gestatteten es, zu bestimmten Zeiten und an bestimmten Positionen den Planeten gefährlich nahe zu kommen.

Das Sprungschiff *Fire Rose* war gerade an einem dieser Piratenpunkte aufgetaucht. Da es nicht sofort wieder abgesprungen war, hatte die erste Ortung offensichtlich keine Gefahren gezeigt. Die Sekunden verblaßten in der Unendlichkeit, und Nelson stählte sich für einen erneuten Sprung. *Nicht so schnell*, betete er in Gedanken, denn er wußte, daß bei diesem Sprung die Hoffnung, die er gerade erst erspäht hatte, von Verzweiflung verschlungen worden wäre.

Sirenen heulten durch das Schiff, und er hörte das sirrende Scheppern, mit dem sich die beiden Landungsschiffe der *Overlord*-Klasse von der *Fire Rose* lösten. Als die *Tigress* beschleunigte, fühlte er sich schwerer werden. Er stemmte sich hoch und erkannte, daß die Rote Korsarin es eilig hatte. *Das sind fast anderthalb g. Sie will rein und wieder raus, bevor die Wölfe auf einen Hilferuf von Zanderij reagieren können.*

Caitlin Kell öffnete die Verbindung, als sie auf dem Sekundärschirm ihres Jägercockpits sah, wie die Landungsschiffe abkoppelten. »Rabenführer an Rabenschwarm. Abkoppelung erfolgt. GAZ fünfzehn Minuten.« Sie preßte einen anderen Knopf auf den Kontrollen und schaltete auf Befehlsfrequenz um. »Adlerführer, Abkoppelung ist erfolgt.«

»Verstanden, Rabenführer«, antwortete Carew. »Wir schnappen sie uns in zehn, und ihr macht das Tor zu.«

»Verstanden, Adlerführer. Viel Glück.« Caitlin schaltete zurück auf ihre taktische Frequenz. Plötzlich bemerkte sie, daß sie lachte. Der Plan ihres Bruders war gelungen. Darauf war sie stolz. Das Asteroidenfeld kurz hinter Zanderij IV hatte mehr als genug Versteckmöglichkeiten für ihren Jägerschwarm geboten. Für Jagdmaschinen bei Höchstgeschwindigkeit waren die Asteroiden ein übles Hindernis, aber für die größeren Landungsschiffe waren sie noch weit gefährlicher. Letztere wurden durch sie zu einer präzisen, engen Flugbahn gezwungen.

Der Hinterhalt war simpel. Man hätte ihn perfekt nennen können, hätte es nicht zwei gleichwertige Piratenpunkte im Zanderijsystem gegeben. So waren zwei der drei Jagdstaffeln der Kell Hounds an einem etwa 1,6 Millionen Kilometer entfernten Punkt stationiert. Caitlin hatte nur die Erste Jagdstaffel und die zehn Clanjäger aus Phelans Ehreneskorte zur Verfügung.

Achtundzwanzig Jagdmaschinen waren zuwenig für den Angriff auf zwei Landungsschiffe der *Overlord*-Klasse, aber auf dem Flug durch das Asteroidenfeld erwiesen die Schiffe sich als besonders verwundbar. Die

Schiffe der Roten Korsarin hatten keine andere Wahl, als sich auf einen Spießrutenlauf einzulassen. Sie würde während des Anflugs zuschlagen, und wenn die Korsarin nicht wendete und aus dem System sprang, würden die Hounds sie am Boden stellen. Die Hauptaufgabe für Caitlins Jäger bestand darin, die Landungsschiffe so schwer wie möglich zu beschädigen. Sollte eines der Schiffe, vielleicht sogar beide, in die Asteroiden stürzen und zerschellen, wäre das ein unerwarteter Bonus.

Caitlin behielt die Videoübertragung von der Sensorkapsel im Auge, die auf dem Dach der leerstehenden Bergwerksverwaltung montiert war. Ihre Luft/Raumstaffel war in den Kratern des längst völlig ausgebeuteten Himmelskörpers versteckt. Die beiden Landungsschiffe flogen schnell und gefährlich dicht nebeneinander an. Das als *Tigress* identifizierte Schiff flog voran. Die *Lioness* lag etwas zurück, aber die Back- und Steuerbordgeschützzonen der beiden Schiffe überlappten sich. Die Zone zwischen ihnen wurde dadurch nicht zu einer Todeszone, sondern besonders sicher, da keines der beiden Schiffe feuern konnte, ohne das Schwesterschiff zu treffen.

»Rabenführer, Start in anderthalb Minuten. Geschwindigkeitsangleichung plus zweiundfünfzig Prozent.«

»Verstanden, Adlerführer.« Caitlin gab die Informationen an ihre Rabenstaffel weiter. Sie wußte, daß die Krähen- und Elsternstaffeln von Carew entsprechende Befehle erhielten. Die Gesamtoperation gegen die Banditen lag zwar in der Hand der Kell Hounds, aber Phelan und Dan Allard waren übereingekommen, daß Conal Ward weniger Grund zu Beschwerden hatte, wenn wenigstens dieser Teil der Aktion unter Carews Befehl stand. Damit wurde die Ehre des Wolfsclans gerettet.

Sie schaltete die Triebwerke ein und fuhr sie auf 110% Gefechtsleistung hoch. Innerhalb von Sekunden speiste der Reaktor Energie in die schweren und mittelschweren Laser an den Tragflächen und die PPK im Bug ihres *Stingray*. Sie richtete den Schub so, daß er den Jäger auf der Asteroidenoberfläche hielt, aber eine Bewegung genügte, um ihn hinaus ins All zu schleudern.

Der Countdown auf ihrem Hilfsschirm erreichte Null. »Rabenschwarm, Start!«

Als Caitlin den Steuerknüppel nach hinten zog und Schub gab, sprang der *Stingray* aus dem Krater wie ein Falke auf der Jagd. Sie stieß mit beiden Füßen die Vollschubpedale durch, und der Andruck preßte sie in die Pilotenliege. Ihr Jäger schoß auf sein Ziel zu. Die Hologrammgefechtsanzeige zeigte einen zweiten *Stingray* neben ihrer Maschine. »Freut mich, dich zu sehen, Mulligan.«

Die beiden Jäger mit ihren charakteristischen nach vorne gerichteten Tragflächen schlängelten sich durch das Asteroidenfeld und brachen in den Korridor durch, den die Landungsschiffe für den Anflug auf den Planeten benutzten. Caitlin stellte ihren *Stingray* auf die rechte Flügelspitze und richtete ihn auf Zanderij IV aus. Vor seinem Bug tauchten zwei grelle Lichtpunkte auf — die beiden Landungsschiffe.

»Banditen bei zwölf Uhr«, gab sie an ihre Staffel durch. »Feuer frei!«

Nelson wurde gegen eine Schottwand geschleudert, als die *Tigress* unter dem ersten Treffer erbebte. Die gellenden Sirenen, mit denen die Banditen zu den Gefechtsstationen gerufen wurden, hatten ihm bereits klargemacht, daß etwas nicht stimmte, aber der Treffer war die Bestätigung. *Jäger. Sie greifen mit Jägern an.* Er öffnete die Luke zum Gang und trat hinaus, als eine weitere Explosion das Schiff schüttelte.

Im Gang konnte er den rhythmischen Paukenschlag der Autokanonen hören. Der *Overlord* setzte sich zur Wehr.

Das Schiff wankte, als die Kanoniere die Lafetten

aktivierten und Raketen auf die Angreifer abfeuerten. Die *Tigress* begann eine langsame Drehbewegung, wohl, um alle ihre Geschütze ins Spiel zu bringen. *Wir sind zu nah an der* Lioness, *haben kein freies Schußfeld.*

Als MechKrieger betrachtete Nelson Jäger mit einer Mischung aus Freude und Angst. Sie konnten Bodeneinheiten mit Leichtigkeit zerschlagen und selbst Landungsschiffe außer Gefecht setzen. Das hätte zwar seinen Tod bedeutet, aber der Gedanke war ihm trotzdem angenehm, weil es auch den Untaten der Roten Korsarin ein Ende machen würde. Diese Überlegung traf auf den neuerwachten Optimismus in seinem Herzen und gebar einen verzweifelten Plan.

Ich muß nicht sterben. Nelson wußte mit der ganzen Überzeugung eines wahnsinnigen Propheten, daß er recht hatte. Zwei Dinge wußte er ohne jeden Zweifel. Zum einen würde er überleben, was auf Zanderij auch geschah.

Zum anderen würde er endlich frei von der Roten Korsarin sein.

»Vorsicht, Rabe Zwo, Abstand«, knurrte Caitlin ins Mikro, als Mulligans *Stingray* ihrem Jäger zu nahe kam. Er stieg in die Vollschubpedale, und seine Maschine schoß nach vorne. Sie fiel zurück, um ihm für den Fall eines gegnerischen Jägerangriffs Deckung zu geben. Asteroiden wirbelten quer durch die Flugbahn und verwandelten mit ihrem Spiel von Licht und Schatten den Raumkorridor in einen surreal flackernden Tunnel, an dessen Ende ein Feuersturm tobte.

»Ich bin dran!« Mulligans Stimme hallte durch ihren Helm, als er den *Stingray* mit halber Rolle auf den Kopf stellte und einen Angriff auf die *Lioness* flog. Aus den mittelschweren und schweren Tragflächenlasern zuckten rote und grüne Energiebolzen, die sich wie die Krallen eines Raubvogels in die Panzerung des eiförmigen Landungsschiffes gruben, dann ließ die PPK im Bug des

Stingray das Schiff unter dem Einschlag eines grellblauen Blitzschlags erzittern.

Caitlin hatte keine Sekunde, Mulligans Leistung zu bewundern, dann begann ihr Angriffsflug. Sie senkte das goldene Fadenkreuz auf das Schiff und erhielt augenblicklich die Bestätigung der Zielerfassung. Mit dem Daumen drückte sie den Feuerknopf des Steuerknüppels, und auf dem Hilfsmonitor zuckte die Wärmeanzeige durch das Farbspektrum. Die PPK schleuderte einen ausgefransten Blitzschlag in die *Lioness.* Als nächstes löste Caitlin mit dem Feuerknopf unter ihrem Zeigefinger die beiden schweren Laser aus und trieb die Hitze in ihrer Maschine noch höher. Die grünen Strahlbahnen rahmten den PPK-Blitz ein und schmolzen noch mehr Panzerung vom Rumpf des Landungsschiffes.

»Gute Arbeit, Cait!« Mulligan steuerte seinen Jäger in einer Spirale zwischen den beiden Landungsschiffen hindurch, und sie folgte ihm. »Noch einmal?«

»Positiv, Rabe Zwo.« Sie erinnerte sich an Phelans Anweisungen. »Was immer nötig ist.«

Nelson rannte durch den Gang, so schnell er konnte. Die Sirenen hetzten ihn weiter wie Jagdhörner einen Fuchs. *Ich werde fliehen!* Er bahnte sich gegen die Drehrichtung des Schiffes seinen Weg. Die Buchstaben an der Schottwand zeigten ihm, daß er nur noch zwei Abteilungen von seinem Ziel entfernt war.

Plötzlich erschütterte eine gewaltige Explosion die *Tigress* und schleuderte ihn gegen die innere Schottwand. Er schlug mit der Stirn gegen die Wand, prallte ab, stürzte zu Boden. Vor seinen Augen tanzten Sterne. Er setzte sich auf. Von dem Schnitt in seiner Stirn tropfte Blut, aber das Adrenalin blockierte den Schmerz.

Die *Tigress* kippte weg, und das Deck bäumte sich auf. Nelson packte einen Träger und hielt sich fest, dann zog er sich vor. Er ging auf Hände und Knie und krabbelte nach oben, rollte mit einem Purzelbaum weiter, als sich das Schiff plötzlich wieder stabilisierte. Schwindelgefühl packte ihn. Als es vorüber war, stand er hastig auf und rannte weiter.

Hinter der Rundung des Korridors tauchte die Zugangsluke zur Rettungskapsel auf. Er rannte darauf zu und schlug mit der rechten Handfläche auf den Wandschalter. Die Irisluke glitt auf und gab das dunkle Innere einer gebärmutterähnlichen Kapsel frei.

Er wollte hineinsteigen, als ihn ein Bandit am linken Oberarm packte und zurückzog. »Was glaubst du, wo *du* hinwillst?«

Nelson ließ entmutigt die Schultern sacken, während er die verkrüppelte Hand zur Faust ballte. Er trieb sie dem Banditen in einem kurzen Schwinger in die Weichteile. Als der Mann kreischte und nach vorne kippte, riß Nelson das rechte Knie hoch. Sein Gegner stürzte mit gebrochener Nase aufs Deck.

Nelson zog die Pistole aus dem Holster des Manners und erschoß ihn. Die Waffe fest umklammert und den Gang in beiden Richtungen nach weiteren Gegnern absuchend, stieg er rückwärts in die Kapsel. Mit dem Pistolenlauf drückte er den Knopf, der die Luke schloß. Die Kapsel wurde unter Druck gesetzt. Er fühlte es in den Ohren. Mit der verkrüppelten Hand schaltete er den Startmechanismus ein.

»Countdown läuft. Zehn, neun, acht...« Langsam zählte die Computerstimme die Sekunden.

Nelson hörte ein Hämmern an der Kapselluke. Ein Gesicht preßte sich an die Scheibe. Er hob die Waffe. »Notfall. Sofortstart.«

»Verstanden.«

Dick gepolsterte Schutzplatten senkten sich über Luke und Konsole. Drei kleine Detonationen ließen die Kapsel erzittern, dann wurde er tief in die Polster gedrückt, als eine letzte Explosion die Kapsel von der *Tigress* absprengte. Das Dröhnen des Raketenantriebs erfüllte den gesamten Innenraum. Nelsons Zähne klapperten, und in seinen Ohren klingelte es, aber er war außer sich vor Freude.

Ich bin frei. Ich kann wieder nach Hause. Die Schutzplatten vor den Sichtscheiben glitten zurück und lieferten ihm einen erstklassigen Blick auf den um die Landungsschiffe tobenden Raumkampf. *Ich kann wieder nach Hause,* wenn *ich den Versuch überlebe, die Rote Korsarin und ihre Leute zu vernichten.*

Caitlin hatte ein ungutes Gefühl in der Magengrube, als Mulligan zum zweiten Angriff ansetzte. Er beschleunigte — völlig unnötig, da die Landungsschiffe auf sie zukamen. Aber Mulligan war besessen von der Geschwindigkeit, und offensichtlich hielt er die Landungsschiffe nicht für gefährlich. »Vorsichtig, Rabe Zwo.«

»Verstanden, Rabenführer. Bin im Anflug.«

Trotz der Erregung in seiner Stimme wußte Caitlin, daß Mulligan sich vorsah. Seit sie in der Staffel als Flügelleute arbeiteten, hatte sie Respekt vor seinem Können entwickelt. Er brachte seine Maschine mit einer Rolle herum und richtete sie perfekt auf die *Tigress* und ihr Schwesternschiff aus.

Sie grinste und setzte ihm nach, als Mulligan knapp über dem Rumpf der *Tigress* zum Angriff flog. Ihre Laser- und PPK-Schüsse brannten parallele Schneisen in die Panzerung des Schiffes, und sie sah einen Autokanonenturm in Flammen aufgehen, als sich ihr beider PPK-Feuer auf ihm traf.

»Zwo, bei neun Uhr!«

Die Rettungskapsel schoß wie ein Komet von der *Tigress* ins All. Mulligan wich ihr in einer Drehbewegung aus, flog dadurch aber geradewegs in die Trümmer des Geschützturms. Caitlin sah noch, wie etwas mit dem *Stingray* kollidierte, dann wirbelte er davon und donnerte weiter, auf die *Lioness* zu.

Ein, zwei Sekunden glaubte Caitlin, Mulligan hätte noch alles unter Kontrolle und wolle nur seinen Angriff zu Ende führen. Aber als sie hinter seinem Heck auf die andere Seite kam, bemerkte sie die Schäden an der linken Tragfläche und die verkeilte Steuerdüse. »Aussteigen, Mulligan. Du hast backbord die Steuerung verloren.«

Als sie keine Antwort erhielt, beschleunigte sie ihre Maschine, bis sie neben seinem *Stingray* war. Der Jäger hatte kein Cockpit mehr. Sie drehte ab. Sie stellte die Maschine auf die linke Tragfläche und führte einen waagerechten Looping durch, mit dem sie ihren früheren Kurs kreuzte. Drei Sekunden lang hielt sie diesen neuen Kurs, bevor sie das Manöver zur rechten Seite wiederholte und in einer Kreisbahn um das Schußfeld der *Lioness* herumflog.

Mulligans Jäger prallte in der Nähe der Ionentriebwerke auf die *Lioness* und verwandelte sich von einem kleinen Stahlkeramikgeschoß in einen brodelnden Feuerball aus heißem Fusionsplasma. Erst schien die grelle Feuerkugel viel zu klein, um das Schiff irgendwie zu berühren, und selbst die Trümmer, die durch das entstandene Loch ins All wirbelten, schienen nicht der Rede wert. Caitlin schauderte. Der Tod ihres Freundes hätte mehr verdient gehabt.

Dann erlosch eines der Ionentriebwerke des Landungsschiffes. Die *Lioness* drehte sich schneller und begann zu trudeln. Die Drehbewegung wurde ständig schneller und glättete die Kursabweichungen, aber als die Crew die Steuerdüsen auslöste, um das Schiff wieder unter Kontrolle zu bringen, verdrehte sich das eiförmige Schiff um die Mittelachse, und die beiden Rumpfhälften rotierten mit unterschiedlicher Geschwindigkeit.

Als auf der *Lioness* die Steuerdüsen in Sequenz ausgelöst wurden, um das Schiff mit einem Salto zu wenden und die Haupttriebwerke in Position für den Rückflug zu bringen, war klar, daß man dort in ernsten Schwierigkeiten steckte. Durch das Trudeln verwandelte sich das Manöver in ein völlig außer Kontrolle geratenes

Wirbeln. Die Besatzung wollte die Gewalt über das Schiff wiedererlangen und pumpte über die Steuerdüsen Energie ins All, aber dadurch leuchtete das Schiff nur auf, als sei es in eine Planetenatmosphäre gestürzt.

Die *Lioness* prallte von einem doppelt so großen Felsbrocken mitten ins Asteroidenfeld ab. Wie durch ein Wunder trieb sie genau zwischen zwei riesigen Gesteinsbrocken hindurch, und einen Augenblick lang wünschte Caitlin ihr Glück. Dann wurde das Schiff von einem kleineren Asteroiden voll erwischt. Er bohrte sich geradewegs durch den Rumpf und spießte das Schiff regelrecht auf. Einen Moment lang wirkte der Schiffsrumpf wie eine Korona um den Asteroiden, dann zerbrach er in glitzernde Trümmer, die wie Quecksilbertropfen durch den Raum trieben.

Auf Händen und Knien beobachtete Nelson, wie die *Lioness* in das Asteroidenfeld abtrieb. Die erste Kollision drückte den Schiffsrumpf ein und sprengte einen Schweif von Trümmern ab. Er zuckte zusammen, als das Schiff den tödlichen Asteroiden traf. Metall floß wie Wasser über den Fels. Verzweifelt suchte er nach Mechs, Menschen, *irgend etwas*, das die Katastrophe überlebt hatte. Als er nichts fand, rangen in ihm Triumphgefühl und Entsetzen miteinander.

Vom Sichtfenster im Bauch der Kapsel aus bemerkte er die *Tigress*. Sie war ebenfalls beschädigt, aber verglichen mit der *Lioness* war sie fabrikneu. Während er das Schiff beobachtete, führte es eine Vorwärtsdrehung durch, mit der die Haupttriebwerke auf den Planeten ausgerichtet wurden. Die Ionendüsen pulsierten mit strahlender Helligkeit. Das Schiff wurde langsamer, schien stillzustehen und bewegte sich dann allmählich auf die wartende *Fire Rose* zu.

Die Jäger umschwärmten das einzelne Landungsschiff, aber jetzt war die *Tigress* nicht mehr gezwungen, auf einen Teil ihrer gewaltigen Feuerkraft zu verzichten.

Zusätzlich nahm die *Fire Rose* mit ihren schweren Laserbatterien die Jäger unter Beschuß, die vorausflogen und auf die *Tigress* warteten.

So sehr Nelson sich auch den Untergang der *Tigress* und ihrer Kommandantin wünschte, so sehr bewunderte er ihre Leistungen bei der Abwehr der Jagdmaschinen. Noch bevor die *Tigress* die halbe Strecke zurück zur *Fire Rose* hinter sich gebracht hatte, brachen die Jäger den Angriff ab. Das Landungsschiff koppelte an sein Sprungschiff an, und beide Schiffe lösten sich auf.

Nelson sah sie mit Erleichterung und Trauer ziehen. Er freute sich über seine Freiheit, aber es schmerzte ihn, daß er seine Kameraden hatte verlassen müssen, die auch weiterhin Gefangene der Korsaren blieben. Und er blieb für sie verantwortlich, auch wenn sie ihn wegen seiner Beziehung zur Roten Korsarin haßten.

Zwei Luft/Raumjäger flogen mit entfalteten Auffangnetzen auf die Kapsel zu. Nelson lächelte und tat einen feierlichen Schwur. »Ich werde einen Weg finden, euch da rauszuholen, und wenn ich dabei draufgehe.«

32

Solaris
Vereinigtes Commonwealth

25. August 3055

Der starke, süße Duft des dampfenden grünen Tees versetzte den Attentäter fast zehn Jahre zurück zu einem Auftrag, den er in der Konföderation Capella erfolgreich ausgeführt hatte. Wenn er sich jetzt in der kleinen, baufälligen Bude umsah, die sich mit einiger Arroganz Restaurant nannte, sah er nur alte Liao-Exilanten, die sich über dampfende Schüsseln mit Nudelsuppe beugten. Seine Quellen hatten das Lokal als eine getarnte Opiumhöhle bezeichnet, und der Ausdruck auf den Gesichtern der Gäste, wenn sie sich der Hintertür näherten, war Bestätigung genug.

Das Gefühl des Déjà-vu, das ihn überkam, war nicht rein positiv. Ein Agent Romano Liaos hatte ihn damals angeheuert, damit er einen niederen Adligen tötete, der ihr Mißfallen erregt hatte, und anschließend hatte die Kanzlerin versucht, ihn ebenfalls umbringen zu lassen. Er hatte seine ganze Schläue und Findigkeit einsetzen müssen, um dem Killer zu entkommen. Der Gedanke an diese Art der Dankbarkeit war nicht angetan, ein Wohlgefühl in ihm aufkommen zu lassen.

Ein Schaudern lief ihm über den Rücken, aber er schüttelte es mit einem kurzen Schulterzucken ab. In seinem langen dunklen Mantel fühlte sich der Attentäter sicher. Unter ihm war ein Nadler versteckt, und ein zweiter steckte im Stiefelschaft unter den weiten Beinen seiner Wollhose. Niemand wußte besser als er, daß es Unverwundbarkeit oder Unbesiegbarkeit nicht gab, aber er vertraute darauf, daß ihn sein Können aus jeder unvorhergesehenen Schwierigkeit retten konnte.

Der Attentäter entdeckte Fuh Teng in einer Nische am

hinteren Ende des Lokals. Er näherte sich langsam, vorsichtig, dann setzte er sich ihm gegenüber. Er studierte den Raum, bevor er den Blick auf den alten Orientalen auf der anderen Seite des Tisches senkte. »Hier bin ich.«

Fuh Teng lächelte und neigte den Kopf. Die spärlichen weißen Haare auf seinem gebräunten Schädel fielen nach vorne. »Tee?« Der alte Mann hob eine Kanne und schenkte die beiden Porzellanschalen voll.

Der Attentäter nahm die dunkle Flüssigkeit an und trank mit Fuh Teng auf seine Gesundheit. Er schmeckte nichts Ungewöhnliches, aber er wußte genau, daß es Dutzende geschmackloser Gifte gab, die ihn in Sekunden töten oder kampfunfähig machen konnten. Aber er wußte auch, daß er schon tot wäre, hätte Fuh Teng ihn aus irgendeinem Grund in eine Falle gelockt.

Der alte Mann hielt seine Schale mit beiden Händen fest. »Ich möchte Ihnen eine Geschichte erzählen.«

»Das ist nicht notwendig. Ich lege keinen Wert auf die Gründe, weshalb jemand meine Dienste in Anspruch nimmt.«

»Ich werde sie trotzdem erzählen, weil Sie ein Geschäftsmann sind, so wie ich. Sehen Sie, es war einmal ein alter Mann, der sein ganzes Leben lang für eine adlige Familie gearbeitet hatte. Er rackerte sich redlich ab und erarbeitete dieser Familie ein großes Vermögen, aber sie lohnte es ihm nicht. Der alte Mann war sich nicht bewußt, wie man ihn behandelte, und deshalb war er guter Dinge. Aber eines Tages veränderte sich sein Leben. Im hohen Alter fand er die verjüngende Gabe der Liebe, und seine Geliebte klärte ihn über die Ungerechtigkeiten auf, die ihm widerfahren waren.«

Der Attentäter unterdrückte ein Grinsen. *Der Alte hat einen Vamp kennengelernt, und jetzt will sie ihn benutzen, um ihre Börse zu füllen.*

»Der alte Mann wollte die Jahre schlechter Behandlung wettmachen und nahm sich eine größere Belohnung für seine Dienste. Dann starb sein alter Meister, und dessen Sohn wurde sein neuer Arbeitgeber. Sein neuer Arbeitgeber möchte den alten Mann in den Ruhestand schicken, aber wenn jemand seinen Posten übernimmt, werden seine Manipulationen auffliegen.«

Der Attentäter nickte. »Und deshalb möchte der alte Mann, daß sein Arbeitgeber ...«

»Abgelenkt wird.« Fuh Teng begegnete dem Blick des Attentäters mit unbewegtem Gesicht. »Der alte Mann liebt seinen Arbeitgeber wie einen Sohn und schämt sich, ihn hintergangen zu haben. Hätte er den Wunsch gehabt, seinen Arbeitgeber tot zu sehen, hätte sich das ganz leicht arrangieren lassen. Er möchte ihn nur ablenken.«

Fuh Tengs linke Hand glitt über den Tisch, dann zog er sie zurück. Auf der Tischplatte blieb eine große, goldene Münze mit chinesischen Schriftzeichen entlang des Rands liegen. Wichtiger aber war das Profil auf der Münze. »Candace Liao.«

Der alte Mann nickte. In den Gedanken des Attentäters fügten sich die Puzzleteile zu einem Ganzen zusammen. Sollte Candace ermordet werden, würde man die Schuld dafür sofort ihrem Neffen Sun-Tzu Liao anlasten, ihrem Intimfeind, dem Kanzler der Konföderation Capella. Ihr Sohn Kai wäre gezwungen, die Regierung über den St. Ives-Pakt zu übernehmen. Möglicherweise müßte er sogar einen Krieg führen, der mit der Wiedervereinigung der Konföderation und des Pakts unter seiner Herrschaft enden würde.

»Das läßt sich machen. Bis wann?«

»In vier Monaten?«

Das erforderte schnelle Arbeit. Er hatte etwas gegen Eile, aber es ließ sich einrichten. »Wie immer läßt es sich entweder billig oder schnell erledigen, aber nicht beides.«

»Wenn Sie in der Lage sind, mir glaubhaft zu machen, daß Sie der richtige Mann für diese Aufgabe sind, und sie erfolgreich zu Ende führen, erhalten sie dreiein-

halb Millionen C-Noten in Aktien, darunter Papiere von TharHes und Defiance.«

Das entspricht der Bezahlung für den Archon, und das Ganze in Rüstungsaktien. Er will offensichtlich einen Krieg anzetteln. »Beeindruckend. Sie sind ehrgeizig.«

»Nur sparsam. Ich habe Candaces Bruder jahrelang gegen die Konföderation unterstützt. Er ist von meinem Geld fett geworden und hat sonst nichts geleistet. Mit Ihrer Hilfe werde ich zwei Fliegen mit einer Klappe erschlagen.«

»Wie soll ich Ihnen mein Können beweisen?«

»Auf Solaris beurteilt man einen Mann nach seinem letzten Kampf.«

»Zu schade. Bei meinem letzten Job habe ich als Florist gearbeitet.«

Fuh Teng nickte. »Candace mag keine Blumen.« Der alte Mann stand auf, trat aus der Nische und verbeugte sich. »Möge ihre Arbeit der nächsten vier Monate gelingen.«

Der Attentäter trank ruhig seinen Tee und wartete, bis der alte Mann das Restaurant verlassen hatte. Er hob die Goldmünze auf und fuhr mit dem Daumennagel über die Schriftzeichen auf ihrem Rand. *Candace Liao. Das wird eine Herausforderung.* Er schnippte die Münze auf den Tisch und stand auf. *Eine gebührende Herausforderung.*

Als er die Tür erreichte und den leichten Nieselregen bemerkte, war die Verwandlung in Chuck Grayson nahezu perfekt. Er schlug den Kragen hoch und zog die Schultern vor, um sich gegen den Regen zu schützen. Er trat hinaus in die Nacht und ging die Straße hinunter.

Plötzlich schrie links von ihm jemand auf. Er drehte sich um, und im gleichen Augenblick quietschten rechts von ihm Bremsen. Der Attentäter zögerte. Etwas in ihm weigerte sich zu glauben, daß er das Opfer eines simplen Verkehrsunfalls werden konnte. Als der Wagen gegen sein rechtes Bein prallte und es zweimal brach, schoß der Schmerz wie eine Flammenlanze die Wirbelsäule empor und explodierte in seinem Schädel.

Als er zu Boden fiel, brandeten die Nachwehen durch seinen Körper, aber er lächelte. Der Schmerz hatte das Stechen des Betäubungspfeils nicht überlagern können, der in seine Schulter gedrungen war, und auch nicht die Erkenntnis, daß der Schmerz durch eine Droge in seinem Tee gemildert wurde. Er war erwischt worden, und zwar von Profis.

Auch die Ohnmacht konnte sein Lächeln nicht verwischen. Er hatte sich als gebührende Herausforderung für jemand anderen erwiesen. Dieses Wissen machte seinen Schlaf angenehm.

33

Arc-Royal
Vereinigtes Commonwealth

25. August 3055

Trotz der Erschöpfung, der schmerzenden Knochen und Muskeln, hielt Nelson Geist das Haupt hoch erhoben. Er war nicht in Ketten, und die Kell-Hounds-Infanteristen, die ihn den Korridor hinunterführten, behandelten ihn nicht unfreundlich, aber er war auch kein freier Mann. Auf manche Weise hatte er bei der Roten Korsarin mehr Freiheiten gehabt, und bei diesem Gedanken begann die Stahlschelle an seinem Handgelenk zu scheuern.

Er hatte den Hounds alles geliefert, was sie verlangt hatten, erst in einem normalen Verhör, und dann noch einmal, als ihn irgendein namenloser Bastard, von dem Clangestank ausging, mit Psychopharmaka vollgestopft hatte. Nelson hatte den starken Verdacht, daß der Clanner, wäre er nicht zurückgehalten worden, auch körperliche Gewalt angewendet hätte. Zweifellos hatten ihm Nelsons Antworten ganz und gar nicht gefallen.

Seine Bewacher teilten sich auf, als sie zu einer Doppeltür kamen, durch die Nelson in einen Besprechungsraum gelangte. Am Kopfende eines langen Eichentisches saß Oberst Allard. Zu seiner Rechten hatte ein junger Mann in der Ledermontur der Clans Platz genommen. Links von Allard saß der Clanner, der ihn verhört hatte. Eine Reihe anderer Offiziere hatten sich am hinteren Ende des Tisches niedergelassen, darunter auch einer, der Nelson an die Statue Patrick Kells erinnerte, die er vor siebenundzwanzig Jahren während seiner Zeit am Nagelring gesehen hatte.

Dan Allard deutete auf den einzigen freien Stuhl am unteren Ende des Tisches. »Bitte nehmen Sie Platz,

Kommandant Geist. Wir möchten uns für die Belastung entschuldigen, der wir Sie ausgesetzt haben, aber unsere Lage ist ernst.«

Nelson ließ sich vorsichtig auf den Stuhl sinken und widerstand dem Bedürfnis, sich erschöpft hängen zu lassen. »Ich weiß Ihre Besorgnis zu schätzen, Herr Oberst. Im großen und ganzen war die Erfahrung nicht unangenehm, aber wiederholen möchte ich sie nicht gerade.« Er lehnte sich vor und stützte die Ellbogen auf die Knie. »Ich will Ihnen helfen, und ich habe Ihnen alles gesagt, was ich weiß. Geben Sie mir einen Mech, und ich werde das, was ich Ihnen und der Roten Korsarin schulde, in vollem Umfang zurückzahlen.«

Als Nelsons Blick über die Männer und die einzelne Frau wanderte, die vor ihm saßen, wichen die MechKrieger unter ihnen dem Blickkontakt aus — *selbst die Clanner.* »Keine Chance, was, Oberst Allard?« Plötzlich wurde ihm klar, was sich hier abspielte. »Das ist eine Gerichtsverhandlung, richtig?«

Dan schüttelte den Kopf. »Nein, Kommandant, wir sitzen nicht über Sie zu Gericht. Dies ist eine informelle Anhörung, die einberufen wurde, damit Sie erfahren, wo Sie stehen, und wir Ihnen erklären können, wie wir zu den Entscheidungen gekommen sind, die wir Sie betreffend gefällt haben.« Dan nickte dem Mann links neben sich zu. »Sterncolonel Ward ist überzeugt davon, daß Sie eine Art trojanisches Pferd darstellen und mit Falschinformationen unsere Bemühungen, die Rote Korsarin aufzuhalten, bremsen sollen. Kommandanthauptmann Kell andererseits ist bereit, einen Platz für Sie in seinem Bataillon zu suchen.«

Chris Kells warmes Lächeln schirmte Nelson vom eisigen Starren des älteren Clanners ab. »Und was ist mit Ihnen, Herr Oberst, und dem Rest der hier Versammelten?«

Dan schüttelte den Kopf. »Ich bin mir nicht sicher. Ich halte Sie für einen ausgezeichneten Krieger und wäre froh, jemand von Ihrem Kaliber unter meinem Befehl zu haben. Conal Ward, Khan Phelan Ward und Dr. Kendall haben jedoch Einwände, die mich vorsichtig machen.«

Nelsons Blick zuckte an Khan Phelan vorbei zu der kleinen, schwarzhaarigen Frau, die dem Khan an der Tischecke schräg gegenübersaß. *Ich erinnere mich an sie.* Langsam kehrten verschwommene Bilder von einer Frau wieder, die ihn besucht hatte, während er noch an den Folgen der psychochemischen Befragung laboriert hatte. *Sie hat gesagt, ihr Name sei Susan. Ich habe gedacht, ich hätte sie mir nur eingebildet.*

Sie rückte ihre Brille zurecht und erwiderte seinen Blick. »In unserem Gespräch habe ich eine Reihe von Dingen erfahren, die mir Sorgen machen, Kommandant. Ich möchte allerdings betonen, daß es sich in keinem Fall um klinische Probleme handelt, und mit der richtigen Therapie bin ich sicher, daß Sie sich völlig erholen werden ...«

»Ich benötige nur eine Therapie, Doktor: einen BattleMech mit der Roten Korsarin im Fadenkreuz.«

Über Nelsons knurrenden Tonfall mußte Christian Kell grinsen, aber Doktor Kendall ließ sich davon nicht beeindrucken. »Das Stockholmsyndrom wurde zuerst vor fast elfhundert Jahren diagnostiziert. Es handelt sich um die Identifizierung einer Geisel mit den Geiselnehmern — eine Form der Anpassung, die in einer äußerst belastenden Situation, wie der, in der Sie sich befunden haben, völlig normal ist.«

Nelson lehnte sich zurück und hob die rechte Faust. »Dieses Armband hat mich zum Sklaven gemacht, Doktor, nicht zur Geisel. Es hat mich von den Banditen getrennt. Ich habe mich nicht mit ihnen *identifiziert.*«

Conal Ward hob den Kopf. »Wirklich nicht, Nelson? Du warst der Geliebte der Roten Korsarin. Ich würde das nicht gerade als Indiz für eine Trennung sehen.«

»Das war etwas anderes.«

»Wirklich?«

»Ja.« Er schüttelte sich vor Wut. »Es war eine Besessenheit. Ich habe sie gehaßt, aber ich konnte ihr nicht widerstehen. Ich bin sicher, der Doktor hier wird Ihnen erklären, daß ich mich selbst bestraft oder meine verstümmelte Hand überkompensiert habe, oder irgendwas in der Art. Ich weiß nicht, was es war, und es interessiert mich auch nicht. Ich weiß nur, daß ich sie noch immer hasse, und wenn ich sie jemals ins Fadenkreuz bekomme, werde ich dafür sorgen, daß sie nur noch als Erinnerung existiert.«

Als er fertig war, bemerkte Nelson, wie er das Stahlband mit der verletzten Hand umfaßt und gedreht hatte. Er blickte hinab und sah an den Schürfwunden Blut austreten. Als er wieder aufsah, schüttelte Kendall den Kopf.

»Sie sind von mehr als nur der Roten Korsarin besessen, Kommandant Geist. Nehmen wir nur diese Handschelle.« Sie blickte auf den kleinen Compblock vor sich. »Sie haben sich standhaft geweigert, sich dieses Ding abnehmen zu lassen.«

»Nicht, was Sie denken. Ich hänge nicht an diesem Ding, weil es mich mit den Banditen verbindet.« Nelson senkte den Blick, dann fuhr er mit gedrückter Stimme fort. »Als mir klar wurde, daß ich meine Leute — Spider und die anderen — mit der Flucht von Bord der *Tigress* aufgegeben hatte, habe ich mir geschworen, es als Erinnerung daran zu tragen, was ich ihnen schuldig bin.«

Er sah hoch und Oberst Allard geradewegs in die Augen. »Das können Sie doch verstehen? In einem Augenblick des Wahns habe ich sie vergessen. Ich bin geflohen, weil ich nur an mich selbst gedacht habe. Aber ich schulde ihnen etwas. Ich muß sie befreien, und dazu brauche ich einen Mech.«

»Ich verstehe es, Kommandant, und ich verstehe auch Ihren Widerspruch gegen Dr. Kendalls Diagnose.« Dan runzelte die Stirn, dann schüttelte er den Kopf. »So sehr ich Ihnen auch glauben möchte, und ich *glaube* Ihnen, ich kann Ihnen keinen BattleMech geben.«

»Verzeihung, Sir, aber wenn Sie mir glauben, und wenn ich Sie überzeugt habe, daß ich nicht im Bann der Banditen stehe, warum geben Sie mir dann keinen Mech? Ich kann ihn führen, gut führen.« Er hob die linke Hand. »Lassen Sie sich davon nicht täuschen. Ich kann mit einem Mech umgehen.«

Khan Phelan beugte sich vor. »Das ist uns wohlbekannt, Kommandant, und genau aus diesem Grund werden Sie keinen Mech erhalten.«

»Ich verstehe nicht.«

Die Augen des Khans wurden zu Schlitzen. »Computer, zeige Gefechtsaufzeichnung 55.04.30, Yeguas 3.1/7.«

Über der polierten Tischplatte erschien die holographische Wiedergabe eines Gefechts. Nelson erkannte die Oberfläche von Cue Ball, aber diesmal sah er den Kampf aus der Perspektive des Wolfsclans. Während er das Geschehen verfolgte, rannte der Mech, der die Aufnahme gemacht hatte, auf einen *Kampftitan* zu. Die Holographie begann zu wackeln, als der Mech in Schwierigkeiten geriet. Als der *Kampftitan* jedoch seine PPKs abfeuerte, verzeichnete die begleitende Diagnoseanzeige unglaubliche Beschädigungen.

»Bordschütze des *Kampftitan* isolieren und vergrößern.« Auf Phelans Befehl fror die Szene ein, und die Perspektive veränderte sich, bis Nelson sich selbst sah. Der Khan starrte ihn durch das geisterhaft grünlich schimmernde Bild an. »Wir besitzen ganz ähnliche ROMs von Deia. Sie haben das Töten für die Rote Korsarin übernommen, Kommandant Geist. Sie werden nie wieder einen Mech steuern, und wenn das, was Sie uns erzählen, Falschinformationen *waren*, werden Sie für Ihren Verrat abgeurteilt und hingerichtet werden.«

»Soweit sind wir noch lange nicht, Khan Phelan.« Der weißhaarige Kommandeur der Kell Hounds wandte sich wieder an Nelson. »Bis auf weiteres stehen Sie unter

Hausarrest, Kommandant, aber Sie werden in vernünftigem Rahmen alles erhalten, was Sie wünschen.«

»Aber keinen Mech?«

»Tut mir leid, nein.«

»Warum bringen Sie mich nicht einfach raus und stellen mich an die Wand?« *Wenn ich hier auf Arc-Royal keinen Mech bekommen kann, werde ich mich nie von ihr freimachen können.*

Conal hob den Kopf. »Genau das habe *ich* ihnen empfohlen, Verräter.«

»Wir werden bald genug Mord und Totschlag erleben.« Dan blickte die Clansmänner links und rechts von ihm an. »Sie *sind* ein Sicherheitsrisiko, Kommandant Geist, aber Sie stehen auf meiner Sorgenliste ziemlich unten. Bald werden Sie das alles hinter sich haben. Sie können gehen.«

»Bei allem Respekt, Oberst Allard, aber Sie verstehen nicht.« Nelson ballte die Fäuste. »Schicken Sie mich nicht fort, schließen Sie mich nicht aus. Sie brauchen mich. Ich weiß, wie die Rote Korsarin denkt. Ich kann Ihnen helfen herauszufinden, wo sie als nächstes angreifen wird.«

Khan Phelan lehnte sich zurück. »Wir wissen bereits, wo sie angreifen wird. Und wann.«

Nelson blinzelte. »Und dann sind Sie noch hier am Boden? Sind Sie nicht mehr gescheit? Sie werden nie schnell genug reagieren können, um sie zu erwischen.«

»Wir brauchen nicht zu reagieren.« Phelan legte die Fingerspitzen aneinander. »Die Kell Hounds und der Wolfsclan haben sie getroffen. Es gibt nur einen Ort, an dem sie uns mit einem Angriff beide treffen kann.« Das Lächeln des jungen Khans erinnerte Nelson an den Ausdruck, den er so oft auf dem Gesicht der Roten Korsarin gesehen hatte. »Wir haben unsere Sprung- und Landungsschiffe zur Bewachung anderer Welten fortgeschickt, eine Information, die sie mit Leichtigkeit in Erfahrung bringen wird.«

Nelsons Mund wurde staubtrocken. »Sie wird hierherkommen.«

Phelan nickte mit dem Ernst eines Totengräbers. »Und hier auf Arc-Royal wird ihre Laufbahn sicher enden.«

Buch III

DIE ZEIT DES TODES

34

Arc-Royal
Vereinigtes Commonwealth

5. September 3055

Khan Phelan Ward schaute im Büro des Großherzogs von Arc-Royal aus dem Fenster. Auf dem Bürgersteig vor dem Haus protestierten zwei Dutzend Leute mit Schildern. Der Verkehr stockte, und eine kleine Menge hatte sich um sie versammelt. Phelan kniff die Augen zusammen, aber um seinen Mund spielte ein leises Lächeln.

»Ich würde sie alle erschießen lassen.« Conal Ward hielt sich vom Fenster fern wie ein Vampir, der Angst vor dem todbringenden Kuß der Sonne hatte. »Die Herrscherkaste Arc-Royals hat entschieden, daß du hierbleiben darfst. Diese Leute begehen Verrat, und Sie lassen es zu.« Der Clansmann schnaufte. »Aber Sie haben ja Übung darin, Verrat zu tolerieren.«

Phelan wirbelte herum und spießte Conal mit eiskaltem Blick auf. »Ich habe deinen toleriert.«

Trotz seines Bemühens, keine Reaktion zu zeigen, röteten sich Conals Wangen. »Ich habe mich auf die Entscheidung bezogen, Nelson am Leben zu lassen.«

Der Khan unterdrückte ein Grinsen. Conal weigerte sich, Nelson Geists Familiennamen zu verwenden, weil das für einen Clansmann mit der Ehre eines Blutnamens gleichzusetzen war. Statt dessen versuchte er, seine ganze Abscheu in den Namen Nelson zu legen, aber irgendwie eignete sich dieser Name nicht dazu, soviel Gift und Galle zu transportieren. Geist hingegen hätte sich dafür hervorragend geeignet, aber Conal war nicht flexibel genug, das zu erkennen.

»Ich halte ihn als Informationsquelle immer noch für wertvoll und der Mühe wert. Ich glaube nicht, daß er ein Verräter ist. Seine Begleiter waren vermutlich unschuldig, aber du hast nicht lange genug gewartet, um das herauszufinden.«

»Sie verweigern ihm einen Mech.«

»Allerdings.« Phelan wanderte vom Fenster hinüber zu dem wuchtigen Mahagonischreibtisch seines Großvaters. »Wenn ich ihn nicht für einen Verräter halte, heißt das aber noch lange nicht, daß ich der Meinung bin, er könne einen Mech führen. Ich gebe jedoch zu, daß die Gefechts-ROMs von Cue Ball ihn als fähigen Bordschützen ausweisen.«

»Das war eine Falle.«

»In die du prompt hineingestolpert bist.«

»Genau wie Sie es getan hätten, wenn Sie dabeigewesen wären, statt hier bei diesen Söldnern zu kauern.« Conals Augen glühten in ihren dunklen Höhlen. »Wie halten Sie das aus? Diese Leute sind Schafe!«

»Dann bin ich ein Schäfer.«

»Sie sind ein Wolf!« Conal stieß einen Finger in seine Richtung. »Oder zumindest sollten Sie es inzwischen sein. Wir haben politische Differenzen, Sie und ich, aber tief drinnen sind wir gleich. Wir sind Krieger, und die Menschen sollten uns respektieren. Sehen Sie sich die Leute da unten an — anstatt sich in der Ehre zu sonnen, daß die Wölfe Jagd auf die Banditen machen, die ihre Heimatwelt angreifen, protestieren sie dagegen! Wie können Sie das zulassen?«

Phelan schüttelte den Kopf. »Wie ich das zulassen kann? Ich kann es zulassen und lasse es auch zu, weil es ihr volles Recht ist, Angst zu haben und sie zu zeigen. Mir gefällt der Gedanke auch nicht, daß der Krieg meine Heimatwelt erreicht, aber ich akzeptiere, daß es notwendig ist, um die Rote Korsarin zu stoppen. Wenn Menschen ihre Angst und ihre Sorgen zum Ausdruck bringen, ist das kein Verrat — aber es wäre Verrat, sie dafür festnehmen zu lassen.« Er sah zum Fenster. »Es ist kaum verwunderlich, daß sie gegen meine Anwesenheit auf dieser Welt protestieren. Wenn Sie durch die

Clan-Invasion nicht ihre Heimatwelt verloren haben, dann doch Verwandte und Geliebte. In ihren Augen bin ich ein Verräter, aber sie dulden meine Anwesenheit aus Respekt vor meiner Familie. Wäre mein Vater tot, und ich würde sein Erbe antreten, käme es zweifellos zum Bürgerkrieg. Außerdem garantiere ich dir, wenn ich noch ein Mann der Inneren Sphäre wäre, würde ich den Kampf gegen einen Clanner als Erbe von Arc-Royal *anführen.*« Der Khan betrachtete den Kommandeur der 31. Wolf-Solahma und stieß langsam den Atem aus. »Tief drinnen sind wir grundverschieden. Wir sind tatsächlich beide Krieger, aber du lebst für den Kampf. Du bist eine unaufhaltsame Kraft, die alles verschlingt, was sich ihr in den Weg stellt. Ich bin ein unbewegliches Objekt, dem es darum geht, das, was du tust, für alle Zeiten zu beenden.«

Conal kniff die Augen zusammen. »Sie wissen, wenn Sie es so formulieren, ist eine Koexistenz zwischen uns unmöglich.«

»Durchaus nicht. Wir können nebeneinander existieren, nur wirst du dich dazu ändern müssen.« Phelan hob den Kopf. »Aber schlußendlich, *Sterncolonel,* ist es mir gleichgültig, was du tust, solange du meine Befehle befolgst.«

Conals Gesicht wurde zur wutverzerrten Fratze, aber bevor er eine Erwiderung loswerden konnte, klopfte jemand an die Bürotür. Dann öffnete sie der Stellvertreter des Großherzogs einen Spalt und steckte den Kopf ins Zimmer. »Verzeihen Sie die Unterbrechung, Sir, aber der Kommandeur der Heimatgarde ist da.«

Phelan nickte. »Soll reinkommen. Sterncolonel Ward war ohnehin gerade im Begriff zu gehen.« Er sah den Clansmann an. »Du hast deine Befehle, Sterncolonel. Befolge sie.«

Conal neigte ehrerbietig den Kopf. »Der Wille meines Khans geschehe.«

Phelan sah ihm nach. Trotz dieser Verabschiedung

und der Tatsache, daß ihn Conal trotz seiner Wut korrekt gesiezt hatte, waren sie noch immer auf Kollisionskurs. *Hoffentlich hat das Zeit, bis die Rote Korsarin tot ist!*

Christian Kell schüttete dampfenden Kaffee aus der Thermoskanne in eine Tasse und reichte sie Ragnar. Der ClanKrieger schob den gelben Schutzhelm in den Nakken und bedankte sich mit einem kurzen Nicken. Chris blies über die Tasse, die er sich selbst eingeschenkt hatte, und nahm einen Schluck. »Nicht schlecht.«

Ragnar gähnte. »Schweres Wasser für den Reaktor. Ich bin seit sechs Stunden auf, vier Stunden länger als die Sonne. Aber ich beschwere mich nicht. Es geht gut voran.

Chris nickte und blickte hinaus auf die riesige Stadt, die auf einer weiten Ebene vierzig Kilometer südlich der Kell-Hounds-Basis in Old Connaught im Aufbau war. In ihrer Mitte lagen der Ort Denton und die McKiernan-Kraftwerksgesellschaft. Als Denton fünf Jahre zuvor aus dem Boden gestampft wurde, war das Gelände eingeebnet worden, und man hatte Straßen, ein Abwassersystem, Wasserleitungen und eine Stromversorgung installiert. Alles war nach Plan verlaufen, bis die Clan-Invasion die Investoren gebremst hatte; das Projekt scheiterte und verfiel.

Phelan hatte es im Namen seines Vaters verstaatlicht und die Gläubiger ausbezahlt. In weniger als zwei Wochen war die Gemeinde zu neuem Leben erwacht. Legionen von Zimmerleuten, Maurern, Elektrikern und Landschaftsingenieuren fielen über den Ort her. Wo Reihenhäuser zuviel Zeit gekostet hätten, wurden mit Lastenschwebern oder -hubschraubern Fertighäuser herangeschafft. Die Bauarbeiten hatten beinahe Zirkuscharakter, und die Öffentlichkeit reagierte mit ehrlichem Enthusiasmus.

Die größte Reaktion zeigten die Exil-Rasalhaager. Ragnar hatte Chris erklärt, daß sie darin eine Möglichkeit sahen, ihre Schuld an der Welt abzutragen, die sie auf sich geladen hatten. Mit der Beteiligung an dieser Verteidigungsanstrengung begann die endgültige Integration der Exilanten in die Bevölkerung Arc-Royals.

Chris beobachtete, wie zwei KonstruktionsMechs eine vorgefertigte Hauswand aufstellten. »Eine Schande, daß wir diese Basis nie wirklich werden benutzen können.« Er zwinkerte Ragnar zu und deutete auf ein brandneues Haus auf einem kleinen Hügel. »Das Haus dort würde mir gefallen. Es hat eine schöne Aussicht und ist nicht zu weit von den Mechhangars entfernt.«

Ragnar grinste. »Ich werde sehen, daß es als letztes angeschlossen wird. Wenn wir nicht mehr dazu kommen ...« Er zuckte die Achseln.

Der Söldner nickte. »Ich glaube kaum, daß die Bodenpreise noch sonderlich hoch sein werden, wenn wir hier fertig sind, mein Freund.«

Der frühere Erbprinz von Rasalhaag nickte. »Da könntest du recht haben. Aber du wirst freie Aussicht haben und eine unglaublich ruhige Wohngegend.«

»An der neuen Kell-Hounds-Basis in Denton werden die Arbeiten fortgesetzt«, erklärte der Radiosprecher. »Begeistert von ihrem Sieg über die Rote Korsarin vor Zanderij und in der Überzeugung, daß die Banditen sich zurückgezogen haben, um ihre Wunden zu lecken, hat das Söldnerregiment ein ambitioniertes Bauprogramm eingeleitet, dessen Abschluß noch vor der Rückkehr Großherzog Morgan Kells von seinem Krankenlager auf Tharkad erwartet wird.«

Der Sicherheitsbeamte neben Nelson Geist schaltete das Radio ab und stoppte den Schweber. Auf Knopfdruck klappten die Türen nach oben. Nelson schwang die Beine aus dem Wagen und kratzte sich hinter dem rechten Ohr. Rund um die Operationsnarbe war die Haut gespannt und trocken.

Der Sicherheitsbeamte schüttelte den Kopf. »Nicht daran kratzen, dann hört das Jucken von selbst auf.«

Nelson sah den Mann überrascht an. »Ach, sind Sie jetzt auch noch Arzt, Bates?«

Bob Bates lachte. »Kaum, aber ich erinnere mich noch, wie sie mir den Signalgeber eingepflanzt haben.«

»Aber Sie konnten den Ihren abschalten, wenn Sie Feierabend hatten.« Nelson verzog das Gesicht. Die Kell Hounds waren sehr großzügig, was seinen Arrest anging. Nachdem sie einen Signalgeberchip in sein Schläfenbein implantiert hatten, konnten sie jederzeit seinen Aufenthaltsort feststellen. Sie zogen es zwar vor, wenn er in der Basis blieb, aber in Begleitung durfte er das Basisgelände verlassen und nach Old Connaught fahren. Nur das ständige Jucken hinter dem Ohr erinnerte Nelson daran, daß sie ihm nicht vertrauten.

Bates hob den linken Arm an den Mund und aktivierte den Armbandrecorder. »Freitag, sechster Juni 3055. Person: Nelson Geist. Entsprechend einem vor zwei Tagen gestellten und von Kommandanthauptmann Kell genehmigtem Antrag habe ich die Person zur Finian-Bibliothek für Astrophysik an der Universität von Old Connaught begleitet.« Bates ging die Stufen zum Eingang hoch und hielt Nelson die Tür auf. »Ich weiß zwar nicht, was Sie sich von diesem Besuch versprechen, Kommandant, aber gegen die Abwechslung habe ich nichts einzuwenden.«

Nelson lächelte. »Wenn ich gefunden habe, was ich suche, werde ich es Sie wissen lassen, Mr. Bates.« *Ich werde es alle wissen lassen, denn es wird den Anfang meiner Rache und das Ende der Roten Korsarin bedeuten.*

Phelan drückte den Antwortknopf des Visiphons. »Oberst?«

Dan Allard nickte. »Sie sind pünktlich. Sie sagten ja, daß sie zwischen dem Zehnten und Fünfzehnten eintreffen müßten. Sie sind soeben im System angekommen und sollten morgen aufsetzen.«

Der Khan nickte. »Am Elften. Ist der Zwinger bereit?«

»Ich habe schon Bescheid gegeben. Er wird gerade evakuiert.« Dan runzelte die Stirn. »Aber da ist etwas, womit wir nicht gerechnet haben.«

Phelan blickte fragend in die Kamera.

»Die Korsarin kommt mit *zwei* Landungsschiffen der *Overlord*-Klasse.«

»Zwei!« Der Clansmann schüttelte den Kopf. »Das ist unmöglich. Wir haben die *Lioness* über Zanderij zerstört.«

»Erzähl das der Roten Korsarin.« Dans Miene wurde düster. »Es wird noch schlimmer. Erinnerst du dich, daß wir ihr Sprungschiff *Fire Rose* sicher als Schiff der *Kongreß*-Klasse identifiziert hatten?«

»Ja. Es hat mit seinen schweren Lasern unsere Jäger abgehalten, während es die *Tigress* aufnahm.«

»Genau. Bloß, das Schiff da draußen ist ein *Schwarzer Löwe.* Es heißt noch immer *Fire Rose* und hat dasselbe Transpondersignal, aber es ist definitiv ein *Schwarzer Löwe.*«

Aber Schwarze Löwen besitzen keine Energiewaffen, also kann es nicht dasselbe Schiff sein. »*Löwen* haben ein Jägerkontingent an Bord.«

Dan nickte. »Genau das ist mir auch gerade durch den Kopf gegangen.«

Phelan sank in den Sessel, von dem aus sein Urgroßvater, sein Großvater und sein Vater über Arc-Royal geherrscht hatten. Die Fähigkeit der Roten Korsarin, sich so schnell und extravagant neu zu bewaffnen, bewies nur, was sie bereits wußten: Sie hatten es nicht mit normalen Banditen zu tun. Die Korsarin stand in fremden Diensten, und an die einfachste Antwort auf die Frage, wer das war, mochte er gar nicht denken.

Er schüttelte den Kopf. »Soll Sie ihre Jäger bringen. Es macht nichts aus.« Ein Raubtierlächeln zuckte um seine Mundwinkel. »Sie ist zu uns gekommen, auf das Schlachtfeld *unserer* Wahl. Es ist ihr erster Fehler, und sie wird ihn mit dem Leben bezahlen.«

35

Arc-Royal
Vereinigtes Commonwealth

11. September 3055

Phelan schob die Daumen unter den Pistolengurt und grinste, als er die Funkverbindung zwischen der Roten Korsarin und der Kell-Hounds-Basis in Denton abhörte. Sein Neffe Mark wirkte in seiner offensichtlich zu großen Uniform gebührend nervös. »Was soll das heißen, womit kann ich die Basis verteidigen? Die Hounds sind nicht hier.«

»Du trägst die Uniform eines Kriegers, Kind«, knurrte die Rote Korsarin. »Bist du ein Feigling, der eine ehrbare Uniform beschmutzt, oder ein Krieger, der verteidigt, was ihm gehört.«

Marks Augen loderten vor Wut. Das war nicht gespielt. »Wir werden gegen Sie antreten. Die Scouts haben zwei leichte Lanzen. Wir werden Sie in der Dentonsenke erwarten.« Mark schüttelte die Faust in die Kamera. »Sie werden es bereuen, sich mit uns angelegt zu haben.«

Die Rote Korsarin lachte von Phelans Hilfsmonitor. »Das bezweifle ich, Kleiner. Korsarin aus.«

Der Hilfsmonitor wurde einen Augenblick dunkel, dann erschien eine Systemkarte. Die Rote Korsarin und ihre beiden Landungsschiffe näherten sich Arc-Royal in gemächlichem Tempo. Ihre Krieger würden ausgeruht und kampfbereit eintreffen. Die geschätzte Ankunftszeit lag noch zwei Stunden in der Zukunft. Phelan und der Rest der Kell Hounds mußten in ihren Verstecken bleiben, bis die Schiffe aufgesetzt hatten.

Phelan tippte einen Befehl in die Tastatur der Befehlskonsole, und der Bordcomputer seines *Wolfshund* lieferte ihm die geschätzte Truppenstärke der Roten Korsarin. Die Landungsschiffe besaßen eine Eskorte aus achtzehn Luft/Raumjägern. Eine erste Analyse ihres Flugprofils ließ keine Bomben erwarten. Der Zwinger-Plan konnte also trotz allem funktionieren, auch wenn die Schlacht weit unangenehmer werden würde, als sie erwartet hatten.

Er öffnete eine Kabelverbindung zu Dan Allard. Das Signal wurde auf Laserbasis über ein subplanetares Glasfaserkabel in die Befehlsbunker der Nationalen Verteidigung unter den Clonarfbergen geführt. »Im Moment sieht es hier oben gut aus, Oberst. Aber wir brauchen unsere Jäger in Alarmbereitschaft.«

»Das sind sie. Ich habe die Reste deiner Ehreneskorte in das Erste Jägerbataillon integriert. Damit ist es wieder auf voller Gefechtsstärke. Das war Sterncaptain Carews Vorschlag.«

Phelan grinste. *Er tut alles, um sich die Chance auf einen Blutnamen zu verdienen.* »Gut. Wie sieht es mit Geist aus?«

»Die Sicherheitsabteilung hat vor etwa zehn Minuten Bericht erstattet. Er geht noch immer das Material aus der Universität durch. Bates meinte, der Mann hat jetzt schon mehr Sterne gesehen als sämtliche Preisboxer der Geschichte.« Dan lachte. »Im Gegenzug sollte ich wohl fragen, ob Sterncolonel Ward schon aufgehört hat, sich über seine Befehle zu beschweren?«

Du glaubst, ich mißtraue Geist, und du mißtraust Conal. Du ahnst nicht, wie ähnlich sich unsere Ansichten über beide Männer sind, Dan.

Old Connaught lag nur vierzig Kilometer nördlich von Denton, aber dazwischen erhoben sich die Ausläufer des Clonarfgebirges. Der Gebirgszug selbst, der sich im Süden und Westen halbkreisförmig um Denton erstreckte, diente den Kell Hounds als Versteck. Nördlich seiner Ausläufer erstreckte sich ein breites Flußtal, durch dessen Mitte der kilometerbreite Kilkenny floß. Zwanzig Kilometer weiter gen Norden, auf einem sanften, bewaldeten Berghang am Ufer des Lough Lachlan, lag Old Connaught.

Conal und die 31. Wolf-Solahma hielten sich dort im Wald verborgen. Sie waren nahe genug an der M5, der wichtigsten Verkehrsader südlich der Stadt, und der dazugehörigen Brücke über den Kilkenny, um einzugreifen, falls die Rote Korsarin nördlich der Berge und südlich des Flusses aufsetzte. Im Idealfall jedoch erwarteten Phelan und die Hounds beide Landungsschiffe im Gebiet von Denton, so daß die Solahma an den Gefechten überhaupt nicht beteiligt sein würde.

»Conal zieht eine gewisse Befriedigung aus dem Auftrag, die Stadt zu verteidigen, aber nur weil ich ihm gesagt habe, sie beherberge eine Waffenfabrik.« Der Khan kicherte. »Keine Sorge, Oberst, die 31. Wolf-Solahma stellt kein Problem dar.«

»Das will ich hoffen, Phelan.« Die Besorgnis in Dans Stimme lag auch in seinem Blick. »Ich erinnere mich noch zu gut daran, was aus Zimmers Zuaven wurde. So etwas werde ich hier nicht zulassen.«

Als die Landungsschiffe der Roten Korsarin in Sicht kamen, hatten acht leichte Mechs Denton verlassen und Gefechtspositionen auf der Senke eingenommen. Harry Pollard bildete mit seiner *Valkyrie* die Spitze der Gruppe und hob den linken Arm des Mechs, als er die Entfernung von der Kunststadt für groß genug hielt. »Jetzt geht's drum, Jungs«, sagte er ins Mikrofon, obwohl er wußte, daß ihn keiner der anderen hören konnte.

Die Piloten der Selbstmordeinheit waren ein bunt zusammengewürfelter Haufen. Keiner von ihnen war ein spektakulärer Könner, aber alle hatten sie Erfahrung. Drei waren alte Mechpiloten mit unheilbarem Krebs. Sie hatten den Dienst bei den Hounds gegen Bezahlung ihrer Arztkosten und Versorgung ihrer Nachkommen eingetauscht. Das war ihre Chance, in Ehren zu fallen, statt irgendwo in einem Pflegeheim dahinzusiechen.

Die fünf anderen waren ebenso wie Harry frühere Mechpiloten, die lange Strafen in Arc-Royals Zuchthäusern abgesessen hatten. Bei ihnen stellte sich der Handel einfacher dar: Wer überlebte, wurde begnadigt. Für jeden Abschuß gab es ein Kopfgeld von 10 000 C-Noten — ausgezahlt als Wiedergutmachung an ihre Opfer. Viel war es nicht, aber immer noch besser als das Dahinvegetieren in einer Gefängniszelle.

Harry fuhr sich mit der Zunge über die Lippen. Er hatte die Chance, wieder im Cockpit eines Mechs zu sitzen, sofort ergriffen. Sein Rechtsanwalt hatte bei der Verhandlung wegen Totschlags argumentiert, Harry hätte unter Alkoholeinfluß gestanden, aber das war eine Lüge gewesen. Er hatte sie damit gerechtfertigt, daß der Kerl, den er erstochen hatte, ein Idiot gewesen war. Er hatte sich auf Phelan Wards Angebot gestürzt, weil es ihn aus einem Käfig geholt und in einen anderen gesetzt hatte — einen Käfig, der für Harry die Freiheit schlechthin darstellte.

Clark, ein Kerl mit einer Rattenvisage, der mit einem Eispickel eine Schuld von ein paar Kronen eingetrieben hatte, schätzte ihre Chancen, länger als fünfzehn Sekunden zu überleben, auf eins zu tausend.

Das Verhältnis stimmte, aber die Zeitschätzung war weit übertrieben.

Harry sah die Jäger der Roten Korsarin aus der Formation ausbrechen und zum Angriff ansetzen. Mit der linken Hand wendete er den Mech in Richtung der anfliegenden Maschinen. Er zog das Fadenkreuz hoch, hielt es aber unter der Angriffslinie, auf der sich die Jäger formiert hatten. Vor ihm zählte der Entfernungsmesser blitzartig die Meter. Als die Entfernung unter einen Kilometer gesunken war, stieß er die Füße auf die Sprungdüsenpedale der *Valkyrie* und schleuderte den Mech in den Himmel. In der Mitte des Fadenkreuzes leuchtete ein goldener Punkt auf, und Harry preßte sämtliche Feuerknöpfe.

Eine erstickende Hitze wallte durch das Mechcockpit, und der Andruck preßte ihn in die Polster der Pilotenliege. Er grinste, als die LSR aus den Abschußröhren im linken Torso seines Kampfkolosses in einer Spiralbahn auf den vordersten Jäger hinabstießen. Die Raketen detonierten an Bug und Kanzeldach des *Streuner,* aber damit konnte er die Maschine nicht ernsthaft beschädigen. Der *Streuner* brach den Anflug trotzdem ab. Für Harry zählte das als Sieg.

Sein Hochgefühl hielt nicht lange. Der zweite *Streuner* und die zwei Maschinen vom Typ *Dreizack,* die ihm folgten, blieben auf Kurs. Keiner der anderen Mechs versuchte ein ähnliches Manöver. Sie schienen untätig abzuwarten, während die Jäger angriffen.

Der *Streuner* feuerte zwei LSR-Salven auf Clarks *Panther* ab. Dreißig scharfe Raketen senkten sich auf die Kampfmaschine und detonierten. Eine grelle Feuerkugel verschluckte sie, Bruchstücke von Raketen und Panzerung flogen in alle Richtungen. Der Feuerball stieg in die Höhe, seine Ränder fielen ins Innere zurück, dann implodierte er in öligschwarzen Qualm. Zurück blieb ein verkohlter und zerschlagener *Panther.*

Irgendwie schaffte es Clark, den Mech auf den Beinen zu halten, aber der linke Arm hing nutzlos herab. Der *Panther* hob die PPK im rechten Arm und feuerte auf seine Peiniger, aber der blaue Blitzschlag verfehlte sein Ziel und zuckte unnütz in den Himmel.

Die *Dreizacke* bestraften den *Panther* für die Frechheit seines Piloten. Die mittelschweren Laser unter den Tragflächen und im Bug des vorderen Jägers formten eine Mauer aus rubinroter Energie, die noch mehr Panzerung von Rumpf und Gliedern des *Panther* schälte. Als die Maschine über ihn hinwegdonnerte und sich auf die anderen Mechs des Himmelfahrtskommandos stürzte, kümmerte sich der zweite Luft/Raumjäger um Clarks Mech. Sein Angriff riß den linken Arm ab und warf den BattleMech zu Boden.

Harry lachte, als Clark umkippte. »Geschieht dem blöden Bastard recht. Geschieht all diesen blöden Bastarden recht.«

Erst als er wieder zur Landung ansetzte, bemerkte Harry, daß der erste *Streuner* gewendet hatte, um ihn erneut anzufallen. Er warf einen Blick auf die Wärmeskala und stellte fest, daß sie viel höhere Werte anzeigte als erwartet. Wenn er seine Sprungdüsen noch einmal einsetzte, lief er Gefahr, daß der Mech überhitzte und sich abschaltete. Die Kell Hounds mußten mehrere Wärmetauscher ausgebaut haben. Wahrscheinlich wollten sie die teuren Geräte nicht bei einer Selbstmordaktion verschwenden.

Hinter dem anfliegenden Jäger sah Harry zwei *Overlord*-Landungsschiffe außerhalb von Denton zu Boden sinken. Er richtete alle Waffen auf das nähere der beiden Schiffe und erhielt die Bestätigung des Gefechtscomputers.

»Schaden kann's nicht, und vielleicht nützt es was.« Harry grinste und preßte die Auslöser. »Besser gestorben wie ein Mann, als gelebt wie eine Ratte im Käfig.«

Khan Phelan Ward sah das Landungsschiff *Lioness* an der Stadtgrenze Dentons aufsetzen und die Jäger für einen weiteren Angriff auf die schwer angeschlagenen Mechs wenden. Die *Tigress* schien einen Landeplatz im Norden der Senke, dicht an den Bergen, anzusteuern. Die Dinge entwickelten sich nicht so, wie er es erhofft hatte, aber es hätte schlimmer kommen können.

Er drückte eine Taste, und auf dem Hilfsmonitor erschien Carews Gesicht. »Carew?«

»Ja, mein Khan?«

»Starte deine Jäger. Greift sie über Denton an.« Mit einer anderen Tastenkombination schaltete er auf die von Ragnar abgehörte Frequenz um. »Ragnar, Achtung.« Der Khan beobachtete, wie die Banditenmechs in Denton von Bord gingen. »Jetzt ernten sie den Sturm.«

36

Arc-Royal
Vereinigtes Commonwealth

11. September 3055

Harry Pollards Augenblicke des Ruhms endeten, als der zurückgekehrte *Streuner* dreißig Langstreckenraketen auf seine *Valkyrie* abfeuerte. Er sah noch, wie sein mittelschwerer Laser den landenden *Overlord* traf und seine LSR den Schiffsrumpf mit Explosionen überzogen, dann ging die Welt in einem Feuermeer unter. Sein Kopf schlug nach hinten gegen die Pilotenliege, und Sterne tanzten vor seinen Augen, als die *Valkyrie* von Titanenkräften durchgeschüttelt wurde.

Warnsirenen heulten durch die Kanzel, und Harry schmeckte Blut. Er fühlte, wie sich sein Mech um die eigene Achse drehte, und er sah den rechten Arm der *Valkyrie* durch den Flammenvorhang davonwirbeln. Auch die Panzerung am linken Arm war durchbrochen, aber die Torsopanzerung hatte gehalten. Mit dem Verlust des rechten Arms war der Laser Harrys Mitstreitern ins Grab gefolgt.

Noch habe ich Raketen! Harry klammerte sich an diese Hoffnung, als seine *Valkyrie* wankte und kippte. Er brachte den linken Mecharm vor und wollte sich aufstützen, aber die Maschine war zu instabil, um noch ein solches Manöver zu gestatten. Immerhin konnte er verhindern, daß der Kampfkoloß auf die Frontpartie fiel. *Ich kann noch aussteigen!*

Die *Valkyrie* schlug mit der ganzen Gewalt auf, die man von einer dreißig Tonnen schweren Maschine erwarten konnte, die mit der Wucht einer riesigen Ladung Sprengstoff vorangetrieben wurde. Ihre wichtigste, aber auch empfindlichste Komponente wurde auf der Pilotenliege durchgeschüttelt wie eine einzelne Erbse in einer Blechdose. Bevor er den Schleudersitz auslösen konnte, knallte Harrys Kopf erneut gegen die Sitzkante. Diesmal reichte die Wucht aus, den Neurohelm und den Schädel zu spalten, den er umgab.

Harry Pollard starb in einem Käfig, aber er starb zufrieden.

In einem dunklen Raum, über sich die funkelnde Projektion eines Sternenhimmels, saß Nelson Geist und hörte das Donnern der Luft/Raumjäger, als diese aus der Basis in Old Connaught in den Himmel stiegen. Seine Finger ballten sich zu Fäusten. Der Drang, Teil dieses Kampfes zu sein, brannte in seinen Adern. *Sie wollen mich nicht kämpfen lassen, aber sie werden meine Hilfe noch brauchen.*

Am Horizont öffnete sich ein leuchtendes Rechteck, und Nelson erkannte Bates' Umrisse. »Kommandant Geist, wir haben eine direkte Kameraverbindung. Die Rote sitzt in der Falle. Wollen Sie ihr Ende miterleben?«

Der hagere Mann schüttelte mechanisch den Kopf. »Nein, danke. Sie werden mich noch brauchen, wenn sie entkommen ist.«

»Sie wird nicht entkommen. Wir haben drei Regimenter. Sie kann nicht mehr weg.«

Nelson winkte ab. »Wenn sie erst entkommen ist, werden Sie mich noch brauchen.«

Bates zuckte die Achseln. »Wie Sie wollen.«

Er schloß die Tür und ließ Nelson in unvollkommener Dunkelheit zurück. »Allerdings.« Er senkte die Hand auf die Tastatur des Computers und rief die Konstellationen einer anderen Welt auf. *Nur weil sie mir nicht erlauben, ihnen zu helfen, heißt das nicht, daß sie mich nicht brauchen. Und ich werde ihnen meine Hilfe nicht verweigern, wenn die Zeit gekommen ist.*

Die Jäger benötigten dreieinviertel Minuten für die vierzig Kilometer von Old Connaught bis Denton. Caitlin hätte es vorgezogen, höher und schneller anzufliegen, aber durch den Tiefflug hatten sie eine Chance, die Banditen zu überraschen. Die Ausläufer der Clonarfs waren zwar nicht sonderlich hoch, aber sie boten genug Radarschatten, um dafür zu sorgen, daß Jäger, deren Radarsystem auf Bodenbeobachtung geschaltet war, sie zu spät bemerkten.

Nach anderthalb Minuten überquerte Rabenschwarm den Kilkenny. Caitlin überprüfte an den Brücken die computergesteuerte Flugbahn. Sie waren genau auf Kurs. Als der Boden anstieg, zog sie vorsichtig den Steuerknüppel heran. Nur dreißig Sekunden von Denton entfernt, wurde sie von den ersten feindlichen Radarimpulsen getroffen.

Sie aktivierte das Feuerleitsystem. Alle vier Laser und die PPK im Bug zeigten Grün. *Bestellt und fertig zur Ablieferung!* Der Sekundärschirm zeigte einen zweiten Schwarm hinter ihr. An der Kennung erkannte sie die Clanner. »Viel Glück, Carew«, hauchte sie. Sie öffnete die Funkfrequenz, zog den *Stingray* hoch und überflog die Hügelkette. »Los, Raben! Drauf!«

Caitlin senkte das Fadenkreuz auf den kantigen Rumpf eines *Streuner,* der gerade nach einem Bodenangriff Höhe gewann. Sie legte das Ruder nach rechts, hängte sich hinter ihn und deckte ihn mit allem ein, was ihr *Stingray* zu bieten hatte. An seiner ausbleibenden Reaktion erkannte sie, daß er von ihrem Erscheinen völlig überrascht worden war.

Die PPK brannte eine blau glühende Spur vom Bug des *Stingray* zum Rumpf des Banditen. Sie traf den *Streuner* unmittelbar hinter dem Cockpit und schlug eine Bresche entlang der Längsachse der Maschine, die den Stabilisator zwischen den beiden Hälften des Doppelhecks zerteilte. Ein mittelschwerer Impulslaser pumpte noch zusätzliche Energie in die Bresche, während der andere auf die Triebwerkspanzerung im Heck der Maschine einhämmerte. Aus einem der beiden schweren Laser zuckte ein Energieimpuls in die linke Tragfläche, worauf ein Schauer aus geschmolzenen Panzerfragmenten auf Denton niederprasselte, und der andere bohrte sich ins Triebwerk.

Ein leuchtender Funkenregen schoß aus der Triebwerksöffnung. Eine der Antriebseinheiten fiel aus, und der *Streuner* begann zu rollen. Die Maschine setzte zu einer Gegenbewegung an, dann fiel sie einfach auseinander. Das Ganze geschah so langsam und methodisch, daß Caitlin beinahe glaubte, einen Computerlehrfilm über die Konstruktion eines *Streuner*-Jägers zu verfolgen, in dem nacheinander eine Schicht um die andere der Maschine abgeschält wurde.

Eine Hitzewelle schlug über ihr zusammen. Sie blickte auf den Hilfsmonitor und sah die Abwärmeanzeige trotz voller Leistung der Wärmetauscher im roten Bereich verharren. Sie schüttelte den Kopf, um nicht vor Hitze ohnmächtig zu werden und schlug auf den Vetoschalter, um eine automatische Abschaltung der Triebwerke zu verhindern. *Das war zuviel. Ich muß besser aufpassen.* Sie zog den Jäger hoch und in einen Looping, was die Wärmeableitung verbesserte und ihre Geschwindigkeit erhöhte. *Vorsichtig, Mädchen.* Unter ihr regnete es noch immer *Streuner*-Teile. Sie grinste. *Das nenne ich einen Auftritt.*

Die Ankunft der Jäger mußte unmittelbar bevorstehen. Dan Allard gab den Hounds den Befehl, aus den Clonarf-Bunkern auszurücken. Riesige Tore öffneten sich, und die am besten für Luftabwehraufgaben geeigneten Mechs traten als erste ins Freie, um unerwünschte Angriffe der Banditen abzublocken. Nachdem sie die Schluchten gesichert hatten, in denen die Zugänge zu den Gebirgsbasen versteckt waren, folgten ihnen die Scouteinheiten.

Phelan bewegte seinen *Wolfshund* geradewegs nach Norden und sah nun direkt, was ihm bisher von den Beobachtungssensoren auf den Berggipfeln übermittelt worden war. Ein *Overlord* hatte am Stadtrand von Denton aufgesetzt, während der andere näher an den Bergen und der M5 nach Old Connaught stand. Als die ersten Jäger abzogen, spien beide Schiffe ihre Armeen aus. Eine marschierte nach Norden, über das Gebirge, während die andere Denton angriff.

Phelan rief ein Suchprogramm auf seinem Bordcomputer auf, und das Programm schaltete die Ortung auf die am weitesten entfernte Gruppe von Banditenmaschinen. Er rief eine Vergrößerung auf dem Hologrammsichtschirm auf und wurde mit dem Bild eines blutroten *Kampftitan* belohnt. Er öffnete eine Richtfunkverbindung zu der Maschine.

»Im Namen des ilKhans aller Clans und des Archon-Prinzen Victor Steiner-Davion befehle ich dir und deinen Leuten, dich auf der Stelle zu ergeben. Geschieht dies nicht, werden wir deine Einheit vernichten.«

Die Antwort erfolgte sofort. Auf seinem Sekundärschirm erschien ein Bild. Er sah rote Haare, die über die Schultern einer Kühlweste fielen, und leuchtende Augen durch das dreieckige Sichtfenster eines Neurohelms. »Das haben schon Bessere als du versucht, Wölfchen.«

Phelan schüttelte den Kopf. »Es gibt keinen Besseren als mich. Es gibt keine Besseren als die Kell Hounds. Wir sind dir drei zu eins überlegen. Ergib dich.«

»Nur ein Wolf könnte eine Kapitulation anbieten, und nur ein Wolf könnte sie akzeptieren.« Ihre Augen wurden zu Schlitzen. »Ich werde dir den Tod eines Kriegers gewähren, obwohl du ihn nicht verdienst.«

Ihre Selbstsicherheit wirkte bei aller Stärke und Wut unnatürlich auf Phelan. *Sie kann nicht glauben, was sie da sagt. Sie versucht, ihre Überraschung zu überspielen. Aber wie solide ist dieser Deckmantel?* »Ich biete dir die Kapitulation nicht von mir aus«, stellte er langsam fest, »sondern auf die Bitte von Nelson Geist.«

Ihre Augen weiteten sich, dann verschwand ihr Bild vom Schirm. *Das hat gesessen.* Er schaltete um auf Tak1. »Oberst Allard, es wird ein Kampf bis aufs Blut. Keine Gnade.«

»Ich habe nie etwas anderes angenommen.« Dans Stimme wurde leiser, als er weitere Frequenzen öffnete. »Verteidigt eure Heimat, Hounds.«

Chris Kells *Donnerkeil* führte Bataillon Alpha aus den westlichen Stellungen hinaus ins Sonnenlicht. Er sicherte die nordwestliche Flanke der Einheit. Sein Bataillon sollte die Banditeneinheit in der Nähe des Gebirgsausläufers stellen. Chris wußte, daß die Rote Korsarin dort eine Truppe zur Verteidigung gegen Verstärkungen aus Old Connaught abgesetzt hatte.

Als sich seine Truppen in Bewegung setzten, konnte Chris sehen, wie sich Phelans und Dans Schlachtplan entwickelte. Die Banditen am Fuß des Vorgebirges, die den Codenamen Sidhe erhalten hatten, zogen sich in die Berge zurück. Die zweite Gruppe, die Baile, rückte gegen Denton vor. Es schien, als ließen die Sidhe die Baile im Stich, aber wenn sie versucht hätten, die Senke zu durchqueren und in die Stadt einzudringen oder die Senke zu verlassen, hätten sie offenes Gelände überqueren müssen und ihr Leben verloren.

Chris öffnete eine Funkverbindung mit Dan Allard. »Oberst, die Sidhe sind in den Bergen. Alpha ist in Position und erwartet den Jagdbefehl.«

»Verstanden, Kommandanthauptmann. Warten.«

Chris beobachtete, wie sich eine lange Reihe aus rotschwarzen Mechs im Süden und Westen halbkreisförmig um Denton formierte. Die Kell-Hounds-Mechs im Süden, deren Schlachtreihe von einem Stern schwarzer Wolfsclan-Maschinen abgeschlossen wurde, setzten sich in Bewegung. In Denton verteilten sich die rotgoldenen Mechs der Banditen auf Verteidigungspositionen, die blutige Straßenkämpfe versprachen.

»Alpha Leiter?«
»Oberst?«
»Abmarsch. Schnappt euch die Sidhe.«

Caitlin zog den Knüppel heran und richtete den Bug ihres *Stingray* gen Himmel. Sie preßte die Vollschubpedale durch und fühlte, wie der Andruck sie in die Polster preßte, als die Maschine wie eine Rakete in die Höhe schoß. Die Warnsirene gellte weiter durch die Kanzel. Sie hatte ihren Verfolger noch immer nicht abgeschüttelt, und als sie das Fadenkreuz ins Heckschußfeld brachte, mußte sie feststellen, daß die Entfernung zwischen ihnen stetig kleiner wurde.

Diese verdammte Hellcat *hat bessere Steigeigenschaften als ich! Trotzdem, es ist eine riesige Tragfläche. Das muß Scherungsprobleme geben.* »Hier Rabenführer, ich habe eine *Hellcat* bei sechs Uhr. Wer will sie?«

»Ich nehm sie dir schon ab.«

Caitlin lächelte, als Carew ihren Hilferuf beantwortete. »Okay, sie gehört dir!« Sie stieß den Knüppel nach vorne und begann einen Außenlooping. Vom Andruck stieg ihr das Blut in den Kopf, und ihr wurde rot vor Augen. Wie jeder Pilot wußte sie, daß ihr Manöver langsam, dumm, und praktisch die Garantie für einen ›Redout‹ war.

Bevor sie das Bewußtsein verlieren konnte, riß sie den *Stingray* in einer engen Rolle über die linke Flügelspitze herum. Sie zog den Knüppel zurück, gewann an Höhe und schoß am Bug der *Hellcat* vorbei. Zwei grüne Laserstrahlen zuckten hundert Meter hinter dem Heck ihres Jägers vorbei.

»Hol ihn dir, Adlerführer.« Caitlin legte ihren *Stingray* in eine neue Rolle und holte sich einen *Dreizack* ins Visier.

»Gemacht, Rabenführer«, knurrte Carew und zog den *Visigoth* steil hoch. Sein Luft/Raumjäger brachte nicht annähernd die Leistung der *Hellcat* oder eines *Stingray*, aber er war schwerer bewaffnet als beide. Von der Bauart ähnelte die Maschine mehr dem Nurflügler *Hellcat* als dem *Stingray*, aber die beiden Heckruder und die verlängerten Geschützkapseln parallel zum Rumpf und über ihn hinaus eliminierten die Scherungsprobleme des schnelleren Jägers.

Der Clanpilot sah den Bug der *Hellcat* sinken, als der *Stingray* in den Außenlooping ging. Er grinste, als Caitlin die Maschine abrollte und in einer Tropfenschleife am Bug der *Hellcat* vorbeiflog. Der Pilot der *Hellcat* setzte sich mit einer Rolle wieder an ihr Heck und stieß nach unten, um mit einem Sturzflug Fahrt zu gewinnen. Als er Carew bemerkte, setzte er die Nachbrenner ein. Lange Flammenzungen schlugen aus den Düsen am Heck der Maschine.

In seiner Panik betätigte der Bandit eines der Vollschubpedale vor dem anderen, und eines der beiden Triebwerke lieferte der Maschine einen Schubstoß, bevor das zweite einsetzte. Bei den meisten Luft/Raumjägern hätte das eine enge Kehre eingeleitet, aber bei der Hellcat lagen die Dinge anders. Der ungleichmäßige Schub destabilisierte den Flug, und der Jäger begann um seine Längsachse zu rotieren.

Der Pilot brauchte knapp zwei Sekunden, um den Flug zu korrigieren. Diese Zeit genügte Carew, seinen *Visigoth* exakt hinter der *Hellcat* zu positionieren. Als der Clanpilot auf den Feuerknopf drückte, schlug aus der im Bug montierten Partikelprojektorkanone ein künstlicher Blitzstrahl, der sich in den linken Flügel der *Hellcat* bohrte und das Seitenruder anfraß. Als Carew anschließend die Raketenlafette auslöste, kippte die *Hellcat* nach links und zog die Tragfläche aus der Gefahrenzone.

Dreißig LSR schossen aus den Rohren des *Visigoth* und hämmerten auf den Rumpf der *Hellcat* ein. Carew sah zwei graugrüne Rauchwolken aufsteigen, als die Raketen ein Paar Wärmetauscher zerstörten. Einige der übrigen Raketen hatten die Vektorschubdüsen pulverisiert, während drei LSR die Panzerung über dem Triebwerk absprengten. Für sich genommen war keiner der Treffer tödlich, aber insgesamt gesehen war die *Hellcat* verloren.

Ohne die Möglichkeit, die Vektorschubdüsen an der Backbordseite einzusetzen, war der Nurflügler gezwungen, auf gleicher Höhe weiter geradeaus zu fliegen. Dem Piloten mußten die Sekunden wie eine Ewigkeit vorkommen. Für Carew, der direkt hinter der Maschine hing, flog die Zeit nur so davon, aber seine Wärmeanzeige meldete, daß die Temperatur des *Visigoth* wieder normale Werte erreicht hatte. Er feuerte erneut.

Der blaue Blitzschlag der PPK riß die Rumpfpanzerung auf, und in einer Wolke grünlicher Kühlflüssigkeit explodierte ein weiterer Wärmetauscher. Ein Impulslaser schleuderte rote Lichtpfeile in die Triebwerksabdekkung, und ein anderer traf den Rumpf und schaltete noch ein paar Vektorschubdüsen aus.

Carew warf einen Blick auf den Sekundärschirm. Die *Hellcat* hatte drei ihrer fünfzehn Wärmetauscher verloren. Die Panzerung über dem Rumpf war beschädigt, aber noch nicht durchschlagen. Der Pilot wollte den Kampf mit Sicherheit abbrechen, aber durch den Vektordüsenschaden war er dazu nicht mehr in der Lage, und wegen der verlorenen Wärmetauscher konnte er die Nachbrenner nicht mehr einsetzen, ohne die Maschine zu überhitzen. Aber der Jäger war noch kampffähig — und gefährlich, wie ein Laserschuß aus dem Heckturm demonstrierte.

Wieviel Schaden kannst du einstecken, bevor du stirbst? Carew senkte das Fadenkreuz über die Silhouette des Jägers. *Und wie lange wird es dauern, bis einer deiner Kameraden mich verjagt?*

Als sein Stern eine Position erreichte, die am äußersten Rand der wahrscheinlichen Reichweite der Banditen lag, schaltete Phelan das Funkgerät ein. »Ragnar, sie sollen merken, daß wir es ernst meinen. Kümmere dich um das Landungsschiff.«

»Wie Sie befehlen, mein Khan.«

Phelan kniff die Augen zusammen und betrachtete das *Overlord*-Landungsschiff auf dem makellosen Stahlbeton des Landefelds. Die Bedingungen der Kriegsführung im einunddreißigsten Jahrhundert machten es unglaublich kostbar. Im Verlauf der vergangenen dreihundert Jahre war es der Inneren Sphäre beinahe gelungen, sich in die Steinzeit zurückzubomben. Der Fund eines Kernspeichers aus der Ära des Sternenbunds hatte eine Rennaissance eingeleitet, die dazu führte, daß jetzt wieder mehr Fabriken Kriegsmaterial herstellten, aber die meisten BattleMechs wurden noch immer aus geborgenen Einzelbauteilen zusammengeflickt.

Die Kell Hounds waren nach der Schlacht um Luthien auf diese Weise wieder aufgebaut worden. Sie würden die Banditen auf jeden Fall stoppen, aber wenn die Hounds sie zur Aufgabe zwingen konnten, bevor ihre Maschinen vernichtet wurden, würde das nicht nur Menschenleben auf beiden Seiten retten, sondern für die Söldner auch einen Gewinn an Material bedeuten, der über die von Victor Davion versprochene Kompensation hinausging.

Das Landungsschiff *Lioness* war ein Meisterstück an LosTech — so lautete der in der Inneren Sphäre geläufige Begriff für alle Gegenstände, deren Technologie verlorengegangen war. Die Robotfabriken der gesamten Inneren Sphäre produzierten im ganzen Jahr keine tausend Landungsschiffe, daher war jedes einzelne von ihnen unglaublich wertvoll. Wenn man es erobern konnte, stellte das *Overlord*-Landungsschiff einen unglaublichen Schatz dar, und zugleich war es die einzige Fluchtmöglichkeit der Baile von Arc-Royal.

Der Stahlbeton des Landefelds war über eine Vierteltonne Plastiksprengstoff gegossen worden, das zu einem Zylinder geformt unter dem Kreis in der Mitte des Feldes ruhte. Als Ragnar einen Schalter im Cockpit seiner *Natter* umlegte, explodierte das Plastit. Die Detonation hatte eine Gewalt von 5,2 auf der Richterskala. Der Stahlbeton wurde zerblasen, und die Feuersäule stieg fünfhundert Meter hoch.

Die *Lioness* hatte nicht exakt auf dem Mittelkreis aufgesetzt. Die Explosion traf den Steuerbordheckbereich und zerfetzte das Schiff wie ein Hammer, der eine Naranji traf. Das Landungsschiff wurde in die Luft gehoben, kippte zur Seite, stürzte, prallte ab, durchbrach ein Gebäude, begann auseinanderzufallen. Seine Munitionslager explodierten und schleuderten Panzer- und Waffenteile durch die Luft. Dann landete das Schiff auf einem zweiten Gebäude und wurde in einer gewaltigen Detonation auseinandergerissen.

Phelan fühlte die Schockwelle der Explosion und stemmte den *Wolfshund* dagegen. In Denton zerplatzten Fensterscheiben, und BattleMechs wurden von den Füßen gerissen. Die meisten Maschinen kamen schnell wieder hoch und bereiteten sich auf den Angriff der Kell Hounds vor.

Auf Phelans Funkkonsole blinkte ein Lämpchen auf. Er drückte den darunterliegenden Knopf. Ein Bandit starrte ihn vom Sekundärschirm an. »Verräterischer Hund. Komm an euer Monument, und wir werden dir zeigen, wie echte Krieger sterben.«

»Wenn ihr echte Krieger *wärt,* würde ich das tun.« Phelans grüne Augen wurden zu Schlitzen. »Aber ihr seid Banditen. Ihr werdet wie Banditen sterben, und man wird sich an euch als Banditen erinnern.« Er unterbrach die Verbindung und öffnete die Verbindung zu Ragnar. »Erst die Schule, dann die Stadtverwaltung. Treib sie nach Süden, damit sie Bataillon Alpha keinen Ärger machen.«

Als der Plan ausgearbeitet worden war, hatten Chris und seine Leute sich gegen die Idee gestäubt, die Sidhe ins Gebirge zu verfolgen. Die Berge lieferten dem Verteidiger einen Vorteil. Erstens mußte der Angreifer bergauf angreifen, zweitens hatte der Verteidiger Gelegenheit zu Hinterhalten. Die Rote Korsarin mochte Banditen führen, aber in diesem Gelände konnten selbst schlechte Mechpiloten noch massenhaft Abschüsse erzielen.

Auf Christians Befehlskonsole leuchtete ein blaues Lämpchen auf, als die Telemetriedaten über seinen Sekundärschirm liefen. Er öffnete den Funkkanal und überspielte die Daten an seine Artillerielanzen. »Position erfaßt. Feuer frei.«

Tief in den Bergen, gut versteckt in der Mitte einer dichtbewaldeten, von Nord nach Süd verlaufenden Schlucht, stand Evantha und hielt den Laser im rechten Arm ihrer Elementarrüstung auf den *Verteidiger* gerichtet. Die rotgoldene Bemalung des Banditenmechs stand in scharfem Kontrast zu seiner Umgebung, aber das spielte keine Rolle, da sie ihn ohnehin über den Infrarotmodus ihrer Hologrammanzeige beobachtete. Zusätzlich zu der normalen Abwärme, die von den Ladespiralen der PPK ausging, die der Banditenmech an Stelle des rechten Unterarms trug, leuchtete ein kleiner runder Punkt an der Schnittstelle von Torso und rechtem Hüftgelenk.

Er stammte vom unsichtbaren Infrarotstrahl ihres Lasers. Der Gedanke, eine ihrer Hauptwaffen gegen einen Suchlaser einzutauschen, hatte ihr überhaupt nicht zugesagt, aber der Khan hatte dem Plan zugestimmt, also hatte sie sich einverstanden erklärt. Alle fünf Elementarstrahlen besaßen einen Artilleriebeobachter, während sich der Rest für die Erledigung eventueller Überlebender bereithielt.

In der unteren Ecke ihrer Sichtscheibe sah sie ein

blaues Licht aufblitzen. *Granate im Anflug.* Sie versteifte den Arm und bereitete sich auf den Einschlag vor. Er konnte nicht mehr lange auf sich warten lassen, und wenn er kam, würde er furchtbar werden.

Für Evantha schien es, als wäre unter den breiten Füßen des *Verteidiger* ein Vulkan ausgebrochen. In einem Moment marschierte der Mech noch durch den Wald, im nächsten hatte er sich in eine schwarze Silhouette mitten in einer Feuersäule verwandelt. Eine Rakete nach der anderen schlug in den *Verteidiger* ein, zertrümmerte seine Panzerung zu Stahlkeramikschrapnell, fetzte die Panzerung vom rechten Arm, zermalmte Schulter und Ellbogengelenk. Die PPK wurde aus der Halterung gedreht und zeigte plötzlich zu Boden.

Was kaum zu glauben war, geschah. Als sich der Rauch verzog und die brennenden Bäume umstürzten, stand der Kampfkoloß noch auf den Beinen. Die Panzerung an Torso und beiden Beinen war beschädigt, aber der Pilot hatte den *Verteidiger* aufrecht halten können. Er mußte ausgezeichnet sein — weit besser, als es ein Bandit sein durfte.

Evantha hielt den Laser auf ihn gerichtet. Sie richtete den Blick auf die Iconreihe unter dem Sensorbild und löste einen neuen Rafferimpuls mit Telemetriedaten aus. *Noch eine Salve, Chris.*

Als Carew das Fadenkreuz wieder über die *Hellcat* zog, heulte die Warnsirene auf. *Jemand hat mich im Visier!* Er blickte auf den Schirm und sah einen *Dreizack*, der bei vier Uhr auf ihn herabstieß. Er rollte den *Visigoth* über die rechte Tragfläche ab, zog den Knüppel zurück und stieg in einen Immelmann. Als er hinter dem *Dreizack* war, riß er den Knüppel wieder an den Bauch und schloß das Flugmanöver ab.

Die *Hellcat* kam wieder ins Visier. Er feuerte die PPK ab und brachte noch zusätzlich zwei Treffer mit den mittelschweren Impulslasern an. Die PPK sprengte ei-

nen Teil der Triebwerksabdeckung davon, während einer der Laser einen Wärmetauscher zerstörte. Der zweite Laser brannte sich in die Panzerung der rechten Tragfläche und kochte einen Teil der Bemalung ab.

Carew blinzelte ungläubig, als sich die *Hellcat* auf die linke Tragfläche stellte. Als sie nach Backbord davonwirbelte, hatte er gute Sicht auf ihre bis dahin unter dem rotgoldenen Flammenmuster der Banditen versteckten Insignien. *Nein, das kann nicht wahr sein! Das würde niemand wagen. Niemand könnte so verrückt sein.* Die Flammen verschlangen das Abzeichen, aber Carew konnte es nicht vergessen.

Noch bevor ihm die wahre Bedeutung dessen klarwerden konnte, was er entdeckt hatte, gellte wieder die Warnsirene durch das Cockpit. *Dieser verfluchte* Dreizack! Carew visierte ihn mit den Hecklasern an und wollte gerade feuern, als drei Energiebahnen unterhalb des *Dreizack* auftauchten und ihn zerteilten wie Schrapnell eine Nebelschwade. Ein PPK-Strahl riß den Rumpf wie ein riesiger blau leuchtender Büchsenöffner vom Bug bis zum Heck auf, während zwei schwere Laser die rechte Tragfläche tranchierten. Der Flügel knickte nach oben zum Cockpit hin ab, riß sich los und fiel weg, während der qualmende Jäger in einer Spiralbahn nach unten stürzte.

»Adlerführer bedankt sich.«

»Nichts zu danken, Adlerführer«, hörte er Caitlins Antwort. »Das war ich dir schuldig.«

Unter dem Schutz der Artillerielanzen drangen Chris und der Rest von Bataillon Alpha in die Berge vor. Die Spuren der Banditen waren nicht zu übersehen. Die Funkmeldungen der Elementare machten die Suche nach den feindlichen Mechs zum Kinderspiel, und ihre ersten Begegnungen waren die mit ausgebrannten, zertrümmerten Wracks, die von den Langstreckenraketen der ArtillerieMechs ausgeschaltet worden waren.

Chris bewegte seinen *Donnerkeil* um einen Hügel und sah einen unwahrscheinlich schlanken BattleMech aus einem kleinen Tal rechts von seiner Position auf die Wiese treten. Er drehte den *Donnerkeil* nach rechts und senkte das Fadenkreuz über den *Ostsol*. Er visierte den Torso des Mechs an, und als er die Bestätigung des Feuerleitsystems hatte, preßte er den Auslöser.

Der schwere Laser am rechten Unterarm des *Donnerkeil* spie Nadeln aus grüner Lichtenergie durch die rechte Armpanzerung des *Ostsol*, schälte sie vollständig ab und beschädigte sogar noch den darunterliegenden Titanstahlknochen. Aber der Schaden konnte Chris keinen Mut machen. Die Arme des *Ostsol* dienten nur zur Balance und anscheinend dazu, Schaden zu absorbieren, der anderenorts mehr ausgerichtet hätte.

Die drei mittelschweren Laser des *Donnerkeil* hatten größere Wirkung. Zwei von ihnen schmolzen Panzerung von der Brustpartie des *Ostsol*, der dritte verwüstete die linke Beinpanzerung. Noch ein, zwei Treffer in diesen Zonen, und er konnte die gegnerische Maschine ausschalten.

Aber der *Ostsol* teilte besser aus, als er hatte einstekken müssen. Die beiden schweren Impulslaser in der oberen Torsohälfte brannten Panzerung von der Brustpartie des *Donnerkeil* und von dessen linkem Arm. Einer der mittelschweren Impulslaser im unteren Torso vergrößerte den Schaden an der Brustpartie von Christians Maschine. Die Panzerung der Torsomitte war jetzt auf 40 % des Ursprungswertes gesunken. Der zweite Laser brannte eine üble Bresche in die Panzerung über dem rechten Oberschenkel des *Donnerkeil*.

Der *Ostsol* hatte mehr als zwei Tonnen Panzerplatten abgeschält, und die Kreiselstabilisatoren des *Donnerkeil* mußten volle Leistung bringen, um den Verlust auszugleichen. Chris konnte den Mech senkrecht halten und folgte dem *Ostsol* mit dem Fadenkreuz. Nach diesem Schußwechsel lief er ziemlich heiß, aber es war zu sehen, daß auch sein Gegner keine Rücksicht auf mögliche Wärmeprobleme genommen hatte, weil er auf einen entscheidenden Treffer hoffte.

Innerhalb eines Sekundenbruchteils entschied sich Chris dagegen, noch einmal einen Hitzestau zu riskieren. Sein Mech war besser für einen Erschöpfungskampf geeignet als der *Ostsol*. Er löste die drei Impulslaser aus und fühlte, wie die Abwärme durch die Kanzel brandete. Schweiß bedeckte seine bloße Haut, aber er war zu sehr auf die Wirkung seiner Schüsse konzentriert, um sich über die Hitze Sorgen zu machen.

Die mittelschweren Impulslaser trafen alle drei ihr Ziel, aber es gelang ihnen nicht, die Panzerung des *Ostsol* zu durchschlagen. Zwei setzten den Angriff auf die Mitte und rechte Flanke der Brustpartie fort, aber der dritte brannte nur die Panzerung vom verkümmerten linken Arm des BattleMechs. Der Pilot hielt seine Maschine aufrecht und schlug mit aller Gewalt zurück.

Der *Ostsol*-Pilot wollte es wissen. Einer der schweren Impulslaser, die er auf die Brustpartie des *Donnerkeil* abfeuerte, verfehlte sein Ziel, aber der andere brannte sich beinahe ganz durch die Stahlkeramikplatten über seiner Herzpartie. Ein mittelschwerer Impulslaser setzte nach und zerschmolz einen Teil der internen Torsostruktur. Warnsirenen kreischten durch das Cockpit. Ihr Heulen wurde noch lauter, als der zweite mittelschwere Impulslaser den Kopf des *Donnerkeil* traf und praktisch dessen gesamte Panzerung verdampfte.

Chris zuckte unwillkürlich vor dem grellen Feuer des Kopftreffers zurück, und der *Donnerkeil* folgte seiner Bewegung. Er stolperte und sank auf ein Knie. Chris wurde nach vorne in die Sicherheitsgurte geworfen, dann beugte er sich zurück und brachte den *Donnerkeil* wieder hoch. Der schwankte und torkelte. Erdklumpen flogen durch die Luft, und Bäume stürzten um, als der gewaltige Metallfuß sich auf der Suche nach sicherem Halt in das schwarze Erdreich bohrte.

Meine Torsopanzerung ist durchschlagen! Chris starrte auf den leuchtendroten Kreis, der die Brust seines Mechs auf dem Schadensdiagramm des Hilfsmonitors zierte. Ein Treffer dort oder am Kopf des *Donnerkeil* mit irgendeiner Waffe des *Ostsol*, und seine Kampfmaschine war erledigt. Er selbst voraussichtlich auch. Er schwang den schweren Laser herum und nahm den feindlichen Mech ins Visier, bereit, eine volle Breitseite auszulösen. *Jetzt ist nicht der Moment für vornehme Zurückhaltung.*

Als er das Fadenkreuz auf den *Ostsol* senkte, fiel ihm auf, daß dieser sich nicht mehr bewegte. Er schaltete die Hologrammanzeige von Optik auf Infrarot. Die Banditenmaschine leuchtete mit dem grellen Licht einer Supernova. *Er ist überhitzt. Der Bordcomputer hat ihn stillgelegt.*

Er funkte den Piloten mit Richtstrahl an. »Öffnen Sie das Kanzeldach und ergeben Sie sich. Für Sie ist der Kampf gelaufen.«

Er erhielt eine Antwort, aber sie fiel nicht so aus, wie er erwartet hatte.

Vor seinen entsetzten Augen explodierte das Kanzeldach in einem Schauer aus Rauchglassplittern. Ein Feuerball flammte im Cockpit auf, und er erwartete, die Pilotenliege auf einem Flammenstrahl in den Himmel steigen zu sehen. Im Wald den Schleudersitz auszulösen, war Selbstmord. Der Pilot wurde mit nahezu tödlicher Sicherheit an den Bäumen zerschmettert, bevor er seinen Kurs korrigieren konnte. Aber an Stelle der Liege und des Piloten spien die Flammen Teile und Bruchstükke beider aus. Der kugelförmige Mechkopf sackte nach unten, dann flog seine obere Hälfte auseinander.

Der *Ostsol* kippte nach vorne und streute brennende Trümmer aus seinem Cockpit wie glühende Kohlen aus einem umgekippten Grill.

Chris wurde übel. Möglicherweise war dies nur das Ergebnis eines Zündfehlers an einer der Fluchtraketen; vielleicht hatten auch die Sprengbolzen an der Pilotenliege versagt. Tief drinnen *hoffte* er auf ein technisches Versagen, aber er wußte, daß dem nicht so war.

Der Pilot hat Selbstmord begangen, um nicht in Gefangenschaft zu geraten. Chris schluckte. *Wir haben immer gewußt, daß es keine normalen Banditen sind. Aber wir haben sie weit unterschätzt.*

Phelan nahm den Funkspruch von Dan Allard mit einem Nicken entgegen. »Verstanden, Oberst. Die Sidhe sind ausgebrochen und unterwegs nach Norden. Ich werde Conals Leute vorrücken lassen, damit er sie von ihrem Landungsschiff abschneidet.« Phelan bewegte die rechte Hand und zog das Fadenkreuz über einen *Kampfschütze,* der seine Waffensysteme auf Rannas *Kriegsfalke* ausrichtete. Er stieß mit dem Daumen zu und schnitt mit einem schweren Laserstrahl durch das entblößte Kniegelenk des Mechs. Der Strahl zerschmolz die Enden der Titanstahlknochen, und der Kampfkoloß kippte nach rechts weg.

Der Khan schaltete auf Tak3. »Sterncolonel Ward, die Sidhe bewegen sich in deine Richtung. Halte sie auf.«

»Sie werden nicht passieren, mein Khan.«

Conals Antwort ließ Phelan einen Augenblick zögern, aber dann lenkte ihn ein Banditen-*Verteidiger* ab. Die PPK des Mechs richtete sich auf den *Wolfshund* und gab einen Strahl grellblauer Energie frei. Der Blitzstrahl peitschte die gesamte Panzerung vom rechten Arm des BattleMechs und nagte an den Pseudomuskeln und Knochen. Phelan wurde auf seiner Pilotenliege durchgeschüttelt, und statische Entladungen krochen über seine Gliedmaßen.

Sein Blick flog zum Hilfsmonitor. Noch funktionierte der Arm, und auch der dort montierte schwere Laser war noch einsatzbereit, aber schon der nächste Treffer des *Verteidiger* konnte das ändern. *Dieses Risiko kann ich nicht eingehen.* Er biß die Zähne zusammen und spießte den *Verteidiger* mit dem Fadenkreuz auf.

Die Kombination aus Clantechnologie im Feuerleitsystem und menschlichem Können in Phelans ruhiger Hand hielt alle Geschütze des *Wolfshund* auf demselben Zielpunkt. Die grüne Strahlbahn des schweren Lasers schlug in die linke Torsoflanke des *Verteidiger* und verwandelte über 60 % der Panzerung in Dampf und Sturzbäche aus Metallkeramik. Dann sandten die drei mittelschweren Impulslaser einen Hagel aus roten Lichtpfeilen durch den Panzerdampf. Stichflammen schlugen aus den fünf LSR-Abschußrohren in der linken Brustpartie der Kampfmaschine, und die grünliche Färbung des Qualms zeigte Phelan, daß ein Wärmetauscher explodiert war. Der linke Arm der Maschine sackte ab, als sich die Schulteraktivatoren in kochenden Dampf auflösten.

Die schiere Gewalt des Angriffs wirbelte den *Verteidiger* herum und schleuderte ihn zu Boden. Als der Pilot sich mit der PPK abstützte und den Mech wieder auf die Beine hebeln wollte, wurde er von zwei grünen Lichtlanzen durchbohrt, die das Feuer in der Brust des Mechs neu entflammten und seinen Kopf zerrissen. Der enthauptete Mech kippte auf den Rücken, und zwei Rauchsäulen kündeten von seinem Ende.

»Danke, Ranna«, keuchte Phelan, als eine Hitzewoge über seiner Pilotenkanzel zusammenschlug. Die Wärmetauscher reduzierten die Temperatur schnell auf ein erträgliches Maß, aber der momentane Hitzestau durch den Angriff nahm ihm einen Augenblick den Atem. »Guter Schuß.«

»Es wäre kein gutes Bild, wenn die Ehreneskorte des Khans dessen Tod nicht verhindern kann.«

Auf Phelans Sekundärschirm erschien Conals Gesicht. »Die Brücken sind gesprengt. Old Connaught ist sicher.«

»Was? Wovon redest du?«

»Ich habe die Brücken gesprengt, wie Sie angeordnet haben. Ihre Heimatstadt ist sicher.« Conals Gesicht verschwand, und an seiner Stelle zeigte eine Geschützkamera die Trümmer der beiden Kilkennybrücken. »Die Banditen werden nicht passieren!«

»Was hast du gemacht, Conal?« Phelan schlug mit der Faust auf die Armstütze der Liege. »Ich habe dir befohlen, sie aufzuhalten, von Brückensprengungen war nicht die Rede!«

»Und ich habe sie aufgehalten. Unser Auftrag lautete, Old Connaught zu verteidigen. Ich habe sichergestellt, daß sie die Stadt nicht erreichen.«

»Du solltest verhindern, daß die Rote Korsarin ihr Landungsschiff erreicht, Conal! Schnell, bewegt euch, bevor sie doch noch dort ankommt.«

»Das können wir nicht. Wir stehen nördlich des Flusses. Wir können nicht hinüber.«

»Wieso sprengst du die Brücken, bevor ihr sie überschritten habt?«

»Sie hat ein Landungsschiff. Sie hätte Old Connaught angreifen können, wenn wir den Fluß überquert hätten, bevor wir die Brücken sprengten.«

So schwer von Begriff bist du nicht, Conal. Leidest du unter Hirnschwund oder versuchst du bewußt, meinen Sieg zu mindern? Phelan ballte die Fäuste. »Zieh dich so schnell wie möglich zurück nach Old Connaught, Conal. Wenn die Rote Korsarin ihr Landungsschiff erreicht und euch in den Rücken fällt, werden wir uns im Kreis der Gleichen gegenübertreten, und ich werde dir mit bloßen Händen das Herz aus dem Leib reißen, ist das klar?«

»Pos, mein Khan. Es wird geschehen, wie Sie es wünschen.«

Phelan schlug auf den Funkschalter und ging auf Tak2. »Adlerführer, könnt ihr das Landungsschiff der Roten Korsarin erreichen und aufhalten?«

»Negativ, Wolf Eins.« In Carews Stimme lag ein besorgter Unterton. »Die *Tigress* scheint einen Strahl *Stukas,* einen Strahl *Missetäter* und einen Strahl *Korsaren* mitzuführen. Alle Maschinen sichern das Landungsschiff, und unsere Munition geht zur Neige. Sie scheinen nichts dagegen zu haben, wenn wir Nachzügler unter Beschuß nehmen, aber wir könnten wohl kaum durchbrechen. Wenn Sie es wünschen, werden wir es versuchen.«

Phelan wußte, er brauchte nur den Befehl zu geben, und Carew würde sein Leben opfern, um die Mission zu erfüllen. »Warte, Adlerführer.« Phelan schaltete auf Tak4 um. »Sterncaptain Fedladral, dein Bericht über die Sidhe.«

»Weniger als ein Stern noch aktiv. Die Rote Korsarin ist bei den sich zurückziehenden Banditen. Sie befinden sich in einem Kilometer Entfernung von der *Tigress*. Bataillon Alpha hat den Rest im Griff.«

»Verstanden, Sterncaptain. Wolf Eins Ende.« Phelan schaltete zurück zu Carew. »Adlerführer, führe Bodenunterstützung durch. Laßt das Landungsschiff ziehen ... säubert das Schlachtfeld. Es ist nicht nötig, daß heute noch mehr von uns den Tod finden.«

Bates brach wieder in die Dunkelheit des improvisierten Planetariums ein, aber diesmal war es Nelson egal. »Die Schlacht ist vorbei, Kommandant. Die Guten haben gewonnen.«

Nelson lächelte. »Sie ist entkommen, nicht wahr?«

Bates zögerte, dann nickte er. »Woher wußten Sie das?«

Der verkrüppelte MechKrieger ballte die verletzte Hand zur groben Faust. »Manchmal, Mr. Bates, werden unsere Gebete erhört.«

37

Tharkad
Vereinigtes Commonwealth

12. September 3055

Victor Davion sah erfreut von den Ernteberichten hoch, als Galen Cox sein Büro betrat. Das Grinsen auf Galens Miene ließ auch Victors Stimmung trotz seiner Müdigkeit und der späten Stunde steigen. »Du hast gute Neuigkeiten?«

Galen nickte, und brach in Gelächter aus. »Gerade kam die Meldung von Arc-Royal. Die Banditentage der Roten Korsarin sind gezählt.«

»Ja!« Victor schlug mit der flachen Hand auf den Schreibtisch und hielt den Daumen in die Höhe. »Das ist die beste Nachricht seit Monaten. Haben Sie sie erwischt? Können wir sie vor Gericht stellen?«

»Nein, sie ist mit einem halben Dutzend Jägern und zwei anderen Mechs entkommen.« Galen runzelte die Stirn. »Die übrigen Banditen sind bis auf den letzten Mann tot. Was den Umfang des Bergungsguts betrifft, drücken sich die Hounds etwas vage aus …«

»Wen kümmert das? Sie können alles haben.« Victor gestattete sich ein Lächeln. »Die Hounds wurden mit Geldern aufgebaut, die Morgan und Patrick Kell von meinem Großvater bekamen, und durch eine Hinterlassenschaft im Testament meiner Großmutter auf zwei Regimenter aufgestockt. Angesichts ihrer Erfolge und Loyalität zu Steiner sollte ich ihnen das Geld für zwei weitere Regimenter bewilligen.«

Galen schüttelte den Kopf. »Ich bin sicher, Ihre Mutter wäre damit einverstanden gewesen, aber das wäre Ihrem Image nicht zuträglich. Man hält Sie ohnehin schon für einen eiskalten Kriegstreiber.«

»Das wollen wir natürlich nicht, was?« Victor seufzte

und betrachtete die Stapel mit Agrardaten auf seinem Schreibtisch. »Auf manchen Welten müssen wir den Getreidepreis stützen, weil das Zeug in so großen Mengen anfällt, und auf anderen müssen wir das importierte Getreide subventionieren, damit die Leute sich Brot leisten können. Und ich dachte, die Logistik einer Militäreinheit wäre schlimm.«

»Dann werde ich Sie nicht weiter stören.«

»O nein, nicht so schnell. So leicht kommst du mir nicht davon.« Victor stand auf und reckte sich. »Was hat Curaitis zu melden gehabt?«

Victor sah einen Funken Verärgerung in Galens Blick, aber sein Adjutant gab nach und ließ sich in einen Sessel fallen. Galen hatte angeboten, die Untersuchungsberichte für ihn durchzusehen, und der Archon-Prinz hatte zugestimmt. Diese Regelung ermöglichte es Victor, sich den wichtigen Regierungsgeschäften des Vereinigten Commonwealth zuzuwenden, aber sie verurteilte Galen zu täglichen Rapports.

»Sie haben die dritte Runde des psychochemischen Verhörs abgeschlossen. Es war bei weitem die zufriedenstellendste Runde bisher, weil sie ihm keine Medikamente gegen die Fettembolie mehr verabreichen müssen.«

»Er wird also überleben?« Ursprünglich hatten die Ärzte den Tod des Attentäters befürchtet, weil bei den Beinbrüchen Knochenmark in die Blutbahn gelangt war. Das Fett des Marks hatte seine Herzkranzgefäße verstopft und einen unerwarteten schweren Herzanfall zur Folge gehabt. Die Fettembolie hatte den Attentäter beinahe das Leben gekostet und sein Verhör für eine in Victors Augen unerträglich lange Zeit verzögert.

»Ja, die Gefäßformung hat das Herzproblem gelöst, und die Ärzte rechnen nicht mit einer Hirnembolie. Sein Tod wird nicht Teil Ihres Plans werden, Ihre Rolle beim Tod Ihrer Mutter zu verschleiern.« Galen setzte ein sardonisches Lächeln auf. »Bei dieser Befragung hat Curaitis einiges über die Verbindungen des Attentäters und seine Methode der Auftragserteilung erfahren. Es scheint jetzt ziemlich sicher, daß der Mann weder für Haus Liao noch für Kurita gearbeitet hat.«

Victor runzelte die Stirn. »Damit bleibt noch ein Auftraggeber aus der Liga Freier Welten oder dem Vereinigten Commonwealth. Und ich weiß, welche Möglichkeit mir lieber wäre.«

»Noch besteht die Möglichkeit, daß jemand Ihre Mutter eliminieren wollte, weil er glaubt, Joshua Marik werde am New Avalon-Institut der Wissenschaften als ›Geisel‹ festgehalten, aber Thomas Marik kann nicht bestreiten, daß die Leukämie seines Sohnes durch die Behandlung zum Stillstand gekommen ist. Aller Wahrscheinlichkeit wäre ein Schlag aus dieser Richtung aber von einem Agent der ComStar-Splittergruppe ausgeführt worden, die sich in der Liga Freier Welten formiert hat.«

»Und der Kerl hat keine Verbindung zu ComStar oder zu Blakes Wort«, stellte Victor fest. »Also sitzt der Drahtzieher hier, im Vereinigten Commonwealth. Aber wer ist es?«

Galen schüttelte den Kopf. »Wenn ich das wüßte, hätte ich Ihnen bereits seinen Kopf auf einem Silbertablett serviert.«

»Was ist mit der Liste der Personen, die Tickets für das Bankett hatten? Sind sie alle überprüft worden?«

»Die Liste wird noch erstellt. Die Gefangennahme des Attentäters hat die Aufmerksamkeit verlagert.« Galen runzelte die Stirn. »Ich werde dafür sorgen, daß es schneller geht.«

»Gut. Ich will die Liste sehen, wenn sie fertig ist.« Victor beugte sich vor. »Irgendeine Verbesserung in der öffentlichen Einschätzung meiner Person?«

Der schlanke blonde Mann nickte. »Sie sind nicht mehr der Teufel, den man noch vor drei Monaten in Ihnen gesehen hat. Die Interviews haben auf jeder neuen Welt größere Aufmerksamkeit erregt. Ihre Beliebtheit ist leicht angestiegen — und das Ende der Roten Korsarin sollte noch mehr helfen.«

Victor nickte. »Ich habe daran gedacht, zu Salome Kells Beisetzung nach Arc-Royal zu fliegen.«

Galen zog zischend die Luft zwischen den Zähnen ein. »Ich weiß nicht. Wie sähe das aus, wenn Sie zu ihrer Beerdigung gingen, nachdem Sie das Begräbnis Ihrer Mutter versäumt haben?«

»Aber wird es nicht noch schlimmer aussehen, wenn ich die Dienste der Hounds für das Vereinigte Commonwealth nicht anerkenne?« Victor verzog das Gesicht. »Was ich auch mache, es ist verkehrt.«

»Das sind die Freuden des hohen Amts.«

»Scheint so.« Victor unterdrückte ein Gähnen. »Ich schätze, ich werde Katherine schicken und ihr eine Nachricht für Morgan und die Kell Hounds mitgeben. An dem Tag, an dem Salome beigesetzt wird, werde ich einen Kranz am Grab meiner Mutter niederlegen und eine große Stiftung für ein Waisenhaus machen, das sie unterstützt hat.« Er seufzte. »Mir erscheint das alles ein Spiel hohler Gesten. Ich wäre lieber dort. Ich hoffe nur, Morgan wird es verstehen.«

»Da bin ich sicher, Hoheit.«

Victor nickte langsam. »Gut. Das wäre dann wenigstens einer.«

38

**Kell-Hounds-Hauptquartier
Old Connaught, Arc-Royal
Vereinigtes Commonwealth**

18. September 3055

Allein und im Dunkeln starrte Phelan Ward auf das Standbild, das der Computerschirm auf seinem Schreibtisch zeigte. Das aus Carews Gefechts-ROM isolierte Digitalbild zeigte ein Symbol, das für Phelans Augen einen grünen Raubvogel darstellte, der ein Katana in den Klauen hielt. Phelan hatte das Bild rekonstruiert, indem er die Bilder übereinanderlegte, die zeigten, wie das Logo freigelegt und anschließend von den Flammen verzehrt wurde.

Es war unverwechselbar. *Die Jäger gehörten den Jadefalken.*

Ein kalter Schauer lief ihm über den Rücken. Laut Ordnung war die einfachste Lösung auch die wahrscheinlichste. Den Jadefalken nur den Vorbesitz der Luft/Raumjäger oder zumindest *dieses* Jägers zuzusprechen, wurde der enormen Größe des möglicherweise damit aufgedeckten Problems nicht gerecht.

Diese simple Antwort hatte Dutzende von Fragen zur Folge. Es war möglich, daß die Rote Korsarin mit ihrem einen Landungsschiff eine Jadefalkenwelt überfallen und dort Jäger, ein zweites Landungsschiff, weitere Mechs und ein neues Sprungschiff erbeutet hatte, aber es war undenkbar, daß er davon nichts gehört haben sollte. Die Jadefalken hätten sich bei derartigen Verlusten auf den ilKhan gestürzt und das Versagen der 31. Wolf-Solahma und der Kell Hounds wie eine Keule gegen ihn eingesetzt. Der ilKhan hätte ihn von dem Überfall unterrichtet, sowohl um die Wichtigkeit eines Erfolgs zu unterstreichen, als auch um ihn vor ihren neuen Waffen zu warnen.

Phelan konnte sich nur einen Grund vorstellen, warum er nie von einem Überfall auf die Jadefalken gehört hatte: Ein solcher Überfall hatte nie stattgefunden. Das wiederum bedeutete, daß die Jadefalken die Korsarin ausgerüstet hatten. Aber die Falken hatten die Banditen nicht als ihre Agenten zu erkennen gegeben, und überhaupt war es undenkbar, daß ausgerechnet sie eine so gute Kampfeinheit mit einer derartigen Tarnung entehrten.

Was sich da in den Überlegungen des jungen Khans entfaltete, war eine so wagemutige und perfekt ausgeführte Verschwörung, daß er nichts davon beweisen konnte. Hätte er so etwas auch nur angedeutet, hätte es zu einer Wiederaufnahme des Eroberungskrieges zwischen den Clans und der Inneren Sphäre geführt. Der Waffenstillstand wäre nur noch Erinnerung gewesen, und der ilKhan wäre entehrt und von den Jadefalken in einem stillschweigenden Staatsstreich aus dem Weg geräumt worden.

Je mehr er darüber nachdachte, desto logischer wurde es. Die Jadefalken hatten unter dem Krieg gegen die Innere Sphäre schwer gelitten. Kai Allard-Liao hatte sie auf Twycross fast alleine besiegt, hatte sie auf Alyina frustriert und beschämt, und anschließend mit ihnen zusammengearbeitet, um die Welt aus den Klauen ComStars zu befreien. Und obwohl sie von den sieben Clans, die auf Tukayyid gegen ComStar gekämpft hatten, das zweitbeste Ergebnis erzielten, hatten ihre Leistungen so weit hinter denen der Wölfe gelegen, daß sie kaum besser als die der anderen schienen. Die Jadefalken waren einmal ein mächtiger und einflußreicher Clan gewesen, aber im Verlauf der Invasion hatten sie an Stärke und politischem Gewicht eingebüßt.

Der Waffenstillstand von Tukayyid hatte ihnen weit mehr geholfen, als sie bereit waren zuzugeben, denn er hatte einen Gegenangriff des Vereinigten Commonwealth entlang ihrer Grenze verhindert. Beide Seiten führten oberhalb der Waffenstillstandslinie Überfälle durch. Erst im letzten Jahr hatte eine gemeinsame Armee des Vereinigten Commonwealth und der Söldner von Wolfs Dragonern eine Großoffensive der Jadefalken auf Morges zurückgeschlagen, aber echte Gewinne waren selten und zeitlich begrenzt. Trotzdem, die Jadefalken waren zäh und hätten sich weiter auf Kosten des Commonwealth ausbreiten können, wäre da nicht noch ein anderer Faktor gewesen.

Und das war die Wiederaufnahme der Feindseligkeiten zwischen den einzelnen Clans. Die Invasion der Inneren Sphäre hatte sie zusammengebracht, hatte ihnen ein gemeinsames Ziel gegeben und zu einem allmählichen Abflauen der Bruderkämpfe geführt. Seit der Unterzeichnung des Waffenstillstands hatten die anderen Clans begonnen, den Jadefalken, deren Besatzungszone zwischen dem Vereinigten Commonwealth und dem Gebiet des Wolfsclans lag, verstärkt zuzusetzen.

Wenn es den Banditen gelungen wäre, sich bis über die Waffenstillstandslinie vorzuarbeiten und sich dann als Jadefalken zu erkennen zu geben, wären zwei Ereignisse auf der Stelle eingetreten. Erstens wäre der Krieg gegen die Innere Sphäre wieder ausgebrochen. Das hätte die Wölfe gegen ComStar und die anderen Clans gegen das Draconis-Kombinat auf den Plan gerufen. Wieder hätte die Notwendigkeit, einen gemeinsamen Feind zu besiegen, die internen Kämpfe unterdrückt, die sich für die Jadefalken zu einer Bedrohung entwickelt hatten.

Aber noch wichtiger wäre der Beweis der Jadefalken gewesen, daß selbst eine Banditeneinheit der Inneren Sphäre überlegen war. Die gegen den Waffenstillstand agitierenden Clankräfte hätten auf der Stelle ihre Unterstützung auf die Jadefalken verlagert und Ulric möglicherweise zu einem Widerspruchstest gezwungen, um den Waffenstillstand aufzuheben. Und selbst wenn es Ulric gelungen wäre, seine Position zu verteidigen, wären die Herausforderungen so massiv eingegangen, daß er gezwungen gewesen wäre, den Waffenstillstand zu widerrufen, wenn ComStar die Feindseligkeiten wieder aufnahm. Und Präzentor Martialum Focht hätte angreifen müssen, weil er die radikalen Elemente ComStars nicht länger unter Kontrolle gehabt hätte.

Bis zu diesem Erfolg aber mußten die Jadefalken inkognito auftreten, weil der ilKhan sonst einen Rückruf erzwungen hätte, lange bevor sie auch nur in die Nähe der Waffenstillstandslinie gekommen wären. Das hätte zu einem noch größeren Macht- und Prestigeverlust der Jadefalken geführt und sie möglicherweise in einen Krieg mit dem Wolfsclan verwickelt, weil sie den Befehlen des ilKhans nicht gehorchten.

Phelan kam ein anderer Gedanke. *Wenn* die Jadefalken die Rote Korsarin unterstützten, konnte die Enthüllung dieses Umstands die Clans spalten und in einen offenen Bürgerkrieg stürzen. Das wäre für die Innere Sphäre ein ganz und gar unverhoffter Glücksfall und eine praktische Garantie für das Ende der Feindseligkeiten.

Ich frage mich, wieviel ComStar über die Banditen wußte, als der Präzentor Martialum den ilKhan und den Archon zwang, dafür zu sorgen, daß Victor und ich die Rote Korsarin zur Strecke bringen. Hätte eine Jadefalken-Einheit diese Verschwörung von Jadefalken-Renegaten während der Kämpfe gegen die Banditen entdeckt, hätten sie die Tatsache verschleiert, und der Clan hätte die Sache intern geregelt. Das hätte die Verschwörer ausgeschaltet, dabei aber die Jadefalken geschwächt und intern gespalten. Das wiederum hätte ComStar sicher gefallen.

Als Khan der Wölfe und Befürworter des Friedens war Phelans Wissen um die möglichen Hintermänner der Banditen ebensoviel wert, als wären diese nie entdeckt worden. Seine Ernennung zum Verbindungsoffizier und die Wahl einer Einheit des Wolfsclans für die

Jagd nach den Banditen war die bestmögliche Lösung für ComStars Pläne. *Zumindest ist der ilKhan wachsam, was ein falsches Spiel innerhalb der Clans angeht, und die Clans werden höchstens übereinander herfallen und in die gleiche Zerstrittenheit zurückfallen, die vor dreihundert Jahren zu ihrem Entstehen führte.*

Aber wenn ComStar genug wußte, um all das zu erraten ... Phelan schauderte. *Genug! Ich sehe nur noch Verschwörungen!*

Eine am unteren Rand des Bildschirms entlanglaufende Meldung unterrichtete ihn vom Abflug der 31. Wolf-Solahma in Richtung Heimat. Phelan hätte das Schiff verabschieden müssen, aber er hatte es nicht getan, weil er dabei Conals Gesicht noch einmal hätte ertragen müssen. Er war froh, ihn los zu sein. Conal hätte mit Sicherheit das Komplott der Jadefalken gutgeheißen und sogar vorgeschlagen, die Mission der Banditen zum Abschluß zu bringen.

Phelan zuckte die Achseln. *Es ist egal. Sie sind fort. Die Rote Korsarin ist fort.* Phelan kam der Gedanke, daß ihr jemand noch mehr Menschen und Material zur Verfügung stellen konnte, aber das war unwahrscheinlich. Dieser Vorstoß hatte ihre Hintermänner bereits mehr als 20 Jäger, 103 BattleMechs und 2 Landungsschiffe der *Overlord*-Klasse gekostet. *Die Chance war es wert, aber eine Wiederholung ist es nicht mehr. Aber ich hätte sie gerne erwischt, um herauszufinden, wer noch an dieser Verschwörung beteiligt war.*

Plötzlich stieß jemand die Tür zum Büro auf. Phelan blickte hoch und sah Nelson Geist in der Türöffnung stehen. Er löschte den Bildschirm. »Der stellare Einsiedler hat seine Sternenklause verlassen, wie ich sehe.«

Geists Augen brannten mit fanatischem Eifer. »Ich kann Ihnen die Rote Korsarin liefern.«

Phelan sah ihn fragend an. »Was?«

»Ich weiß, wohin sie geflohen ist.« Geist hielt eine optische Datendisk empor wie eine Reliquie.

»Wie?«

Der Mann lachte. »Nicht wie, Ward, sondern wieviel. Wieviel ist Ihnen diese Information wert?«

»Ich lasse mich nicht erpressen, Geist.«

»Und ich lasse nicht zu, daß ich hier zurückbleibe.« Nelson fuhr sich mit den Fingern seiner verkrüppelten Hand durchs Haar. »Sie wissen, daß ich kein Verräter bin. Sie wissen, daß ich sie hasse. Versprechen Sie mir, daß ich mitkommen kann.«

»Gut gehandelt und akzeptiert.« Phelan stand auf. »Wo ist sie?«

Nelson Geists Lungen pumpten wie ein Blasebalg. »Als ich in ihrer Gewalt war, hat sie mich durch eine Computersimulation ihrer Heimatbasis geschickt. Sie zwang mich, sie zu erforschen, und hat mir versprochen, ich würde den Rest meines Lebens dort als ihr Sklave verbringen.« Der MechKrieger klopfte mit der Laserdisk auf sein Stahlarmband. »Ich habe meine Lektion gut gelernt, sogar sehr gut. Ich war zu schlau für sie.«

Er warf dem Khan die Scheibe zu. »In der Konstruktwelt habe ich den Nachthimmel ihrer Welt studiert. Ich habe Konstellationen gesucht und benannt. Ich habe zwei Wochen gebraucht, die Sternkarten aller Welten abzusuchen, die ihr Clanner erobert habt. Ich habe sie mir alle angesehen, in allen Jahreszeiten, auf beiden Halbkugeln.« Zum erstenmal, seit Phelan Nelson Geist kannte, lächelte er. Es war kein schöner Anblick. »Elissa. Dort werden wir sie finden.« Geists Lächeln wurde breiter. »Und dort wird sie sterben.«

39

Arc-Royal
Vereinigtes Commonwealth

19. September 3055

Wenn er nach oben schaute, konnte Nelson Geist die vier Landungsschiffe, mit denen das Erste Mechregiment zu den wartenden Sprungschiffen unterwegs war, gerade noch ausmachen. Er ließ seinen halbleeren Seesack zu Boden fallen und salutierte vor Phelan. »Kommandant Nelson Geist meldet sich wie befohlen zum Dienst, Sir.«

Der großgewachsene Khan begrüßte ihn mit einem kurzen Nicken. »Sie werden mit Mr. Bates eine Kabine der *Eulennest* teilen.«

Nelson hatte das Gefühl, in ein tiefes Loch zu fallen. »Bates? Aber ich dachte ...«

»Was dachten Sie, Kommandant?«

»Ich dachte, Sie vertrauen mir.«

Phelans Blick verschleierte sich, und Nelson lief es eiskalt den Rücken hinunter. In diesem Augenblick erkannte er, daß der Khan außer seinem engsten Beraterkreis und den Kell Hounds niemand vertraute. Das war das Werk der Roten Korsarin. Es machte Nelson zum Außenseiter, aber gleichzeitig machte es sie zu verwandten Seelen.

»Sie haben mir sehr nützliche Informationen geliefert, Kommandant. Ich nehme Sie mit, weil wir das als Gegenleistung für die Informationen ausgehandelt haben.« Phelans Stimme verlor etwas an Schärfe. »Und Sie kennen die Rote Korsarin. Aber *Vertrauen?* Vertrauen ist in dieser Angelegenheit eine hochbrisante Ware.«

Nelson hob den Kopf. »Werde ich einen Mech bekommen, wenn wir dort sind?«

»Nein.«

»Nein!« Nelson blieb vor Staunen der Mund offen stehen. »Aber ...«

»Sie haben verlangt, mitgenommen zu werden, mehr nicht. Ich halte mich an unsere Abmachung. Sie können mitfliegen oder nicht. Die Wahl liegt bei Ihnen.«

Die Wunschvorstellung, der Roten Korsarin in einem riesigen Kreis der Gleichen gegenüberzutreten, den er seit seinem Traum gepflegt hatte, löste sich auf. *Wem mach ich was vor?* Er versuchte, die Fäuste zu ballen, aber die halbe Hand spottete seiner Bemühungen. *Er ist Clan, sie ist Clan. Dieser Konflikt ist jenseits meiner Zuständigkeit.*

Er sah dem Wolfskhan in die Augen. »Sie hält immer noch meine Männer fest. Ich komme mit.«

Phelan trommelte mit den Fingern auf der Armlehne seines Sessels. Dan Allard saß neben ihm und grinste. »Phelan, bis wir ankommen, wird von der Lehne nichts übrig sein. Geduld ist eine Tugend.«

»Das mag sein, Oberst, aber ich fürchte, diesmal befinden wir uns in einem Wettlauf gegen die Zeit.« Phelan zerrte am Sicherheitsgurt und beobachtete den Countdown auf dem Bildschirm vor sich. Nach dem ersten Sprung aus dem System von Arc-Royal waren beide Schiffe sofort nach Yeguas weitergesprungen. Dort hatten sie eine volle Woche damit verschwendet, über die Sonnensegel die Kearny-Fuchida-Triebwerke aufzuladen, während die Lithium-Fusionsbatterien von der Ladestation am Nadirsprungpunkt des Systems mit Energie vollgepumpt wurden.

Der ältere Mann schüttelte den Kopf. »Wir haben sie wahrscheinlich schon überholt. Es gibt keine Meldung von einem Überfall auf eine Ladestation im Vereinigten Commonwealth, also ist sie ganz auf ihr Solarsegel angewesen. Vermutlich befindet sie sich noch immer im Commonwealth-Raum. Ich glaube auch nicht, daß eure Clans sie großzügiger behandeln werden als das Ver-

Com. Wir werden einen Monat vor ihr auf ihrer Heimatbasis eintreffen.«

Phelans Miene blieb ausdruckslos. *Es sei denn, die Jadefalken helfen ihr.* Er trommelte weiter auf der Lehne. »Ich hoffe, du hast recht. Ich will ihr keine Gelegenheit geben, ihre Einheit wiederaufzubauen, sich neu zu bewaffnen und zurückzukommen. Elissa wird von einer Pazifistensekte bewohnt, der sogenannten Gemeinschaft der Erben. Ihre Mitglieder verzichten auf jede Technologie. Sie leben als einfache Bauern in kleinen, über die ganze Welt verteilten Dorfgemeinschaften. Clan Wolf unterhält nicht einmal eine Garnison dort. Aber es besteht die Möglichkeit, daß der Planet ein Sternenbunddepot beherbergt, das die Rote Korsarin als Nachschubquelle benutzt ...«

»Wenn dem so ist, greifen wir auf Plan B zurück. Die Kell Hounds legen eine Blockade um Elissa, und du holst deine Galaxis und vernichtest sie. Auf jeden Fall ist sie erledigt.«

Drei Glockenschläge hallten durch die *Eulennest*. Phelan zwang sich zu entspannen, als der Countdown bei Null ankam und das Universum plötzlich auf ihn einstürzte. Schwärze wirbelte aus einer Senke um seine Füße auf wie zwei gigantische Wogen von Finsternis, die aufeinander zurasten. Sie wurden größer und größer, bis sie über seinem Kopf aufeinandertrafen.

Die Blase, in der er gefangen war, begann sich aufzulösen, als der erste Sprung vorüber war, aber mit dem zweiten Sprung implodierte sie. Die dickflüssige Finsternis stürzte auf ihn herab. Er hatte das Gefühl zu ertrinken. Die Rote Korsarin, Ulric, Conal, Victor, Ranna und Vlad wirbelten um ihn herum. Millionen von Verschwörungen zogen sich durch die Dunkelheit, und die Bedeutung schnellsten Handelns donnerte durch seinen Schädel. Der zweite Sprung war vorüber. Phelan schüttelte den Kopf, um wieder klar zu werden. Auf dem Bildschirm stand das Jadefalkensymbol. An seiner Stelle schien das Gesicht eines gelangweilten Clansmannes. »Ladestation Alyina.«

Phelan setzte sich auf und löste den Gurt. Er zupfte an seiner Uniformjacke. »Ich bin Khan Phelan Ward von den Wölfen. Lade diese beiden Schiffe unverzüglich auf.«

Der KommTech schien überrascht, dann verdüsterte sich seine Miene. »Sie stehen nicht auf meinem Plan, Khan Phelan Ward.«

»Wir sind in einer dringenden Mission für den ilKhan unterwegs. Führe meinen Befehl aus.«

Der Kopf des Mannes fuhr hoch, und Phelan erkannte augenblicklich, daß er zu weit gegangen war. »Ich stehe nicht in Verbindung mit dem ilKhan, und die Autorisierung, die Sie benötigen, kann ich nicht geben. Ich werde Sie weiterverbinden.«

Auf dem Schirm erschien wieder das Logo, und Phelan schlug mit der Faust auf die Sessellehne. »Verdammt.«

Dan sah ihn fragend an. »Ist das schlimm?«

Phelan zuckte die Achseln. »Der Mann ist ein Mitglied der Technikerkaste. Er hätte mir gehorchen müssen. Sein Vorgesetzter ist ohne Zweifel ein Krieger.«

Das Logo verschwand wieder und machte dem Gesicht eines Jadefalken Platz. Am breiten Hals und den wuchtigen Schultern seines Gesprächspartners erkannte Phelan einen Elementar. »Ich bin Sterncolonel Taman Malthus. Ich habe den Befehl über Alyina und seine Ressourcen.«

»Ich bin Khan Phelan Ward und ich brauche ...«

Der Mann hob eine riesige Hand. »Die Art Ihrer Forderungen ist mir bekannt, Khan Phelan Ward. Ich befürchte, es sind Jadefalken-Schiffe unterwegs, die vorrangigen Anspruch auf die Dienste der Ladestation haben.«

»Wir sind in einer Mission für den ilKhan unterwegs!«

Der blauäugige Elementar zuckte die Achseln. »Ich habe keinen Befehl, Ihnen zu helfen, und ich bin keiner Ihrer Welpen, der sofort springt, nur weil ein Wölfchen es verlangt.«

Dan Allard lehnte sich zu Phelan hinüber. »Vielleicht können wir dem Sterncolonel die Situation im direkten Gespräch erklären ...«

Malthus runzelte die Stirn. »Wenn Sie sich mit dem Gedanken tragen, Alyina anzugreifen, werde ich mich mit allem zur Wehr setzen, was ich zur Verfügung habe. Meine erste Aktion wird darin bestehen, die Ladestation zu vernichten, so daß sie nichts gewinnen.«

»Ganz ruhig.« Phelan hob beschwörend die Hände. »Was Oberst Allard meinte, war ...«

»Allard?« Malthus' blaue Augen verengten sich mißtrauisch. »Er ist ein Allard?«

Phelan schaltete die Kamera des Visiphons um und brachte Dan mit ins Bild. Er sah den älteren Mann an und deutete auf den Schirm.

Dan lächelte Malthus entwaffnend an. »Ich bin Oberst Daniel Allard von den Kell Hounds.«

Der Elementar starrte einen Augenblick wortlos vom Schirm. »Kennst du Kai Allard-Liao?«

Dans Lächeln wurde zu einem breiten Grinsen. »Allerdings. Er ist mein Neffe, der Sohn meines verstorbenen Bruders.«

Malthus nickte. »Ich kenne ihn. Ich habe ihn gejagt. Ich habe an seiner Seite gekämpft.«

»Er spricht nicht viel über seine Erlebnisse auf Alyina.« Dans Miene wurde ernst. »Es war keine leichte Zeit für ihn.«

»Er hat Grund, stolz auf diese Zeit zu sein«, erklärte Malthus. »Ich habe einen Allard kämpfen sehen. Auf die Möglichkeit hin, daß er es von dir gelernt hat, werde ich die gewünschten Ladungen gegen das Versprechen eines friedlichen Abflugs von Alyina genehmigen.«

»Gut gehandelt und akzeptiert. Ich werde Kai erzählen, daß wir uns unterhalten haben.«

Der Elementar nickte. »Sag ihm, ich bin stolz, ihn zu meinen Kameraden zählen zu können.«

Von allen Mitgliedern der Einsatztruppe war Nelson Geist sicherlich der einzige, der sich über die zusätzliche Woche Flugzeit während des Umwegs durch den Jadefalken-Raum und die Wolfsclan-Besatzungszone freute. Der Umweg erzwang zwei zusätzliche Sprünge und lieferte Nelson, was er brauchte: Zeit.

Während des Flugs arbeitete Chris Kell mit ihm an den Gefechtssimulatoren, um ihn wieder fit zu machen. Das Trainingsprogramm, das Nelson sich auferlegte, war brutal. Bates und Kell mußten ihn drängen, mehr zu schlafen und regelmäßig zu essen. Sie hielten ihn für besessen, aber sie waren seine Verbündeten geworden und halfen ihm, wo es ging, seine Pilotenfähigkeiten zu verbessern.

Zusammen schmiedeten sie einen Plan von simpler Eleganz. Nelson setzte ein Dokument auf, in dem er seinen Posten bei der Kooken-Miliz aufgab. Anschließend bot ihm Chris Kell einen Vertrag bei den Kell Hounds und überzeugte Dan Allard, ihn zu unterschreiben. Aus Kommandant Nelson Geist wurde Kommandanthauptmann Nelson Geist, taktischer Berater der Kell Hounds.

Mit dem unterzeichneten Vertrag in der Hand konnte Nelson seine Freude nicht mehr unterdrücken. »Meine Enkel wären begeistert, wenn sie wüßten, daß ich bei den Hounds bin. Ich werde ihnen einen Spielkameraden suchen müssen, damit sie beide kleine Kell-Hounds-Armeen in die Schlacht führen können.«

Chris nickte. »Bring sie nach Arc-Royal. Da werden sie eine Menge Kinder finden, mit denen sie spielen können — allerdings vermute ich, daß sie *alle* die Hounds bevorzugen.«

Nachdem der Papierkrieg erledigt war, trat Nelsons

Training in die heiße Phase. Sobald es eine Lücke im Ersten Regiment gab, würde Chris darauf drängen, ihm den Posten zu geben. Er deutete sogar an, er wolle mit einem anderen Piloten der Einheit die Position wechseln, um einen *Kampftitan* zu bekommen, und Nelson als Bordschützen mitnehmen.

Nelson dankte Chris dessen Vertrauen, wenn sie nicht gerade trainierten oder schliefen. Während des Flugs wurden die BattleMechs des Ersten Regiments weiter repariert. Nelson, Bates und Chris arbeiteten lang und hart daran, neue Panzerplatten auf den *Donnerkeil* zu schweißen und die auf Arc-Royal beschädigte interne Struktur des Mechs zu verstärken.

Die Reparaturarbeiten wurden rechtzeitig zum letzten Sprung nach Elissa abgeschlossen. Chris traf sich mit den anderen Söldneroffizieren zu einer letzten Besprechung in der Kabine des Khans. Er versprach, sich für eine Beteiligung Nelsons an den Kämpfen auf Elissa einzusetzen, und so überraschte es Nelson nicht, als der Khan ihn zu sich rief.

Als er die Kabine betrat, erkannte er sofort, daß Christians Vorstoß abgeschmettert worden war. Der Khan begegnete Nelsons Blick ohne Probleme, aber Chris sah zur Seite und schüttelte den Kopf. »Sie haben mich rufen lassen, Khan Phelan?« Nelson stand bequem, mit stolz erhobenem Haupt.

»Ich beglückwünsche Sie zu Ihren Anstrengungen, Kommandanthauptmann, und wünschte, mehr Krieger besäßen Ihren Mut und Ihre Energie. Ihr Antrag, an Bord eines BattleMechs zu dienen, ist abgelehnt.« Die strenge Miene des Khans lockerte sich etwas. »Das bedeutet jedoch nicht, daß ich Ihr Können nicht anerkenne. Ich werde Archon-Prinz Victor Steiner-Davion in einem Brief davon in Kenntnis setzen und ihm nahelegen, Sie wieder ihn Dienst zu nehmen.« Der Khan sah sich zu Dan um. »*Vorausgesetzt* Oberst Allard entscheidet sich, Sie ziehen zu lassen.«

»Danke, Sir.« Nelson hatte einen Kloß in der Kehle. »Ist das alles, Sir?«

»Nein.« Phelan lehnte sich über den Schreibtisch. »Wir springen in weniger als zwei Minuten nach Elissa. Gibt es irgend etwas, das Sie uns noch nicht mitgeteilt haben?«

Nelson schüttelte den Kopf. »Sie wissen alles.«

»Sehr schön.« Der Khan deutete auf einen Sessel. »Setzen Sie sich. Wir springen gleich.«

Nelson und die übrigen Offiziere schnallten sich an. Chris drückte seine Schulter. »Tut mir leid. Ich hab's versucht.«

Nelson nickte. »Ich weiß. Ich hoffe, dein Training gegen mich hilft dir, das zu erledigen, was ich nicht selbst in die Hand nehmen kann.«

»Mein Finger wird auf dem Feuerknopf liegen, aber dein Geist wird ihn drücken.«

Drei Glockentöne erklangen. Der letzte verhallte in der Ewigkeit, die Nelson verschlang, als das Schiff in den Hyperraum eintauchte. Er fühlte, wie er immer weiter gedehnt und gestreckt wurde, bis er nur noch ein Atom dick war. Er hatte Angst, zerrissen zu werden. Die Angst ertrank in dem Bedauern darüber, sich nicht an der Roten Korsarin rächen zu können. Plötzlich formte er sich um dieses Bedürfnis nach Rache neu, und als seine Atome sich wieder sammelten und ihm einen Körper schenkten, war ihm klar, daß er nur zu einem Zweck dem Vergessen entkommen war: um die Rote Korsarin zu töten.

Nichts und niemand kann mich davon abhalten.

Seine Sicht klarte auf, und er sah den Khan, der konzentriert auf den Bildschirm vor sich starrte. »Anruf von Elissa, mein Khan«, hörte er einen KommTech sagen.

Der Khan sah sich unter den versammelten Offizieren um. »Man scheint uns erwartet zu haben. Soviel zum Überraschungsmoment.« Er betätigte eine Taste. »Laß sehen.«

Oh, es gibt ein Überraschungsmoment, aber es ist auf deren Seite. Auf dem leeren Schirm erschien das Gesicht Conal Wards. »Khan Phelan Ward, mit welchen Einheiten werden Sie Elissa angreifen?«

Phelan ließ sich, offensichtlich geschockt, zurücksinken. »Ist das deine Vorstellung von einem Witz, Conal?«

»Mit welchen Einheiten werden Sie Elissa angreifen?«

Nelsons Gedanken wirbelten. *Die 31. Wolf-Solahma hat Arc-Royal verlassen, bevor ich dem Khan mitgeteilt habe, wo das Versteck der Roten Korsarin liegt. Conal kann diese Information nur von ihr erhalten haben, also steckt er mit ihr unter einer Decke. Aber sein Khan ist ihr Gegner. Wie ist das möglich?*

Nelson hörte den unverhüllten Zorn in Phelans Stimme. »Sterncolonel Conal Ward, ich bin dein Khan. Ich befehle dir, Elissa zu verlassen und mir die Rote Korsarin auszuhändigen.«

»Nein.«

»Du bist dir bewußt, daß du Hochverrat begehst, Sterncolonel.«

Conal schüttelte den Kopf. »Bei allem Respekt, mein Khan, aber Sie sind es, der eine Streitmacht der Inneren Sphäre anführt, um einen Planeten des Wolfsclans zu erobern. Ich verteidige diese Welt gegen Ihren Verrat.«

Phelan beugte sich vor. »Willst du es wirklich so haben, Conal? Wenn ja, werde ich dafür sorgen, daß alle deine Nachkommen getötet und deine DNS aus allen Zuchtprogrammen entfernt wird.«

Conal wurde bleich, aber seine Miene verhärtete sich zu einer Maske puren Hasses. »*Vielleicht* können Sie Ihre Drohung wahrmachen, Khan Phelan, *wenn* Sie mich besiegen. Ich werde Elissa mit der 31. Wolf-Solahma verteidigen. Ich bitte Sie, auf den Einsatz Ihrer Luft/Raumjäger zu verzichten.«

Der Khan schüttelte den Kopf. »Nein, Conal. Du hast dir diese Suppe eingebrockt, jetzt ersticke daran. Wir werden mit allem angreifen, was wir haben. Du bist viel zu weit gegangen, Conal, und du wirst dafür bezahlen.«

Der andere ClanKrieger setzte ein sarkastisches Grinsen auf. »Die Geschichte schreiben die Sieger, Khan Phelan. Denk daran, und hoffe darauf, daß ich großzügig bin, wenn ich deinen Nachruf schreibe.«

40

Elissa
Wolfsclan-Besatzungszone

25. Oktober 3055

Phelan zog die Kühlweste über und ließ die Verschlüsse einschnappen. Er deutete auf die Hologrammkarte des Tals, in das sie unterwegs waren. »Conal wird uns hier erwarten, am Nordende des Tals. Die Siedlung hier im Süden scheint verlassen. Wir haben aber Hinweise auf ein großes subplanetares Labyrinth — sowohl aufgrund unserer Ortungen wie auch der Information, die Geist uns über die Konstruktwelt gab, durch die ihn die Rote Korsarin gehetzt hat.« Er sah zu Christian Kell hoch. »Geist hat den Plan der Stadt bestätigt?«

Chris nickte. »Er stimmt überein.«

Evantha deutete auf die Karte. »Wie stehen die Chancen, daß Conal die Siedlung auf die gleiche Weise vermint hat, wie wir es mit Denton getan haben?«

»Gute Frage.« Phelan schnallte seine Pistole um und beugte sich vor, um das Holster am rechten Oberschenkel festzubinden. »Ich würde sie für gering halten. Er will, daß wir in seiner Nähe landen, also haben wir keinen Grund, in die Stadt zu stürmen. Aus demselben Grund erwarte ich keinen Hinterhalt durch eine dort versteckte Streitmacht.«

Der junge Khan sah hinüber zu Carew und Caitlin. »*Wenn* Truppen uns aus der Stadt angreifen, schlagt ihr zu. Conal wollte nicht, daß ihr am Gefecht teilnehmt. Ich will euch auf Gefechtspatrouille, damit ihr im Notfall eingreifen könnt. Außerdem sollt ihr ihm Sorgen machen.«

Chris runzelte die Stirn. »Warum bombardieren wir sie nicht einfach in Grund und Boden?«

Phelan knirschte mit den Zähnen. *Er hat recht, das*

würde die Sache vereinfachen. »Weil diese Truppen trotz allem Mitglieder des Wolfsclans sind. Ich will sie nicht töten, wenn es sich vermeiden läßt.«

Dan Allard strich mit der Hand durch die Bergkette hinter den Reihen der Wolf-Solahma. »Diese Berge sind von Bergwerksanlagen durchzogen. Wenn Conal seine Leute hineinführt, wird es viel Blut kosten, sie auszuräuchern.«

»Dann hungern wir sie aus. Meine Hauptsorge gilt der Roten Korsarin.« Phelan zog die Pistole und lud sie durch, bevor er sie zurücksteckte. »Wir werden Conal besiegen, die Rote Korsarin gefangennehmen und abfliegen.«

Die *Eulennest* bebte etwas, als sie in die Atmosphäre eintauchte. Phelan betrachtete die Männer und Frauen in dem kleinen Besprechungsraum. Ob alt oder jung, sie wußten, worauf sie sich einließen. Er spürte keine Angst, nur Ungeduld. »In einer Stunde setzen wir auf. Noch irgendwelche letzten Fragen?«

Chris hob die Hand. »Wollen Sie Kommandanthauptmann Geists Strafe nicht noch einmal überdenken?«

»Chris, er hat die Seiten gewechselt. Er hat auf *unsere* Leute geschossen.« Phelan schüttelte den Kopf. »Ich kann ihm keinen Mech geben.«

»Mir scheint, er ist nicht der erste, der auf Einheiten seiner eigenen Nation gefeuert hat, Vetter.«

Die Verbitterung in Christians Stimme traf Phelan tief. Er nickte. »Stimmt, Vetter, ich habe die Seiten gewechselt und auf Krieger der Inneren Sphäre geschossen. Wenn ich an seiner Stelle wäre, würdest du mir einen Mech geben?«

»Touché, Phelan. Ich halte es für einen Fehler, aber es ist deine Entscheidung.«

Phelan warf ihm ein Lächeln zu. »Du hast wahrscheinlich recht. Aber ich bedaure lieber, einem loyalen Mann die Waffen verwehrt zu haben, als daß ich einen Verräter ins Cockpit eines Mechs setze.«

»Akzeptiert.«

»Auf die Gefechtsstationen.« Phelan schaltete die Hologrammkarte ab. »Wir haben unser Wild gefunden, jetzt müssen wir es zur Strecke bringen.«

Nelson Geist legte die Hand an die Stirn, um seine Augen abzuschirmen. »Wo? Ich seh sie nicht.«

Neben ihm, auf dem Bug des geparkten Schwebers, den sie in der *Eulennest* ausgeborgt hatten, stand Bates und deutete durch eine Lücke zwischen den Bataillonen Alpha und Beta. »Da ist sie. Ein roter *Kampftitan.*«

Nelson kniff die Augen zusammen und versuchte, durch die vor Hitze flimmernde Luft und die von den vorrückenden Mechs aufgewirbelten Staubwolken etwas zu erkennen. »Ich seh noch immer nichts.« Er grub den Ellbogen in Bates' Seite. »Geben Sie mir mal Ihr Fernglas.«

Bates hob den Riemen über den Kopf und reichte Nelson den schweren Feldstecher. Nelson wischte den Schweiß vom Rand der Augenmuscheln und hob ihn ans Gesicht. Während er ihn, so gut es mit seiner verkrüppelten Hand ging, ruhig hielt, stellte er das Glas mit dem rechten Zeigefinger scharf.

Die Kell Hounds, deren Mechs an den Beinen schwarz und an Torso und Armen rot lackiert waren, kehrten ihnen den Rücken zu. Im Zentrum ihrer Schlachtreihen sah er eine Gruppe schwarzer Maschinen. Das waren der Khan und sein Stern. Halb von den Staubwolken verschluckt, die von den gigantischen Kriegsmaschinen aufgewirbelt wurden, verstärkten die Elementare Evanthas die westliche Flanke der Söldnerformation.

Nelson blickte durch die Lücke, die Bates ihm gezeigt hatte, an den Söldnern vorbei auf die Reihen der 31. Wolf-Solahma. Ihre Mechs waren in einem matten Olivgrün gehalten, das er zwar für annehmbar martialisch hielt, das aber nichts hermachte. Obwohl die Einunddreißigste Solahma eine Clan-Einheit war, wurde sie vom Khan und seinem Volk verachtet. Wenn man eine Truppe nach der Sorgfalt beurteilten konnte, mit der ihre Mechs herausgeputzt waren, konnte man die Solahma nur als den letzten Dreck bezeichnen.

Nelson vermutete, daß sie in den Augen ihres Khans noch tiefer sanken, weil sie in Begleitung von vier anderen BattleMechs antraten. Drei der Maschinen erkannte er nicht, aber das rotgoldene Flammenmuster ihrer Bemalung kennzeichnete sie als Banditen. Die letzte Maschine aber kannte er, sogar sehr genau. *Sie ist also tatsächlich hier. Ob sie sich wohl fragt, wo ich bin?*

»Sehen Sie sie jetzt?«

Nelson nickte. Einen Augenblick verlor er sie aus den Augen, dann fand er sie wieder, als ihr Mech sich in Bewegung setzte. Er glaubte, ein kurzes Zögern zu bemerken, als der *Kampftitan* sich den Kell Hounds näherte. Die Maschine bewegte sich nicht mit der eleganten Leichtigkeit, die sie unter der Hand der Roten Korsarin unweigerlich gezeigt hatte. *Was geht da vor? Sie* muß *da sein. Das* muß *sie sein.*

Nelson senkte den Feldstecher und rieb sich die Augen. Als er ihn wieder hob, sah er, wie der *Kampftitan* die rechte PPK auf die anrückenden Söldner richtete und nach einer übersteuerten Drehung zurückholte. *Mein Gott ...*

Nelson reichte Bates das Fernglas. »Ja, ich sehe sie.«

Sein Bewacher griff nach dem Glas. Er sah Nelsons Knie nicht in die Höhe zucken. Es traf ihn zwischen den Beinen. Der Schlag raubte ihm den Atem. Dann schlug Nelson ihm das Fernglas gegen die Schläfe. Bates kippte vom Schweber und fiel bewußtlos zu Boden.

Nelson sprang neben ihn und legte ihm den Feldstecher auf die Brust. »Tut mir leid, mein Freund, aber Sie hätten es nicht verstanden.« Er sprang in den Schweber und zog die Schrotflinte aus der Halterung an der linken Seite des Fahrzeugs. Er legte sie neben sich auf den

Beifahrersitz, startete den Motor und raste in Richtung der Siedlung davon.

Phelan war klar, daß sein Mech schon im ersten Schußwechsel ein für die Vernichtung markiertes Ziel war. Er war für einen leichten Mech gut gepanzert, aber im Vergleich zu dem *Gargoyle* Conals war er nackt. Conals Maschine war ein OmniMech — Top-Clanmaterial, wie der *Kriegsfalke* Rannas. Schon ein einziger Treffer aus nahezu jeder Waffe Conals reichte aus, dem *Wolfshund* einen Arm oder ein Bein wegzuschießen.

Der Rest der 31. Solahma hatte BattleMechs, die denen der Kell Hounds in etwa ebenbürtig waren. Da die Einundreißigste für den Kampf gegen Banditen bestimmt war, hatten die Clans keinen neuen Mech auf sie verschwendet. Conals OmniMech war ein Überrest seines einstigen Ruhms.

Die Kampflinien lagen nur einen Kilometer auseinander. Über Phelans Hilfsmonitor liefen die Bereitschaftsmeldungen ein. Die Hounds waren bereit. Er rückte die Pistole zurecht. Er war es auch. Er schaltete das Funkgerät ein.

»Conal Ward, ich entziehe dir den Befehl über die 31. Wolf-Solahma. Du wirst dich auf der Stelle bei mir melden. Du wirst wegen Insubordination und Befehlsverweigerung bis zu deiner Aburteilung unter Arrest gestellt. Alle Krieger unter deinem Befehl können einer Strafe entgehen, wenn sie sich auf der Stelle von dir lossagen.«

Er schaute auf die Hologrammanzeige, aber wie erwartet bewegte sich bei den Wölfen auf der anderen Seite nichts. Er bemerkte Conal in der Mitte der gegnerischen Formation. Die Rote Korsarin trat neben ihn. »Es muß nicht so enden, Conal.«

Conals verächtliches Gelächter hallte durch Phelans Neurohelm. »Ich habe mich geirrt, als ich dich einen Wolf nannte, Phelan. Du bis noch immer ein Weichling aus der Inneren Sphäre. Kein Wolf hätte mir ein zweites Mal eine Chance zur Kapitulation gegeben. Wenn du ein echter Wolf wärst, wäre einer von uns schon tot.«

Phelan schaltete um auf Tak1. »Es ist soweit.«

Nelson Geist lenkte den gestohlenen Schweber durch die Straßen, über die er vor ewigen Zeiten gewandert war. Die Stadt war nicht so sauber und aufgeräumt, wie er sie in der Simulation kennengelernt hatte, aber er fand sich augenblicklich in ihr zurecht. Er schauderte. Schweiß brach aus seinen Poren. Er hielt den Wagen an, stieg aus und erbrach sich.

Er sank auf Hände und Knie nieder, und seine Brust hob und senkte sich hektisch, während er von Magenkrämpfen geschüttelt wurde. Er zwang sich zur Beherrschung. *Ich bin mit einem Ziel hierhergekommen.* Er wischte sich den Mund ab. *Sie hat mich verachtet. Für sie war ich ein Schwächling. Ich* bin *kein Schwächling!*

Er packte den Rand des Schwebers und zog sich auf die Füße. Nach ein paar Sekunden hob er die Repetierflinte aus dem Wagen und lud durch. Sie baumelte an ihrem Pistolengriff in seiner Rechten, als er über den freien Vorplatz auf das Hauptgebäude zuging. »Ich weiß, wo du steckst. Jetzt habe ich dich. Du gehörst mir.«

Die Sturmlanzen der Kell Hounds drangen in die Lücke zwischen den Kontrahenten vor, während ihre Artillerielanzen eine Raketensalve nach der anderen über sie hinweg feuerten. Chris Kell kämpfte gegen den Rückstoß, der seinen vorstürmenden *Donnerkeil* zur Seite drücken wollte, als die LSR-Lafette auf der Schulter des Mechs eine Salve von fünfzehn Raketen ausspie. Er hielt das Fadenkreuz sicher auf den *Clint,* den er sich zum Ziel ausgesucht hatte, und feuerte mit dem schweren Extremreichweitenlaser und den drei mittelschweren Impulslasern in seinem Arsenal.

Bei dieser Entfernung verfehlten zwei Impulslaser ihr Ziel, aber der dritte schnitt eine Bresche in die rechte Armpanzerung des *Clint.* Halb geschmolzene Panzerplatten fielen zu Boden und legten Metallknochen, synthetisches Muskelgewebe und den komplexen Mechanismus einer Partikelprojektorkanone frei. Der schwere Laser des *Donnerkeil* stieß mit einem grünleuchtenden Energiestrahl in die Brustpartie des *Clint* und kochte bis auf eine minimale Restschicht dessen Panzerung ab.

Vier der Raketen, die Chris abgefeuert hatte, schlugen an derselben Stelle ein, sprengten die Panzerungsreste ab und richteten internen Schaden an. Als ein paar andere Raketen die Panzerung am rechten Bein der Maschine verwüsteten, glaubte Chris, sie wanken zu sehen, aber der Pilot hielt sie aufrecht.

Das Gegenfeuer des *Clint* traf den *Donnerkeil* schwer. Die PPK zerstörte fast eine Tonne Panzerung an der linken Torsoseite des Mechs. Die beiden Impulslaser im Torso des Solahma-Mechs konzentrierten ihr Feuer auf die Taille des *Donnerkeil.* Sie schnitten brodelnde Breschen in die Panzerung über dem Herz des Kampfkolosses, brachen jedoch nicht durch. Chris konnte den Mech trotz der Gewichtsverluste im Gleichgewicht halten und stürmte weiter vor.

Nelson Geist spuckte auf den Fliesenfußboden des schummrig beleuchteten Korridors. Hier, unter der Oberfläche Elissas, war es drückend heiß, und das Hemd klebte ihm am Körper. Salziger Schweiß rann ihm über die Schläfen und bis auf die Lippen. Er leckte ihn ab und wischte sich die verkrüppelte Hand am Hosenbein ab, bevor er sie wieder ans Magazin der Waffe legte.

Während er den Gang hinab auf den verbotenen Korridor zuschlich, spielte ein nervöses Lächeln über sein Gesicht. *In einem Mech hätte ich jetzt eine Kühlweste und wäre knochentrocken, obwohl es im Cockpit viel heißer wäre als in diesem Gang.* Er vergewisserte sich zum hundertsten Mal, daß die Waffe entsichert war.

Als er um die Ecke ging, fühlte Nelson, wie sich seine Kehle zuschnürte. Panik drohte ihn zu überwältigen. Eine Sekunde lang bildete er sich ein, jemand hätte ihm den Schockkragen wieder um den Hals gelegt. Mit der verkrüppelten Hand riß er daran, aber seine Finger fanden nur Haut. Der Schmerz, mit dem sich die Fingernägel in den Hals gruben, brachte ihn wieder zu sich. Er lehnte sich an die Wand. *Diesmal wird dich nichts aufhalten.*

Er wischte sich den stechenden Schweiß aus den Augen und setzte seinen Weg zum Ende des Ganges fort. Dort erwartete ihn ein geschlossenes Doppelportal, wie in der Simulation. *Fast geschlossen,* korrigierte er sich. Ein schmaler Streifen gelben Lichts schimmerte zwischen den Türflügeln. Seine Stimmung hob sich, aber er biß die Zähne zusammen, um einen Triumphschrei zu unterdrücken.

Schritt für Schritt, Meter um Meter bewegte er sich lautlos vorwärts. Er zwang sich, durch die Nase zu atmen und schnupperte, ob er in der muffigen Luft einen Hauch von ihr entdeckte, aber er roch nur Erbrochenes und Schweiß. Wenn er ausatmete, regneten die Schweißtropfen, die unter seiner Nase hingen, auf seine Hände.

Als er sich den Türen näherte, hörte er es zweimal klicken. Er blickte sich um, ob etwa Wachtposten aufgetaucht waren, die ihn kurz vor Erreichen seines Ziels noch abfingen. Er sah niemand. Dann wurde ihm klar, daß die Geräusche aus dem Raum vor ihm gekommen waren. Er rief sich den Klang ins Gedächtnis und suchte nach einer Waffe, die dieses Geräusch machte. *Das klang mehr wie das Öffnen von Aktenkofferschlössern.*

Nelson atmete noch einmal tief durch, dann drückte er leise den linken Türflügel auf. Während seiner Zeit auf der *Tigress* und in zahllosen Alpträumen seither hatte er sich die unglaublichen Schrecken ausgemalt, die hinter diesen Türen lagen. Folterkammern, Schreckensgalerien, ein Trophäenraum mit Körperteilen der Opfer der Roten Korsarin, die fehlende Hälfte seiner Hand auf einem Ehrenplatz.

Aber nichts von dem, was er sich in seinen bösartigen Fieberträumen ausgemalt hatte, reichte an die furchtbare Wirklichkeit heran.

Als er den Raum betrat, drehte die Rote Korsarin am Kopf des Stahlzylinders, den sie in den kantigen Wandmechanismus eingeschoben hatte. Die schwarzgelben Sicherheitssiegel rissen ab, und der Zylinder rastete ein. Sie warf die Siegel beiseite und lachte, als sie aufblickte und ihn bemerkte. »Ich dachte mir, daß du es sein würdest.«

Nelsons Blick wanderte von ihr zu dem Aktenkoffer auf dem Schreibtisch vor ihr und dann zu dem Mechanismus in der Wand. Das Warnsymbol auf dem Kofferdeckel kannte er noch gut aus der Zeit seiner Kadettenausbildung. Er konnte nicht in den Koffer sehen, aber er wußte, daß er eine weiche Schaumstoffüllung mit einem ausgestanzten Bett für den Zylinder enthielt. Sein Instrukteur hatte es knapp, aber treffend erklärt: »Atombombenzünder sind nicht dafür gebaut, durch die Gegend geschleudert zu werden.«

Eine Atombombe? Sie würde das ganze Tal zerstören, mit allem, was darin lebt. Sie ist wahnsinnig!

»Ich bin's.« Nelson bewegte die Flinte, und die Rote Korsarin hob die Hände. »Es ist vorbei.«

Die Rote Korsarin schüttelte den Kopf. »Du wirst mich nicht töten, Nelson Geist.«

»Nein? Du baust hier eine Atombombe zusammen, die alles Leben in diesem Tal auslöschen wird, mit Ausnahme von dem in den Bunkeranlagen unter den Bergen. Du bist mehr als wahnsinnig, du bist böse. Es gibt nichts, das mich davon abhalten könnte, dich zu töten.«

danforth 92

Sie lächelte. »Ich liebe dich, Nelson Geist.« Ihre Hände sanken langsam auf die Kühlweste über ihrem Bauch. »Ich trage dein Kind.«

Vom ersten Schußwechsel an entwickelte sich die Schlacht genau so, wie es Phelan erwartet hatte. Die 31. Wolf-Solahma war auf dem Rückzug, noch bevor sich die Lücke zwischen den beiden Einheiten geschlossen hatte. Sie wollte sich offensichtlich in ihre Bergfestung zurückziehen und von dort weiterkämpfen, aber Conal hatte sich mit seinen Truppen zu weit vorgewagt. *Er muß vergessen haben, daß die Hounds mit denselben Waffen ausgerüstet sind wie wir — Waffen, die sie nach der Schlacht um Luthien aus den Maschinen der Nebelparder und Novakatzen geborgen haben.*

Das war die Lösung des Rätsels. Conal hatte sich aus Dummheit zu weit aus der Deckung gewagt. Er hatte erwartet, die vorrückenden Kell Hounds mit ein paar Salven über weite Distanz bremsen und sich dann geordnet in die Berge zurückziehen zu können. Weil er zu arrogant gewesen war, seine Aktionen bei der Jagd auf die Banditen mit den Kell Hounds zu koordinieren, hatte er keine Ahnung, wozu sie in der Lage waren. *Deine blöde Arroganz ist der Grund, aus dem wir diesen Waffenstillstand brauchen. Wenn wir nicht lernen, die Innere Sphäre zu respektieren, wird sie uns vernichten.* Der Khan sah Conals Mech zurückweichen, aber er hielt an, als ein Hagel von LSR den *Kampftitan* der Roten Korsarin in die Knie zwang. Der *Gargoyle* stellte sich zwischen den gestürzten *Kampftitan* und die Reihen der Kell Hounds.

Der *Gargoyle* hob beide Arme und kreuzte sie in der Clan-Geste der Herausforderung über den Kopf. »Ich bin noch unbeschädigt, Khan Phelan. Willst du gegen mich antreten?« Hinter ihm brachen die Reihen auf, und die Mechs der Einundreißigsten rannten in die Bunker.

Phelan öffnete sämtliche taktischen Frequenzen. »Was bietest du, wenn ich gewinne?«

»Meine Leute werden sich ergeben.«

»Sie werden sich daran halten?«

»Das werden sie, Khan Phelan.«

Phelan kniff die Augen zusammen. *Du bist ein betrügerischer, verräterischer Hundesohn. Du hast bei meinem letzten Blutnamenskampf betrogen und in der Inneren Sphäre beinahe soviel Schaden angerichtet wie die Rote Korsarin.* Auf Phelans Konsole flackerte ein Warnlicht, und sein Sekundärschirm meldete eine kodierte Richtstrahlsendung aus Conals Mechs in die Siedlung. *Du planst irgend etwas, aber Carews und Caitlins Piloten sind darauf vorbereitet, einen Hinterhalt zu vereiteln.* Phelan befahl dem Computer, beim Eintreffen einer Antwort auf derselben Frequenz zu fiepen. Dann antwortete er.

»Gut gehandelt und akzeptiert, Conal.« Der Khan grinste, als er seinen Mech in Bewegung setzte. *Du hast deinen Trick, und ich habe meinen. Wer wird es schaffen, den anderen hereinzulegen?*

»Mein Kind?«

Während Nelson die Worte aussprach, sprang die Rote Korsarin zum Schreibtisch. Nelson riß die Flinte hoch und zog den Abzug durch. Die erste Schüttladung traf ihre linke Schulter und schleuderte sie herum. In ihrer rechten Hand tauchte eine Maschinenpistole auf, die sie im Aktenkoffer versteckt gehalten hatte.

Ohne nachzudenken lud Nelson nach und feuerte. Aus dem Lauf ihrer Maschinenpistole schlugen Flammen, dann traf sein zweiter Schuß die Waffe und zerfetzte ihren rechten Unterarm. Sie wurde nach hinten gegen die Wand geschleudert und sackte zu Boden. Blutspuren markierten die Stelle, an der sie aufgeschlagen war.

Nelson rang nach Luft. Er hielt es für Auswirkungen des Schocks, dann schmeckte er Blut. Er schaute nach unten und sah zwei Löcher in seinem Hemd. Die Schmerzen kamen, als er die Waffe fallen ließ und den rechten Arm auf die Wunden preßte. Aber als er den Arm wieder wegzog, wurden die Schmerzen noch schlimmer.

Er machte einen Schritt vorwärts, dann noch einen. Es wurde dunkel um hin, aber Nelson weigerte sich, ohnmächtig zu werden. Er preßte den Arm fest auf den Körper, streckte die verkrüppelte Hand aus und wankte auf den Schreibtisch zu. Er schlug den Aktenkoffer beiseite, auf den Boden. Dann arbeitete Nelson sich um die Ecke.

Als er sie sah, fiel er auf die Knie. Er wußte, daß er nie mehr aufstehen würde. Sie war tot — ihre Kehle war zerfetzt, aber wie durch ein Wunder war ihr Gesicht unverletzt geblieben. Er streckte die Linke aus und schloß ihre gebrochenen Augen. Einen Moment lang senkte er den Kopf und trauerte um das, was hätte sein können. Dann suchte er nach einem Platz zum Sterben.

Das Funkgerät am Gürtel der Roten Korsarin fiepte, und eine Stimme sagte:

»Sie sind in Stellung. Tu es.«

Nelson spuckte Blut und zog den kleinen schwarzen Kasten von ihrem Gürtel. Er umklammerte ihn mit der linken Hand und wartete scheinbar eine Ewigkeit, bis er die Kraft fand, ihn an den Mund zu heben. Er konnte hören, wie zischend die Luft aus seinen Lungen entwich. Er legte den roten Schalter um.

»Du hast verloren.« Er stockte und rang nach Atem. »Wenn du in der Hölle ankommst, kannst du sie fragen, weshalb der Plan schiefgelaufen ist.«

Phelans einziger Vorteil lag in der Geschwindigkeit seines Mechs. Conals *Gargoyle* wäre zwar beinahe in der Lage gewesen, ihn bei einem Rennen einzuholen, aber die Beweglichkeit des *Wolfshund* machte ihn zu einem extrem schwierigen Ziel. Wenn Conal nicht genau auf die Wärmeentwicklung achtete — und das war viel verlangt für den Piloten eines Mechs, der Wärme so gut ableiten konnte wie der *Gargoyle* —, konnte es ihm passieren, daß er seine Feuerleitschaltkreise garkochte.

Phelan mußte darauf warten, daß Conal nachließ. Die schnelle Bewegung machte ihn zu einem schwer zu treffenden Ziel, aber sie erleichterte es auch nicht gerade für ihn, einen Treffer zu landen. *Treib ihn an, bring ihn dazu, sich selbst noch stärker anzutreiben, und dann schlag zu!* Der Khan sprang vor und warf den *Wolfshund* zur Seite, hielt sich dabei so weit wie möglich vom Arm des *Gargoyle* entfernt.

Conal bewegte den Mech nach rechts und stieß mit dem Arm der Kampfmaschine nach Phelans Mech. Zwei grellblaue Blitzstrahlen schlugen krachend aus den PPK-Mündungen. Beide rissen tiefe Furchen in den Boden hinter dem agilen *Wolfshund* und schleuderten halbgeschmolzene Felsklumpen in die Höhe. Auch der linke Arm des *Gargoyle* verfolgte Phelan, aber die Lichtbolzen aus seinen schweren und mittelschweren Impulslasern schossen weit über den Kopf des *Wolfshund* hinweg.

Er schießt zu hoch? *Was macht der Kerl?* Phelan schüttelte den Kopf, als er die unbeholfenen Bewegungen des *Gargoyle* sah. *Conal ist unvorsichtig. Was hat er vor? Glaubt er, mich so in seine Nähe locken zu können? Er bewegt sich so, daß ich ihn nicht abschießen kann, aber er versucht nicht ernsthaft, mich zu töten. Warum nicht?*

Phelan schaltete das Hologrammbild auf Infrarot und wurde mit der leuchtenden Silhouette des *Gargoyle* belohnt. Conal hatte die Abwärme bereits in die Höhe getrieben, aber *so* schlimm war seine Situation noch nicht. Der Hitzestau konnte noch keine derartige Auswirkung auf Conals Treffsicherheit haben. Als er zögerte und den *Wolfshund* dann voll beschleunigte, stieg das dumpfe Gefühl in ihm auf, daß Conal ihm — so unvorsichtig er auch wurde — nie die Chance bieten würde, ihn zu besiegen.

Plötzlich fiepte der Computer und meldete eine Antwort auf Conals Richtstrahl. Phelan sah auf. Conal folgte ihm nicht mehr. Der *Gargoyle* stolperte einmal, zweimal, und seine Geschütze sackten einen halben Meter ab.

Phelan sprang nach links und schloß die Lücke zwischen den beiden Maschinen. Er kreiste weiter um Conals *Gargoyle,* kam ihm dabei aber immer näher und glitt aus dem Frontalschußfeld der gegnerischen Waffen. Als er in den Rücken des sich langsam drehenden OmniMechs kam, senkte Phelan das Fadenkreuz auf die breite Rückenpartie des *Gargoyle* und feuerte mit allem, was er hatte.

Der schwere Laser im rechten Arm des *Wolfshund* schnitt wie ein riesiges Skalpell aus grünem Licht ein Loch in die Rückenpanzerung der feindlichen Maschine. Die drei Impulslaser spien rote Nadeln aus gebündelter Energie ins Herz des *Gargoyle.* Die Laser zerschmetterten das Gyroskopgehäuse und schleuderten die empfindlichen Kreiselstabilisatoren in Bruchstücken aus der klaffenden Bresche im Rücken des Mechs.

Selbst über einen Neurohelm war es unmöglich, den riesigen Kampfkoloß ohne Kreiselstabilisatoren im Gleichgewicht zu halten. Der *Gargoyle* schlug in einer gewaltigen Staubwolke auf. Seine Gliedmaßen wurden bei dem Sturz zerschmettert, und die furchtbare Kriegsmaschine war nur noch ein hilfloses Wrack.

Nelson Geist wurde sich erst bewußt, daß er das Funkgerät fallen gelassen hatte, als er es auf dem Fußboden aufschlagen hörte. Er grinste. Dann lehnte er sich mit dem Rücken an den Schreibtisch und schalt sich für seine Ungeschicklichkeit. Er starrte auf das schwarze Plastikgehäuse und die bunten Bauteile, die über den Boden verstreut waren, obwohl ihm die Kopfhaltung, die dazu nötig war, Schmerzen bereitete. Der Schmerz würde bald vorbei sein. Wenn es nach ihm ging, dann sah er in seinen letzten wachen Augenblicken lieber ein zerbrochenes Funkgerät als die Rote Korsarin.

41

Tharkad
Vereinigtes Commonwealth

25. Oktober 3055

Victor Davion saß allein im Büro des Archons und studierte das Stück Papier in seiner Hand. *Darauf läuft also alles hinaus.* Nach Monaten genauester Untersuchungen hielt er eine Liste mit vier Namen in den Händen. Diese vier Personen hatten Karten zum Eröffnungsbankett der Frederick-Steiner-Gedächtnisbibliothek erstanden, waren aber weder erschienen, noch hatten sie ihre Eintrittskarten an jemand anderen weitergegeben.

Soweit es Victor betraf, war der erste Name auf der Liste der einzige, der dorthin gehörte. *Ryan Steiner.* Ryan war ein Stachel im Fleisch seines Vaters gewesen, seit der Melissa Steiner geheiratet hatte. Ryan war der Erbe Alessandro Steiners, des Mannes, den seine Großmutter als Archon abgesetzt hatte und der mit dem Verrat an Frederick Steiner, einem anderen Rivalen um die Macht, Ryans Karriere erst ermöglicht hatte.

Ryan war ein Nachtschattengewächs im Sumpf der Politik. Er *mußte* der Drahtzieher hinter dem Attentat sein. Ryan hatte Morasha Kelswa geheiratet, die Thronerbin des Tamarpakts. Seit ihrer Hochzeit war er nicht müde geworden, die Unabhängigkeit der Tamar-Systeme zu propagieren. Die Tatsache, daß nahezu der gesamte Pakt von den Jadefalken geschluckt worden war, hatte ihm dabei nichts von seiner Schärfe oder seiner Lautstärke genommen.

Ryan kontrollierte auch die Separatistenbewegung der Isle of Skye, die vor fünfzehn Jahren beinahe einen Bürgerkrieg vom Zaum gebrochen hatte. Steiner hatte eine Revolte provoziert und dann geschlichtet, als Victors Vater Truppen in die Region geschickt hatte, um die

Rebellion niederzuschlagen. Das Blutvergießen wurde Hanse Davion angelastet. Ohne Melissas ungeheure Popularität bei den Lyranern hätte ein offener Bürgerkrieg ausbrechen können.

Niemand hat vom Tod meiner Mutter mehr profitiert als Ryan Steiner. Victors Nüstern blähten sich, als er an all das dachte, was sich nach ihrem Tod zugetragen hatte. Hätte seine Schwester Katherine nicht ihre Rolle als Liebling der Medien dazu benutzt, Frieden zwischen ihm und Ryan zu stiften, stünden ihre jeweiligen Anhänger ohne Zweifel bereits hart am Rande der offenen Gewalt. Victor war sicher, daß Ryan hinter der Flüsterkampagne steckte, die ihm die Schuld für den Mord an seiner Mutter in die Schuhe schieben wollte.

Er betrachtete den zweiten Namen auf der Liste. Anastasius Focht. Der Präzentor Martialum ComStars hatte eine Eintrittskarte gekauft, war aber weder erschienen noch hatte er den örtlichen Präzentor an seiner Stelle geschickt. Victor war dem Mann nie begegnet, aber Focht war für den Sieg über die Clans auf Tukayyid verantwortlich gewesen. Auch Melissa hatte nur gut über ihn gesprochen. Trotzdem, das alte Mißtrauen gegen ComStar war zäh, und das bloße Fehlen eines offensichtlichen Motivs sprach Focht noch nicht frei — niemand war sich je der wahren Motive des Präzentors Martialum sicher gewesen, und Victor hegte den Verdacht, daß sich daran auch nie etwas ändern würde.

Der dritte Name war ebenso absurd: Katherine Steiner-Davion. Er versuchte sein Bild von seiner Schwester mit dem einer skrupellosen Intrigantin zu vereinen, die den Befehl für die kaltblütige Ermordung der eigenen Mutter gab. *Wenn sie Romano Liaos Tochter wäre, vielleicht. Aber Katherine? Niemals.* Obwohl er wußte, daß sie niemals Teil eines Mordkomplotts gegen ihre gemeinsame Mutter gewesen sein konnte, erschreckte es ihn, seine Schwester auf dieser Liste zu finden. *Wann hat Katherine je eine Party verpaßt?*

Der letzte Name verschärfte den Schrecken noch. *Victor Ian Steiner-Davion. Ich hätte auch dabeisein sollen. Ich hätte auch im Explosionsradius gesessen.* Er schmeckte bittere Galle.

Er wußte, wie sein Name auf die Liste gelangt war. Das Bankett war eine Wohltätigkeitsveranstaltung gewesen.

Die Einladung war automatisch gekommen, und er hatte die Karte bestellt, ohne einen weiteren Gedanken daran zu verschwenden. Die Einladung war zusammen mit einem ganzen Stapel von Papieren gekommen, die er unterzeichnet hatte, bevor er von Port Moseby nach Arc-Royal aufgebrochen war. Das Sekretariat hatte den Bogen gefunden und seine Fingerabdrücke und Unterschrift verifiziert. Das gleiche galt für Galens Fingerabdrücke.

Victor wußte, daß er seine Mutter nicht hatte ermorden lassen, aber andere sahen die Dinge natürlich anders. Seine Abwesenheit verdammte ihn. Hätte er an dem Bankett teilgenommen, wäre er ebenfalls gestorben. Da er noch lebte, hatte er statt dessen den Thron des Vereinigten Commonwealth geerbt. Und als ob es nicht schlimm genug wäre, vom Tod seiner Mutter zu profitieren, wies man darauf hin, daß er nicht einmal bei ihrem Begräbnis gewesen war.

Der Prinz lehnte sich zurück. *Wäre ich gestorben, wäre jetzt Katherine auf meinem Platz, und Ryan Steiner wäre ein gutes Stück näher an den Schalthebeln der Macht. Hat er meine Anwesenheit erwartet? Hat er gehofft, mich und Katherine auch gleich auszuschalten?*

Seine Kehle wurde staubtrocken. *Oder hat Katherine erwartet, daß ich zusammen mit Mutter sterbe?*

Victor knüllte das Papier zusammen und warf es auf den Schreibtisch. *Mein Vater hätte Ryan sofort verhaften lassen, und das Sekretariat hätte ihn gefoltert. Justin Allard hätte eine komplizierte Geheimdienstoperation eingeleitet, um die Wahrheit herauszufinden. Mutter?* Victors Miene hellte sich auf, als er an sie dachte. *Sanft wie Seide und dabei hart wie Stahl. Sie hätte Ryan wirtschaftlich und politisch unter Druck gesetzt, bis seine Machtbasis sich in Nichts aufgelöst hätte. Sie hätte ihm seine Verbündeten abspenstig gemacht und ihn isoliert und allein zurückgelassen.*

Der Archon-Prinz stand auf und stützte sich auf den Schreibtisch. *Aber hier geht es nicht darum, wie sie diese Sache behandelt hätten. Sie sind tot, und ich muß einen eigenen Weg gehen. Was weiß ich wirklich? Womit kann ich arbeiten? Wie wird Victor Davion dieses Problem anpacken?*

Er glättete den Bogen wieder, nahm einen Stift und strich seinen Namen durch. »Von einer Person auf dieser Liste *weiß* ich, daß sie unschuldig ist.« Neben Ryans Namen malte er einen Stern. »Von einer Person möchte ich glauben, daß sie schuldig ist. Und arbeiten kann ich mit zwei Männern, denen ich vertrauen kann, und einem, der für Geld tötet.«

Victor drückte den Rufknopf der Sprechanlage. »Galen Cox und Mr. Curaitis möchten sich umgehend bei mir melden.«

Die fünf Minuten bis zum Eintreffen der beiden genügten Victor, seinen Plan auszuarbeiten. *So wird Victor Davion das Problem anpacken.*

Galen Cox reichte Victor einen gelben Zettel. »Hab ich auf dem Weg mitgenommen. Dachte mir, Sie möchten es sicher sehen.«

Victor las die kurze Priorität-Alpha-Nachricht. »Rote Korsarin tot. Ausführlicher Bericht folgt. Dan Allard.«

Der Archon-Prinz lächelte. »Das ist eine ausgezeichnete Nachricht, und es paßt gut zu dem, was ich dir sagen wollte, Galen.«

»Sir?«

»Pack die Koffer, du fliegst nach Arc-Royal. Ich möchte, daß du mich dort zusammen mit Katherine vertrittst, wenn die Kell Hounds ihre Toten beerdigen. Außerdem möchte ich, daß du ein Auge auf meine Schwester hast.«

Galens Miene verdüsterte sich, aber er winkte ab. »Du

sollst ihr nicht nachspionieren, Galen. Du sollst nur darauf achten, daß Ryan und seine Leute mit ihr nicht dasselbe Manöver versuchen wie mit Ragnar. Betrachte es als einen Urlaub und eine Chance, an der Seite meiner Schwester in die Skandaltrids zu kommen.«

»Ein Urlaub? Ja, ich glaube, diese Art Sondermission ist nach meinem Geschmack.« Der blonde Offizier versuchte nicht einmal, seine Freude darüber zu verbergen, daß er Katherine begleiten durfte. »Danke, Victor.«

»Du hast es dir verdient, mein Freund.« Victor winkte ihn nach draußen. »Geh schon, pack die Koffer. Du wirst sofort starten müssen, wenn du Arc-Royal zur selben Zeit wie die Hounds erreichen willst.«

Galen salutierte, Victor erwiderte den Gruß, und der Offizier verließ das Büro.

Curaitis' Blick wurde hart. »Was darf er nicht hören?«

Der Prinz nickte. »Ich hoffe, Sie sind sogar noch besser, als diese Bemerkung vermuten läßt.«

»Das bin ich.«

»Gut. Der Attentäter hat die Fettembolie überlebt?«

Der Agent nickte. »Er ist gesund genug, gehängt zu werden, auch wenn das die Verschwendung eines guten Stricks wäre.«

»Ich hasse Verschwendung.« Victor verschränkte die Arme vor der Brust. »Bringen Sie ihn in die alte Quarantänestation auf Poulsbo. Er soll über alles und jedes auf dem laufenden gehalten werden, das seine Leistung als Attentäter verbessern könnte. Händigen Sie ihm nichts aus, was tatsächlich funktioniert, aber gestatten Sie ihm soviel Simulatorzeit, wie er will.«

Curaitis nickte steif. »Sie spielen ein gefährliches Spiel. Wenn bekannt würde, daß Sie den Attentäter, der Ihre Mutter getötet hat, ›aushalten‹ ...«

»Deswegen beauftrage ich Sie damit, Curaitis. Niemand darf etwas davon erfahren. Absolut niemand.« Victor atmete tief durch. »Ein anderer hat die Regeln dieses Spiels festgelegt, und ich lerne sie gerade erst. Aber wenn ich sie gemeistert habe, werde ich bereit sein, meine Feinde zu vernichten. Und wenn dieser Tag kommt, wird es mir enormes Vergnügen bereiten, ihre beste Waffe gegen sie einzusetzen.«

42

Elissa
Wolfsclan-Besatzungszone

26. Oktober 3055

Phelan Kell rieb sich die Augen. Die Innenseite seiner Lider fühlte sich an wie Sandpapier, aber nach stundenlangem intensiven Starren auf einen Computermonitor mußte man mit so etwas rechnen. Er trug noch immer die Montur, mit der er im Cockpit des *Wolfshund* gesessen hatte. Er war vom Schlachtfeld gekommen und hatte sofort das Büro der Roten Korsarin mit Beschlag belegt. Aus der geplanten flüchtigen Durchsicht der Dateien war ein stundenlanges Eintauchen in eine Verschwörung geworden, das alle Energie aus ihm gesogen hatte.

Er blickte auf, als jemand an die Tür klopfte. »Herein.«

Zwei bewaffnete Elementare in grauen Overalls brachten Conal Ward in das geräumige Büro. Sie trieben ihn an und zerrten ihn ab und zu weiter, wenn er wegen der kurzen Kette zwischen seinen Fußschellen stolperte. Auf dem weißen Marmorfußboden hielten sie ihn an den Armen fest und gestatteten ihm, sein Gleichgewicht wiederzufinden.

Dann traten die Elementare einen Schritt zurück, hielten sich aber bereit, den Gefangenen jederzeit wieder zu packen. Phelan grinste sie an, dann streckte er die rechte Hand aus. »Gebt mir den Schlüssel für seine Fesseln. Ihr könnt gehen. Wir wollen nicht gestört werden.« Einer der Elementare zögerte, und der Khan fügte hinzu: »Du wirst doch keinen Ärger machen, oder, Conal?« Der Gefangene schüttelte den Kopf.

Die Elementare gehorchten und zogen sich zurück. Als die Tür ins Schloß fiel, hob Conal den Kopf. »Sie haben es herausgefunden, was?«

Phelan ballte die Faust um den Schlüssel, dann warf

er ihn Conal zu. »Diese Dokumente überlassen wenig der Vorstellungskraft. Ich hätte nicht gedacht, daß du mich derart haßt.«

»Sie schmeicheln sich.« Conal befreite seine Beine und schob den Schlüssel ins Schloß einer der Handschellen. »Ja, ich hasse Sie, aber noch weit mehr hasse ich, was die Bewahrer den Clans angetan haben. Wir leben für den Krieg. Wir sind die ultimative Armee. Ulric, Natascha und andere wie sie haben uns unsere wahre Natur gestohlen.«

»Ich hätte nicht gedacht, daß Verrat Teil der wahren Natur eines Clansmannes ist.« Phelan legte die linke Hand auf die Computerkonsole. »Ich habe gelesen, wie diese Basis mit einer Atombombe zerstört werden sollte, so daß keine Spur zurückblieb, falls die Mission der Roten Korsarin fehlschlug. Du hättest die Bombe scharf machen und verschwinden können, lange bevor wir eintrafen.« Der Khan schüttelte den Kopf. »Ich habe mich gefragt, warum du dich bei unserem Kampf so wenig angestrengt hast. Du hättest mich in Stücke reißen müssen, aber dir ging es um mehr als um diese unmittelbare Befriedigung, um eine weit größere Rache. Niemand außerhalb der Clans würde glauben, daß du bereit warst, in einer Atomexplosion zu sterben, nur um es mir und dem Wolfsclan heimzuzahlen. Aber sie verstehen die Clans ohnehin nicht. Sie kennen ihre Geschichte nicht.«

Conal verzog hämisch das Gesicht. »Aber Sie?«

»Ich weiß genug. Dein Plan hätte mehr Leben gekostet als alle anderen Kriege, die die Menschheit je gesehen hat. Du hättest alle Wölfe vernichtet, das weißt du, nicht nur die Bewahrer.« Phelan schauderte. »Der letzte Clan, der es wagte, Atomwaffen einzusetzen, wurde ausgerottet. Sie wurden gejagt und niedergemacht — Männer, Frauen und Kinder. Die Clans können nur schwer zugeben, daß sie jemals existiert haben, und ihr Verbrechen ...«

Conal schüttelte den Kopf. »Die Vielfraße haben ein Genlager mit einer Atombombe vernichtet. Sie hatten den Tod verdient. Hier hätte die Situation anders ausgesehen. Viele meiner Leute hätten überlebt und den Schluß gezogen, eine von den Kell Hounds mitgebrachte Atombombe sei vorzeitig explodiert. Sie hätten die Schuld bekommen, Sie und Ulric. Die Wölfe wären wie die Vielfraße vernichtet worden, aber unsere Blutlinien — gute *Kreuzritter*-Blutlinien — hätten in anderen Clans weiterexistiert.« Conal lachte, als er Phelans Entsetzen sah. »Ja, ich wäre mit Ihnen in der Explosion umgekommen, aber ich wäre als Held gestorben, weil ich Ihr Gegner war. Mein genetisches Material hätte Legionen von Geschkos gezeugt, und Schlachten wären um seinen Besitz geführt worden.«

»Du bist ein Monster!« Phelan riß eine Schublade auf. Er holte einen schwarzen Fettstift heraus und warf ihn Conal zu. »Hier. Zeichne einen Kreis. Ich werde dir die Ehre des Todes im Kreis der Gleichen gewähren.«

Conal schlug den Stift aus der Luft und stemmte trotzig die Fäuste in die Hüften. »Ich bin vielleicht ein Monster, aber kein Idiot. Sie sind mein Khan. Sie haben mir und den Clans gegenüber eine Verpflichtung. Ich verlange eine Verhandlung vor dem Großen Konklave, wie es mein Recht ist.«

Phelan stockte der Atem. »Was?« keuchte er.

Der ältere Clanner grinste triumphierend. »Sie haben mich richtig verstanden, Khan Phelan. Ich verlange eine Verhandlung vor dem Großen Konklave. Ich will, daß mein Schicksal vor einem Konklave aller Khane entschieden wird.«

»Du bist *wahnsinnig*, kein Zweifel möglich.« Phelan schüttelte den Kopf. Von den Schläfen her breiteten sich hämmernde Kopfschmerzen in seinem Schädel aus. »Wenn *ich* du wäre, hätte ich kein Verlangen, meinen Verrat vor den Khanen zur Schau zu stellen.«

»Aber Sie sind nicht ich, und Sie kennen die Clanpolitik nicht so wie ich.« Conals selbstzufriedene Miene ließ Phelans Mut sinken. »Was Sie über die Atombombe und unseren Kampf herausgefunden haben, sind nur Vermutungen. Sie haben keine Beweise.«

Der Khan klopfte auf die Computerkonsole. »Hier drin ist der Evakuierungsplan der Korsarin für die Basis. Ihm zufolge sollte mit der Atombombe alles vernichtet werden.«

Conal zuckte die Achseln. »Die Rote Korsarin hat eine Atombombe gefunden, die von den Piraten installiert wurde, die an diesem Ort gelebt haben, und sie entschloß sich, sie zu benutzen. Sie war eine Renegatin.«

»Nein, das war sie nicht. Sie genoß die Unterstützung der Jadefalken. Sie haben ihr vor und während ihres Feldzugs Schiffe und BattleMechs geliefert.«

»In den Unterlagen der Jadefalken werden Sie keinen Hinweis auf solche Hilfslieferungen finden. Außerdem ist sie tot, und was sie von wem erhalten hat, ist für meine Verhandlung ohne Belang. Tatsache ist, daß nicht einmal von Belang ist, wie die Verhandlung ausgeht. Ob schuldig oder unschuldig, ich gewinne in jedem Fall.«

»Ich verstehe nicht.«

»Ich weiß.« Conal streckte die linke Hand aus. »Wenn ich freigesprochen werde, wird man zu dem Schluß kommen, daß Sie und der ilKhan ein verräterisches Bündnis mit Victor Davion eingegangen sind, um Elissa für die Innere Sphäre zurückzuerobern. Ulric wird ebenso herausgefordert werden wie Sie. Auch Natascha wird herausgefordert werden, und Sie werden erleben müssen, wie Kreuzritter Ihre Plätze in der Hierarchie unseres Clans einnehmen. Man wird einen neuen il-Khan wählen und den Waffenstillstand widerrufen.« Er hob die rechte Hand. »Werde ich des Verrats für schuldig gesprochen, wird mein Verrat zum Schutz einer Frau geschehen sein, die bewiesen hat, was wir alle schon wissen: Der Waffenstillstand ist eine Farce zum Schutz der Inneren Sphäre. Mit einer kaum bewaffneten und unterstützten Einheit konnte sie nach Belieben in der Inneren Sphäre auf Raubzug gehen.«

Phelan schluckte. »Wieder wird der Waffenstillstand in Frage gestellt, Ulric wird herausgefordert, und der Frieden ist zu Ende.«

»Und das betrifft nur die Clanseite.« Conal wies zur Tür. »Wenn auch nur ein Wort von dieser Sache in die Innere Sphäre dringt, wird der Schrei nach Krieg auf ihrer Seite den Waffenstillstand zum Scheitern verurteilen. Und Sie können sicher sein, daß sie bekannt wird, weil ich nämlich die Kell Hounds und andere Zeugen aus der Inneren Sphäre aussagen lassen werde.« Conal verschränkte die Arme. »Schon sehr bald wird der Waffenstillstand der Vergangenheit angehören, und wir werden zu dem zurückkehren, was unserem Wesen am besten entspricht — zum Krieg. Wärst du wirklich ein Clansmann, würdest du das erkennen und hättest dich mir angeschlossen. Du weißt, daß ich recht habe — ich sehe es in deinen Augen. Ich habe gewonnen! Du hast verloren, die Innere Sphäre hat verloren. Und jetzt weißt du, daß meine Verhandlung es für alle offensichtlich machen wird.«

Blitzschnell zog Phelan seine Pistole, zielte und schoß. Die Kugel schlug über Conals rechtem Auge ein. Er war tot, bevor er den Boden berührte.

Der Khan des Wolfsclans trat hinter dem Schreibtisch vor und hob den Fettstift vom Boden auf. Er nahm ihn fest in die linke Hand und zeichnete sorgfältig einen schwarzen Kreis auf den Fußboden, um die Leiche.

Als er fertig war, legte er den Stift auf den Schreibtisch. »Wachen!«

Die beiden Elementare stürmten mit besorgter Miene und schußbereiten Waffen herein. Sie sahen von Phelan zum Leichnam und zurück.

»Er hat den Kreis der Gleichen einer Anklage wegen Hochverrats vorgezogen.« Phelan steckte die Pistole ein. »Er hat verloren.«

EPILOG

Kookens Freudental
Vereinigtes Commonwealth

13. November 3055

Christian Kell lächelte den beiden Knaben zu, die im Hof spielten, als er den Geländewagen zum Stehen brachte, den er in Dobson gemietet hatte. Er stieg aus und zog das schwarze Barett unter der Schulterklappe seines roten Uniformhemds hervor. Er setzte es auf, zupfte es zurecht und machte sich auf den Weg zum Haus. Inzwischen hatten sich die beiden Jungen, die sich wie Klone glichen, auf dem Pfad aufgebaut und musterten ihn.

»Bist du bei den Kell Hounds?« fragte einer von ihnen.

Chris ging vor ihnen in die Hocke. »Ja, das bin ich. Du mußt Jacob sein, und du Joachim.« Die Zwillinge starrten ihn ehrfürchtig an, und Chris grinste, froh darüber, richtig geraten zu haben. »Euer Großvater hat mir von euch erzählt.«

»Jungs, ins Haus.«

Die blonden Knaben drehten sich zu der Frau um, die auf der Veranda aufgetaucht war und die Tür aufhielt. »Mami, er ist ein Kell Hound. Und er kennt Opa.«

»Ins Haus. *Sofort!*« Haltung und Tonfall versprachen keine Gnade bei einer Mißachtung ihres Befehls, und die beiden Jungs trotteten unwillig unter ihrem ausgestreckten Arm hindurch nach drinnen. Sie lies die Tür los und hinter ihnen ins Schloß fallen. Die Frau schien ihn als Bedrohung zu sehen. Sie preßte die Arme über dem dicken Pullover an den Körper und schien bereit, ihre Söhne gegen ihn zu verteidigen.

Der Söldner richtete sich auf. »Ich bin Kommandanthauptmann Christian Kell.«

»Ich weiß, wer Sie sind. Ich erinnere mich an Ihren Visiphonanruf.« Sie sah zu Chris auf, und die Kälte ihrer blauen Augen bohrte sich in seine Seele. »Ich habe Ihnen da schon gesagt, daß ich nicht mit Ihnen reden will. Das war ernst gemeint.«

»Das war mir klar. Aber ich habe mir gedacht ...«

»Dann haben Sie falsch gedacht, *wenn* Sie überhaupt wirklich nachgedacht haben.« Ihr abgemagerter Körper schüttelte sich. »Erst Jon, dann der Kommandant. Ich werde nicht zulassen, daß meinen Söhnen dasselbe geschieht. Bitte gehen Sie.«

»Mrs. Geist! Dorete. Ich bin hier, um eine Schuld Ihrem Schwiegervater gegenüber abzutragen.« Er räusperte sich. »Sie machen es mir nicht gerade leicht.«

»Sein Tod macht es mir auch nicht leicht.« Ihre Worte troffen vor Hohn. »Nelson Geist ist tot. Er lebte durch das Schwert, und er ist durch das Schwert umgekommen. Sie schulden ihm nichts.«

»Falsch!« rief Chris. Er zwang sich wieder zur Ruhe. Sie legte es klar darauf an, eine heftige Reaktion zu provozieren. »Ich schulde ihm mein Leben. Jeder einzelne von uns, den wir zurück nach Kookens gebracht haben, schuldet Nelson Geist sein Leben. Nelson Geist ist es zu verdanken, daß die Innere Sphäre nicht bereits wieder im Krieg mit den Clans liegt. Hören Sie mich wenigstens an, dann können Sie mich immer noch fortschikken.«

Dorete blieb stumm und unbewegt. Der Wind spielte mit dem Saum ihres geblümten Kleids und wehte ein paar blonde Haarsträhnen über ihr Gesicht, aber sie bewegte keinen Muskel. Sie blinzelte nicht einmal, und Chris fragte sich, ob Gefahr bestand, daß sie in Ohnmacht fiel. Als nichts dergleichen geschah, nahm er das als Erlaubnis fortzufahren.

»Nelson Geist ist vor seinem Tod aus der Miliz ausgetreten und zu den Kell Hounds gekommen. Er erhielt den Rang eines Kommandanthauptmanns. Dadurch haben Sie — und ihre Söhne — gewisse Rechte und Privilegien, die wir den Angehörigen aller gefallenen Regimentsmitglieder zugestehen.«

Sie hob den Kopf, und Chris sah ihre Unterlippe beben. »Nein danke, Kommandanthauptmann, ich habe schon genug Gedenkfahnen und pathetische Holovids.«

Chris schüttelte den Kopf. »Da bin ich mir sicher, Ma'am. Aber davon rede ich nicht. Wir bringen Kommandanthauptmann Geist nach Arc-Royal, um ihn bei den anderen Hounds beizusetzen. Wir möchten, daß Sie und seine Enkel mitkommen. Sie werden eine Heimat finden. Wir haben Studienprogramme, die den Jungs eine gute Ausbildung ermöglichen.«

»Nein!« Sie ballte die Fäuste, ohne den Pullover dabei loszulassen. »Ich werde nicht zulassen, daß Sie meine Jungs zu Soldaten machen.«

»Davon rede ich gar nicht, Mrs. Geist.« Chris nahm das Barett ab und hielt es in beiden Händen. »Ich rede über eine Chance für die Jungen, das zu werden, was ihnen am besten liegt: Ärzte, Rechtsanwälte, was auch immer. Sie gehen keinerlei Verpflichtung den Hounds gegenüber ein. Wir sprechen damit Kommandanthauptmann Geist unseren Dank aus.«

»Nelson Geist ist tot.« Ihre Miene versteinerte. »Ich will nichts von ihm.«

»Zu schade, Dorete. Sie haben es nämlich schon.« Chris gestattete sich eine gewisse Schärfe des Tonfalls. »Nelson Geist hat Ihnen eine Zukunft geschenkt. Dafür ist er gestorben, um Ihnen, Ihren Kindern, deren Kindeskindern eine Zukunft zu sichern.« Seine Stimme wurde sanfter. »Ja, *vielleicht* entscheiden sie sich, Soldaten zu werden, aber wenn es so kommt, wissen Sie so gut wie ich, daß Sie nichts tun können, um sie daran zu hindern, es sei denn, Sie bringen sie selbst um.«

Eine Träne lief ihr über die Wange, und ihr Mund öffnete sich zu einem lautlosen Schrei. Chris trat die Stufen zur Veranda hinauf und legte die Arme um sie. Sie widersetzte sich einen Augenblick lang, dann gab sie nach und klammerte sich an ihm fest. »Warum?«

»Das ist eine Frage, die niemand beantworten kann. Aber in diesem Moment bedeutet Nelsons Tod, daß Sie und die Jungs nicht allein bleiben müssen.«

Er blickte nach unten und sah die beiden Knaben hinter dem Fliegennetz der Verandatür stehen. Das Schluchzen ihrer Mutter trieb auch ihnen die Tränen in die Augen. »Wer sind Sie, Mister?«

Chris schenkte ihnen das tapferste Lächeln, zu dem er fähig war, aber er fand keine Worte.

»Er ist ein Freund.« Dorete machte sich los und sah sich zu ihren Söhnen um. »Euer Großvater hat ihn geschickt. Er bringt uns nach Hause.«

ANHANG

Glossar

BattleMech-Typen

GLOSSAR

Die Struktur der Clan-Einheiten sieht wie folgt aus:

Strahl	1 Mech oder 5 Elementare
Stern	5 Mechs oder 25 Elementare
Binärstern	2 Sterne
Trinärstern	3 Sterne
Sternhaufen	4 Binärsterne
Galaxis	3 bis 5 Sternhaufen
Nova	1 Mechstern und 1 Elementarstern
Supernova	1 Mechbinärstern und 2 Elementarsterne

Abtacha: Ein Abtacha ist ein gefangener Krieger, der von seinem neuen Clan als Krieger adoptiert wird.

Autokanone: Eine automatische Schnellfeuerkanone, die in schneller Folge panzerbrechende Hochexplosivgranaten abfeuert.

Batchall: Batchall ist der Name für das Clanritual der Herausforderung zum Kampf. Der Verteidiger kann verlangen, daß der Angreifer etwas aufs Spiel setzt, dessen Wert vergleichbar mit dem ist, was der Verteidiger zu verlieren riskiert.

Battlemech: BattleMechs sind die gewaltigsten Kriegsmaschinen, die je von Menschen erbaut wurden. Diese riesigen humanoiden Panzerfahrzeuge ragen zehn bis zwölf Meter hoch auf, und ihre Feuerkraft reicht aus, jeden Gegner mit Ausnahme eines anderen BattleMechs niederzumachen.

Besitztest: Dieser Test dient dazu, Konflikte zwischen zwei oder mehr Clans aufzulösen, die Anspruch auf dasselbe Objekt erheben, sei es ein Gebiet, das Genmaterial eines Kriegers oder den Sieg in einer Meinungsverscheidenheit. Der Test beinhaltet die formelle Herausforderung durch den Angreifer und die Reaktion des Verteidigers und favorisiert Kommandeure des angreifenden Clans, die geschickt genug sind, einen minimalen Kraftaufwand zu bieten.

Bluterbe: Die Geschichte der Blutnamensträger eines bestimmten Blutrechts wird Bluterbe genannt.

Blutname: Als Blutname wird einer der ursprünglich achthundert Familiennamen jener Krieger bezeichnet, die während des Exodus-Bürgerkrieges auf seiten von Nicholas Kerensky standen. (Derzeit existieren nur noch 760 dieser Namen. Vierzig Namen wurden nach dem Hochverrat eines der ursprünglich zwanzig Clans getilgt.) Diese achthundert waren die Basis des ausgedehnten Zuchtprogramms der Clans. Das Recht, einen dieser Nachnamen zu tragen, ist seit Einführung dieses Systems der Wunschtraum jedes Kriegers. Nur jeweils fünfundzwanzig Krieger dürfen gleichzeitig einen bestimmten Blutnamen tragen. Stirbt einer von ihnen, wird ein Wettbewerb abgehalten, um einen neuen Träger zu bestimmen. Ein Anwärter muß zunächst anhand seiner Abstammung sein Anrecht auf den Blutnamen nachweisen und anschließend eine Abfolge von Duellen gegen seine Mitbewerber gewinnen. Nur Blutnamensträger haben das Recht, an einem Clankonklave teilzunehmen und zum Khan oder ilKhan gewählt zu werden. Die meisten Blutnamen waren im Laufe der Zeit einer oder zwei Kriegerklassen vorbehalten. Es gibt jedoch einzelne, besonders angesehene Blutnamen, zum Beispiel Kerensky, die dadurch ihren genetischen Wert bewiesen haben, daß sie von herausragenden Kriegern aller drei Klassen (MechKrieger, Jägerpiloten und Elementare) getragen wurden.

Blutnamen werden matrilinear vererbt. Da ein Krieger nur über seine Mutter erben kann, besteht nie ein Anrecht auf mehr als einen Blutnamen.

Blutrecht: Ein spezieller Blutname und die Reihe seiner Träger werden als Blutrecht bezeichnet. Jeder Blutname besitzt fünfundzwanzig Blutrechte. Ein Blutrecht ist kein Stammbaum nach unseren Begriffen, da die Krieger, die ein Blutrecht tragen, möglicherweise nur durch die gemeinsame Abstammung von einem einzelnen Vorfahren verwandt sind. Wie bei Blutnamen sind auch manche Blutrechte angesehener als andere, was hauptsächlich vom Bluterbe abhängt.

Im übertragenen Sinne wird der Begriff Blutrecht auch für den Kampf um einen Blutnamen gebraucht.

Blutrechtstest: Eine Abfolge von Ausscheidungseinzelkämpfen, mit deren Hilfe ein Krieger ermittelt wird, der das Recht hat, einen Blutnamen zu tragen. Jeder Blutnamensträger des betroffenen Blutlinienhauses nominiert einen Kandidaten. Das Oberhaupt des Hauses ernennt weitere Kandidaten und bringt deren Zahl damit auf Einunddreißig. Um die zweiunddreißigste Position kämpfen die Krieger, die für den Blutnamen qualifiziert sind, aber nicht nominiert wurden. Die Art des Kampfes wird durch ›Münzentscheid‹ bestimmt. Die persönliche Erkennungsmünze jedes Kandidaten, sein ›Dogid‹, wird in den ›Trichter der Entscheidung‹ gesteckt. Ein Eidmeister oder Lehrmeister gibt beide Münzen gleichzeitig frei, so daß der Zufall entscheidet, in welcher Reihenfolge sie auf dem Boden des Trichters ankommen. Der Krieger, dessen Münze oben liegt, entscheidet über die Art des Kampfes (Mech gegen Mech, persönlicher Zweikampf, Mech gegen Elementar usw.), während sein Gegner den Schauplatz des Kampfes bestimmt. Ein Blutnamensduell wird nicht notwendigerweise bis zum Tod ausgetragen, aber häufig sorgen die Heftigkeit des Gefechts und die Entschlossenheit der Kämpfer trotzdem dafür, daß der Verlierer seine Niederlage nicht überlebt.

Blutung: Ein anderer Name für den Positionstest, mit dem entschieden wird, ob sich ein Kandidat zum Clankrieger qualifiziert. Dazu muß er mindestens einen von drei aufeinanderfolgenden Gegnern besiegen. Besiegt er zwei oder alle drei, erhält er einen Offiziersposten. Besiegt er keinen der drei Gegner, wird er einer niedrigeren Kaste zugeteilt.

Chalcas: Jede Person oder Sache, die das Kastensystem der Clans anzweifelt oder bedroht, wird als Chalcas bezeichnet.

Clans: Beim Zerfall des Sternenbundes führte General Aleksandr Kerensky, der Oberkommandierende der Regulären Armee des Sternenbundes, seine Truppen beim sogenannten Exodus aus der Inneren Sphäre in die Tiefen des Alls. Weit jenseits der Peripherie, mehr als 1300 Lichtjahre von Terra entfernt, ließen Kerensky und seine Leute sich auf einer Reihe wenig lebensfreundlicher Welten nahe eines Kugelsternhaufens nieder, der sie vor der Entdeckung durch die Innere Sphäre schützte. Innerhalb von fünfzehn Jahren brach unter ihnen ein Bürgerkrieg aus, der drohte, alles zu vernichten, für dessen Aufbau sie so hart gearbeitet hatten.

In einem zweiten Exodus führte Nicholas Kerensky, der Sohn Aleksandrs, seine Gefolgsleute auf eine der Welten im Innern des Kugelsternhaufens, um dem Krieg zu entfliehen. Dort, auf Strana Metschty, entwarf und organisierte Nicholas Kerensky die Gesellschaftsstruktur, aus der sich die Clans entwickeln sollten.

Comstar: Das interstellare Kommunikationsnetz ComStar wurde von Jerome Blake entwickelt, der in den letzten Jahren des Sternenbundes das Amt des Kommunikationsministers innehatte. Nach dem Zusammenbruch des Bundes eroberte Blake Terra und formte die Überreste des Sternenbund-Kommunikationsnetzes zu einer Privatorganisation um, die ihre Dienste mit Profit an die fünf Häuser weiterverkaufte. Seitdem hat sich ComStar zu einem mächtigen Geheimbund entwickelt, der sich in Mystizismus und

Rituale hüllt. Initiaten des ComStar-Ordens müssen sich zu lebenslangem Dienst verpflichten.

Dezgra: Eine Kampfeinheit, die Schande auf sich lädt, wird als *Dezgra*-Einheit bezeichnet. Der Name wird auch für das Ritual verwendet, mit dem die betreffende Einheit bestraft und gekennzeichnet wird. Jede Einheit, die einen Befehl verweigert, unter Feindbeschuß in Panik gerät oder eine unehrenhafte Handlung begeht, gilt als *dezgra.*

Elementare: Die mit Kampfanzügen ausgerüstete Eliteinfanterie der Clans. Diese Männer und Frauen sind wahre Riesen, die speziell für den Einsatz der von den Clans entwickelten Rüstungen gezüchtet werden.

Die Erinnerung: *Die Erinnerung* ist ein noch nicht abgeschlossenes Heldenepos, das die Geschichte der Clans von der Zeit des Exodus bis zur Gegenwart beschreibt. *Die Erinnerung* wird ständig erweitert, um neuere Ereignisse einzubeziehen. Jeder Clan verfügt über eine eigene Version dieses Epos, in der seine speziellen Meinungen und Erfahrungen verarbeitet sind. Alle Clankrieger können ganze Passagen dieses riesigen Gedichtes aus dem Gedächtnis zitieren, und es ist durchaus nicht ungewöhnlich, Verse auf OmniMechs, Luft/Raumjägern und sogar Rüstungen zu finden.

Eidmeister: Der Eidmeister ist der Ehrenwächter bei allen offiziellen Clanzeremonien. Die Position entspricht der eines Ordnungsbeamten in der Inneren Sphäre, fordert jedoch mehr Respekt. Der Eidmeister nimmt alle Schwüre ab, während der Lehrmeister sie festhält. Die Position des Eidmeisters gebührt in der Regel dem ältesten Blutnamensträger eines Clans (sofern er diese Ehre annimmt); sie ist eine der wenigen Positionen, deren Träger nicht durch einen Kampf ermittelt wird.

Freigeboren: Ein Mensch, der auf natürlichem Wege gezeugt und geboren wurde, ist freigeboren. Da die

Clans so großen Wert auf ihr Zuchtprogramm legen, gelten Freigeborene von vornherein als minderwertig.

Freigeburt: Eine abwertende Bezeichnung für Freigeborene, die von Wahrgeborenen häufig verwendet wird. Bezeichnet ein Wahrgeborener einen anderen Wahrgeborenen als Freigeburt, ist das eine tödliche Beleidigung.

Geschko: Eine Gruppe von Kindern (Geschwisterkompanie) des Zuchtprogramms der Kriegerkaste, die wahrscheinlich von denselben Eitern abstammen und gemeinsam aufgezogen werden. Während sie älter werden, werden sie ständig getestet. Bei jedem Test scheiden Mitglieder der Geschko aus und werden in niedrigere Kasten abgeschoben. Eine Geschko besteht zunächst aus etwa zwanzig Kindern, von denen beim abschließenden Test noch etwa vier oder fünf übrig sind. Diese Tests und andere Erlebnisse binden die überlebenden ›Geschkinder‹ so eng aneinander, daß sie häufig lebenslanges Vertrauen und Verständnis füreinander zeigen. Untereinander bezeichnen Geschkomitglieder sich auch als ›Kogeschwister‹.

Giftake: Das DNS-Muster eines glorreich im Kampf gefallenen Kriegers. Das *Giftake* wird dem Leichnam entnommen und gilt als das beste DNS-Muster des betreffenden Kriegers und das Genmaterial mit der größten Chance, bessere Krieger zu produzieren.

Hegira: Gelegentlich gestatten siegreiche ClanKrieger dem besiegten Gegner *Hegira.* Dies gestattet ihm, sich ehrenhaft vom Schlachtfeld zurückzuziehen, ohne sich weiterem Beschuß auszusetzen oder andere Kosten zu tragen.

Innere Sphäre: Innere Sphäre bezeichnet das Gebiet des ursprünglichen von Menschen besiedelten Weltraums, das sich im Sternenbund zusammenfand. Die Staaten und Piratenreiche knapp außerhalb der Inneren Sphäre werden die Peripherie genannt. Als Aleksandr Kerensky mit der Sternenbundarmee die Innere

Sphäre verließ, führte er sie in noch unerforschte Bereiche jenseits der Peripherie.

Isorla: Die Beute eines Kampfes, die Krieger für sich beanspruchen können, einschließlich Leibeigener, wird *Isorla* genannt.

Kanister: Clanbezeichnung für das Eugenikprogramm der Kriegerkaste. Der Name kann sich auch speziell auf den dabei verwendeten Brutkasten beziehen.

Kaste: Die Clangesellschaft ist streng in fünf Kasten unterteilt: Krieger, Wissenschaftler, Händler, Techniker und Arbeiter. Jede dieser Kasten umfaßt zahlreiche Unterkasten, die auf Spezialisierungen innerhalb eines Berufsfeldes basieren. Die Kriegerkaste pflanzt sich unter strenger Kontrolle des genetischen Erbes durch ein systematisches Eugenikprogramm fort, bei dem Genmaterial angesehener und erfolgreicher lebender und toter Krieger verwendet wird (siehe Geschko). Andere Kasten sorgen durch strategische Heiraten innerhalb der Kaste für einen hochwertigen Genfundus.

Khan: Jeder Clan wählt zwei Khane. Einer der beiden fungiert als höchster militärischer Kommandeur und Verwaltungschef des Clans. Die Position des zweiten Khans ist weniger klar umrissen. Er ist der Stellvertreter des ersten Khans und führt dessen Aufträge aus. In Zeiten großer innerer oder äußerer Bedrohung, oder wenn eine gemeinsame Anstrengung aller Clans notwendig ist, wird ein ilKhan als oberster Herrscher aller Clans gewählt.

Kodax: Der Kodax eines Kriegers ist seine persönliche Identifikation. Er enthält die Namen der Blutnamensträger, von denen ein Krieger abstammt, sowie seine Generationsnummer, seine Blutlinie und seinen ID-Kodax, eine alphanumerische Codesequenz, die einzigartige Aspekte seiner DNS festhält.

Komet: Der Begriff bezeichnet einen besonders begabten Krieger auf dem Weg zu hohen Ehren.

Kontrakt: Ein Kontrakt ist eine Übereinkunft zwischen den Kommandeuren zweier Einheiten, die es dem Kommandeur der einen Einheit gestattet, beim Bieten um das Recht auf eine Schlacht oder einen Test auch die Einheiten des anderen einzusetzen. Während der Invasion der Inneren Sphäre haben Sternhaufenkommandeure innerhalb einer Galaxis häufig Kontrakte geschlossen, um größere und häufig extravagantere Gebote zu ermöglichen, ohne auf eine gute Mischung von BattleMech-, Elementar- und Luft/Raumjägereinheiten zu verzichten.

KSR: Abkürzung für ›Kurzstreckenrakete‹. Es handelt sich um ungelenkte Raketen mit hochexplosiven oder panzerbrechenden Sprengköpfen.

Kurultai: Ein Kurultai ist ein Clan-Kriegsrat. Ein Großes Kurultai ist ein Kriegsrat der Khans aller Clans. Nur der ilKhan kann ein Großes Kurultai einberufen. Ein Großes Konklave hingegen kann nur auf Antrag von mindestens drei Clans einberufen werden und muß in der Halle der Khans auf Strana Metschty stattfinden.

Landungsschiffe: Da Sprungschiffe die inneren Bereiche eines Sonnensystems generell meiden müssen und sich dadurch in erheblicher Entfernung von den bewohnten Planeten einer Sonne aufhalten, werden für interplanetare Flüge Landungsschiffe eingesetzt. Diese werden während des Sprungs an die Antriebsspindel des Sprungschiffes angekoppelt. Landungsschiffe besitzen selbst keinen Überlichtantrieb, sind jedoch sehr beweglich, gut bewaffnet und aerodynamisch genug, um auf Planeten mit einer Atmosphäre aufzusetzen bzw. von dort aus zu starten. Die Reise vom Sprungpunkt zu den bewohnten Planeten eines Systems erfordert je nach Spektralklasse der Sonne eine Reise von mehreren Tagen oder Wochen.

Laser: Ein Akronym für ›Light Amplification through Stimulated Emission of Radiation‹ oder Lichtverstärkung durch stimulierte Strahlungsemission. Als Waffe funktioniert ein Laser, indem er extreme Hitze auf einen minimalen Bereich konzentriert. BattleMechlaser gibt es in drei Größenklassen: leicht, mittelschwer und schwer. Laser sind auch als tragbare Infanteriewaffen verfügbar, die über einen als Tornister getragenen Energiespeicher betrieben werden. Manche Entfernungsmeßgeräte und Zielerfassungssensoren bedienen sich ebenfalls schwacher Laserstrahlen.

Leibeigener: Ein gefangener Krieger wird als Leibeigener bezeichnet und als Mitglied der Arbeiterkaste angesehen, bis der Clan, von dem er gefangen wurde, ihn entläßt oder wieder in die Kriegerkaste erhebt. Ein Leibeigener wird nicht durch Fesseln gebunden, sondern durch seine Ehre. Die Tradition verlangt, daß selbst Blutnamensträger, die im Kampf gefangen werden, eine Weile als Leibeigene dienen müssen. Alle Leibeigenen tragen eine Leibeigenenkordel. Dabei handelt es sich um einen geflochtenen Armreif, dessen Grundfarbe die Clanzugehörigkeit und dessen Streifen die Einheit kennzeichnen, die ihn gefangen hat.

Lehrineister: Der Lehrmeister ist der Wahrer der Clangesetze und -geschichte. Seine Position ist mit großer Ehre und politischer Macht verbunden. Der Lehrmeister spielt eine wichtige Rolle bei Untersuchungen und Prozessen, bei denen er häufig die Rolle des Verteidigers oder Fragenstellers übernimmt.

LSR: Abkürzung für ›Langstreckenrakete‹, zum indirekten Beschuß entwickelte Raketen mit hochexplosiven Gefechtsköpfen.

Lösegeld: Die Clan-Sitten verlangen, daß ein Krieger nach dem Erfolg bei seinem Positionstest vom Clan ein Geschenk erhält. Je nach dem Erfolg des Kriegers bei diesem Test kann dieses Lösegeld von dem Recht der Wahl, mit welcher Waffe er als Krieger kämpfen will, bis zum Recht, eine besondere Einheit zu befehligen, reichen. Nachdem Khan Natascha Kerensky aus der Inneren Sphäre zurückgekehrt und ihren zweiten Positionstest abgelegt hatte, belohnte ilKhan Ulric Kerensky sie mit dem Recht, die Dreizehnte Wolfsgarde auszuheben.

Malos: *Malos* bezeichnet das verwundbare Gefühl eines Kriegers, insbesondere eines Elementars, wenn er gezwungen ist, ohne seine gewohnten Waffen zu kämpfen. Wahrscheinlich ist dieser Begriff von ›machtlos‹ abgeleitet.

Minimalgebot: Die Mindestkampfstärke, die zum Sieg in einem Test notwendig ist, um den geboten wurde. Es gilt als Beweis für besondere Schlauheit, den Gegner zu einem Gebot unter dem Minimalgebot zu bewegen. Kommandeure, denen es gelingt, mit einer Kampfstärke unter dem Minimalgebot einen Sieg zu erringen, werden hoch geehrt.

Nachfolgerfürsten: Die fünf Nachfolgerstaaten werden von Familien regiert, die ihre Herkunft von einem der ursprünglichen Lordräte des Sternenbunds ableiten. Alle fünf Hausfürsten erheben Anspruch auf den Titel des Ersten Lords. Sie kämpfen seit Ausbruch der Nachfolgekriege im Jahre 2786 gegeneinander. Ihr Schlachtfeld ist die riesige Innere Sphäre, bestehend aus sämtlichen, einstmals von den Mitgliedsstaaten des Sternenbunds besetzten Sonnensystemen.

Obkhan: Eine respektvolle Anrede für eine Person höheren Rangs bei den Clans.

Peripherie: Jenseits der Grenzen der Inneren Sphäre liegt die Peripherie, das weite Reich bekannter und unbekannter Systeme, das sich bis in die interstellare Nacht erstreckt. Die einstigen terranischen Kolonien in der Peripherie wurden durch den Zerfall des Sternenbundes technologisch, wirtschaftlich und politisch verwüstet. Derzeit ist die Peripherie größtenteils Zufluchtsort. für Banditenkönige, Raumpiraten und Ausgestoßene.

Positionstest: Mit Hilfe des Positionstests wird festgestellt, ob ein Kandidat die Qualifikation zum Clan-Krieger hat. Um sich zu qualifizieren, muß er zumindest einen von drei Gegnern besiegen. Besiegt er zwei oder gar alle drei, wird er automatisch als Offizier seines Clans eingesetzt. Gelingt es ihm nicht, wenigstens einen Gegner zu besiegen, wird er in eine niedrigere Kaste zurückgestuft.

PPK: Abkürzung für ›Partikelprojektorkanone‹, einen magnetischen Teilchenbeschleuniger in Waffenform, der hochenergiegeladene Protonen- oder Ionenblitze verschießt, die durch Aufschlagskraft und hohe Temperatur Schaden anrichten. PPKs gehören zu den effektivsten Waffen eines BattleMechs.

Satarra: Ein Clan-Konklave kann ein Veto oder *Satarra* aussprechen, um Kastenstreitigkeiten innerhalb seiner Jurisdiktion zu entscheiden oder zu vertagen. Ein *Satarra* wird nur ausgesprochen, wenn Verhandlungen ergebnislos bleiben und/oder die Arbeitsordnung des Clans bedroht ist. Es scheint sich mehr um ein Ritual als um einen gesetzgeberischen Akt zu handeln.

Savashri: Ein Clan-Fluch.

Schwur: Der Bruch eines Schwurs gilt bei den Clans als Verbrechen, für das die Todesstrafe angemessen ist.

Seyla: Dieses Wort ist ungefähr gleichbedeutend mit ›Einheit‹. Es handelt sich um eine rituelle Antwort, die bei bestimmten Zeremonien gefordert wird. Ursprung und exakte Bedeutung des Wortes sind unbekannt, aber es wird nur mit äußerstem Respekt und Ehrfurcht verwendet.

Sprungschiffe: Interstellare Reisen erfolgen mittels sogenannter Sprungschiffe, deren Antrieb im 22. Jahrhundert entwickelt wurde. Der Name dieser Schiffe rührt von ihrer Fähigkeit her, ohne Zeitverlust in ein weit entferntes Sonnensystem zu ›springen‹. Es handelt sich um ziemlich unbewegliche Raumfahrzeuge aus einer langen, schlanken Antriebsspindel und einem enormen Solarsegel, das an einen gigantischen

Sonnenschirm erinnert. Das gewaltige Segel besteht aus einem Spezialmaterial, das gewaltige Mengen elektromagnetischer Energie aus dem Sonnenwind des jeweiligen Zentralgestirns zieht und langsam an den Antriebskern abgibt, der daraus ein Kraftfeld aufbaut, durch das ein Riß im Raum-Zeit-Gefüge entsteht. Nach einem Sprung kann das Schiff erst weiterreisen, wenn es durch Aufnahme von Sonnenenergie seinen Antrieb wieder aufgeladen hat.

Sprungschiffe reisen mit Hilfe ihres Kearny-Fuchida-Antriebs in Nullzeit über riesige interstellare Entfernungen. Das K-F-Triebwerk baut ein Raum-Zeit-Feld um das Sprungschiff auf und öffnet ein Loch in den Hyperraum. Einen Sekundenbruchteil später materialisiert das Schiff am Zielsprungpunkt, der bis zu 30 Lichtjahre weit entfernt sein kann.

Sprungschiffe landen niemals auf einem Planeten und reisen nur sehr selten in die inneren Bereiche eines Systems. Interplanetare Flüge werden von Landungsschiffen ausgeführt, Raumschiffen, die bis zum Erreichen des Zielpunktes an das Sprungschiff gekoppelt bleiben.

Sternenbund: Im Jahre 2571 wurde der Sternenbund gegründet, um die wichtigsten nach dem Aufbruch ins All von Menschen besiedelten Systeme zu vereinen. Der Sternenbund existierte annähernd 200 Jahre, bis 2751 ein Bürgerkrieg ausbrach. Als das Regierungsgremium des Sternenbunds, der Hohe Rat, sich in einem Machtkampf auflöste, bedeutete dies das Ende des Bundes. Jeder der Hausfürsten rief sich zum neuen Ersten Lord des Sternenbunds aus, und innerhalb weniger Monate war die gesamte Innere Sphäre im Kriegszustand. Dieser Konflikt hält bis zum heutigen Tage, knapp drei Jahrhunderte später, an. Die Jahrhunderte nahtlos ineinander übergehender Kriege werden in toto als die ›Nachfolgekriege‹ bezeichnet.

Shavag: Ein Clan-Fluch, wahrscheinlich eine Kombination der Clan-Begriffe ›Stran‹, unabhängig, frei und ›Vagon‹, Geburt.

Surkai: Das *Surkai* ist das Clanritual der Vergebung. Die Clans legen vor allen anderen Grundsätzen ihrer Gesellschaft Wert auf Uniformität in Gedanken und Überzeugungen. Bei Meinungsverschiedenheiten zwischen Kriegern, zwischen einem Clan und dem Konklave der Clans, oder der Beleidigung eines Clanners durch ein Mitglied einer anderen Kaste wird *Surkai* erwartet. Es ist eine Frage der Ehre, daß die schuldige Partei ihre Verfehlung offen zugibt und um Bestrafung bittet.

Surkaischwur: Der Schwur der Verzeihung oder Surkaischwur ist ein ehrgebundener Friedensschluß zwischen der Mehrheit und etwaigen Andersdenkenden. Der Surkaischwur bestimmt, daß ein Andersdenkender, der seine Bestrafung für den Widerspruch zur Ansicht der Mehrheit annimmt, seine Funktion in der Gesellschaft wieder einnehmen kann, ohne daß er für seinen Widerspruch weitere Schande erleidet.

Touman: Die Gesamtheit der Kampfeinheiten eines Clans.

Wahrgeboren/Wahrgeburt: Ein wahrgeborener Krieger ist aus dem Zuchtprogramm der Clan-Kriegerkaste hervorgegangen.

Widerspruchstest: Die Konklaven der einzelnen Clans und der versammelten Clans stimmen über Fragen und Gesetze ab, die die Gemeinschaft betreffen. Im Gegensatz zur Gesetzgebung in der Inneren Sphäre kann jedoch jede dieser Entscheidungen angefochten und durch einen Widerspruchstest in ihr Gegenteil verkehrt werden. Dieser Test gestattet der Verliererseite den Versuch, ihre Position auf dem Schlachtfeld durchzusetzen.

Die bei einem Widerspruchstest eingesetzten Kräfte stehen im Verhältnis zur angefochtenen Entscheidung. Wurde diese also beispielsweise mit einem

Stimmenverhältnis von Drei zu Eins angenommen, kann die diese Entscheidung verteidigende Seite eine dreimal stärkere Einheit in den Kampf schicken als der Herausforderer. Durch das Bieten wird dieses Übergewicht jedoch häufig reduziert.

Wortbruder: Formell bezeichnet dieser Begriff die Mitglieder einer erweiterten Geschko. Weniger förmlich wird er auch benutzt, um jemanden zu bezeichnen, den ein ClanKrieger als seinesgleichen betrachtet.

Zellbrigen: Dieses Clan-Wort beschreibt die claneigenen Duellregeln und -rituale. *Zellbrigen* bedeutet, daß die Krieger sich in Einzelduellen gegenübertreten, selbst wenn beide Seiten mehrere Krieger ins Feld führen. Die nicht direkt herausgeforderten Teilnehmer sind verpflichtet, auf ein Eingreifen zu verzichten, bis ein Gegner frei ist (seinen Kontrahenten besiegt hat). Der Angriff auf einen Gegner, der sich bereits in einem Duell befindet, ist ein schwerer Bruch der Clangesetze und wird in der Regel mindestens mit der Degradierung um eine Rangstufe bestraft.

KREUZRITTER

HORNISSE

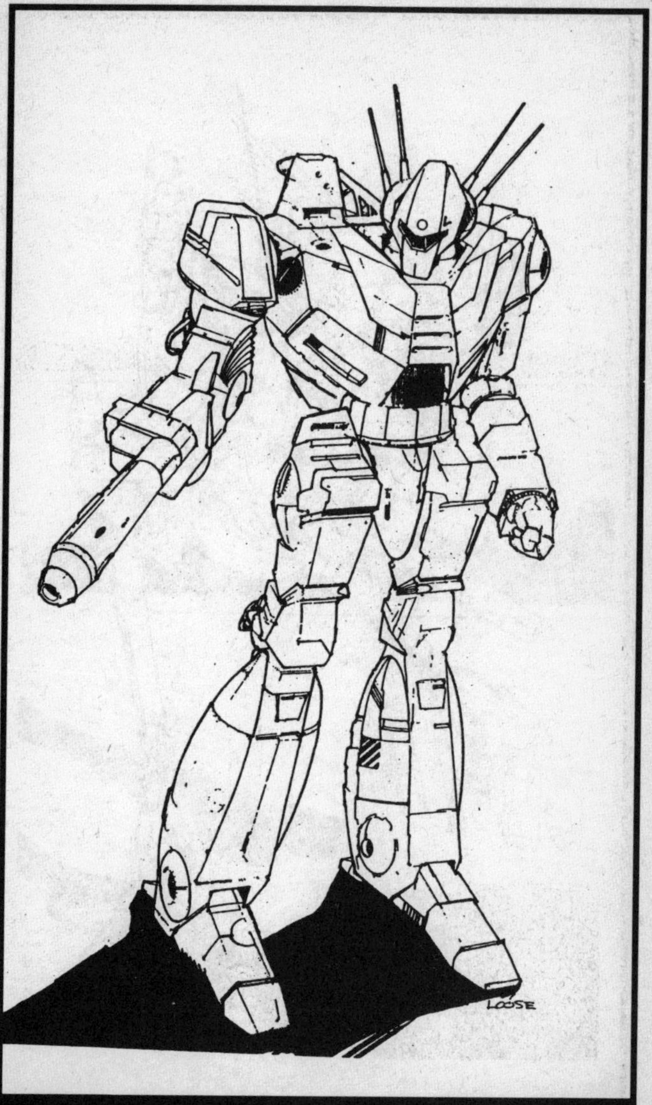

WESPE

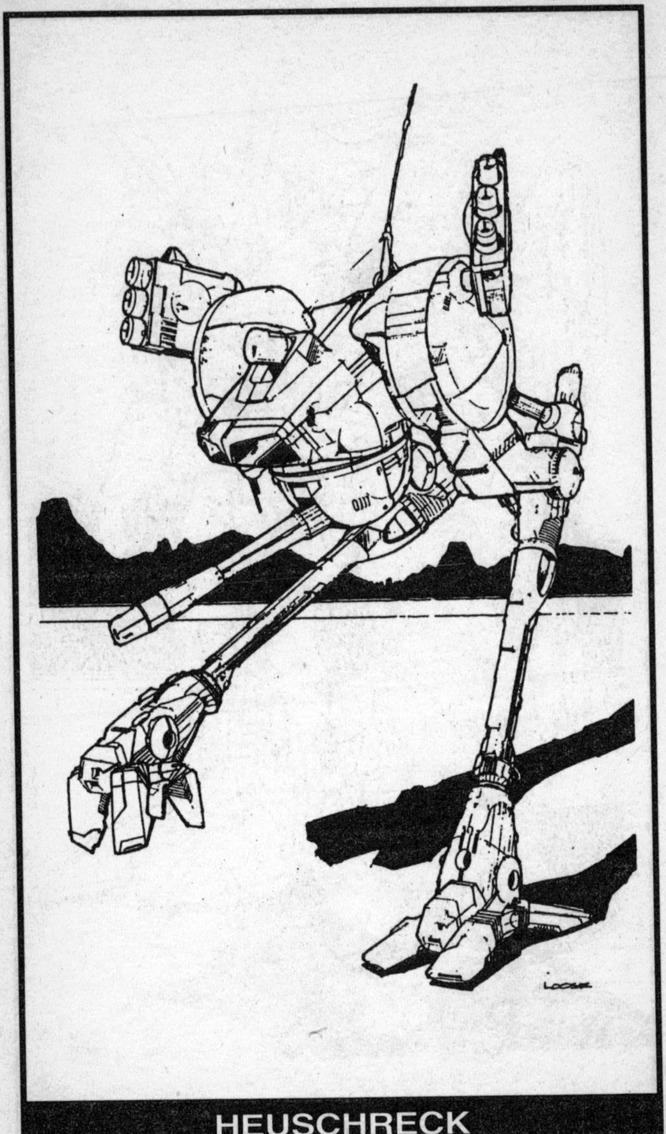

HEUSCHRECK

KAMPFSCHÜTZE

BATTLETECH
KAMPFKOLOSSE DES 4. JAHRTAUSENDS
NEUAUSGABE
FANTASY PRODUCTIONS / FASA CORPORATION